MAGNUS CHASE
e os DEUSES de ASGARD

RICK RIORDAN

MAGNUS CHASE
e os DEUSES de ASGARD

O NAVIO DOS MORTOS

Tradução de Regiane Winarski

Copyright © 2017 by Rick Riordan
Edição em português negociada por intermédio de Nancy Gallt Literary Agency e Sandra Bruna Agencia Literaria, SL.

TÍTULO ORIGINAL
The Ship of the Dead

PREPARAÇÃO
Marina Góes

REVISÃO
Beatriz D'Oliveira
Cristiane Pacanowski

DIAGRAMAÇÃO
Kátia Regina Silva

ILUSTRAÇÕES DAS RUNAS
Michelle Gengaro-Kokmen

ADAPTAÇÃO DE CAPA
Julio Moreira | Equatorium Design

DESIGN DE CAPA
SJI Associates, Inc.

ILUSTRAÇÃO DE CAPA
© 2017 John Rocco

CIP-BRASIL. CATALOGAÇÃO NA PUBLICAÇÃO
SINDICATO NACIONAL DOS EDITORES DE LIVROS, RJ

R452m

Riordan, Rick, 1964-
    O navio dos mortos / Rick Riordan ; tradução Regiane Winarski. – 1. ed. – Rio de Janeiro : Intrínseca, 2017.

    368 p. ; 23 cm. (Magnus Chase e os deuses de Asgard ; 3)

    Tradução de: The ship of the dead
    ISBN 978-85-510-0247-6

1. Mitologia nórdica - Ficção. 2. Ficção infantojuvenil americana. I. Winarski, Regiane. II. Título. III. Série.

17-43875   CDD: 028.5
                                                    CDU: 087.5

[2017]

Todos os direitos desta edição reservados à
EDITORA INTRÍNSECA LTDA.
Av. das Américas, 500, bloco 12, sala 303
22640-904 – Barra da Tijuca
Rio de Janeiro – RJ
Tel./Fax: (21) 3206-7400
www.intrinseca.com.br

Para Phillip José Farmer,
cujos livros da série Riverworld despertaram meu amor por história

SUMÁRIO

1.	Percy Jackson se esforça ao máximo para me matar	9
2.	Sanduíches de falafel com Ragnarök	16
3.	Eu herdo um lobo morto e umas cuecas	24
4.	Mas veja só: se você agir agora, o segundo lobo é de *graça*!	31
5.	Eu me despeço de Erik, de Erik, de Erik e também de Erik	40
6.	Eu tenho um pesadelo com unhas do pé	51
7.	Nós todos nos afogamos	59
8.	No salão do hipster carrancudo	68
9.	Viro vegetariano por uma hora	75
10.	Podemos falar sobre hidromel?	83
11.	Minha espada leva a gente para (pausa dramática) a era disco	92
12.	O cara com belos pés	99
13.	Malditos avôs explosivos	108
14.	Nada acontece. É um milagre	115
15.	Macaco!	122
16.	Homem de cuspe vs. serra elétrica. Adivinhem quem ganhou?	127
17.	Somos atacados por umas pedras	133
18.	Eu enrolo massinha até morrer	141
19.	Eu vou a um aquecimento zumbi	149
20.	Tveirvigi = Pior vigi	157
21.	Uma tarde de diversão com corações explosivos	163
22.	Tenho péssimas notícias, mas… Não, na verdade só tenho péssimas notícias mesmo	171
23.	Siga o cheiro de sapos mortos (ao som de "Siga a Estrada dos Tijolos Amarelos")	178

24.	Eu gostava mais do pai de Hearthstone quando ele era um alienígena que abduzia vacas	186
25.	Elaboramos um plano fabulosamente horrível	191
26.	As coisas ficam esquisitas	196
27.	Nós ganhamos uma pedrinha	204
28.	Nunca me peça para cozinhar o coração do meu inimigo	211
29.	Nós quase viramos atração turística norueguesa	218
30.	Fläm, bomba, valeu, mãe	227
31.	Mallory ganha uma noz	234
32.	Mallory também ganha umas amoras	241
33.	Nós elaboramos um plano horrivelmente fabuloso	247
34.	Primeiro prêmio: um gigante! Segundo prêmio: dois gigantes!	254
35.	Nunca mais quero depender de um bando de corvos	261
36.	A balada de Mestiço, o herói do buraco	268
37.	Alex morde a minha cara	277
38.	Skadi sabe de tudo, flecha tudo	283
39.	Eu fico poético tipo, sei lá... um poeta	292
40.	Recebo uma ligação a cobrar de Hel	298
41.	Eu peço um tempo	307
42.	Eu começo por baixo	314
43.	Tenho um *grand finale*	321
44.	Por que eles têm canhões? Eu quero canhões	328
45.	Se vocês entenderem o que acontece neste capítulo, me contem, porque eu não faço a menor ideia	333
46.	Eu ganho um roupão fofinho	338
47.	Muitas surpresas, e algumas até que são boas	347
48.	O Espaço Chase ganha vida	353
	Glossário	357

UM

Percy Jackson se esforça ao máximo para me matar

— Tente de novo — disse Percy. — Desta vez, morrendo menos.

De pé no topo do mastro do USS *Constitution*, olhando para o porto de Boston sessenta metros abaixo, eu desejei ter as defesas naturais de um urubu de cabeça vermelha. Assim, poderia projetar vômito em Percy Jackson e fazer com que ele fosse embora.

Na última vez que ele me fez tentar dar aquele pulo, apenas uma hora antes, quebrei todos os ossos do corpo. Alex Fierro me levou correndo para o Hotel Valhala a tempo de eu morrer na minha própria cama.

Infelizmente, eu era um einherji, um dos guerreiros imortais de Odin. Desde que morresse dentro dos limites de Valhala, minha morte não seria permanente. Trinta minutos depois, acordei novinho em folha. Agora, lá estava eu de novo, pronto para sentir mais dor. Uhul!

— Isso é mesmo necessário? — perguntei.

Percy apoiou as costas nos cordames, o vento bagunçando seu cabelo preto. Ele parecia um garoto normal: camiseta laranja, calça jeans, tênis brancos surrados. Se o vissem andando na rua, não pensariam: *Ei, olha só, um semideus filho de Poseidon! Viva os olimpianos!* Ele não tinha guelras nem dedos com membranas, mas os olhos eram verdes da cor do mar; do mesmo tom que eu imaginava que minha cara estivesse naquela hora. A única coisa estranha em Jackson era a tatuagem na parte interna do antebraço: um tridente tão escuro quanto madeira queimada, com uma única linha embaixo e as letras SPQR.

Ele já tinha contado que as letras eram a sigla de *Sono Pazzi Quelli Romani — esses romanos são doidos*. Eu não tinha certeza se ele estava falando sério.

— Olha, Magnus — disse Percy. — Você vai navegar por território hostil. Um bando de monstros marinhos e deuses do mar e sei lá mais o que vão tentar matar você, certo?

— É, acho que sim.

Com isso, eu queria dizer: *Por favor, não faça eu me lembrar disso. Por favor, me deixe em paz.*

— Em algum momento — continuou Percy —, você vai ser jogado para fora do barco, talvez de um lugar alto como este. Você vai precisar saber como sobreviver ao impacto, não se afogar e voltar para a superfície pronto para a luta. Vai ser difícil, ainda mais na água fria.

Eu sabia que ele estava certo. Pelo que minha prima Annabeth tinha me contado, Percy passou por aventuras ainda mais perigosas do que eu. (E eu morava em Valhala, morria pelo menos uma vez por dia.) Só que, por mais que apreciasse o fato de ele ter vindo de Nova York me oferecer dicas heroicas de sobrevivência aquática, eu já estava ficando de saco cheio de tanto fracassar.

No dia anterior, eu tinha sido mastigado por um tubarão-branco, estrangulado por uma lula-gigante e queimado por mil águas-vivas furiosas. Havia engolido vários litros de água salgada tentando prender a respiração e aprendido que minhas habilidades em combate mano a mano não melhoravam quando eu estava dez metros debaixo d'água.

Naquela manhã, Percy já tinha andado comigo pelo Old Ironsides tentando me ensinar o básico sobre navegação e náutica, mas eu ainda não conseguia entender a diferença entre o mastro da mezena e o convés de tombadilho.

Agora, ali estava eu: um fracasso em cair de um mastro.

Ao olhar para baixo vi Annabeth e Alex Fierro nos observando do convés.

— Você consegue, Magnus! — gritou Annabeth, animada.

Alex fez sinal de positivo. Pelo menos, eu acho que o gesto foi esse. Era difícil ter certeza lá do alto.

Percy respirou fundo. Ele tinha sido paciente comigo até aquele momento, mas percebi que o estresse do fim de semana também já começava a afetá-lo. Sempre que ele olhava para mim, seu olho esquerdo tremia.

— Tá tudo bem, cara — prometeu Percy. — Vou demonstrar de novo, ok? Comece na posição de queda livre, braços e pernas abertos para desacelerar a queda. Então logo antes de bater na água, estique o corpo como uma flecha, cabeça para cima, calcanhares para baixo, costas retas, bunda contraída. Essa última parte é muito importante.

— Queda livre — repeti. — Abertos. Flecha. Bunda.

— Isso. Olha só.

Ele pulou do mastro e caiu na direção do porto na posição perfeita, com as pernas e os braços abertos. No último momento, ele se esticou com os calcanhares para baixo e bateu na água, desaparecendo sem mal fazer a superfície ondular. Um instante depois, emergiu, as palmas das mãos para cima como quem diz: *Viu só? É fácil!*

Annabeth e Alex aplaudiram.

— Vamos lá, Magnus! — gritou Alex para mim. — Agora é sua vez! Seja homem!

Acho que isso era para ser uma piada. Na maior parte do tempo, Alex se identificava como do gênero feminino, mas hoje estava definitivamente masculino. Às vezes eu me enganava e usava os pronomes errados para ele/ela, então Alex rebatia implicando comigo sem piedade. Amizade é isso.

— Arrasa, primo! — exclamou Annabeth.

Lá embaixo, a superfície escura da água brilhava como uma sanduicheira recém-lavada, pronta para me esmagar.

"Certo", murmurei para mim mesmo.

E pulei.

Por meio segundo, me senti bem confiante. O vento assobiava nos meus ouvidos. Abri os braços e consegui não gritar.

Beleza, pensei. *Eu consigo fazer isso.*

E foi nessa hora que minha espada, Jacques, veio voando do nada querendo bater papo.

— Oi! — As runas dele brilharam pela lâmina dupla. — O que você está fazendo?

Eu me debati todo ao tentar ficar na vertical para o impacto.

— Jacques, agora não!

— Ah, entendi! Você está caindo! Sabe, uma vez Frey e eu estávamos caindo quando...

Antes que ele pudesse continuar o que com certeza seria uma história fascinante, eu atingi a água.

Como Percy tinha avisado, o frio atordoou meu cérebro. Eu afundei, momentaneamente paralisado, sem ar nenhum nos pulmões. Meus tornozelos latejavam como se eu tivesse mergulhado em uma parede de tijolos. Mas pelo menos eu não estava morto.

Procurei ferimentos maiores. Quando se é um einherji, a gente fica especialista em identificar a própria dor. A gente pode estar cambaleando em um campo de batalha de Valhala, ferido mortalmente, prestes a dar o último suspiro, e ainda assim pensar calmamente: *Ah, então é essa a sensação de ter a caixa torácica esmagada. Interessante!*

Desta vez, eu tinha certeza de que havia quebrado o tornozelo esquerdo. O direito estava só torcido.

Coisa fácil de resolver. Conjurei o poder de Frey.

Como a luz do sol no verão, um calor se espalhou do meu peito até minhas pernas. A dor diminuiu. Eu não era tão bom em curar a mim mesmo quanto era em curar os outros, mas senti os tornozelos começando a melhorar, como se um bando de vespas simpáticas rastejasse sob minha pele, cobrindo as fraturas de lama, reconstituindo os ligamentos.

Ah, bem melhor, pensei enquanto flutuava pela escuridão fria. *Mas tem outra coisa que eu devia estar fazendo... Ah, é. Respirando.*

O cabo de Jacques cutucou minha mão como um cachorro querendo atenção. Fechei os dedos na empunhadura de couro e ele me puxou para cima, me tirando da água como uma Dama do Lago com propulsão a jato. Caí no convés do Old Ironsides, ofegante e trêmulo, ao lado dos meus amigos.

— Opa. — Percy deu um passo para trás. — Isso foi inusitado. Você está bem, Magnus?

— Estou — respondi, tossindo e parecendo um pato com bronquite.

Percy olhou as runas que brilhavam na espada.

— De onde veio essa espada?

— Oi, eu sou o Jacques! — apresentou-se Jacques.

Annabeth sufocou um grito.

— Ela fala?

— *Ela?* — perguntou Jacques. — Ei, moça, exijo respeito. Sou *Sumarbrander*! A Espada do Verão! A arma de Frey! Existo há milhares de anos! E sou homem!

Annabeth franziu a testa.

— Magnus, quando me contou sobre sua espada mágica, acho que você se esqueceu de mencionar que ela... hum... que *ele* fala.

— Esqueci? — Sinceramente, eu não conseguia lembrar.

Nas semanas anteriores, Jacques saiu por aí sozinho, fazendo o que espadas mágicas sencientes fazem no tempo livre. Percy e eu praticávamos com espadas de treino padrão do Hotel Valhala. Não me ocorreu que Jacques poderia aparecer do nada e se apresentar. Além do mais, Jacques falar era a coisa *menos* estranha a respeito dele. Ele saber de cor todas as canções do musical *Jersey Boys*... isso sim era esquisito.

Alex Fierro parecia estar tentando não rir. Ele estava de rosa e verde hoje, como sempre, embora eu nunca tivesse visto aquela combinação antes: coturnos, jeans rosado ultra skinny, camisa verde-limão para fora da calça e gravata xadrez, frouxa como se fosse um colar. Com seu Ray-Ban de armação preta e grossa e o cabelo verde repicado, parecia ter saído de uma capa de disco de new wave de 1979.

— Seja educado, Magnus — disse ele. — Apresente seus amigos para a sua espada.

— Hã, tá. Jacques, estes são Percy e Annabeth. Eles são semideuses gregos.

— Ah... — Jacques não pareceu impressionado. — Já conheci Hércules.

— Quem nunca? — murmurou Annabeth.

— É verdade — admitiu Jacques. — Mas acho que, se vocês são amigos do Magnus...

Jacques ficou totalmente imóvel. Suas runas se apagaram. Então pulou da minha mão e voou na direção de Annabeth, a lâmina estremecendo como se farejasse o ar.

— Onde ela está? Onde você escondeu a gata?

Annabeth recuou na direção da amurada.

— Opa, calma aí, espada. Não tão perto!

— Jacques, comporte-se — disse Alex. — O que você está fazendo?

— Ela está em algum lugar aqui — insistiu Jacques, voando até Percy. — Ahá! O que você tem no bolso, garoto do mar?

— Oi? — Percy pareceu meio nervoso com o fato de a espada mágica estar pairando perto da cintura dele.

Alex baixou os óculos.

— Agora eu fiquei curioso. O que é que você tem no bolso, Percy? A espada quer saber.

Percy tirou uma caneta esferográfica de aparência comum do bolso da calça.

— Você está falando disto?

— A-HA! — exclamou Jacques. — Quem é essa belezinha?

— Jacques — falei. — Isso é uma caneta.

— Não, não é. Eu quero ver! Me mostra!

— Hã... claro.

Percy tirou a tampa da caneta.

Na mesma hora ela se transformou em uma espada de noventa centímetros com uma lâmina de bronze brilhante em formato de folha. Em comparação a Jacques, ela parecia delicada, quase *mignon*, mas pela forma como Percy brandia a arma, eu não tinha dúvida de que ele seria capaz de se defender com aquela coisa nos campos de batalha de Valhala.

Jacques virou a ponta na minha direção, suas runas brilhando em vermelho-escuro.

— Viu só, Magnus? Eu *disse* que não era idiotice carregar uma espada disfarçada de caneta!

— Eu nunca disse que era, Jacques! — protestei. — *Você* disse.

Percy ergueu a sobrancelha.

— Do que vocês estão falando?

— Nada, não — respondi rapidamente. — Esse é o famoso Contracorrente? Annabeth me contou sobre ele.

— Sobre *ela* — corrigiu Jacques.

Annabeth franziu a testa.

— A espada do Percy é menina?

Jacques riu.

— Ah, *dã*.

Percy observou Contracorrente. Por experiência própria, eu poderia ter dito a ele que era quase impossível saber o gênero de uma espada só de olhar para ela.

— Hum... — disse ele. — Você tem certeza...?

— Percy — interrompeu Alex. — Respeite o gênero.

— Tudo bem, tá. Só é meio estranho eu descobrir isso agora.

— Por outro lado — comentou Annabeth —, você não sabia que dava para *escrever* com a caneta até o ano passado.

— Golpe baixo, Sabidinha.

— Enfim! — interrompeu Jacques. — O importante é que Contracorrente está aqui agora, é linda e me conheceu! Talvez a gente possa... sabe como é... ter um momento a sós para falar sobre, er, assuntos de espada?

Alex deu um sorrisinho.

— Parece uma ideia maravilhosa. Que tal a gente deixar as espadas se conhecendo enquanto vamos almoçar? Magnus, acha que consegue comer falafel sem engasgar?

Dois

Sanduíches de falafel com Ragnarök

Começamos no convés superior, na popa. (Vejam como eu conheço os termos náuticos.)

Depois de uma manhã difícil e cheia de fracassos, eu sentia que merecia meus bolinhos de grão-de-bico fritos com pão árabe, meu iogurte com fatias de pepino frio e meus kebabs de cordeiro muito apimentados. Annabeth tinha organizado o piquenique. Ela me conhecia muito bem.

Minhas roupas secaram rapidamente ao sol. Era gostoso sentir a brisa morna no rosto. Barcos a vela percorriam seus caminhos pelo porto e aviões cruzavam o céu azul, indo do aeroporto Logan para Nova York, Califórnia, Europa. Um certo ar de impaciência parecia pairar sobre toda a cidade de Boston, como uma sala de aula um minuto antes de o sinal bater, todos prontos para sair dali e aproveitar o verão.

Quanto a mim, tudo que eu queria era ficar em paz.

Contracorrente e Jacques estavam apoiados ali perto, em uma corda enrolada, os cabos encostados na borda do costado da embarcação. Contracorrente agia como um típico objeto inanimado, mas Jacques ia chegando mais perto, falando com ela, a lâmina brilhando no mesmo tom de bronze escuro da dela. Felizmente, Jacques estava acostumado com conversas unilaterais. Ele fazia piadas e elogios. Citava gente famosa sem parar.

— Sabe, certa vez eu estava em uma taverna com *Thor* e *Odin*...

Se Contracorrente ficou impressionada, não deixou transparecer.

Percy fez uma bolinha com o papel que embrulhava o falafel. Além de respirar debaixo d'água, o cara também tinha a capacidade de engolir qualquer comida em segundos sem engasgar.

— E então — disse ele —, quando é que vocês partem?

Alex ergueu a sobrancelha para mim como quem diz: *É, Magnus, quando é que a gente parte?*

Eu havia passado as duas últimas semanas tentando evitar esse assunto com Fierro, embora não tivesse tido muita sorte.

— Em breve — respondi. — Não sabemos exatamente para onde vamos, nem quanto tempo vamos demorar para chegar lá...

— História da minha vida — comentou Percy.

— ... mas temos que encontrar o grande e horrendo navio da morte de Loki antes que ele parta no solstício de verão. Sabemos que está ancorado em algum lugar na fronteira entre Niflheim e Jötunheim. Estimamos que vá levar duas semanas para navegarmos essa distância.

— Isso quer dizer que já devíamos ter partido — disse Alex. — Nós temos que ir embora até o final da semana, prontos ou não.

Vi o reflexo do meu rosto preocupado nas lentes escuras dos óculos de sol dele. Nós dois sabíamos que estávamos tão longe de "estar prontos" quanto estávamos de Niflheim.

Annabeth cruzou as pernas. O cabelo louro e comprido estava preso em um rabo de cavalo. FACULDADE DE DESIGN AMBIENTAL, UC BERKELEY estava escrito em letras amarelas em sua camiseta azul-escura.

— Heróis nunca estão prontos, não é? — disse ela. — A gente só tenta fazer o melhor possível.

Percy assentiu.

— É. Normalmente, dá certo. Ainda não morremos.

— Embora você não pare de *tentar*.

Annabeth deu uma cotovelada leve em Percy, que respondeu passando o braço pelos ombros dela.

Ela se aninhou no seu peito, e Percy beijou as mechas louras do topo da cabeça dela.

Essa demonstração de afeto me fez sentir um aperto no peito.

Era bom ver minha prima tão feliz, mas ao mesmo tempo isso me lembrava quantas coisas estavam em jogo caso eu não conseguisse impedir Loki.

Alex e eu já tínhamos morrido. Nós nunca envelheceríamos. Moraríamos em Valhala até o dia do Juízo Final (a não ser que morrêssemos fora do hotel antes disso). A melhor vida que poderíamos esperar era treinar para o Ragnarök, adiar a batalha inevitável o máximo de séculos possível e, um dia, marchar de Valhala com o exército de Odin e ter uma morte gloriosa enquanto os nove mundos queimavam à nossa volta. Divertido.

Mas Annabeth e Percy tinham chance de levar uma vida normal. Ambos já haviam concluído o ensino médio, a época mais perigosa para os semideuses gregos, segundo Annabeth. No outono, os dois iriam para a faculdade na Costa Oeste. Se conseguissem sobreviver a *isso*, tinham boas chances de sobreviver à vida adulta. Conseguiriam viver no mundo mortal sem serem atacados por monstros a cada cinco minutos.

A não ser que meus amigos e eu não conseguíssemos impedir Loki, e nesse caso o mundo (*todos* os mundos) terminaria em poucas semanas. Mas, sabe como é... sem pressão.

Coloquei meu sanduíche de lado. Nem falafel conseguia me animar.

— E quanto a vocês? — perguntei. — Vão voltar direto para Nova York hoje?

— Aham — disse Percy. — Vou ficar de babá hoje à noite. Mal posso esperar!

— Ah, é. Você vai tomar conta da sua irmãzinha.

Mais uma vida importante na balança, pensei.

Mas consegui abrir um sorriso.

— Parabéns, cara. Qual é o nome dela?

— Estelle. Era o nome da minha avó. Hã, do lado materno, claro. Não de Poseidon.

— Eu gostei — disse Alex. — Clássico e elegante. Estelle Jackson.

— Bom, Estelle *Blofis*, na verdade — corrigiu Percy. — Meu padrasto se chama Paul Blofis. Não posso fazer muito quanto ao sobrenome, mas minha irmãzinha é incrível. Tem cinco dedos em cada mão. Cinco em cada pé. Dois olhos. Baba muito.

— Igual ao irmão — comentou Annabeth.

Alex riu.

Eu conseguia imaginar Percy balançando a pequena Estelle nos braços, cantando "Aqui no mar", de *A pequena sereia*. Isso me deixou ainda mais infeliz.

Eu precisava achar uma forma de proporcionar à pequena Estelle anos suficientes para que tivesse uma boa vida. Precisava encontrar o navio demoníaco de Loki, cheio de guerreiros zumbis, impedi-lo de zarpar e dar início ao Ragnarök. Depois, recapturar Loki e acorrentá-lo novamente para que não provocasse mais nenhuma maldade incendiária no mundo. (Ou pelo menos uma quantidade *menor* de maldades incendiárias no mundo.)

— Ei. — Alex jogou um pedaço de pão árabe em mim. — Para de fazer essa cara de enterro.

— Desculpa. — Tentei parecer mais alegre. Não era algo tão fácil quanto curar meu tornozelo com pura força de vontade. — Mal posso esperar para conhecer Estelle depois que voltarmos da missão. E agradeço a vocês por terem vindo até Boston. De verdade.

Percy olhou para Jacques, que ainda estava dando em cima de Contracorrente.

— Desculpa não ter conseguido ajudar mais. O mar é — ele deu de ombros — meio imprevisível.

Alex esticou as pernas.

— Pelo menos Magnus caiu bem melhor na segunda vez. Se o pior acontecer, eu sempre posso virar golfinho e salvar o pobre coitado.

Os cantos da boca de Percy estremeceram.

— Você consegue se transformar em golfinho?

— Eu sou filho de Loki. Quer ver?

— Não, eu acredito. — Percy olhou para o horizonte. — Tenho um amigo chamado Frank que é metamorfo. Ele também sabe virar golfinho. Ou um peixinho-dourado gigante.

Imaginar Alex Fierro em forma de carpa gigante cor-de-rosa e verde me fez estremecer.

— A gente vai dar um jeito. Temos uma boa equipe.

— Isso é importante — concordou Percy. — Provavelmente mais importante do que ter habilidades marinhas...

Ele se empertigou e franziu a testa.

Annabeth se desencostou dele.

— Ih... Conheço essa cara. Você teve uma ideia.

— Eu me lembrei de uma coisa que meu pai disse...

Percy se levantou. Andou até sua espada, interrompendo Jacques no meio de uma história fascinante sobre quando ele fez um bordado em uma gigantesca bolsa de boliche. Percy pegou Contracorrente e observou a lâmina.

— Ei, cara! — reclamou Jacques. — A gente estava batendo um papo ótimo aqui.

— Desculpa, Jacques. — Percy tirou a tampa da caneta do bolso e encostou na ponta da espada. Com um ruído baixinho, Contracorrente encolheu e virou caneta outra vez. — Poseidon e eu tivemos essa conversa sobre armas uma vez. Ele disse que todos os deuses do mar têm uma coisa em comum: são muito vaidosos e possessivos quando o assunto são seus objetos mágicos.

Annabeth revirou os olhos.

— Dá para falar isso de *todos* os deuses que já conhecemos.

— Verdade — admitiu Percy. — Mas é ainda pior quando se trata dos deuses do mar. Tritão *dorme* com o trompete de concha. Galateia passa a maior parte do tempo polindo a sela mágica de cavalo-marinho. E meu pai é superparanoico de perder o tridente.

Pensei no meu único encontro com uma deusa do mar nórdica. Não terminou muito bem. Ran prometeu acabar comigo se eu navegasse por suas águas de novo. E ela era *mesmo* obcecada por suas redes mágicas e pela coleção de lixo que carregava nelas. Graças a isso consegui enganá-la para que me devolvesse minha espada.

— Está dizendo que vou ter que usar os objetos deles contra eles — supus.

— Isso mesmo — disse Percy. — Além do mais, aquilo que você disse sobre ter uma boa equipe... ser filho de um deus do mar não foi o suficiente para me salvar em várias ocasiões, mesmo debaixo d'água. Uma vez, meu amigo Jason e eu fomos puxados para o fundo do mar Mediterrâneo por uma deusa da tempestade, Cimopoleia. Eu não consegui fazer nada. Jason me salvou ao propor criar cards colecionáveis e *action figures* dela.

Alex quase engasgou com o falafel.

— *O quê?*

— A questão — continuou Percy — é que mesmo não sabendo nada sobre o mar, ainda assim Jason me salvou. Foi meio constrangedor.

Annabeth deu um sorrisinho.

— Parece que sim. Eu nunca ouvi os detalhes dessa história.

As orelhas de Percy ficaram tão cor-de-rosa quanto a calça de Alex.

— Talvez a gente esteja encarando isso do jeito errado. Eu estava tentando ensinar habilidades marinhas a você. Só que o mais importante é usar o que você tiver a mão: sua equipe, sua inteligência, os objetos mágicos do seu inimigo.

— E não dá para se planejar para coisas assim — concluí.

— Exatamente! — disse Percy. — Meu trabalho aqui está feito.

Annabeth franziu a testa.

— Mas, Percy, você está dizendo que o melhor plano é não ter plano. Como filha de Atena, não posso concordar com isso.

— É. E, falando por mim — disse Alex —, eu ainda gosto do *meu* plano de virar um mamífero marinho.

Percy ergueu as mãos.

— Só estou dizendo que o semideus mais poderoso da nossa geração está sentado aqui, e não sou eu. — Ele indicou Annabeth. — A Sabidinha aí não sabe se metamorfosear, respirar embaixo da água e nem falar com pégasos. Não sabe voar nem é superforte. Mas é inteligente *pra caramba* e boa em improvisação. É isso o que a torna mortífera. Não importa se ela está na terra, na água, no ar ou no Tártaro. Magnus, acho que, em vez de ter passado o fim de semana todo treinando comigo, você devia ter treinado com Annabeth.

Os olhos cinzentos e tempestuosos de Annabeth eram difíceis de interpretar. Por fim, ela disse:

— Tá, isso foi fofo.

Ela beijou a bochecha de Percy.

Alex assentiu.

— Nada mal, Cabeça de Alga.

— Não me venha com esse apelido também — murmurou Percy.

Um som alto, acho que de portas de armazém se abrindo, veio do píer. Vozes ecoaram nas laterais dos prédios.

— Essa é nossa deixa para ir embora — falei. — Este navio acabou de voltar da doca seca. Vão reabrir ao público esta noite com uma grande cerimônia.

— É — concordou Alex. — O *glamour* não vai camuflar nossa presença quando a tripulação toda estiver a bordo.

Percy ergueu a sobrancelha.

— Glamour? Você está falando da sua roupa?

Alex riu.

— Não. *Glamour* é uma magia ilusória. É a força que obscurece a visão dos mortais.

— Hã — disse Percy. — Nós chamamos isso de Névoa.

Annabeth deu um tapinha na cabeça de Percy.

— Seja lá qual for o nome, precisamos ir logo. Vem cá me ajudar a arrumar tudo.

Alcançamos o final da prancha de acesso no momento em que os primeiros marinheiros chegaram. Jacques flutuava à nossa frente, brilhando em cores diferentes e cantando "Walk Like a Man" com um falsete horrível. Alex mudou de forma, passando para guepardo e logo depois para flamingo. (Ele é um ótimo flamingo.)

Os marinheiros olharam para nosso grupo com expressões de confusão, mas ninguém perguntou o que estávamos fazendo ali.

Quando saímos do porto, Jacques se transformou em pingente de runa. Então caiu na minha mão, e eu o prendi no cordão. Não era do feitio dele calar a boca assim tão de repente. Talvez estivesse chateado porque o encontro com Contracorrente tinha sido interrompido muito bruscamente.

Enquanto andávamos pela rua Constitution, Percy se virou para mim.

— O que foi aquilo lá atrás? A metamorfose, a espada cantante? Vocês estavam *querendo* ser pegos?

— Claro que não — respondi. — Os mortais ficam ainda mais confusos quando veem objetos mágicos e estranhos. — Eu me senti bem por poder ensinar alguma coisa a *ele*. — Dá uma espécie de curto-circuito no cérebro deles, faz com que evitem a gente.

— Ah. — Annabeth balançou a cabeça. — Passamos todos esses anos sendo discretos quando poderíamos ter agido com naturalidade?

— Vocês deviam fazer isso *sempre*. — Alex andava ao meu lado, novamente em forma humana, embora ainda tivesse algumas penas de flamingo grudadas na cabeça. — Sejam esquisitos com orgulho, gente.

— Vou me lembrar disso — disse Percy.

— Lembra mesmo.

Paramos na esquina, onde o Toyota Prius de Percy estava estacionado diante de um parquímetro. Trocamos um aperto de mão e Annabeth me deu um abraço.

Minha prima segurou meus ombros. Observou meu rosto com olhos cinzentos e estreitos de preocupação.

— Se cuida, Magnus. Você *vai* ficar bem. É uma ordem.

— Sim, senhora — prometi. — Os Chase têm que permanecer unidos.

— Falando nisso... — Ela baixou a voz. — Você já foi lá?

Senti como se estivesse em queda livre outra vez, despencando para uma morte dolorosa.

— Ainda não — admiti. — Vou hoje. Prometo.

A última visão que tive de Percy e Annabeth foi quando o Prius dobrou a esquina na Primeira Avenida, enquanto Percy cantava junto com Led Zeppelin no rádio e Annabeth ria da voz desafinada dele.

Alex cruzou os braços.

— Se aqueles dois fossem mais fofos juntos, provocariam uma explosão nuclear de fofura e destruiriam a Costa Leste.

— Isso era para ser um elogio? — perguntei.

— Provavelmente o mais perto disso que *você* vai ouvir na vida. — Ele olhou para mim. — Você prometeu a Annabeth que iria aonde?

O gosto que eu tinha na boca era como se tivesse mastigado papel-alumínio.

— Na casa do meu tio. Tem uma coisa que eu preciso fazer por lá.

— Ahhh. — Alex assentiu. — Eu odeio aquele lugar.

Eu vinha adiando a tarefa havia semanas. Não queria ir sozinho. Também não queria pedir a nenhum dos meus outros amigos: Samirah, Hearthstone, Blitzen e nem o restante da galera do andar dezenove do Hotel Valhala. Aquilo era pessoal demais, doloroso demais. Mas Alex já tinha ido comigo à mansão Chase. A ideia de tê-lo como companhia não me incomodava. Na verdade, fiquei surpreso ao perceber quanto eu *queria* que ele fosse junto.

— Hã... — Eu pigarreei, me livrando dos restos de falafel e de água do mar da garganta. — Quer ir comigo a uma mansão sinistra vasculhar os pertences de um cara morto?

Alex abriu um sorriso.

— Achei que você nunca fosse me convidar.

Três

Eu herdo um lobo morto e umas cuecas

— Isso é novidade — disse Alex.

A porta da frente da casa de tijolinhos tinha sido arrombada; a tranca, arrancada da parede. No saguão, caído sobre o tapete oriental, havia a carcaça de um lobo.

Estremeci.

Não dava para golpear com um machado em nenhum lugar dos nove mundos sem acertar algum tipo de lobo: Fenrir, os lobos de Odin, os lobos de Loki, lobisomens, lobos maus e lobos autônomos microempreendedores que matariam qualquer um pelo preço certo.

O lobo morto no saguão do tio Randolph parecia um dos que tinham atacado minha mãe dois anos antes, na noite em que ela morreu.

Fiapos de luminescência azul se agarravam ao pelo preto desgrenhado, a boca estava contorcida em um rosnar permanente. No topo da cabeça, cauterizada na pele, havia uma runa viking, mas o pelo em volta estava tão queimado que eu não conseguia identificar o símbolo. Meu amigo Hearthstone talvez soubesse dizer.

Alex contornou a carcaça do tamanho de um pônei. Chutou as costelas do lobo. A criatura permaneceu prestativamente morta.

— O corpo ainda não se dissolveu — observou ele. — Normalmente, monstros se desintegram logo depois que morrem. Ainda dá para sentir o cheiro de pelo queimado. Deve ter sido recente.

— Acha que a runa era algum tipo de armadilha?

Alex deu um sorrisinho.

— Acho que seu tio sabia uma ou duas coisinhas sobre magia. O lobo pisou no tapete, a runa disparou e BAM!

Eu me lembrei de todas as vezes que, quando era sem-teto, invadi a casa do tio Randolph quando ele não estava para roubar comida, vasculhar o escritório dele ou só para irritar. Eu nunca levei um *bam*. Sempre considerei Randolph um fracasso em segurança doméstica. Naquele momento, comecei a ficar enjoado ao me perguntar se podia ter acabado morto no capacho com uma runa queimada na testa.

Teria sido essa armadilha o motivo para o testamento de Randolph ter sido tão específico sobre Annabeth e eu precisarmos visitar a propriedade antes de tomarmos posse? Randolph teria tentado se vingar do além?

— Você acha que é seguro explorar o restante da casa? — perguntei.

— Acho que não — disse Alex, animado. — Vamos nessa.

Não encontramos mais nenhum lobo morto no primeiro andar. Nenhuma runa explodiu na nossa cara. A coisa mais horrenda que descobrimos foi a geladeira do tio Randolph, na qual iogurte e leite de soja vencidos e cenouras mofadas estavam prestes a se tornar uma sociedade pré-industrial. Randolph nem deixou chocolate na despensa para mim, o maldito.

No segundo andar, nada tinha mudado. No escritório do meu tio, o sol entrava pelo vitral, projetando uma luz vermelha e laranja pelas estantes e artefatos vikings expostos. Em um dos cantos, uma grande runa entalhada com a cara vermelha e rosnante de um lobo (naturalmente). Mapas caindo aos pedaços e pergaminhos amarelados e desbotados cobriam a escrivaninha de Randolph. Passei os olhos pelos documentos em busca de alguma novidade, alguma coisa importante, mas não vi nada que já não tivesse visto em minha última visita.

Eu me lembrei das palavras no testamento de Randolph, que Annabeth tinha enviado para mim.

É urgente, declarara Randolph, *que meu amado sobrinho Magnus examine meus pertences mundanos o mais rápido possível. É necessário que ele dê especial atenção aos papéis.*

Eu não sabia por que ele havia colocado tais frases no testamento. Nas gavetas, não encontrei nenhuma carta endereçada a mim, nenhum pedido de desculpas sincero dizendo *Querido Magnus, sinto muito por ter mandado matá-lo, depois traído você ao ficar do lado de Loki, esfaqueado seu amigo Blitzen e então quase ter matado você de novo.*

Ele não deixou nem a senha do wi-fi da mansão.

Olhei pela janela do escritório. Do outro lado da rua, no Commonwealth Mall, as pessoas passeavam com os cachorros, jogavam frisbee e curtiam o dia de sol. A estátua de Leif Erikson continuava em seu pedestal, ostentando com orgulho o sutiã de metal, observando o tráfego na rua Charlesgate e provavelmente se perguntando por que não estava na Escandinávia.

— Então... — Alex se aproximou de mim. — Você vai herdar isso tudo?

Ao longo da nossa caminhada até lá, contei para ele o básico sobre o testamento do tio Randolph, mas Alex ainda parecia incrédulo, quase ofendido.

— Randolph deixou a casa para Annabeth e para mim — falei. — Só que, tecnicamente, eu estou morto, o que quer dizer que é tudo de Annabeth. Os advogados de Randolph fizeram contato com o pai de Annabeth, que contou para ela, que contou para mim. Ela pediu que eu desse uma olhada e — eu dei de ombros — decidisse o que fazer com este lugar.

Na estante mais próxima, Alex pegou um porta-retratos com uma foto do tio Randolph com a esposa e as filhas. Eu não conheci Caroline, Emma e Aubrey. Elas morreram num naufrágio durante uma tempestade, anos antes. Mas eu as tinha visto nos meus pesadelos. Sabia que foram a moeda de troca que Loki usou para convencer meu tio, prometendo a Randolph que ele veria a família de novo se o ajudasse a escapar das correntes... E, de certa forma, Loki falou a verdade. Na última vez que vi tio Randolph, ele estava caindo em um abismo direto para Helheim, a terra dos mortos desonrados.

Alex virou o porta-retratos, esperando talvez encontrar um bilhete secreto no verso. Na última vez que fomos àquele escritório, encontramos um convite de casamento escondido assim; um convite que, por sinal, nos trouxe todo tipo de problema. Desta vez, não havia mensagem escondida, apenas papelão, uma visão que causava bem menos sofrimento do que os rostos sorridentes dos meus parentes mortos.

Alex colocou o porta-retratos de volta no lugar.

— Annabeth não liga para o que você vai fazer com a casa?

— Não. Ela já tem muita coisa na cabeça com a faculdade e, você sabe, as questões de semideusa. Só quer que eu avise se encontrar alguma coisa interessante: álbuns de fotos antigos, relíquias de família, esse tipo de coisa.

Alex franziu o nariz.

— Relíquias de família. — O rosto dele tinha a mesma expressão um pouco enojada e um pouco intrigada de quando chutou o lobo morto. — O que tem no andar de cima?

— Não sei direito. Quando eu era criança, nós não tínhamos permissão de ir além dos dois primeiros andares. E, nas poucas vezes que invadi a casa mais recentemente... — Dei de ombros. — Acho que nunca fui tão longe.

Alex me olhou por cima dos óculos, o olho castanho e o olho âmbar como luas díspares subindo no horizonte.

— Parece interessante. Vamos.

O terceiro andar abrigava dois quartos grandes. O da frente estava impecavelmente limpo, frio e impessoal. Tinha duas camas de solteiro. Uma cômoda. Paredes vazias. Talvez fosse um quarto de hóspedes, embora eu duvidasse de que Randolph recebesse muita gente. Ou talvez tivesse sido o quarto de Emma e Aubrey. Se foi, Randolph removera todos os vestígios de ambas, deixando um buraco vazio no meio da casa. Não ficamos muito tempo ali.

O segundo quarto devia ter sido o de Randolph. Tinha o cheiro da colônia de cravo antiquada que ele usava. Havia pilhas de livros mofados junto às paredes. Embalagens de chocolate enchiam a cesta de lixo. Randolph provavelmente comera o estoque todo antes de sair de casa para ajudar Loki a destruir o mundo.

Mas não dava para culpá-lo. É como eu sempre digo: *Chocolate primeiro, destruir o mundo depois.*

Alex pulou na cama de dossel, quicou e sorriu quando as molas rangeram.

— O que você está fazendo? — perguntei.

— Barulho. — Ele se inclinou e mexeu na gaveta da mesa de cabeceira de Randolph. — Vejamos. Pastilhas para tosse. Clipes de papel. Bolinhas de lenço de papel nas quais não vou tocar. E... — Ele assobiou. — Remédio para prisão de ventre! Magnus, tudo isso pertence a você!

— Você é uma pessoa estranha.

— Eu prefiro pessoa *fabulosamente esquisita.*

Nós vasculhamos o restante do quarto, apesar de eu não saber o que estava procurando. *Especial atenção aos papéis*, dizia o testamento de Randolph. Eu duvidava de que ele estivesse falando dos lenços amassados.

Annabeth não tinha conseguido arrancar muitas informações dos advogados de Randolph. Aparentemente nosso tio revisara o testamento pouco antes de morrer. Isso poderia significar que Randolph sabia que seu fim estava próximo, que ele sentiu uma pontada de culpa por ter me traído e então quis me deixar algum tipo de mensagem final. Ou que ele tinha revisado o testamento sob as ordens de Loki. Mas se tudo isso era uma armadilha para me atrair até a mansão, por que havia um lobo morto no saguão?

Não encontrei nenhum papel secreto no armário de Randolph. O banheiro não tinha nada de mais, exceto por uma coleção impressionante de frascos de Listerine pela metade. A gaveta de roupa íntima estava lotada de cuecas azul-marinho suficientes para vestir um esquadrão de Randolphs: todas estilo sunga, engomadas, passadas e dobradas. Algumas coisas desafiam qualquer explicação.

No quarto andar, mais dois quartos vazios. Nada perigoso como lobos, runas explosivas ou cuecas de gente velha.

O último andar era uma biblioteca ainda maior do que a que havia no escritório de Randolph. Uma coleção desorganizada de romances ocupava as prateleiras. Havia uma copa num canto do aposento, com frigobar e chaleira elétrica e — MALDITO SEJA, RANDOLPH! — nenhum chocolate. As janelas tinham vista para os telhados de telhas verdes de Back Bay, e uma escada levava para o que eu supunha ser o terraço.

Uma poltrona de couro que parecia ser confortável estava virada para a lareira. No centro da moldura de mármore havia (é claro) uma cabeça de lobo rosnando. Na cornija, em um tripé, havia um chifre de bebida nórdico cuja borda de prata estava cheia de desenhos de runas e, preso a ele, uma tira de couro. Eu tinha visto milhares de chifres assim em Valhala, mas fiquei surpreso de encontrar um ali. Randolph nunca me pareceu do tipo que bebia hidromel. Talvez usasse para beber chá Earl Grey.

— *Madre de Dios* — disse Alex.

Olhei para ele. Era a primeira vez que eu o ouvia falar espanhol.

Ele indicou uma das fotos na parede e abriu um sorriso malicioso.

— *Por favor*, diga que esse aqui é você.

Era uma foto da minha mãe com o cabelo curto de sempre e um sorriso radiante, vestindo calça jeans e camisa de flanela. Estava de pé no tronco oco de uma figueira, segurando um Magnus bebê virado para a câmera; meu cabelo era um tufo louro platinado, minha boca brilhava de baba e meus olhos cinzentos estavam arregalados como quem diz: *O que é que eu estou fazendo aqui?*

— Eu mesmo — admiti.

— Você era *tão* fofo! — Alex olhou para mim. — O que aconteceu?

— Ha, ha.

Olhei para a parede cheia de fotos. Fiquei surpreso por tio Randolph ter uma foto minha com a minha mãe à vista sempre que se sentasse na poltrona, quase como se realmente gostasse de nós.

Outra foto exibia os irmãos Chase quando crianças, Natalie, Frederick e Randolph, os três usando uniformes militares da Segunda Guerra Mundial, segurando rifles de mentira. Halloween, provavelmente. Ao lado havia uma foto dos meus avós: um casal de testa franzida e cabelos brancos vestindo as extravagantes roupas xadrez dos anos 1970, como se estivessem prontos para ir à igreja ou à discoteca dos cidadãos da terceira idade.

Preciso confessar: eu tinha dificuldade de identificar quem era meu avô e quem era minha avó. Eles morreram antes que eu pudesse conhecê-los, mas, pelas fotos, dava para ver que eram um daqueles casais que ao longo dos anos vão ficando parecidos a ponto de serem praticamente indistinguíveis. Tinham o mesmo cabelo branco em formato de capacete. Os mesmos óculos. Os mesmos bigodes pontudos. Na foto, alguns artefatos vikings, inclusive o chifre de hidromel que agora se via acima da lareira de Randolph, estavam pendurados na parede atrás deles. Eu não fazia ideia de que meus avós gostavam de coisas nórdicas também. Fiquei me perguntando se tinham viajado pelos nove mundos. Isso explicaria as expressões confusas e meio vesgas.

Alex avaliou os livros nas estantes.

— Algo de bom? — perguntei.

— *O senhor dos anéis*. Nada mal. Sylvia Plath. Legal. Ah, *A mão esquerda da escuridão*. Eu adoro esse livro. O resto... meh. A coleção dele tem homens brancos mortos demais para o meu gosto.

— Eu sou um homem branco morto — comentei.

Alex ergueu a sobrancelha.

— Aham, você é.

Eu não sabia que Alex gostava de ler. Fiquei tentado a perguntar se ele gostava de alguns dos meus livros favoritos: *Scott Pilgrim* ou *Sandman*. Eram dois livros fabulosamente esquisitos, mas talvez aquela não fosse a melhor hora para começarmos um clube do livro.

Procurei diários ou compartimentos escondidos nas estantes.

Alex subiu até o último lance de escada. Então olhou para cima e ficou tão verde quanto o cabelo.

— Ei, Magnus. Acho que talvez você devesse ver isso.

Eu me aproximei dele.

No alto da escada, uma escotilha abobadada de acrílico levava ao telhado. E, do outro lado, andando de um lado para outro, havia outro lobo raivoso.

Quatro

Mas veja só: se você agir agora, o segundo lobo é de *graça*!

— Como você quer lidar com isso? — perguntei.

Dos aros do cinto, Alex tirou o fio dourado que tinha a função tripla de acessório da moda, cortador de argila e garrote.

— Eu estava pensando em matá-lo.

O lobo rosnou e passou as unhas na escotilha. Runas mágicas brilharam no acrílico. O pelo do focinho do animal já estava soltando fumaça e chamuscado de tentativas anteriores de entrar.

Eu me perguntei quanto tempo havia que aquele lobo estava no telhado e por que não tentara entrar de outra forma. Talvez não quisesse acabar morto como o amigo no andar de baixo. Ou talvez estivesse interessado apenas naquele aposento.

— Ele quer alguma coisa…

— Nos matar — disse Alex. — E é por isso que a gente deveria matá-lo primeiro. Você quer abrir a escotilha ou…?

— Espere. — Normalmente, eu seria a favor de matar um lobo azul-cintilante, mas alguma coisa naquele animal me incomodava… Seus olhos frios e escuros pareciam nos ignorar, como se o lobo estivesse procurando uma presa diferente. — E se nós deixarmos ele entrar?

Alex olhou para mim como se eu estivesse louco. Ele fazia isso com muita frequência.

— Você quer oferecer uma xícara de chá também? Quem sabe emprestar um livro?

— Ele deve estar aqui em uma missão — insisti. — Alguém mandou esses lobos para buscar alguma coisa. Pode ser a mesma coisa que estou procurando.

Alex refletiu.

— Você acha que Loki mandou os lobos.

Eu dei de ombros.

— Quem mais teria mandado?

— E se a gente deixar o lobo entrar, você acha que ele pode ir direto para o que veio caçar.

— Tenho quase certeza de que ele não veio buscar o remédio para prisão de ventre.

Alex afrouxou ainda mais a gravata xadrez.

— Certo. Nós abrimos a escotilha, vemos aonde o lobo vai e *aí* matamos ele.

— Isso.

Tirei o pingente de runa do pescoço. Jacques assumiu a forma de espada, embora parecesse mais pesado do que o habitual, como uma criança fazendo birra em uma loja de departamentos.

— O que você quer agora? — Jacques suspirou. — Não vê que estou morrendo de coração partido?

Eu poderia ter comentado que ele não podia morrer e que não tinha um coração de verdade, mas achei que seria crueldade.

— Desculpa, Jacques. Nós temos um lobo para matar.

Eu expliquei o que estava acontecendo.

A lâmina de Jacques brilhou em tom violeta.

— Você viu quão afiada era a lâmina da Contracorrente? — perguntou ele em tom sonhador. — Você viu?

— Vi. Muito afiada. Agora, que tal a gente impedir Loki de partir com o poderoso navio da morte e iniciar o Ragnarök? Depois, pode ser que a gente consiga marcar um segundo encontro entre você e Contracorrente.

Outro suspiro.

— Lobo. Telhado. Escotilha. Entendi.

Olhei para Alex e sufoquei um grito. Enquanto não estava olhando, ele tinha se transformado em um enorme lobo cinzento.

— É realmente *necessário* virar um animal quando estou de costas? — perguntei.

Alex mostrou os dentes em um sorriso canino. Ele apontou com o focinho para o alto da escada como quem diz: *O que você está esperando? Sou um lobo. Não posso abrir a escotilha.*

Subi até lá. Era abafado como o interior de uma estufa. Do outro lado da barreira de acrílico, o lobo farejou e tentou morder, deixando filetes de baba e arranhões na superfície. As runas da barreira protetora deviam estar com um gosto ótimo. Estar perto assim de um lobo inimigo fez os pelos da minha nuca se eriçarem.

O que aconteceria se eu abrisse a escotilha? As runas me matariam? Matariam o lobo? Ou seriam desativadas se eu deixasse o lobo entrar por livre e espontânea vontade, já que era a coisa mais idiota que eu podia fazer?

O lobo babou no acrílico.

— Oi, amigão — falei.

Jacques zumbiu na minha mão.

— O quê?

— Não você, Jacques. Estou falando com o lobo. — Eu sorri para o animal, mas aí lembrei que mostrar os dentes não era um gesto muito amigável para os caninos. Então fiz beicinho. — Vou deixar você entrar. Isso não vai ser legal? Aí você vai poder pegar o que veio buscar, pois sei que você não veio aqui me matar, né?

O rosnado do lobo não foi tranquilizador.

— Tudo bem — falei. — Um, dois, três!

Empurrei a escotilha com toda a minha força de einherji, jogando o lobo para trás quando saí para o terraço. Deu tempo de notar uma churrasqueira, hibiscos floridos e duas espreguiçadeiras com uma vista incrível do rio Charles. Tive vontade de dar uns tapas no tio Randolph por nunca ter me contado que tinha um lugar tão legal para festas.

O lobo saiu de trás da escotilha e rosnou, o pelo eriçado como uma nadadeira dorsal desgrenhada. Um dos olhos estava fechado de tão inchado, a pálpebra queimada por causa do contato com a armadilha de runas do meu tio.

— Agora? — perguntou Jacques sem nem um pingo de entusiasmo.

— Ainda não.

Flexionei os joelhos, pronto para entrar em ação. Eu mostraria àquele lobo como podia lutar bem... ou, sabe como é, como podia fugir rápido, dependendo do que a situação pedisse.

O lobo me observou com o olho bom, rosnou com desdém e correu para a escada, entrando na casa.

Não sabia se ficava aliviado ou se me sentia insultado.

Eu corri atrás dele. Quando cheguei ao pé da escada, Alex e o outro lobo estavam trocando rosnados no meio da biblioteca. Mostravam os dentes e se encaravam, procurando sinais de medo ou fraqueza. O lobo azul era bem maior. Os filetes de néon que cintilavam no pelo lhe davam certo ar descolado. Mas ele também estava cego de um olho e mancando de dor. Alex, por ser Alex, não parecia nem um pouco intimidado. Ele se manteve firme enquanto o outro lobo o rodeava.

Quando nosso visitante azul ficou confiante de que Alex não atacaria, ele ergueu o focinho e farejou o ar. Eu esperava que corresse para as estantes e mastigasse algum livro secreto de mapas náuticos, ou talvez um exemplar de *Como deter o navio dos mortos de Loki para leigos*. Mas o lobo disparou na direção da lareira, pulou na prateleira e abocanhou o chifre de hidromel.

Uma parte lerda do meu cérebro pensou: *Ei, acho que eu devia impedir isso.*

Alex estava mais adiantado. Em um movimento fluido, ele voltou à forma humana, deu um passo à frente e atacou com o garrote como se estivesse jogando uma bola de boliche. (Na verdade, foi bem mais gracioso que isso. Eu já tinha visto Alex jogar boliche e não era nada bonito.) O fio dourado se enrolou no pescoço do lobo. Com um puxão, Alex curou o animal de qualquer problema futuro de dor de cabeça.

A carcaça decapitada caiu no carpete, começou a chiar e se desintegrou até restarem apenas o chifre e alguns tufos de pelo.

A lâmina de Jacques ficou pesada na minha mão.

— Tudo bem, então — disse ele. — Parece que você não precisou de mim, afinal de contas. Vou voltar a escrever poesias de amor e me acabar de chorar.

Jacques voltou a ser um pingente de runa.

Alex se agachou ao lado do chifre.

— Alguma ideia de por que um lobo iria querer um item decorativo?

Eu me ajoelhei ao lado dele, peguei o chifre e olhei pela abertura. Enfiado lá dentro, enrolado, estava um livrinho de couro que parecia um diário. Eu o peguei e folheei: desenhos de runas vikings se intercalavam com parágrafos escritos com a letra pequena do tio Randolph.

— Acho que encontramos o autor branco morto certo.

• • •

Nós nos recostamos nas espreguiçadeiras do terraço.

Enquanto eu folheava o diário do meu tio para tentar entender os desenhos desvairados de runas e o texto louco e quase ilegível, Alex relaxava e bebia suco de goiaba no chifre de hidromel.

Por que tio Randolph tinha suco de goiaba no frigobar da biblioteca, eu não fazia ideia.

De tempos em tempos, só para me irritar, Alex bebia com entusiasmo exagerado e estalava os lábios.

— *Ahhhh*.

— Tem certeza de que é seguro beber nesse chifre? — perguntei. — Pode ser amaldiçoado, sei lá.

Alex agarrou o pescoço e fingiu se engasgar.

— Ah, não! Estou virando um sapo!

— Por favor, não.

Ele apontou para o diário.

— Alguma sorte com isso aí?

Olhei para as páginas. Runas dançavam diante dos meus olhos. As anotações eram uma mistura de línguas: norueguês antigo, sueco e algumas que eu não conseguia nem adivinhar. Não que as passagens em inglês fizessem mais sentido para mim. Era como se eu estivesse tentando ler um livro de física quântica avançada de trás para a frente em um espelho.

— A maior parte eu não consigo entender — admiti. — As primeiras páginas parecem ser da época em que Randolph estava procurando pela Espada do Verão. Reconheço algumas referências. Mas aqui, no final...

As últimas páginas foram escritas com pressa. A caligrafia de Randolph ficou trêmula e frenética. Manchas de sangue seco salpicavam o papel. Eu lembrei que, na tumba dos zumbis vikings em Provincetown, vários dedos de Randolph foram cortados. Aquelas páginas podiam ter sido escritas depois, com a outra mão. As letras trêmulas lembravam meus garranchos do ensino fundamental, quando a professora me obrigava a usar a mão direita.

Na última página, Randolph rabiscou meu nome: *Magnus*.

Debaixo dele, desenhou duas serpentes entrelaçadas formando um oito. A qualidade era péssima, mas reconheci o símbolo na mesma hora. Alex tinha um desenho idêntico tatuado na nuca: o símbolo de Loki.

Em seguida havia um termo que supus ser norueguês antigo: *mjöð*. Depois, algumas anotações em inglês: *Talvez impeça L. Pedra de amolar de Bolverk > guardiões. Onde?*

A última palavra estava inclinada, e o ponto de interrogação era um rabisco desesperado.

— O que você acha disso?

Eu passei o diário para Alex. Ele franziu a testa.

— É o símbolo da minha mãe, obviamente.

(Vocês ouviram certo. Loki costumava preferir a forma masculina, mas por acaso era a mãe de Alex. Longa história.)

— E o resto? — perguntei.

— Essa palavra parece um *mu* com um *j*. Será que as vacas escandinavas têm sotaque?

— Então você não lê norueguês antigo ou sabe-se lá que língua é essa?

— Magnus, talvez você fique surpreso de saber que não tenho todos os talentos do mundo. Só os mais importantes.

Ele estreitou os olhos para o papel. Quando se concentrava, o canto esquerdo da boca tremia como se ele estivesse apreciando uma piada secreta. Esse tique me distraía. Queria saber o que ele achava tão engraçado.

— Talvez impeça L — leu Alex. — Vamos supor que seja Loki. A pedra de amolar de Bolverk... Você acha que é a mesma coisa que a pedra Skofnung?

Estremeci. Nós perdemos a pedra e a espada Skofnung durante uma festa de casamento na caverna de Loki, quando ele se libertou das amarras que o aprisionavam havia milhares de anos. (Ops. Desculpa aí.) Eu nunca mais queria ver aquela pedra de amolar de novo.

— Espero que não — falei. — Você já ouviu falar em Bolverk?

— Não. — Alex terminou o suco de goiaba. — Mas já estou começando a gostar desse chifre de hidromel. Você se importa se eu ficar com ele?

— É todo seu. — Achei a ideia de Alex levar um souvenir da mansão da minha família estranhamente agradável. — Se Randolph queria que eu encontrasse o diário e Loki mandou os lobos para recuperá-lo antes que eu pudesse...

Alex jogou o diário para mim.

— Você quer dizer: supondo que o que você disse seja verdade, que tudo isso não seja uma armadilha e que o diário não seja apenas os delírios de um doido?

— Hã... é.

— Então, na melhor das hipóteses, seu tio teve uma ideia para impedir Loki. Não era algo que ele pudesse fazer, mas esperava que você conseguisse. Envolve uma pedra de amolar, um Bolverk e possivelmente uma vaca escandinava.

— Quando você fala assim, não parece muito promissor.

Alex cutucou a ponta do chifre de hidromel.

— Desculpe estragar a festa, mas a maioria dos planos para impedir Loki falha. Nós sabemos bem disso.

A amargura na voz dele me surpreendeu.

— Você está pensando no seu treinamento com Sam — concluí. — Como está indo?

O rosto de Alex já foi resposta suficiente.

Dentre as muitas qualidades perturbadoras de Loki, ele era capaz de obrigar os filhos a fazer o que quisesse quando estavam na presença dele, o que tornava as reuniões de família um verdadeiro inferno.

Alex era exceção. Ele tinha aprendido a resistir ao poder de Loki e, nas últimas seis semanas, estava tentando ensinar sua meia-irmã Samirah al-Abbas a fazer o mesmo. O fato de nenhum dos dois falar muito sobre os treinos sugeria que não estavam tendo muito progresso.

— Ela está se esforçando — disse Alex. — Não facilita o fato de ela estar...

Ele hesitou.

— O quê?

— Deixa pra lá. Prometi não falar sobre isso.

— Agora fiquei curioso. Está tudo bem entre ela e Amir?

Alex riu.

— Ah, está. Eles ainda estão apaixonados, sonhando com o dia em que vão poder se casar. Eu juro, se eu não vigiasse aqueles dois, acabariam fazendo alguma loucura, tipo dar as mãos.

— Então, qual é o problema?

Alex ignorou minha pergunta.

— Só estou dizendo que você não deveria confiar em nada que vier do seu tio Randolph. Nem o conselho nesse diário. Nem essa casa. As coisas que herdamos da família… *sempre* têm um preço.

Pareceu uma coisa estranha para ele dizer, considerando que estava apreciando a vista do terraço magnífico de Randolph enquanto tomava suco de goiaba gelado no chifre de hidromel viking dele, mas tive a sensação de que Alex não estava pensando no meu tio desequilibrado.

— Você nunca fala muito sobre a sua família — observei. — Sobre a sua família mortal.

Ele olhou para mim de forma sombria.

— Nem vou começar agora. Se você soubesse *metade* da…

CRAW! Em uma agitação de penas pretas, um corvo pousou na ponta da bota de Alex.

Não se vê muitos corvos selvagens em Boston. Gansos-do-canadá, gaivotas, patos, pombos, até falcões, sim. Mas quando uma ave preta enorme pousa no seu pé, isso só pode querer dizer uma coisa: mensagem de Valhala.

Alex esticou a mão. (Normalmente, não recomendado com corvos. A bicada dói à beça.) A ave pulou no pulso dele, vomitou uma cápsula do tamanho de uma noz-pecã na palma de sua mão e saiu voando, tendo cumprido sua missão.

Sim, nossos corvos entregam mensagem via correio do vômito. Os corvos têm a capacidade natural de regurgitar qualquer coisa que não consigam digerir, como ossos e pelo, por isso não têm problemas para engolir uma cápsula de mensagem, voar pelos nove mundos e vomitar no destinatário correto. Não seria *minha* escolha de carreira, mas, ei, não estou aqui para julgar ninguém.

Alex abriu a cápsula. Desdobrou uma carta e começou a ler, o canto da boca tremendo de novo.

— É do T.J. — disse ele. — Parece que vamos partir hoje. Agora, na verdade.

— O quê? — Eu me sentei na espreguiçadeira. — Por quê?

Claro que eu sabia que estávamos ficando sem tempo. Tínhamos que partir logo para podermos chegar ao navio de Loki antes do solstício de verão. Mas havia uma grande diferença entre *logo* e *agora*. Eu não era muito fã de *agora*.

Alex continuou lendo.

— Alguma coisa a ver com a maré? Sei lá. É melhor eu ir buscar Samirah na escola. Ela tem aula de cálculo. Não vai ficar nada feliz.

Ele se levantou e ofereceu a mão para mim.

Eu não queria me levantar. Queria ficar no terraço com Alex e ver a luz da tarde mudar a cor do rio de azul para âmbar. Talvez nós pudéssemos ler alguns livros velhos do Randolph. Beber todo o suco de goiaba. Mas o corvo vomitou nossas ordens. Não dava para discutir com vômito de corvo.

Eu aceitei a mão dele e me levantei.

— Quer que eu vá com você?

Alex franziu a testa.

— Não, seu burro. Você tem que voltar para Valhala. É você que está com o barco. Falando nisso, você já avisou aos outros sobre...?

— Não — respondi rápido, o rosto ficando vermelho. — Ainda não.

Alex riu.

— Isso vai ser interessante. Não nos espere. Vamos alcançar vocês no caminho!

Antes que eu pudesse perguntar o que ele queria dizer com isso, Alex virou um flamingo e saiu voando pelo céu, tornando aquele um dia especial para os observadores de pássaros de Boston.

Cinco

Eu me despeço de Erik, de Erik, de Erik e também de Erik

Reza a lenda que Valhala tem quinhentos e quarenta portões, convenientemente distribuídos por todos os nove mundos para facilitar o acesso.

Mas nenhuma lenda menciona que uma dessas entradas fica na Forever 21 da rua Newbury, atrás de uma arara na seção feminina de roupas de ginástica.

Não era a entrada que eu gostava de usar normalmente, mas *era* a mais próxima da mansão do tio Randolph. Ninguém em Valhala sabia me explicar por que havia um portal na Forever 21. Alguns especulavam que remonta à época em que o prédio não era uma loja. Achei que a localização podia ser uma das piadinhas de Odin, pois muitos de seus einherjar teriam literalmente vinte e um anos para sempre, ou dezesseis, ou dezessete.

Meu amigo anão Blitzen odiava aquela entrada. Toda vez que eu mencionava a Forever 21, ele começava a resmungar que as roupas *dele* eram bem melhores. Algo a ver com bainhas. Sei lá.

Cruzei a seção de lingerie e recebi um olhar atravessado da vendedora, depois pulei na arara de roupas de ginástica e saí do outro lado em uma das salas de jogos do Hotel Valhala. Estava rolando um torneio de bilhar, no qual os vikings usam lanças em vez de tacos. (Dica: nunca fique atrás de um viking quando ele for dar uma tacada.) Erik, o Verde, do 135º andar, me cumprimentou com alegria. (Até onde sei, setenta e dois por cento da população masculina de Valhala se chama Erik.)

— Salve, Magnus Chase! — Ele apontou para o meu ombro. — Tem uma calça de lycra bem aí.

— Ah, valeu.

Soltei a calça legging que tinha ficado grudada na minha camiseta e joguei no cesto marcado DEVOLVER P/ AS ARARAS.

Então saí em busca dos meus amigos.

Andar pelo Hotel Valhala nunca era chato. Ao menos não para mim, e os einherjar que já estavam ali centenas de anos a mais do que eu diziam a mesma coisa. Graças ao poder de Odin, ou à magia das Nornas, ou talvez só ao fato de termos uma IKEA viking, a decoração mudava constantemente, embora sempre houvesse muitas lanças e escudos e talvez mais desenhos de lobo do que eu gostaria.

Até encontrar os elevadores exigia navegar por corredores que tinham mudado de tamanho e de direção desde a manhã, passando por aposentos que eu nunca tinha visto. Em uma sala enorme com paredes de carvalho, guerreiros brincavam de *curling* usando remos como vassouras e escudos de combate como pedras. Muitos estavam com talas nas pernas, braços em tipoias e ataduras na cabeça, porque, é claro, os einherjar praticavam *curling* até a morte.

O saguão principal estava com um carpete novo de um tom intenso de vinho, uma ótima cor para esconder manchas de sangue. As paredes agora tinham tapeçarias exibindo valquírias voando para a batalha contra gigantes do fogo. Era um lindo trabalho, embora a proximidade de tantas tochas me deixasse um pouco nervoso. Valhala era meio negligente em relação a protocolos de segurança. Eu não gostava de morrer queimado. (Era uma das mortes que eu mais detestava, junto com engasgar com balinhas de menta depois de uma refeição no salão de jantar.)

Peguei o elevador para o décimo nono andar. Infelizmente, a música ambiente não tinha mudado. Eu já estava a ponto de conseguir cantar junto com Frank Sinatra em norueguês. Ainda bem que meu quarto ficava em um andar baixo. Morar nos cento e tanto teria me deixado... bem, maluco.

No andar dezenove, tudo estava estranhamente quieto. Não ouvi o som de um jogo de videogame violento vindo do quarto de Thomas Jefferson Jr. (Soldados mortos da Guerra Civil *amam* videogames quase tanto quanto amam atacar colina acima.) Não vi sinal de que Mallory Keen tivesse praticado lançamento de facas no corredor. A porta do quarto de Mestiço Gunderson estava aberta e, lá dentro, um bando de corvos voando pela biblioteca e pela coleção de armas tirava o pó de livros e machados. O homenzarrão em si não estava em lugar nenhum.

Meu quarto tinha sido arrumado recentemente. A cama estava feita. No átrio central, as árvores tinham sido podadas, e a grama, aparada. (Eu não conseguia entender como os corvos usavam o cortador de grama.) Na mesa de centro, um bilhete com a caligrafia elegante de T.J. dizia:

Estamos na doca 23, subnível 6. Encontramos você lá!

A TV estava ligada no canal do Hotel Valhala, que exibia uma lista dos eventos da tarde: raquetebol, paintball-metralhadora (igual a paintball normal, só que com metralhadoras), aquarela, culinária italiana, amolação avançada de espadas e uma coisa chamada vitupério — tudo até a morte.

Olhei para a tela com melancolia. Nunca quis praticar aquarela até a morte, mas no momento estava tentado. Parecia bem mais fácil do que a viagem que eu estava prestes a fazer saindo da doca vinte e três, subnível seis.

Uma coisa de cada vez: tomei banho para tirar o cheiro do porto de Boston. Vesti roupas limpas. Peguei minha bolsa de viagem. Dentro dela: suprimentos de camping, algumas provisões básicas e, claro, algumas barras de chocolate.

Por melhor que minha suíte do hotel fosse, eu não tinha muitas coisas pessoais; só alguns dos meus livros favoritos e umas fotos do meu passado que apareciam magicamente com o tempo, ocupando aos poucos a prateleira acima da lareira.

O hotel não era para ser um lar eterno. Nós, einherjar, podíamos ficar lá durante séculos, mas era só uma parada no caminho até o Ragnarök. O hotel todo irradiava uma sensação de transitoriedade e expectativa. *Não fique muito à vontade*, o lugar parecia dizer. *Você pode ir embora a qualquer momento para sua morte definitiva no Juízo Final. Uhul!*

Olhei meu reflexo no espelho. Eu não sabia por que me dava ao trabalho. Nunca liguei muito para aparências durante os dois anos que morei nas ruas, mas ultimamente Alex Fierro pegava no meu pé sem parar e isso me deixou acanhado em relação à minha imagem.

Além do mais, se você não se olha de tempos em tempos em Valhala, pode acabar andando por aí por horas com cocô de corvo no ombro, uma flecha na bunda ou uma calça legging em volta do pescoço.

Botas: ok. Calça jeans nova: ok. Camiseta verde do Hotel Valhala: ok. Casaco de penas, apropriado para expedições em água fria e cair de mastros: ok.

Pingente de runa que podia virar uma espada mágica cujo coração estava partido: ok.

Depois de viver nas ruas, eu ainda não tinha me acostumado a estar com o rosto tão limpo. Nem com meu novo corte de cabelo, feito pela primeira vez por Blitz durante nossa incursão em Jötunheim. Desde então, toda vez que o cabelo começava a crescer, Alex cortava de novo, deixando minha franja longa o suficiente para cair nos olhos e a parte de trás na altura da gola da camisa. Eu estava acostumado a ficar com o cabelo bem mais desgrenhado e ondulado, mas Alex tinha uma alegria tão grande em assassinar meus cachos louros que era impossível dizer não.

Está perfeito!, dizia Alex. *Seu rosto ainda está meio escondido, mas pelo menos agora parece que você penteou o cabelo!*

Coloquei o diário de Randolph na bolsa, junto com o último item no qual estava tentando não pensar: o lenço de seda que ganhei do meu pai.

Suspirei para o Magnus no espelho.

Bem, é melhor ir logo, senhor Magnus. Seus amigos esperam ansiosamente para rir da sua cara.

— Lá está ele! — gritou Mestiço Gunderson, berserker extraordinário, sempre apontando o óbvio.

Mestiço veio correndo em minha direção como um caminhão afetuoso. O cabelo estava mais desgrenhado do que o meu já havia sido na vida. (Eu tinha quase certeza de que ele mesmo cortara. Usando um machado. No escuro.) Ele estava de camiseta, o que era incomum, mas os braços ainda eram uma paisagem selvagem de músculos e tatuagens. Nas costas carregava o machado chamado Machado, e seis facas presas na calça de couro.

Ele me envolveu em um abraço de urso e me levantou, talvez um teste para ter certeza de que minhas costelas não quebrariam sob pressão. Depois me devolveu ao chão e deu tapinhas nos meus ombros, aparentemente satisfeito.

— Pronto para uma missão? — berrou ele. — Porque eu estou pronto para uma missão!

Da beirada do cais, onde enrolava cordas, Mallory Keen gritou:

— Ah, cala a boca, bobão! Ainda acho que devíamos te usar de figura de proa.

O rosto de Mestiço ficou vermelho, mas ele manteve o olhar em mim.

— Estou tentando não matar ela, Magnus. De verdade. Mas é *tão* difícil. É melhor eu me ocupar, senão vou acabar fazendo algo de que vou me arrepender. Você está com o lenço?

— Hã, estou, mas...

— Bom homem. O tempo urge!

Ele andou até a doca e começou a separar seus suprimentos: bolsas de couro enormes, sem dúvida cheias de comida, armas e muitas calças de couro extras.

Eu observei a caverna. Na parede à esquerda, um rio corria pelo canal, emergindo de um túnel do tamanho perfeito para um trem de um lado e desaparecendo em um túnel idêntico do outro. O teto em arco era de madeira polida, o que amplificava o rugido da água e me fazia sentir como se estivéssemos dentro de um barril. Havia suprimentos e bagagens enfileirados no cais, esperando o navio no qual seriam carregados.

Na extremidade da doca, Thomas Jefferson Jr. estava absorto em uma conversa com o gerente do hotel, Helgi, e seu assistente, Hunding, os três analisando uma papelada em uma prancheta. Como tenho aversão a papeladas e a Helgi, andei até Mallory, que agora enfiava arpéus de ferro em um saco de aniagem.

Ela vestia peles pretas e jeans preto, seu cabelo ruivo preso em um coque apertado. Sob a luz das tochas, as sardas brilhavam alaranjadas. Como sempre, ela levava seu par de facas de confiança preso na cintura.

— Está tudo bem? — perguntei, porque estava na cara que não.

Mallory franziu as sobrancelhas.

— Não comece você também, senhor... — Ela me chamou de um termo gaélico que não reconheci, mas tinha certeza de que não significava *querido amigo*. — Estávamos esperando você e o barco.

— Onde estão Blitzen e Hearthstone?

Fazia várias semanas que eu não via meu amigo anão e meu amigo elfo, portanto mal podia esperar para que viessem a bordo conosco. (Uma das poucas coisas para a qual eu estava ansioso.)

Mallory grunhiu com impaciência.

— Nós vamos encontrar os dois no caminho.

Isso poderia significar que nossa parada seria em outra parte de Boston ou em outro mundo, mas Mallory não parecia estar com humor para entrar em detalhes. Ela olhou por cima do meu ombro e franziu a testa.

— E Alex e Samirah?

— Alex disse que eles vão nos encontrar depois.

— Muito bem, então. — Mallory balançou a mão para mim. — Vai assinar nossa partida.

— Assinar nossa partida?

— É... — Ela falou a palavra de forma bem arrastada só para demonstrar o quanto achava que eu era lento. — Com Helgi. O gerente. Vai logo!

Como ela estava segurando um punhado de arpéus, fiz o que ela mandou.

T.J. estava com o pé apoiado em uma caixa de suprimentos, o rifle nas costas. Os botões de metal brilhavam em seu casaco do Exército da União. Ele me cumprimentou inclinando um pouquinho seu quepe da infantaria.

— Bem na hora, meu amigo!

Helgi e Hunding trocaram olhares nervosos, como faziam sempre que Odin anunciava um de seus retiros motivacionais para a equipe.

— Magnus Chase — disse Helgi, puxando sua barba que mais parecia um animal atropelado. Vestia o terno listrado verde-escuro de sempre. Provavelmente ele achava que a roupa o fazia parecer um profissional do ramo de hotelaria, mas na verdade só fazia com que parecesse um viking usando um terno listrado. — Estávamos começando a ficar preocupados. A maré alta vai começar a qualquer minuto.

Olhei para a água que corria com violência pelo canal. Eu sabia que vários rios subterrâneos passavam por Valhala, mas não entendia como podiam estar sujeitos a marés. Também não compreendia como o nível da água ali podia *aumentar* sem inundar todo o aposento. Por outro lado, eu estava tendo uma conversa com dois vikings mortos e um soldado da Guerra Civil, então decidi deixar a lógica de lado.

— Desculpa. Eu estava...

Fiz um sinal vago, tentando indicar que estava lendo diários misteriosos, matando lobos e quebrando as pernas no porto de Boston.

T.J. praticamente vibrava de empolgação.

— Está com o barco? Mal posso esperar para ver!

— Hã, sim.

Eu comecei a remexer na bolsa, mas o lenço parecia ter ido parar lá no fundo. Hunding retorceu as mãos. Os botões de seu uniforme de porteiro estavam nas casas erradas, como se ele tivesse se vestido às pressas de manhã.

— Você não perdeu, né? Eu avisei sobre deixar itens mágicos à vista no quarto! Mandei os corvos da limpeza não tocarem nele. "É um navio de guerra!", eu disse. "Não um guardanapo!" Mas eles ficavam querendo levar para lavar junto com os lençóis. Se tiver sumido...

— A culpa vai ser *sua* — rosnou Helgi para o porteiro. — O andar dezenove está na *sua* área de serviço.

Hunding se encolheu. Ele e Helgi tinham uma desavença que durava vários séculos. O gerente inventava qualquer desculpa para fazer Hunding trabalhar turnos extras jogando lixo no incinerador ou lavando as tocas dos *lindwyrms*.

— Relaxem. — Peguei o tecido. — Estão vendo? Aqui está. E, Hunding, isto é para você. — Eu entreguei a ele uma das minhas barras de chocolate. — Obrigado por ficar de olho no meu quarto.

Os olhos do porteiro ficaram marejados.

— Garoto, você é o melhor. Pode deixar itens mágicos à vista no quarto quando quiser!

— Humf. — Helgi fechou a cara. — Muito bem, Magnus Chase, vou precisar que você assine a partida do grupo. — Ele empurrou a prancheta para mim. — Leia cuidadosamente e rubrique o pé de cada página.

Folheei umas doze páginas de linguagem densa e burocrática. Passei os olhos por frases como *no caso de morte por ataque de esquilo* e *o proprietário não será responsabilizado por desmembramento fora da área do hotel*. Não me surpreendia meus amigos preferirem sair do hotel sem permissão. Os formulários de liberação eram brutais.

T.J. pigarreou.

— Então, Magnus, já que você está fazendo isso, posso montar o barco? Posso? Estou pronto para botar esse regimento a caminho!

Dava para perceber. Ele estava carregado de sacolas de munição, bolsas a tiracolo e cantis suficientes para uma marcha de trinta dias. Os olhos brilhavam tanto quanto a baioneta que carregava. Como T.J. costumava ser a voz da razão no andar dezenove, eu estava feliz que ele fosse junto, mesmo que ficasse um pouco empolgado demais com ataques diretos a exércitos inimigos.

— Pode. Claro que pode, cara.

— VIVA! — Ele puxou o lenço da minha mão e correu para o cais.

Eu assinei os formulários, tentando não dar atenção demais às cláusulas sobre arbitragem caso fôssemos incinerados pelo fogo de Muspelheim ou pulverizados por gigantes do gelo. Devolvi a prancheta a Helgi.

O gerente franziu a testa.

— Tem certeza de que leu tudo?

— Hã... tenho. Eu leio rápido.

Helgi segurou meu ombro.

— Então boa sorte, Magnus Chase, filho de Frey. E lembre-se: você *precisa* impedir que *Naglfar*, o navio de Loki, parta no solstício de verão...

— Eu sei.

— ... senão o Ragnarök terá início.

— Certo.

— E se isso acontecer, as reformas no salão de jantar não vão terminar nunca. Isso sem falar no andar quarenta e dois, que não vai ter internet banda larga tão cedo.

Eu assenti com tristeza. Ser responsável pela conexão de internet de um andar inteiro era uma pressão extra da qual eu não precisava.

— Nós vamos conseguir. Não se preocupe.

Helgi puxou novamente a barba.

— Mas, se você *der* início ao Ragnarök, será que pode voltar para cá o mais rápido possível ou mandar uma mensagem de texto?

— Tudo bem. Hã, mensagem de texto?

Até onde eu sabia, a equipe do hotel só usava corvos. Eles não sabiam usar celulares. Nenhum deles tinha um aparelho. Mas isso não os impedia de fingir que sabiam do que estavam falando.

— Nós vamos precisar que todo mundo comece a preencher a pesquisa de satisfação dos hóspedes antes de partirmos para o Juízo Final — explicou Helgi.

— Para acelerar as mortes. Se você não conseguir voltar, pode preencher on-line.

E, se não se importar de marcar *excelente* sempre que houver menção ao gerente, fico grato. Odin lê esses formulários.

— Mas, se vamos todos morrer mesmo...

— Bom homem. — Ele deu um tapinha no meu ombro. — Bem, tenha uma ótima... er, uma viagem bem-sucedida!

Ele colocou a prancheta embaixo do braço e saiu andando, provavelmente para inspecionar as reformas do salão de jantar.

Hunding suspirou.

— Esse homem não tem bom senso. Mas obrigado pelo chocolate, meu garoto. Eu só queria poder fazer mais por você.

Senti uma descarga de energia com uma ideia súbita. Durante o tempo que passei no hotel, Hunding se tornou minha melhor fonte de informações. Ele sabia tudo sobre todos (literalmente). Sabia todos os itens secretos do cardápio de serviço de quarto. Sabia como ir do saguão até o terraço de observação acima do bosque de Glasir sem ter que passar pelo amontoado de lojas de souvenirs. Ele era uma Vikingpédia ambulante.

Peguei o diário de Randolph e mostrei a ele a última página.

— Alguma ideia do que essa palavra quer dizer?

Eu apontei para *mjöð*.

Hunding riu.

— Quer dizer *hidromel*, claro!

— Hã. Então não tem nada a ver com vacas?

— Como é?

— Deixa pra lá. E esse nome aqui: Bolverk?

Hunding ficou tão surpreso que deixou a barra de chocolate cair.

— Bolverk? NÃO. Não, não, não. Que livro é esse, garoto? Por que você...?

— Aiii! — gritou Mestiço do porto. — Magnus, precisamos de você aqui agora!

O rio estava começando a se avolumar, lançando espuma e respingos na doca. T.J., balançando o lenço desesperadamente, gritou:

— Como isso aqui funciona? Como?

Não tinha passado pela minha cabeça que o navio dobrável, por ter sido presente do meu pai, talvez só funcionasse para mim. Eu corri para ajudar.

Mallory e Mestiço reuniam os suprimentos às pressas.

— Temos no máximo um minuto até que a maré alta inunde a caverna inteira! — gritou Mestiço. — Navio, Magnus! Agora!

Peguei o lenço e tentei firmar minhas mãos trêmulas. Eu tinha praticado o truque de desdobrar o navio algumas vezes em águas calmas — uma vez sozinho e uma vez com Alex —, mas ainda não conseguia realmente acreditar que funcionaria. Definitivamente eu não estava ansioso para ver o resultado.

Joguei o lenço na direção da água. Assim que o tecido encostou na superfície, os cantos se desdobraram e se desdobraram e continuaram se desdobrando. Era como ver a construção de uma estrutura de Lego em um vídeo acelerado. No tempo que levamos para inspirar e expirar duas vezes, um navio viking surgiu ancorado no canal, a água turbulenta correndo em torno de sua popa.

Mas claro que ninguém elogiou o casco lindamente entalhado, nem os elaborados escudos vikings nas amuradas, muito menos as cinco fileiras de remos, recolhidos e parados, prontos para o que desse e viesse. Ninguém notou como o mastro principal tinha dobradiças e estava dobrado para conseguir passar por aquele túnel baixo sem quebrar. Ninguém perdeu o fôlego diante da bela figura de dragão na proa, nem elogiou o fato de a embarcação ser bem maior e mais espaçosa do que um típico navio viking, tendo até uma área coberta sob o convés para não termos que dormir na chuva e na neve.

O primeiro comentário de Mallory Keen foi:

— Podemos conversar a respeito da cor?

T.J. franziu a testa.

— Por que ele é...

— Eu não sei! — respondi, deprimido. — Eu *realmente* não sei por que ele é amarelo!

Meu pai, Frey, tinha enviado o barco duas semanas antes com a promessa de que seria a embarcação perfeita para nossa viagem. O navio nos levaria aonde precisávamos ir. E nos protegeria nos mares mais traiçoeiros.

Meus amigos ficaram animados. Confiaram em mim mesmo quando me recusei a dar a eles uma prévia do nosso navio mágico.

Mas por que, ah, por que meu pai tinha pintado o barco da cor da mais artificial das margarinas?

Tudo nele era de um tom amarelo-ovo de derreter os olhos: as cordas, os escudos, o casco, a vela, o leme, até o busto de dragão na frente. Até onde eu sabia, a parte de baixo do barco também era amarela, e com isso deixaríamos cegos todos os peixes em nosso caminho.

— Bem, não importa agora — disse Mestiço, fazendo uma carranca para mim como se importasse muito. — Levem tudo a bordo! Vamos, depressa!

Corrente acima, um rugido ecoou do túnel como um trem de carga se aproximando. O navio bateu na doca. Mestiço jogou nossos suprimentos no convés enquanto T.J. recolhia a âncora e Mallory e eu segurávamos as amarras com toda a nossa força de einherji.

Na hora que Mestiço jogou os últimos sacos no barco, uma parede de água explodiu do túnel atrás de nós.

— Vamos! — gritou T.J.

Pulamos a bordo no instante em que a onda bateu na popa, nos empurrando para a frente como o coice de uma mula gigante.

Olhei para a doca uma última vez. Hunding, o porteiro, estava com água na altura dos joelhos. De lá, segurando a barra de chocolate, ele olhava para mim enquanto disparávamos rumo à escuridão, seu rosto tomado de choque como se, depois de tantos séculos convivendo com mortos em Valhala, ele finalmente tivesse visto um fantasma de verdade.

SEIS

Eu tenho um pesadelo com unhas do pé

Gosto dos rios como gosto dos meus inimigos: lentos, largos e preguiçosos.

Eu raramente consigo aquilo de que gosto.

Nosso barco disparou pelas corredeiras em meio à escuridão quase total. Meus amigos corriam pelo convés, agarrando cordas e tropeçando nos remos. O barco era jogado de um lado para outro, me fazendo sentir como se estivesse surfando em um pêndulo. Mallory segurou o leme com toda a força, tentando nos manter no meio da corrente.

— Não fique aí parado! — gritou ela para mim. — Ajude!

Aquele velho ditado é verdade: nenhum treinamento náutico sobrevive ao primeiro contato com a água.

Tenho quase certeza de que isso é um velho ditado.

Tudo que aprendi com Percy Jackson evaporou do meu cérebro. Esqueci o que era bombordo e estibordo, proa e popa. Esqueci como desencorajar ataques de tubarão e como cair da forma certa do mastro. Saí pulando pelo convés gritando "Estou ajudando! Estou ajudando!", sem ter ideia do que deveria fazer.

Nós oscilamos e sacudimos pelo túnel em velocidades impossíveis, nosso mastro dobrado quase tocando o teto. A ponta dos remos arranhou as paredes de pedra, criando fagulhas amarelas que faziam com que parecesse que fadas estavam patinando ao nosso lado.

T.J. passou correndo por mim, indo na direção da proa e quase me empalando com a baioneta.

— Magnus, segura a corda! — gritou ele, indicando praticamente todas as cordas do navio.

Segurei o cordame mais próximo e puxei com o máximo de força que consegui, torcendo para ter pegado a corda certa, ou pelo menos torcendo para parecer útil mesmo fazendo a coisa errada.

O barco caiu por uma série de cachoeiras. Meus dentes transmitiram várias mensagens em código Morse. Ondas geladas açoitavam os escudos nas amuradas. De repente, o túnel se alargou, e batemos de lado em uma pedra que apareceu do nada. O barco começou a girar. Nós despencamos por uma cachoeira para a morte certa, e quando o ar virou uma névoa fria ao nosso redor... tudo ficou escuro.

Que momento fantástico para ter uma visão!

Eu me vi de pé no convés de um navio diferente.

Ao longe, penhascos glaciais contornavam uma baía larga coberta de gelo. O ar estava tão frio que uma camada de gelo começou a se formar nas mangas do meu casaco. Sob meus pés, em vez de tábuas de madeira, havia uma superfície irregular em tons de cinza e preto brilhante, como o casco de um tatu.

O navio todo, uma embarcação viking do tamanho de um porta-aviões, era feito do mesmo material. Infelizmente, eu já sabia o que era: as unhas cortadas dos mortos desonrados, bilhões e bilhões de unhas de zumbis nojentos, tudo reunido por magia do mal para criar *Naglfar*, conhecido também como o navio dos mortos.

Acima de mim, velas cinzentas tremulavam no vento congelante.

Arrastando-se pelo convés havia milhares de esqueletos humanos ressecados vestidos com armaduras enferrujadas: *draugrs*, zumbis vikings. Gigantes andavam entre eles, berrando ordens e os chutando para que entrassem em formação. Pelo canto do olho, tive vislumbres de seres escuros: sombras sem corpo que podiam ser lobos, serpentes ou esqueletos de cavalos feitos de fumaça.

— Vejam quem está aqui! — disse uma voz alegre.

De pé na minha frente, com o uniforme branco de almirante da marinha, estava o próprio Loki. O cabelo da cor de folhas do outono saía pelas laterais do quepe. As íris intensas cintilavam como anéis de âmbar líquido, sufocando as pobres pupilas presas. Apesar do rosto cheio de marcas por causa dos séculos em que veneno de cobra ficou pingando entre seus olhos, apesar dos lábios retorcidos e cheios de cicatrizes que muito tempo antes tinham sido costurados por um anão furioso, Loki sorriu de forma tão calorosa e simpática que precisei me esforçar para não retribuir.

— Veio me visitar? — perguntou ele. — Incrível!

Eu tentei gritar com ele. Queria repreendê-lo por ter matado meu tio, por torturar meus amigos, por arruinar minha vida e provocar seis meses inteiros de indigestão, mas minha garganta parecia estar cheia de cimento.

— Ficou sem palavras? — Loki riu. — Tudo bem, porque eu tenho *muito* a dizer pra você. Primeiro, um aviso: eu *realmente* pensaria duas vezes antes de seguir os planos de Randolph. — Seu rosto foi tomado por falsa solidariedade. — Infelizmente, o pobre homem ficou meio senil pouco antes de morrer. Apenas um louco daria atenção a ele!

Senti vontade de estrangular Loki, mas minhas mãos estavam estranhamente pesadas. Olhei para baixo e vi que minhas unhas estavam crescendo em velocidade nada natural, se esticando na direção do convés como uma raiz procurando o solo. Meus pés pareciam grandes demais para os sapatos. Percebi que minhas unhas dos pés também estavam crescendo, empurrando as meias, tentando fugir do confinamento das botas.

— O que mais? — Loki bateu com o dedo no queixo. — Ah, sim! Olhe!

Ele indicou a baía além das hordas de zumbis se arrastando, movimentando o braço como se revelasse um fabuloso prêmio que eu tinha acabado de ganhar. No horizonte enevoado, um dos penhascos glaciais tinha começado a se desfazer, soltando pedaços enormes de gelo na água. O som chegou aos meus ouvidos meio segundo depois: um rugido abafado como um trovão.

— Legal, né? — Loki sorriu. — O gelo está derretendo bem mais rápido do que imaginava. Eu *amo* o aquecimento global! Nós vamos poder partir antes do fim da semana, então, na verdade, você já está atrasado. Eu daria meia-volta e retornaria para Valhala, se fosse você. Afinal, só tem alguns dias para se divertir antes de o Ragnarök chegar. Podia muito bem fazer uma das fabulosas aulas de yoga!

Minhas unhas rebeldes chegaram ao convés. Penetraram na superfície cinza brilhante, me puxando para baixo, me obrigando a me curvar. As unhas dos meus pés arrebentaram os sapatos. Fiquei imobilizado enquanto as unhas de homens mortos começaram a crescer como árvores na minha direção, curvando-se com ansiedade em volta dos meus cadarços, envolvendo meus tornozelos.

Loki abriu um sorriso gentil, como se estivesse observando um bebê dando os primeiros passos.

— Sim, é uma semana maravilhosa para o Juízo Final. Mas, se você insiste em me desafiar... — Ele suspirou e balançou a cabeça como quem diz: *Esses jovens malucos e suas missões.* — Que tal me fazer o *favor* de deixar meus filhos de fora? Pobres Sam e Alex. Já sofreram o bastante. Se você gosta deles... Bom, essa missão vai destruir os dois. Disso você pode ter certeza. Eles não fazem *ideia* do que vão enfrentar!

Eu caí de joelhos. Não conseguia mais diferenciar onde as minhas unhas acabavam e o navio começava. Galhos irregulares de queratina cinza e preta apertavam meus tornozelos e pulsos, me prendendo ao convés, envolvendo meu corpo, me puxando para baixo, para o cerne do navio.

— Se cuida, Magnus! — gritou Loki. — De uma forma ou de outra, nos encontraremos em breve!

Uma mão calejada apertou meu ombro e me acordou.

— Magnus! — gritou Mestiço Gunderson. — Acorda, cara! Pega um remo!

Eu me vi novamente no convés do nosso navio amarelo. Estávamos adernando para o lado em uma névoa fria e densa, a corrente nos puxando para a frente, onde o rio despencava em uma escuridão trovejante.

Eu engoli o cimento entalado na minha garganta.

— É outra cachoeira?

Mallory se sentou no banco ao meu lado.

— É, uma que vai nos jogar direto em Ginnungagap e nos matar. Está a fim de remar agora?

T.J. e Mestiço se sentaram no banco à nossa frente. Juntos, nós quatro remamos com toda a nossa força, guinando o barco para estibordo e nos levando para longe do precipício. Meus ombros queimavam. Os músculos das minhas costas berravam em protesto. Por fim, o som trovejante foi ficando mais baixo. A névoa desapareceu, e vi que estávamos no porto de Boston, não muito longe do Old Ironsides. À minha esquerda estavam as fileiras de casas de tijolos e os degraus da igreja de Charlestown.

T.J. se virou e sorriu.

— Viram? Não foi tão ruim!

— Claro — disse Mallory. — Tirando a parte em que quase caímos pela beirada do mundo e fomos vaporizados, é, foi ótimo.

Mestiço massageou os braços.

— Parece que acabei de carregar um elefante para o alto de Bunker Hill, mas fizemos um bom trabalho, pess... — Ele hesitou quando viu meu rosto. — Magnus? O que foi?

Eu estava olhando para minhas mãos trêmulas. Sentia como se minhas unhas ainda estivessem crescendo, tentando voltar para o navio dos mortos.

— Eu tive uma visãozinha — murmurei. — Preciso de um segundo.

Meus amigos trocaram olhares receosos. Todos sabiam que não existia visão*zinha*.

Mallory Keen se aproximou de mim.

— Gunderson, por que você não cuida do leme?

Mestiço franziu a testa.

— Eu não recebo ordens de...

Mallory fechou a cara para ele. Mestiço soltou um muxoxo e foi para o leme.

Ela me encarou, as íris verdes salpicadas de marrom e laranja como os ovos de um pássaro cardeal.

— Foi Loki que você viu?

Normalmente, eu não ficava tão perto de Mallory a não ser que ela estivesse arrancando um machado do meu peito no campo de batalha. Ela prezava seu espaço pessoal. Havia algo de perturbador no olhar dela, uma espécie de raiva descontrolada, como um fogo que pulava de telhado em telhado. Nunca se sabia o que queimaria e o que deixaria em paz.

— Foi.

Eu expliquei minha visão.

Mallory curvou o lábio com repulsa.

— Aquele trapaceiro... Ele está aparecendo nos pesadelos de todos nós ultimamente. Quando eu botar minhas mãos nele...

— Ei, Mallory — repreendeu T.J. — Sei que você quer vingança mais do que a maioria de nós, mas...

Ela o silenciou com um olhar intenso.

Eu me perguntei sobre o que T.J. estava falando. Eu ouvi dizer que Mallory tinha morrido tentando desarmar um carro-bomba na Irlanda, mas, fora isso, sabia bem pouco sobre seu passado. Loki teria sido responsável pela morte dela?

Ela agarrou meu pulso, os dedos calejados lembrando desconfortavelmente os galhos de queratina de *Naglfar*.

— Magnus, Loki está provocando você. Se tiver esse sonho de novo, não fale com ele. Não morda a isca.

— Que isca? — perguntei.

Atrás de nós, Mestiço gritou:

— Valquíria à esquerda!

Ele apontou para Charlestown. Uns quatrocentos metros à frente, identifiquei duas pessoas de pé na doca, uma de hijab verde, outra de cabelo verde.

Mallory franziu a testa para Gunderson.

— Precisa gritar tão alto, bobão?

— Esse é meu tom de voz normal, mulher!

— Sim, eu sei: alto e irritante.

— Se você não gosta...

— Magnus — interrompeu ela —, vamos conversar depois.

Ela foi até a escotilha do convés, por onde Mestiço tinha jogado o machado no meio da confusão. Pegou a arma e mostrou para Mestiço.

— Você vai poder ter isso de volta quando começar a se comportar.

Ela desceu pela escada e desapareceu sob o deque.

— Ah, não, ela não fez isso!

Mestiço abandonou o posto e foi batendo os pés atrás dela.

O navio começou a adernar para estibordo. T.J. foi até lá e assumiu o leme com um suspiro.

— Esses dois escolheram uma péssima hora para terminar.

— Espera aí, *o quê?* — perguntei.

T.J. ergueu as sobrancelhas.

— Você não soube?

Mestiço e Mallory brigavam tanto que era difícil saber quando estavam com raiva e quando só estavam demonstrando afeto. Mas agora que estava pensando no assunto, eles estavam, sim, um pouco mais agressivos um com o outro nos últimos dias.

— Por que terminaram?

T.J. deu de ombros.

— A pós-vida é uma maratona, não uma corrida de velocidade. Relacionamentos longos são complicados quando se vive para sempre. Não é incomum que casais einherji terminem sessenta, setenta vezes ao longo de alguns séculos.

Tentei imaginar isso. Claro que nunca tinha tido um relacionamento, longo ou não, então... não consegui.

— E estamos presos em um navio com eles — observei —, enquanto os dois resolvem suas diferenças cercados de uma ampla variedade de armas.

— Eles são profissionais — disse T.J. — Tenho certeza de que vai ficar tudo bem.

TUM. Abaixo dos meus pés, o convés tremeu com o som de um machado acertando madeira.

— Certo... E aquilo que Mallory estava dizendo sobre Loki?

O sorriso de T.J. sumiu.

— Nós todos tivemos problemas com aquele trapaceiro.

Eu me perguntei quais tinham sido os de T.J. Eu morava no andar dezenove com meus amigos havia meses, mas estava começando a perceber como sabia pouco sobre o passado deles. Thomas Jefferson Jr., ex-integrante da quinquagésima quarta infantaria de Massachusetts, filho do deus da guerra, Tyr, e de uma escrava livre. T.J. nunca parecia ficar constrangido, nem quando era morto no campo de batalha ou quando tinha que ajudar Mestiço Gunderson com sonambulismo e zanzando pelos corredores pelado a voltar para o quarto. T.J. tinha a disposição mais alegre dentre todas as pessoas mortas que eu conhecia, mas devia ter visto sua cota de horrores.

Eu me perguntei o que Loki usava para provocá-lo nos sonhos.

— Mallory disse que Loki estava me provocando. E que eu não deveria morder a isca.

T.J. flexionou os dedos, como se estivesse sentindo dores solidárias pelo pai, Tyr, cuja mão foi arrancada por uma mordida do lobo Fenrir.

— Mallory está certa. Alguns desafios não valem a pena, principalmente os vindos de Loki.

Eu franzi a testa. Loki também falou em *desafiar*. Não *lutar*. Não *deter*. Ele disse *Se você insiste em me desafiar...*

— T.J., seu pai não é o *deus* dos desafios pessoais, duelos e essas coisas?

— Exatamente. — A voz de T.J. estava dura e seca como os biscoitos que ele adorava comer. Ele apontou para o porto. — Olha só, Sam e Alex têm companhia.

Eu não tinha reparado antes, mas alguns metros atrás dos filhos de Loki, apoiado no capô do carro, de calça jeans e camisa azul-petróleo, estava meu fornecedor favorito de sanduíches frescos de falafel. Amir Fadlan, noivo de Samirah, tinha aparecido para se despedir.

Sete

Nós todos nos afogamos

— Uau — disse Samirah quando nos aproximamos do porto. — Você estava falando sério, Alex. O navio é *mesmo* amarelo.

Eu suspirei.

— Não vem você também.

Alex sorriu.

— Eu sugiro batizarmos o navio de *Bananão*. Todos a favor?

— Não ouse — falei.

— Adorei — disse Mallory, jogando a linha de ancoragem para Alex.

Ela e Gunderson tinham subido para o convés em uma trégua aparente, embora os dois estivessem de olho roxo.

— Está decidido, então! — berrou Mestiço. — O bom navio *Mikillgulr*!

T.J. coçou a cabeça.

— Tem um termo em norueguês antigo para *bananão*?

— Bom, não exatamente — admitiu Mestiço. — Os vikings nunca foram tão ao sul a ponto de descobrirem as bananas. Mas *Mikillgulr* significa *amarelão*. É bem parecido!

Olhei para cima em uma oração silenciosa: *Frey, deus do verão, pai, obrigado pelo barco. Mas verde também é uma ótima cor de verão. E você pode, por favor, parar de me constranger na frente dos meus amigos? Amém.*

Fui para terra firme e ajudei a prender a Grande Humilhação Amarela, as pernas ainda bambas por causa da agitação no trajeto pelo rio e da visão com

Loki. Se eu me sentia tão agradecido de estar em terra firme depois de apenas alguns minutos de viagem, nossa jornada pelo mar prometia ser muito divertida.

Amir apertou a minha mão.

— Como está, J... Magnus?

Mesmo depois de tantos meses, ele às vezes escorregava e me chamava de *Jimmy*. Era culpa minha. Durante os dois anos que vivi como sem-teto, Amir e o pai dele foram uma das minhas poucas fontes garantidas de refeições quentes. Eles me davam sobras do restaurante na praça de alimentação do Transportation Building. E eu retribuí essa gentileza enorme não contando aos dois meu nome verdadeiro. Ainda me sentia culpado por isso.

— É, estou bem... — Eu percebi que estava mentindo para ele de novo. — Quer dizer, tão bem quanto se pode esperar, considerando que estamos partindo em mais uma jornada perigosa.

Samirah cutucou minhas costelas com o cabo do machado.

— Ei, não deixe ele nervoso. Passei os últimos dias tentando convencer Amir de que não havia com que se preocupar.

Alex deu um sorrisinho debochado.

— E eu passei os últimos dias tomando conta dos dois enquanto ela tentava convencer Amir de que não havia com que se preocupar. Foi *muito* fofo.

Samirah ficou vermelha. Ela estava usando as roupas de viagem habituais: botas de couro, calça cargo grossa com dois machados pendurados na cintura, uma blusa de gola alta e mangas compridas e uma jaqueta verde-escura que combinava com o hijab mágico. O tecido do lenço ondulava na brisa, captando as cores dos arredores, pronto para entrar em modo camuflagem a qualquer momento.

Mas o rosto de Sam parecia meio *estranho*. Os lábios estavam secos e descamando, e os olhos, fundos e sem brilho, como se ela estivesse sofrendo de alguma deficiência de vitaminas.

— Você está bem? — perguntei a ela.

— Claro que estou!

Mas senti o cheiro de cetona no hálito dela: um odor azedo como o de limões deixados ao sol. Era o odor de uma pessoa que não comia havia um tempo. Eu tinha me acostumado com isso nas ruas.

— Não — concluí. — Você não está bem.

Ela começou a negar, mas Amir intercedeu.

— O ramadã começou duas semanas atrás — disse ele. — Nós estamos de jejum.

— Amir! — protestou Sam.

— Ora. Magnus é nosso amigo. Merece saber.

Alex estava rangendo os dentes, tentando engolir a frustração. Claro que Alex sabia. Era disso que ele estava falando na casa do tio Randolph, o motivo de Sam estar tendo tanto problema para se concentrar no treinamento. Eu não conhecia muito sobre o ramadã, mas sabia bem o que era passar fome. Pode minar sua concentração.

— Então, hã, quais são as regras? — perguntei.

— Nada que vá afetar nossa missão — prometeu Sam. — Eu não queria dizer nada porque não queria que ficassem preocupados. Eu só não posso beber nem comer durante as horas do dia.

— Nem tomar banho — continuou Amir. — Nem falar palavrão. Nem fumar. Nem cometer atos de violência.

— E, é claro, isso não será um problema — disse Alex —, porque nossas missões *nunca* envolvem violência.

Sam revirou os olhos.

— Eu posso me defender se for atacada. É só um mês...

— Um *mês*?! — exclamei.

— Faço isso todos os anos desde os dez anos — disse Sam. — Acredite, não é nada de mais.

Parecia uma coisa muito importante, principalmente no verão, quando os dias eram bem mais longos e nós teríamos que enfrentar todo tipo de situações de vida ou morte que não esperariam até o fim do horário comercial.

— Você não pode, sei lá, adiar até o fim da missão?

— Ela *poderia* — disse Amir. — Isso é permitido se você está viajando ou se fazer jejum for perigoso demais, e ambas as situações são verdadeiras neste caso.

— Mas ela não quer — explicou Alex. — Porque é teimosa como uma mula muito devota.

Sam cutucou Alex nas costelas.

— Cuidado, irmão.

— Ai — reclamou Alex. — O que aconteceu com a proibição de violência?

— Eu estava me defendendo.

— Ei, vocês aí! — gritou Mestiço do barco. — Estamos carregados e prontos para partir. O que estão conversando? Vamos logo!

Eu olhei para Amir, tão arrumado quanto sempre estava, as roupas impecáveis e perfeitamente passadas, o cabelo preto cortado à navalha com perfeição. Nunca daria para adivinhar que era um homem que devia estar fraco de fome e de sede. Mas seu rosto estava flácido. Os olhos castanhos gentis ficavam piscando como se ele esperasse que uma gota de água fria caísse na testa. Amir estava sofrendo, mas não tinha nada a ver com o ramadã.

— Só tomem cuidado — pediu ele. — Todos vocês. Magnus, eu pediria para você cuidar da Samirah, mas, se fizesse isso, ela bateria em mim com o machado.

— Eu nunca bateria em você com o machado — retrucou Sam. — E eu que vou cuidar do Magnus, não ele de mim.

— *Eu* vou cuidar da Sam — ofereceu Alex. — Família serve pra isso, né?

Amir piscou ainda mais. Tive a sensação de que ele ainda não sabia bem como interpretar Alex Fierro, o meio-irmão de gênero fluido e cabelo verde de Sam, além de acompanhante dos infernos.

— Tudo bem. — Amir assentiu. — Obrigado.

Não pude evitar sentir um pouco de culpa pela angústia de Amir. Meses antes, quando ele começou a descobrir sobre a estranha vida dupla de Samirah como valquíria de Odin, eu curei a mente dele para impedir que ficasse maluco. Agora, seus olhos mortais estavam permanentemente abertos. Em vez de viver na feliz ignorância, ele conseguia ver os gigantes da terra que às vezes andavam pela avenida Commonwealth, as serpentes marinhas que nadavam pelo rio Charles e as valquírias que passavam voando, levando as almas de heróis mortos para fazer check-in no Hotel Valhala. Ele até conseguia ver nosso enorme navio de guerra viking cheio de armamentos pesados e que parecia uma banana.

— Nós vamos tomar cuidado — garanti a ele. — Além do mais, ninguém ousaria atacar este navio. É amarelo *demais*.

Ele abriu um sorriso fraco.

— Isso é verdade.

Ele esticou a mão para trás e pegou, de cima do capô do carro, uma grande bolsa térmica verde, do tipo que o Falafel do Fadlan usava para entregas.

— É para você, Magnus. Espero que goste.

O aroma de falafel fresco saiu da bolsa. Era verdade que eu tinha comido falafel algumas horas antes, mas meu estômago roncou porque... bom, mais falafel.

— Cara, você é o melhor. Não acredito... Espera. Você está no meio de um longo jejum e trouxe comida para mim? Isso parece errado.

— Não é porque estou jejuando que você não pode apreciar um bom falafel. — Ele bateu no meu ombro. — Vocês vão estar nas minhas orações. Todos vocês.

Eu sabia que ele estava sendo sincero. Eu era ateu. Só orava sarcasticamente para meu pai por um barco com uma cor melhor. Aprender sobre a existência de deidades nórdicas e sobre os nove mundos só me deixou *mais* convencido de que não havia um grande plano divino. Que tipo de Deus iria permitir que Zeus e Odin andassem por aí no mesmo cosmos, os dois alegando serem os reis da criação, dizimando mortais com raios ou dando seminários motivacionais?

Mas Amir era um homem de fé. Ele e Samirah acreditavam em algo maior, uma força cósmica que *gostava* dos humanos. Acho que era meio reconfortante saber que Amir estava cuidando de mim no departamento das orações, mesmo eu duvidando de que houvesse alguém do outro lado da linha.

— Obrigado, cara.

Eu apertei a mão dele uma última vez.

Amir se virou para Sam. Eles estavam próximos, mas sem se tocar. Em todos os anos que se conheciam, eles nunca se tocaram. Eu me perguntei se isso estava matando Amir ainda mais que o jejum.

Eu mesmo não gostava muito de contato, mas de vez em quando um abraço de alguém querido podia ajudar bastante. Considerando quanto Sam e Amir se gostavam, não poder nem dar as mãos... Eu não conseguia nem imaginar como era isso.

— Eu te amo — disse Amir para ela.

Samirah cambaleou para trás como se tivesse sido atingida por um ovo de águia gigante na testa. Alex a apoiou.

— Eu... sim — guinchou Samirah. — Idem. Também.

Amir assentiu. Ele se virou e entrou no carro. Um momento depois, os faróis traseiros desapareceram na Flagship Way.

Samirah bateu na própria testa.

— *Idem? Também?* Eu sou tão idiota.

Alex deu tapinhas no braço dela.

— Achei que você foi bem eloquente. Vamos, irmã. Seu navio de guerra amarelo-ovo a aguarda.

Nós soltamos os cordames, esticamos o mastro, içamos as velas e realizamos vários outros procedimentos náuticos. Em pouco tempo, estávamos deixando Boston para trás, velejando pelo canal entre o aeroporto Logan e o Seaport District.

Eu gostava bem mais do *Bananão* quando o barco não estava sacudindo em corredeiras subterrâneas nem indo na direção de cachoeiras interdimensionais. Um vento forte inflou a vela. O pôr do sol conferiu um tom dourado-avermelhado à paisagem da cidade. O mar se projetava à nossa frente em um tom azul sedoso, e agora eu só precisava ficar de pé na proa apreciando a vista.

Depois de um dia longo e difícil, eu poderia até ter conseguido relaxar, só que ficava pensando no tio Randolph. Ele havia partido deste mesmo porto para procurar a Espada do Verão. A família dele não voltou.

Agora é diferente, eu disse a mim mesmo. *Nós temos uma tripulação bem treinada de einherjar e a valquíria mais teimosa e devota de Valhala.*

A voz de Loki ecoou na minha cabeça. *Pobres Sam e Alex. Essa missão vai destruir os dois. Eles não fazem ideia do que vão enfrentar!*

— Cala a boca — murmurei.

— O quê?

Eu não tinha percebido que Samirah estava bem do meu lado.

— Hã. Nada. Bom... não exatamente nada. É que seu pai resolveu fazer uma visitinha.

Contei os detalhes a ela.

Samirah fez uma careta.

— O de sempre, então. Alex também está tendo visões e pesadelos praticamente todos os dias.

Eu observei o convés, mas Alex devia estar lá embaixo.

— Sério? Ele não falou nada sobre isso.

Samirah deu de ombros como quem diz: *Esse é o Alex.*

— E você? — perguntei. — Alguma visão?

Ela inclinou a cabeça.

— Não, e isso é interessante. O ramadã tende a concentrar a mente e fortalecer a vontade. Pode ser por isso que Loki não está conseguindo entrar na minha cabeça. Espero que...

Ela parou de falar, mas entendi o que queria dizer. Ela esperava que o jejum pudesse dificultar o controle de Loki sobre ela. Parecia um tiro no escuro para mim. Por outro lado, se meu pai pudesse me obrigar a fazer tudo que ele quisesse só dando uma ordem, eu estaria disposto a tentar qualquer coisa, até abrir mão de sanduíches de falafel, para frustrá-lo. Toda vez que Sam dizia o nome do pai, eu ouvia a fúria fervendo dentro dela. Ela *odiava* estar sob o controle dele.

Um avião comercial decolou do aeroporto Logan e rugiu no céu. Do ponto de observação de T.J., no alto do mastro, ele ergueu os braços e gritou "Uhul!" enquanto o vento agitava seu cabelo cacheado.

Por ser dos anos 1860, T.J. amava aviões. Acho que pareciam mais mágicos para ele do que anões, elfos e dragões.

Percebi movimentação e ouvi alguns barulhos vindos de baixo de nós; deviam ser Alex e Mallory armazenando todos os suprimentos. Mestiço Gunderson estava na popa, apoiado na amurada e assobiando "Fly Me to the Moon". (Malditas músicas chiclete de elevador de Valhala.)

— Sam, você vai estar pronta — falei, por fim. — Vai vencer Loki desta vez.

Ela se virou para olhar o pôr do sol. Eu me perguntei se Sam estava esperando o anoitecer, quando poderia comer, beber e, o mais importante, falar palavrão de novo.

— O problema é que não vou saber até o momento de enfrentar Loki. O treinamento de Alex é focado em me deixar mais relaxada, mais à vontade com a metamorfose, mas... — Ela engoliu em seco. — Eu não sei se *quero* ficar mais à vontade com isso. Não sou como Alex.

Isso era inegável.

Quando me contou que era uma metamorfa, Sam explicou que odiava usar essa habilidade. Ela via isso como ceder a Loki, ficar mais parecida com o pai.

Alex, por outro lado, acreditava em reivindicar para si o poder de Loki. Sam via sua herança jötunn como um veneno a ser expelido. Ela contava com disciplina e estrutura: rezar mais. Abrir mão de comida e bebida. O que fosse preciso. Mas mudar de forma, ser fluida como Alex e Loki eram... Isso não tinha nada a ver com ela, apesar de ser parte de sua herança.

— Você vai encontrar um jeito — garanti. — Um que funcione pra você.

Ela observou meu rosto, talvez tentando avaliar se eu acreditava no que estava dizendo.

— Eu agradeço. Mas, enquanto isso, temos outras coisas com que nos preocupar. Alex me contou o que aconteceu na casa do seu tio.

Apesar da noite quente, eu estremeci. Pensar em lobos fazia isso comigo.

— Você tem alguma ideia do que as anotações do meu tio significam? Hidromel? Bolverk?

Sam balançou a cabeça.

— Podemos perguntar a Hearthstone e Blitzen quando encontrarmos os dois. Eles têm viajado, feito muito... Como foi que eles chamaram? Reconhecimento de amplo espectro.

Pareceu uma coisa impressionante. Talvez eles estivessem fazendo contato com conhecidos da máfia estranha e interdimensional de Mímir, tentando descobrir o caminho mais seguro para nós pelos mares dos nove mundos. Mas a imagem que cismava em voltar à minha mente era de Blitzen comprando roupas novas enquanto Hearthstone ficava esperando, arrumando runas em vários feitiços para fazer o tempo passar mais rápido.

Eu estava com saudade deles.

— Onde exatamente vamos nos encontrar com eles? — perguntei.

Sam apontou para a frente.

— No farol da ilha Deer. Eles prometeram estar lá hoje ao pôr do sol. Que é agora.

Dezenas de ilhas pontilhavam a costa de Boston. Eu não conseguia me lembrar de todas, mas o farol sobre o qual Sam estava falando era fácil de distinguir: era uma construção baixa com uma estrutura comprida como um mastro no meio, se projetando em meio às ondas como a torre de observação de um submarino feito de concreto.

Quando chegamos mais perto, esperei para ver o colete cintilante de cota de malha de um anão estiloso ou um elfo vestido de preto da cabeça aos pés balançando um cachecol listrado.

— Não estou vendo os dois... — Olhei para cima, para T.J. — Ei, você está vendo alguma coisa?

Nosso vigia pareceu paralisado. A boca estava aberta, os olhos arregalados em uma expressão que nunca associei a Thomas Jefferson Jr.: puro pavor.

Ao meu lado, Sam pareceu engasgar. Ela recuou da amurada e apontou para a água entre nós e o farol.

À nossa frente, a superfície do mar tinha começado a se agitar, girando em um funil como se alguém tivesse tirado a tampa do ralo da baía de Massachusetts. Subindo no meio do turbilhão havia formas enormes e líquidas de mulheres; eram nove no total, cada uma do tamanho do nosso navio, com vestidos feitos de espuma e gelo e rostos azul-esverdeados retorcidos de fúria.

Eu só tive tempo de pensar: *Percy não falou sobre isso nas aulas de navegação básica.*

De repente, as gigantas caíram sobre nós como um tsunami vingativo, jogando nosso glorioso navio de guerra amarelo no abismo.

Oito

No salão do hipster carrancudo

DESPENCAR PARA O FUNDO DO mar já era bem ruim.

Eu não precisava da cantoria.

À medida que nosso navio despencava em queda livre pelo olho de um ciclone de água salgada, as nove donzelas gigantes rodopiavam à nossa volta, entrando e saindo do turbilhão como se estivessem se afogando repetidas vezes. Os rostos se contorciam de raiva e euforia. O cabelo comprido das gigantas nos chicoteava como gelo. A cada vez que emergiam, elas berravam e gritavam, mas não eram ruídos aleatórios. Os uivos tinham um certo tom, como um coral de cantos de baleia tocando em meio a uma microfonia pesada. Captei alguns trechos da letra: *hidromel fervente... filhas das ondas... morte, morte, morte!* Lembrou a primeira vez que Mestiço Gunderson botou black metal norueguês para eu ouvir. Depois de alguns momentos, passou pela minha cabeça: *Eita, calma lá. Isso era para ser música!*

Sam e eu passamos os braços pelo cordame. T.J. ficou empoleirado no alto do mastro, gritando como se estivesse montado no pônei de carrossel mais apavorante do mundo. Mestiço lutava com o leme, apesar de eu não ver de que isso serviria durante a queda. Abaixo do convés, ouvi Mallory e Alex sendo jogados de um lado para outro, *PLAFT, PLOFT, PLUFT,* um par de dados humanos.

O navio girou. Com um grito de desespero, T.J. perdeu a pegada no leme e caiu no turbilhão. Sam voou atrás dele. Agradeci aos céus pelos poderes de voo das valquírias. Ela segurou T.J. pela cintura e ziguezagueou de volta para o navio com ele, desviando das mãos ansiosas das gigantas do mar e dos vários volumes de bagagem usados como lastro que estávamos perdendo.

Assim que ela chegou ao convés: *BLOOOOSH!*

Nosso navio caiu com um *splash* e submergiu completamente.

O maior choque foi o calor. Eu estava esperando uma morte gelada, mas a sensação era de ter mergulhado em uma banheira escaldante. Minhas costas se arquearam. Meus músculos se contraíram. Consegui não ingerir nenhum líquido, mas, quando pisquei para tentar enxergar em que direção ficava a superfície, a água estava com uma estranha cor dourada enevoada.

Isso não pode ser bom, pensei.

O convés sacudiu embaixo de mim. O *Bananão* irrompeu na superfície de... de onde quer que estivéssemos. A tempestade tinha sumido. As nove gigantas não estavam em parte alguma. Nosso navio balançava e estalava na plácida água dourada que borbulhava em volta do casco, exalando um aroma como de especiarias exóticas, flores e doces. Em todas as direções elevavam-se penhascos marrons íngremes, formando um anel perfeito de quase um quilômetro de diâmetro. Meu primeiro pensamento foi que tínhamos sido largados no meio de um lago vulcânico.

Nosso navio parecia estar inteiro, ao menos. A vela amarela balançava no mastro, toda molhada. O cordame brilhava e soltava fumaça.

Samirah e T.J. se levantaram primeiro. Escorregaram e cambalearam na popa, onde Mestiço Gunderson estava caído por cima do leme, sangue pingando de um corte feio na testa.

Por um momento, pensei: *Ah, Mestiço morre assim o tempo todo*. Mas aí lembrei que não estávamos mais em Valhala. Onde quer que estivéssemos, se morrêssemos ali, não haveria volta.

— Ele está vivo! — anunciou Sam. — Apagado, mas vivo.

Meus ouvidos ainda ecoavam aquela estranha melodia. Lentos, meus pensamentos se arrastavam. Eu me perguntei por que T.J. e Sam estavam olhando para mim.

E então, me dei conta: *Ah, é. Eu tenho poderes de cura.*

Corri até lá para ajudar. Canalizei o poder de Frey para curar o ferimento da cabeça de Gunderson enquanto Mallory e Alex, ambos machucados e sangrando, surgiam cambaleantes da parte inferior do barco.

— O que os idiotas estão *aprontando* aqui? — perguntou Mallory.

Como se em resposta, uma nuvem de tempestade surgiu, obscurecendo metade do céu. Uma voz trovejou lá de cima:

— O QUE VOCÊS ESTÃO FAZENDO NO MEU CALDEIRÃO?

A nuvem de tempestade se aproximou, e eu percebi que tinha o formato de um rosto, um que não parecia feliz por nos ver.

Nos meus encontros anteriores com gigantes, aprendi que o único jeito de entender seu imenso tamanho era me concentrando em uma coisa de cada vez: um nariz do tamanho de um petroleiro, uma barba densa e grande como uma floresta de sequoias, óculos com aros dourados que pareciam aqueles círculos misteriosos que surgem nas plantações. E, na cabeça do gigante, o que achei ser a tempestade chegando na verdade era a aba do maior chapéu fedora do universo.

O modo como a voz dele ecoou na bacia, batendo nos penhascos em reverberações metálicas, me fez perceber que não estávamos em uma cratera vulcânica. Os penhascos eram as paredes de metal de um caldeirão enorme. O lago fumegante era algum tipo de caldo. E nós tínhamos acabado de nos tornar o ingrediente secreto.

Meus amigos estavam boquiabertos, tentando entender o que viam; todos, menos Mestiço Gunderson, que sabiamente permaneceu inconsciente.

Fui o primeiro a recuperar a fala. Odeio quando isso acontece.

— Oi — falei para o gigante.

Sou diplomático assim, sempre sei o cumprimento certo a dar.

O carrancudo enorme franziu a testa, me fazendo lembrar a aula de ciências do sexto ano sobre placas tectônicas. Ele olhou para os dois lados e gritou:

— Filhas! Venham aqui!

Mais rostos gigantescos apareceram ao redor do caldeirão: as nove mulheres do redemoinho, bem maiores agora, o cabelo de espuma flutuando em volta do rosto, os sorrisos um pouco maníacos demais, os olhos brilhando de empolgação ou fome. (Torci para não ser fome... Devia ser fome.)

— A gente pegou eles, pai! — gritou uma das mulheres (ou seria um grito se ela não fosse do tamanho do lado sul de Boston).

— Sim, mas *por quê*?

— Eles são amarelos! — respondeu outra giganta. — Nós reparamos neles na mesma hora! Com um navio dessa cor, achamos que eles mereciam se afogar!

Comecei mentalmente a compor uma lista de palavras que começavam com *F*: Frey. Fraterno. Falso. Feliz. Frito. Ferrado. E algumas outras.

— Além disso — disse uma terceira filha —, eles estavam conversando sobre *hidromel*! Nós sabíamos que você ia querer falar com eles, pai! É a sua palavra favorita!

— Opa, opa, opa! — Alex Fierro balançou as mãos como se estivesse pedindo tempo. — Ninguém estava conversando sobre hidromel. Foi um engano... — Ele hesitou e franziu a testa para mim. — Certo?

— Hã... — Eu apontei para Samirah, que recuou para longe do alcance do garrote de Alex. — Eu só estava explicando...

— NÃO IMPORTA! — trovejou o Carrancudo. — Vocês estão aqui agora, mas não posso deixar que fiquem no caldeirão. Estou preparando hidromel. Um barco viking pode estragar o sabor docinho!

Olhei para o líquido borbulhante ao nosso redor. De repente, fiquei feliz de não ter inspirado nada daquilo.

— Docinho? — perguntei.

— Nem vem, cara — rosnou Alex.

Acho que ele estava brincando, mas não quis perguntar.

Uma mão enorme surgiu acima de nós, e Carrancudo pegou nosso navio pelo mastro.

— Eles são pequenos demais para enxergar direito — reclamou ele. — Vamos mudar a escala das coisas.

Eu odiava quando gigantes mudavam as proporções da realidade. Na mesma hora, o mundo se condensou ao meu redor. Meu estômago implodiu. Meus ouvidos estalaram. Meus olhos se expandiram dolorosamente nas órbitas.

BUM! BAM! TUM!

Eu tropecei nos meus próprios pés e vi que estava de pé com meus amigos no meio de um salão viking enorme.

Em um canto, nosso navio estava tombado para o lado, com hidromel quente pingando do casco. O salão tinha dezenas de quilhas de barco servindo como colunas, subindo dezenas de metros e se curvando para dentro para formar as vigas de um teto pontudo. Em vez de tábuas ou gesso preenchendo o espaço onde ficariam as paredes, não havia nada além de água verde ondulando, contida ali por uma física que não fazia o menor sentido para mim. Portas se enfileiravam ao longo das paredes líquidas, levando a outros aposentos submarinos, provavelmente. O piso era coberto por algas úmidas, o que me deixou feliz de estar usando botas.

A disposição do salão não era muito diferente do típico salão de festas viking. Uma mesa retangular de banquete dominava o espaço, com cadeiras feitas de coral vermelho entalhado dispostas dos dois lados e um trono elaborado na cabeceira, decorado com pérolas e maxilares de tubarão. Braseiros ardiam com chamas verdes fantasmagóricas, enchendo o salão com um odor parecido com alga torrada. Sobre o fogo da lareira principal estava o caldeirão no qual estávamos flutuando antes, embora agora parecesse bem menor; talvez só grande o bastante para cozinhar alguns bois. As laterais polidas de bronze tinham entalhes de ondas e rostos rosnando.

Nosso anfitrião/captor, o papai gigante carrancudo, estava na nossa frente, os braços cruzados, a testa franzida. Agora, só tinha o dobro do tamanho de um humano. As barras da calça skinny verde-musgo terminavam em botas pretas de bico fino. O colete do terno estava abotoado por cima de uma camisa branca, as mangas puxadas até os cotovelos para revelar as várias tatuagens rúnicas entrelaçadas nos antebraços. Com o chapéu fedora e os óculos de aros dourados, ele parecia um freguês agitado preso na fila expressa de um mercadinho orgânico, atrás de um monte de gente com produtos demais quando tudo que ele queria era pagar pelo smoothie macrobiótico e dar o fora.

Às costas dele, em um semicírculo desorganizado, havia as nove garotas das ondas — que, graças aos deuses, não estavam cantando. Cada giganta era apavorante de um jeito diferente, mas todas brincavam e riam e se empurravam com o mesmo nível de empolgação, como fãs esperando o ídolo sair do camarim para poderem demonstrar seu amor e parti-lo em pedacinhos.

Eu relembrei meu encontro com a deusa do mar Ran, que descreveu o marido como um cara que gostava de fazer cerveja artesanal. Na época, a descrição foi estranha demais para entender. Depois, pareceu engraçada. Agora, parecia um pouco real demais, porque eu tinha quase certeza de que o deus hipster em questão estava de pé na minha frente.

— Você é Aegir — adivinhei. — O deus do mar.

Aegir grunhiu de um jeito que parecia querer dizer: *Sou, e daí? Você estragou meu hidromel mesmo assim.*

— E essas... — Eu engoli em seco. — Essas damas adoráveis são suas filhas?

— Claro — disse ele. — As Nove Gigantas das Ondas! São Himinglaeva, Hefring, Hrönn...

— Eu sou Hefring, pai — interrompeu a garota mais alta. — Ela é Hrönn.

— Certo — disse Aegir. — E Udr. E Bylgja...

— Bigli o quê? — perguntou Mallory, que estava se esforçando para segurar Mestiço, parcialmente consciente.

— É um prazer conhecer todas! — gritou Samirah antes que Aegir pudesse apresentar Cometa, Cupido e Rudolph. — Nós reivindicamos direitos de convidados!

Samirah era inteligente. Em lares jötunn refinados, reivindicar direitos de convidado podia salvar você de ser massacrado, ao menos por um tempo.

Aegir pigarreou.

— Você acha que sou o quê, um selvagem? É *claro* que vocês têm direitos de convidados. Apesar de terem estragado meu hidromel e de terem um navio amarelo que é um verdadeiro insulto, vocês são meus convidados. Nós pelo menos temos que fazer uma refeição juntos antes de eu decidir o destino de vocês. A não ser que Magnus Chase esteja presente, é claro, porque senão eu teria que matar todos vocês imediatamente. Ele não está aqui, espero?

Ninguém respondeu, mas todos os meus amigos me olharam de cara feia, como quem diz: *Caramba, Magnus.*

— Só hipoteticamente... — falei. — Se Magnus Chase estivesse aqui, por que você mataria ele?

— Porque prometi à minha esposa, Ran! — gritou Aegir. — Por algum motivo, ela *odeia* esse cara!

As nove filhas assentiram vigorosamente, murmurando:

— Odeia mesmo. Muito. Aham, pra caramba.

— Ah. — Fiquei feliz de estar encharcado de hidromel. Talvez escondesse o suor brotando na minha testa. — E onde está sua adorável esposa?

— Não está aqui hoje — disse Aegir. — Está recolhendo lixo nas redes dela.

— Graças aos deuses! Quer dizer... graças aos deuses que podemos pelo menos passar um tempinho com o restante da sua família!

Aegir inclinou a cabeça.

— Sim... Bem, filhas, acho que vocês precisam botar mais lugares na mesa para nossos convidados. Vou falar com o chef para cozinhar aqueles prisioneiros suculentos!

Ele acenou para uma das portas laterais, que se abriu sozinha. Atrás dela ficava uma cozinha enorme. Quando vi o que estava suspenso acima do fogão, precisei de toda a minha força de vontade para não gritar como uma giganta das ondas. Pendurados em duas gaiolas extragrandes estavam nossos especialistas em reconhecimento de amplo espectro, Blitzen e Hearthstone.

NOVE

Viro vegetariano por uma hora

Sabe aquele momento constrangedor em que você troca olhares com dois amigos pendurados em gaiolas na cozinha de um gigante? E aí um deles reconhece você e começa a gritar seu nome, mas você não quer que seu nome seja gritado?

Blitzen cambaleou para ficar de pé, segurou as grades da gaiola e berrou:

— MAG...

— ...NÍFICO! — eu gritei mais alto. — Que belos exemplares!

Eu corri na direção das gaiolas, com Sam e Alex logo atrás.

Aegir franziu a testa.

— Filhas, cuidem dos nossos convidados!

Ele fez um gesto amplo e depreciativo na direção de Mallory e T.J., que ainda tentavam impedir nosso berserker semiconsciente de cair de cara no chão de alga. Então o deus do mar nos seguiu para a cozinha.

Os eletrodomésticos tinham o dobro do tamanho humano. Só os botões do fogão seriam ótimos pratos de jantar. Hearthstone e Blitzen, parecendo ilesos, porém humilhados, estavam pendurados acima do *cooktop* de quatro bocas, as gaiolas batendo em um azulejo em que *BUON APPETITO!* estava pintado de vermelho em uma caligrafia cursiva rebuscada.

Hearthstone vestia sua roupa preta de couro de sempre, o cachecol listrado o único detalhe colorido. O rosto pálido e o cabelo louro platinado dificultavam saber se estava anêmico, apavorado ou apenas constrangido pelo azulejo *BUON APPETITO!*

Blitzen ajeitou o blazer azul-marinho e verificou se a camisa de seda malva estava para dentro da calça jeans. O lenço e a gravata combinando pareciam um pouco tortos, mas o cara tinha uma aparência ótima para um prisioneiro que estava no cardápio. O cabelo e a barba pretos encaracolados estavam bem aparados. A pele escura combinava belissimamente com as barras de ferro da gaiola.

No mínimo, Aegir deveria ter um pouco de empatia por um cara tão bem-vestido quanto ele.

Fui rápido ao usar linguagem de sinais para avisá-los: *Não digam meu nome. A-E-G-I-R vai me matar.*

Eu soletrei o nome do deus porque não sabia que sinal podíamos usar para ele. *Carrancudo, Cara da Cerveja* ou H de *hipster* eram escolhas lógicas.

O deus apareceu do meu lado.

— Eles são *mesmo* exemplares magníficos — concordou. — Sempre tentamos ter à mão algum alimento fresco, capturado no dia, para o caso de convidados aparecerem.

— Certo! Muito inteligente — falei. — Mas vocês costumam comer anões e elfos? Eu não achava que deuses...

— *Deuses?* — Aegir soltou uma gargalhada. — Bem, aí está seu erro, pequeno mortal. Eu não sou um daqueles deuses aesires ou vanires sem-gracinha! Sou uma deidade jötunn, cem por cento gigante!

Eu não ouvia o termo *sem-gracinha* desde a aula de educação física do terceiro ano do fundamental com o treinador Wicket, mas, se não me falhava a memória, não era um elogio.

— Então... vocês *comem* elfos e anões?

— Às vezes. — Aegir pareceu ficar na defensiva. — Ocasionalmente algum troll ou humano, embora eu imponha um limite em relação ao consumo de hobgoblins. Eles são muito nojentos. Por que a pergunta? — Ele estreitou os olhos. — Você tem restrições alimentares?

Sam, mais uma vez, pensou rápido.

— Na verdade, tenho! Sou muçulmana.

Aegir fez uma careta.

— Entendi. Peço desculpas. Acho que anões não são halal. Já não tenho tanta certeza quanto aos elfos.

— Também não — disse Sam. — Na verdade, estamos no ramadã, o que quer dizer que preciso fazer minha primeira refeição *com* anões e elfos, em vez de comê-los ou estar na companhia de alguém que coma. É estritamente proibido.

Eu tinha quase certeza de que ela estava inventando isso, mas como eu ia saber? Acho que ela estava contando com que Aegir tivesse ainda menos informações a respeito de restrições do Alcorão do que eu.

— Que pena. — Nosso anfitrião suspirou. — E quanto aos demais?

— Eu sou vegetariano — respondi na lata, o que não era verdade, mas, ei, falafel não tinha carne.

Olhei para Blitz e Hearth. Vi quatro polegares entusiasmados para cima.

— E eu tenho cabelo verde. — Alex abriu as mãos como quem diz: *O que se pode fazer?* — Infelizmente, comer anões e elfos é contra minha crença. Mas agradeço o convite.

Aegir fez cara de decepção, como se estivéssemos testando os limites de sua hospitalidade culinária. Ele olhou para Blitzen e Hearthstone, agora encostados casualmente nas grades das gaiolas tentando parecer o mais não halal possível.

— Já era a carne do dia — resmungou Aegir. — Mas nós sempre fazemos o melhor para agradar os convidados. *Eldir!*

Ele gritou essa última palavra tão alto que eu pulei e bati a cabeça no cabo da porta do forno.

Uma porta lateral se abriu, e um velho saiu da copa, arrastando os pés em uma nuvem de fumaça. Vestia um traje branco de chef, completo até o chapéu, mas as roupas pareciam em processo de combustão. Chamas dançavam pelas mangas e pelo avental. Saía fumaça da gola, como se o peito estivesse fervendo. Fagulhas piscavam nas sobrancelhas e barba grisalhas. O sujeito parecia ter uns seiscentos anos, e sua expressão era tão amarga que ele parecia ter passado aquele tempo todo sentindo cheiros horríveis.

— Que foi? — disse ele com rispidez. — Eu estava preparando minha salmoura élfica!

— Vamos precisar de alguma coisa diferente para o jantar — ordenou Aegir. — Nada de elfo. Nada de anão.

— *O quê?* — resmungou Eldir.

— Nossos convidados têm restrições alimentares: halal, vegetariano, adequado a cabelo verde.

— E é ramadã — acrescentou Sam. — Você vai precisar libertar esses prisioneiros para que possam desjejuar ao meu lado.

— Humf — disse Eldir. — Esperam que eu *(resmungo, resmungo)* em pouco tempo *(resmungo, resmungo)* cardápio adequado a cabelo verde. Pode ser que tenha hambúrguer de alga no freezer.

Ele voltou para a copa, ainda reclamando e fumegando.

— Sem querer ser grosseiro — comentei para Aegir —, mas seu chef está pegando fogo?

— Ah, Eldir está assim há séculos. Desde que meu outro servo, Fimafeng, foi morto por Loki, Eldir passou a ter o dobro de trabalho e isso o deixou *fervendo* de raiva!

Uma pequena bolha de esperança se formou no meu peito.

— Morto por Loki, você disse?

— É! — Aegir franziu a testa. — Você deve ter ouvido falar de como aquele patife destruiu meu salão.

Olhei para Sam e Alex como quem diz: *Ei, pessoal, Aegir também é inimigo de Loki!*

Então lembrei que Sam e Alex eram filhos de Loki. Aegir podia não gostar dos meus amigos tanto quanto não gostava de Magnus Chase.

— Lorde Aegir — chamou Sam. — A vez em que Loki destruiu seu salão... isso foi no banquete dos deuses?

— Sim, sim — respondeu Aegir. — Foi um desastre! Os sites de fofoca fizeram a festa!

Eu quase conseguia ver a mente de Sam trabalhando. Se ela fosse Eldir, estaria soltando vapor pelas beiradas do hijab.

— Eu me lembro dessa história — disse Sam, segurando o braço de Alex. — Preciso fazer minhas orações. Alex vai me ajudar.

Alex piscou.

— Vou?

— Lorde Aegir — continuou Sam —, posso usar um canto do seu salão para fazer rapidamente as minhas preces?

O deus do mar alisou o colete.

— Bem, acho que sim.

— Obrigada!

Sam e Alex saíram da cozinha. Eu esperava que estivessem prestes a formular um plano engenhoso para nos tirar com vida do salão de Aegir. Se Sam estivesse realmente indo fazer uma oração... bem, torci para que já tivesse experiência em rezas muçulmanas no lar de um deus nórdico (desculpe, *deidade jötunn*). Fiquei com medo de que o paradoxo religioso fizesse o local ruir.

Aegir ficou me encarando. A cozinha foi tomada por aquele silêncio constrangedor de quando você tenta servir anão e elfo a um vegetariano.

— Vou pegar hidromel na adega — disse ele. — Por favor, me diga que você e seus amigos não têm restrições quanto a hidromel.

— Acho que não temos! — respondi, porque não queria ver um jötunn adulto chorar.

— Graças às ondas. — Aegir tirou um chaveiro do bolso do colete e jogou para mim. — Destranque o jantar, quer dizer, os prisioneiros, por favor. Depois, fique...

Ele acenou vagamente para indicar o salão de jantar e saiu andando, me deixando a imaginar qual seria o fim daquela frase: à vontade, escondido, com medo.

Eu subi no fogão e soltei Blitz e Hearth das gaiolas. Tivemos uma reunião lacrimosa junto ao queimador frontal esquerdo.

— Garoto! — Blitzen me abraçou. — Eu sabia que você viria nos salvar!

— Hum, na verdade eu não sabia que vocês estavam aqui. — Usei linguagem de sinais ao mesmo tempo que falava, tentando facilitar para Hearthstone, embora não fizesse isso havia várias semanas e minhas mãos estivessem lentas. A gente perde a prática rápido. — Mas estou muito feliz de ter encontrado vocês.

Hearthstone estalou os dedos pedindo atenção. *Eu também estou feliz*, sinalizou ele. Depois bateu no saco de runas que trazia pendurado no cinto. *Essas gaiolas idiotas eram à prova de magia. Blitzen chorou muito.*

— Não chorei — protestou Blitzen, também usando linguagem de sinais. — Você chorou.

Não chorei, disse Hearthstone. *Você chorou.*

Àquela altura, a conversa por linguagem de sinais se deteriorou e um passou a cutucar o peito do outro.

— Pessoal — interrompi —, o que aconteceu? Como vocês vieram parar aqui?

— Longa história — disse Blitz. — Nós estávamos esperando vocês no farol, cuidando das nossas vidas.

Lutando contra uma serpente marinha, sinalizou Hearth.

— Sem fazer nada de errado — continuou Blitz.

Batendo na cabeça da serpente com pedras.

— Bem, ela estava ameaçando a gente! — disse Blitz. — Aí uma onda veio do nada e nos engoliu.

Uma onda com nove mulheres furiosas. A serpente era o bichinho de estimação delas.

— Como eu podia imaginar uma coisa dessas? — resmungou Blitz. — O bicho não *parecia* estar tentando brincar de pique-pega. Mas isso não importa, garoto. Nós descobrimos informações em nossa missão de reconhecimento, e não são boas...

— Convidados! — gritou Aegir do salão principal. — Venham! Juntem-se a nós para beber hidromel e comer!

Vamos voltar a esse assunto depois, sinalizou Hearthstone, cutucando Blitz no peito uma última vez.

Na época em que éramos três sujeitos sem-teto nas ruas de Boston, se alguém nos chamasse para jantar, iríamos correndo. Agora, fomos com relutância. Era uma refeição de graça para a qual eu não estava muito animado.

As nove filhas de Aegir se aproximaram com agitação, botando pratos e garfos e canecas na mesa. Aegir cantarolou enquanto mexia em uma prateleira cheia de barris de hidromel, cada um com rótulo de runas diferente. T.J., Mallory e Mestiço já estavam sentados, parecendo pouco à vontade nas cadeiras vermelhas de coral, com alguns assentos vazios entre eles. Mestiço Gunderson, mais ou menos consciente àquela altura, piscava e olhava ao redor como se esperasse despertar de um sonho.

No *Bananão*, Samirah terminou as orações. Enrolou o tapete, teve uma conversa breve e urgente com Alex e os dois vieram se juntar a nós. Se Sam tinha um plano brilhante, eu fiquei feliz de que não envolvesse Alex e ela virando golfinhos, gritando *Até mais, otários!* e fugindo sozinhos.

A mesa de jantar parecia ter sido feita a partir do maior mastro do mundo cortado ao meio e disposto lado a lado. Acima, suspenso nas vigas por uma corrente de âncora, estava um candelabro de vidro marinho. Em vez de velas ou luz elétrica, as almas cintilantes dos mortos giravam em arandelas enormes. Só para criar um clima, eu acho.

Eu estava prestes a me sentar entre Blitz e Hearth quando percebi que havia plaquinhas indicando os lugares de cada um: ANÃO. HRÖNN. ELFO. HEFRING. LENÇO VERDE. Encontrei a minha do outro lado da mesa: CARA LOURO.

Que ótimo. Lugares marcados.

Duas filhas de Aegir se sentaram de cada um dos meus lados. De acordo com as plaquinhas, a moça à esquerda era Kolga. A da direita... Putz. Aparentemente ela se chamava Blódughadda. Eu me perguntei se tinha sido esse o som que a mãe dela fez, ainda meio anestesiada, ao dar à luz a filha número nove. Talvez desse para chamá-la apenas de Blod.

— Oi — falei.

Blod sorriu. Os dentes estavam manchados de vermelho. O cabelo ondulado estava salpicado de sangue.

— Oi. Foi um prazer arrastar vocês até aqui.

— Ah. Obrigado.

A irmã dela, Kolga, se inclinou para perto. Gelo começou a se formar no meu braço. O vestido que ela usava parecia ser trançado de fragmentos de gelo e neve derretida.

— Espero que a gente possa ficar com eles, irmã — disse ela. — Seriam ótimos espíritos torturados.

Blod riu. Seu hálito tinha aquele cheiro de carne moída que acabou de sair da geladeira.

— É mesmo! Perfeitos para nosso candelabro.

— Agradeço a proposta — disse a elas. — Mas na verdade nossa agenda está bem cheia.

— Nossa, como fui indelicada — comentou Blod. — Na sua língua, eu me chamo Cabelo Vermelho de Sangue. Minha irmã aqui é Onda Gelada. E você...

Seu nome é... — Ela franziu a testa ao olhar para minha plaquinha. — Cara Louro?

Eu não via como isso podia ser pior do que Cabelo Vermelho de Sangue.

— Pode me chamar de Jimmy — falei. — Na sua língua se diz... Jimmy mesmo.

Blod não pareceu satisfeita com a explicação.

— Você não me é estranho... — Ela farejou meu rosto. — Por acaso já navegou pelas minhas águas vermelho-sangue em uma batalha naval?

— Tenho quase certeza de que não.

— Talvez minha mãe Ran tenha descrito você pra mim. Mas por que ela...?

— Convidados! — trovejou Aegir, e nunca fiquei tão feliz com uma interrupção. — Eis minha primeira fermentação da noite. É um hidromel de pêssego tipo lambic, um delicioso aperitivo. Agradeço os comentários depois que vocês provarem.

As nove filhas soltaram gritinhos de aprovação quando Aegir ergueu o barril de hidromel e caminhou ao redor da mesa servindo a todos.

— Vocês vão ver que tem um toque frutado — disse Aegir. — Com um leve sabor de...

— Magnus Chase! — gritou Blod, ficando de pé e apontando para mim. — Esse aí é o MAGNUS CHASE!

Dez

Podemos falar sobre hidromel?

Supernormal. Alguém diz toque frutado e meu nome pipoca na mente.

Pare com isso, pessoal. Eu mereço um pouco de respeito.

As filhas de Aegir ficaram de pé. Algumas pegaram facas, garfos ou guardanapos com os quais nos furar, cutucar ou estrangular.

Aegir gritou:

— Magnus Chase? Que história é essa?

Meus amigos e eu não movemos um músculo. Todos nós sabíamos como funcionavam os direitos dos convidados. Talvez ainda conseguíssemos escapar de uma briga usando a lábia, mas quando sacássemos as armas, deixaríamos de ser considerados convidados e passaríamos a ser o prato do dia. Estando contra uma família inteira de deidades jötunn, na casa deles, eu não gostava das nossas chances.

— Espere! — falei o mais calmamente que consegui tendo uma mulher chamada Cabelo Vermelho de Sangue segurando uma faca ao meu lado. — Nós ainda somos convidados à sua mesa. Não violamos nenhuma regra.

Vi o vapor saindo por baixo da aba do chapéu fedora de Aegir. Os óculos de aro dourado ficaram embaçados. Embaixo do braço, o barril de hidromel começou a rachar como uma noz em um quebra-nozes.

— Você mentiu para mim — rosnou Aegir. — Disse que não era Magnus Chase!

— Você vai quebrar seu barril — avisei.

Isso chamou a atenção dele. Aegir levou o barril para a frente do corpo e o abraçou como se fosse um bebê.

— Direitos de convidados não se aplicam! Eu dei a você um lugar à minha mesa com base na sua má-fé!

— Eu nunca *disse* que não era Magnus Chase — lembrei a ele. — Além do mais, suas filhas também nos trouxeram aqui porque falamos sobre hidromel.

Kolga rosnou.

— E porque vocês têm um navio amarelo horrendo.

Eu me perguntei se todo mundo conseguia ver meu coração batendo embaixo da camiseta, tamanho era meu nervosismo.

— Certo, mas também hidromel. Nós viemos falar sobre hidromel!

— Viemos? — perguntou Mestiço.

Mallory pareceu querer bater nele, mas havia uma giganta do mar bloqueando o caminho.

— Claro que viemos, seu bobão!

— Então, sabe — continuei —, não foi má-fé. Pode ter fé de que foi por uma boa causa!

As filhas de Aegir murmuraram baixinho, incapazes de contrariar minha lógica impecável.

Aegir apertou o barril contra o peito.

— O que exatamente vocês têm a dizer sobre hidromel?

— Que bom que você perguntou!

E percebi que não tinha resposta.

Mais uma vez, Samirah veio ao resgate.

— Nós vamos explicar! — prometeu ela. — Mas as melhores histórias são contadas durante o jantar, acompanhadas por um bom hidromel, não são?

Aegir acariciou o barril com afeto.

— Um aperitivo com toque frutado.

— Exatamente — concordou Sam. — Vamos então desjejuar juntos. Se não estiver completamente satisfeito com nossas explicações no final do jantar, pode nos matar.

— Pode? — perguntou T.J. — Quer dizer... claro. Pode, sim.

À minha direita, as unhas em forma de garras de Blod pingavam água salgada vermelha. À minha esquerda, uma chuva de granizo em miniatura se formava em volta de Kolga. Espalhadas entre meus amigos, as outras sete filhas rosnavam como diabos-da-tasmânia.

Blitzen colocou as mãos no colete de cota de malha. Depois de ser perfurado pela espada Skofnung alguns meses antes, ele ficou meio sensível a ataques de faca. Os olhos de Hearthstone iam de um rosto a outro, tentando acompanhar a conversa. Ler os lábios de uma pessoa já era bem difícil. Tentar ler um salão inteiro era praticamente impossível.

Mallory Keen segurou a caneca de hidromel, pronta para imprimir o desenho decorativo na cara da giganta mais próxima. Mestiço franzia a testa com expressão sonolenta, a essa altura sem dúvida *convencido* de que tudo aquilo não passava de um sonho. T.J. tentou não chamar a atenção enquanto enfiava a mão na bolsa de munição, e Alex Fierro só ficou calmamente sentado, bebendo o hidromel de pêssego tipo lambic. Alex não precisava se preparar para batalhas. Eu já tinha presenciado a velocidade com que sacava seu garrote.

O deus do mar Aegir era quem dava as cartas. Ele só precisava dizer "Matem todos" e estaríamos fritos. Lutaríamos corajosamente, sem dúvida. Mas morreríamos.

— Não sei... — refletiu Aegir. — Minha esposa disse para eu matar você se nossos caminhos se cruzassem. O combinado era afogar você lentamente, revivê-lo e então afogá-lo de novo.

É, parecia mesmo algo que Ran falaria.

— Grande lorde — disse Blitzen —, o senhor fez um *juramento* formal de matar Magnus Chase?

— Bom, não — admitiu Aegir. — Mas quando minha esposa pede...

— É preciso considerar os desejos de sua senhora, sem dúvida! — concordou Blitz. — Mas acho que também deveria pesar isso em relação aos direitos dos convidados, não é? E como ter certeza do que fazer se não tiver nos dado tempo para que possamos contar toda a história?

— Me deixe matar eles, pai! — rosnou a filha com as mãos excepcionalmente grandes. — Vou esmagá-los eles até que gritem!

— Silêncio, Onda Ávida — ordenou Aegir.

— Me deixe fazer as honras! — exclamou outra filha, jogando o prato no chão. — Vou jogar eles na boca de Jörmungand!

— Calma, Onda Arremessadora. — Aegir franziu a testa. — O anão tem razão. Estamos em um dilema...

Ele acariciou o barril. Eu esperava que dissesse: *Meu barril de hidromel está irritado. E quando meu barril de hidromel fica irritado, EU fico irritado!*

No entanto, ele deu apenas um suspiro.

— Seria uma vergonha desperdiçar um hidromel tão bom. Vamos comer e beber juntos. Vocês vão me contar a história, dando ênfase especial à sua relação com hidromel.

Ele fez sinal para as filhas se sentarem de novo.

— Mas estou avisando, Magnus Chase, que se eu decidir matar você, minha vingança será terrível. Sou uma deidade jötunn, uma das forças primordiais! Como meus irmãos Fogo e Ar, eu, o Mar, sou um poder furioso que não pode ser contido!

A porta da cozinha se abriu com força. Em uma nuvem de fumaça, Eldir apareceu, a barba ainda fumegando e o chapéu de chef agora em chamas. Carregava nos braços uma torre torta de pratos cobertos.

— Quem pediu a refeição sem glúten? — rosnou ele.

— Sem glúten? — perguntou Aegir. — Acho que não teve isso.

— É minha — respondeu Blod.

Ela reparou na minha expressão e fez uma careta.

— O que foi? Estou em uma dieta só de sangue.

— Sem problemas — balbuciei.

— Certo — disse Aegir, assumindo o comando dos pedidos. — A refeição halal... é de Samirah. A vegetariana é de Magnus Vai-Morrer-Em-Breve Chase. O prato de cabelo verde...

— Aqui — disse Alex, o que provavelmente foi desnecessário.

Mesmo em uma sala cheia de gigantas do mar, ele ainda era o único que tinha cabelo verde.

Os pratos foram distribuídos. O hidromel foi servido.

— Certo. Todos servidos? — perguntou Aegir, sentando-se ao trono.

— Sobrou um! — gritou Eldir. — A refeição budista.

— É minha — disse Aegir.

Não fique encarando, eu disse para mim mesmo quando a deidade primordial tirou a cobertura do prato de tofu com broto de feijão. *Isso é completamente normal.*

— Agora, onde eu estava? — continuou Aegir. — Ah, sim. Um poder furioso que não pode ser contido! Vou arrancar os membros de vocês um a um!

A ameaça teria sido mais assustadora se ele não estivesse balançando uma ervilha fresca cozida no vapor em nossa direção.

Alex tomou um gole da caneca.

— Posso só dizer que esse hidromel está *excelente*? Se não estou enganado, tem um toque frutado. Como você prepara?

Os olhos de Aegir se iluminaram.

— Você tem um paladar refinado! Bem, o segredo está na temperatura do mel.

Aegir começou a falar. Alex assentiu educadamente e fez mais perguntas. Percebi que ele estava tentando ganhar tempo, na esperança de prolongar o jantar enquanto pensávamos em coisas incríveis para dizer a respeito do hidromel. Mas eu estava sem ideias.

Olhei para o prato de Blod. Grande erro. Ela estava comendo uma coisa vermelha gelatinosa.

Virei para o outro lado. A refeição de Kolga era um prato de raspadinhas de gelo de cores diferentes, arrumados em leque como as penas de um pavão.

Kolga reparou que eu estava olhando e rosnou, os dentes parecendo cubos de gelo afiados. A temperatura no ambiente caiu tão rápido que cristais de gelo se formaram nos meus ouvidos.

— O que você está olhando, Magnus Chase? Não vou te dar minhas raspadinhas!

— Não, não! Eu só queria saber, hã... de que lado vocês vão lutar no Ragnarök?

Ela sibilou.

— O mar vai engolir tudo.

Eu esperei para ver se ela ia entrar em detalhes, mas a frase parecia ter explicado seu plano de batalha inteiro.

— Certo. Fico feliz em saber que vocês vão ficar neutros.

— Neutros, não. Vamos ficar *frios*. Gelados, até.

— Ah... certo. Mas seu pai não é amigo de Loki.

— É claro que não! Depois daquele vitupério horrível? Loki desgraçou este salão, os deuses, meu pai e até o hidromel dele!

— Certo. O vitupério.

A palavra era familiar. Eu tinha quase certeza de que vira na TV em Valhala, mas não fazia ideia do que queria dizer.

— Suponho que você já tenha ouvido o nome Bolverk? — perguntei, tentando a sorte. — Ou o que ele pode ter a ver com hidromel?

Kolga fez uma cara de desprezo, como se eu fosse burro.

— Bolverk era o pseudônimo do ladrão de hidromel, claro.

— O ladrão de hidromel.

Parecia o título de um livro bem ruim.

— O que roubou o hidromel de Kvásir! — disse Kolga. — O único hidromel que meu pai não sabe preparar! Você é mesmo um sem noção. Estou louca para enfiar sua alma no candelabro.

Ela voltou a saborear as raspadinhas.

Kvásir. Ótimo. Eu perguntava sobre um nome que não conhecia e ouvia outro. No entanto, senti que estava chegando perto de uma coisa importante, a combinação das peças de um quebra-cabeça que explicaria o diário do tio Randolph, me revelaria o plano dele para vencer Loki e talvez até oferecesse uma solução baseada em hidromel para nos tirar daquele salão com vida.

Aegir continuou falando sobre preparação de hidromel, explicando a Alex as virtudes de nutrientes fermentados escalonados e dos hidrômetros. Num gesto heroico, Alex foi capaz de parecer interessado.

Consegui chamar a atenção de Hearthstone do outro lado da mesa. Eu perguntei em linguagem de sinais: *O que é V-I-T-U-P-É-R-I-O?*

Ele franziu a testa. *Competição.* Levantou o indicador e girou como se estivesse enfiando... Ah, sim. O símbolo de *insultos*.

E quem é K-V-Á-S-I-R?, perguntei.

Hearthstone afastou as mãos como se tivesse tocado em um fogão quente. *Então você sabe?*

Sam bateu com os dedos na mesa para chamar minha atenção. As mãos voaram em gestos curtos e furiosos. *Estou tentando te falar! Loki esteve aqui. Muito tempo atrás. Competição de insultos. Temos que prometer vingança a Aegir. Alex e eu achamos que há um hidromel que podemos usar...*

Isso eu entendi, sinalizei para ela.

Por incrível que pareça, senti que tinha um plano. Embora não um com todos os detalhes. Nem mesmo a maioria dos detalhes. Era mais como se eu tivesse sido girado com uma venda nos olhos e alguém tivesse colocado uma vareta na minha mão e me posicionado mais ou menos na direção da *piñata*, dizendo *Pode bater*.

Mas era melhor do que nada.

— Grande Aegir! — Eu pulei na cadeira e subi na mesa antes que pudesse pensar no que estava fazendo. — Vou explicar para você por que não deveria nos matar e o que isso tem a ver com hidromel!

Um silêncio se espalhou pelo salão. Nove gigantes da tempestade olharam para mim como se considerando todas as formas diferentes com que poderiam me arremessar, esmagar, jogar ou congelar até a morte.

Pelo canto do olho, vi Alex sinalizando para mim: *Seu zíper está aberto.*

Com força de vontade sobre-humana, não olhei para baixo. Continuei concentrado em Aegir, em sua testa franzida e no broto de feijão pendurado na barba dele.

O deus do mar trovejou:

— Eu estava explicando como limpar um fermentador. É melhor que essa história seja boa.

— E é! — prometi, verificando o zíper discretamente e notando que não estava realmente aberto. — Nossa tripulação está navegando para que a justiça seja feita! Loki fugiu da sua prisão, mas nós pretendemos encontrar o navio dele, *Naglfar*, antes que possa partir no solstício de verão. Então recapturaremos Loki e o acorrentaremos de novo. Se nos ajudar, terá sua vingança por aquele vitupério horrível.

Uma nuvem de vapor saiu do chapéu fedora de Aegir como se alguém tivesse levantado a tampa de uma pipoqueira.

— Como ousa falar daquela desgraça?! — perguntou ele. — Aqui, na mesa onde aconteceu?

— Eu sei que Loki insultou você! — gritei. — E muito! Você e todos os seus convidados divinos sofreram insultos *horríveis*. Ele insultou até o seu hidromel! Mas nós podemos derrotá-lo e vingar você e sua casa. Eu... eu mesmo vou desafiar Loki!

Sam apoiou a cabeça nas mãos. Alex olhou para o teto e disse apenas com o movimento dos lábios: *Uau. Não.*

Meus outros amigos me olharam com perplexidade, como se eu tivesse tirado o pino de uma granada. (Eu fiz isso uma vez no campo de batalha de Valhala antes de entender direito como uma granada funcionava. Esse episódio não acabou bem nem para a granada nem para mim.)

Aegir demonstrou uma calma mortífera. Ele se inclinou para a frente, as lentes cintilando na armação dourada dos óculos.

— Você, Magnus Chase, desafiaria Loki em um vitupério?

— Sim. — Apesar das reações dos meus amigos, eu ainda tinha certeza de que era a resposta certa, apesar de não entender o que vitupério significava. — Vou insultar ele pra caramba.

Aegir acariciou a barba, encontrou o broto de feijão e o jogou longe.

— Como você conseguiria isso? Nem os deuses se equiparam a Loki em um vitupério! Você precisaria de uma arma secreta incrível para ter um toque de vantagem!

Talvez eu também precise de um toque frutado, pensei, porque essa era a outra coisa da qual eu tinha certeza, apesar de não entender completamente. Eu me levantei com a coluna bem ereta e anunciei usando a voz grave de quem aceita uma missão:

— Vou usar o hidromel do Kevin!

Alex se juntou a Samirah no clube de esconder a cara.

Aegir franziu a testa.

— Você quer dizer o hidromel de Kvásir?

— É! Isso!

— Impossível! — protestou Kolga, a boca tingida de seis cores diferentes por causa das raspadinhas de gelo. — Pai, não acredite neles!

— E tem mais, grande Aegir — insisti —, se nos deixar partir, nós até... hã, traremos pra você uma amostra do hidromel de Kvásir, o único hidromel que você não consegue preparar.

Meus amigos e as nove gigantas se viraram para Aegir, esperando a resposta dele.

Um leve sorriso se anunciava nos lábios do deus do mar. Ele parecia alguém que conseguira pular para a fila do caixa rápido que acabou de ser aberto no mercado para finalmente pedir o *smoothie* do momento.

— Bem, isso muda tudo — disse ele.

— Muda? — perguntei.

Aegir se levantou do trono.

— Eu adoraria ver Loki pagar pelo que fez, ainda mais em um vitupério. Também adoraria ter uma amostra do hidromel de Kvásir. E preferiria não matar vocês todos, pois concedi direitos de convidados.

— Ótimo! — exclamei. — Então você vai nos deixar ir?

— Infelizmente — continuou Aegir —, você ainda é Magnus Chase e minha esposa quer te ver morto. Se eu deixar você ir, ela vai ficar com muita raiva. Mas, se vocês escapassem, digamos, quando eu não estivesse olhando, e minhas filhas não conseguissem matar vocês durante a tentativa de fuga... Bem, acho que teríamos que considerar isso o desejo das Nornas!

Ele alisou o colete.

— Vou para a cozinha pegar mais hidromel! Espero que nada de desagradável aconteça enquanto eu estiver lá. Venha comigo, Eldir!

O cozinheiro lançou um último olhar fumegante na minha direção.

— Insulte Loki uma vez por Fimafeng, está bem?

Em seguida, seguiu o mestre até a cozinha.

Assim que a porta se fechou, as nove filhas de Aegir se levantaram das cadeiras e atacaram.

Onze

Minha espada leva a gente para (pausa dramática) a era disco

Quando eu era apenas um mortal comum, não sabia realmente muito sobre combates.

Tinha a vaga ideia de que exércitos formavam filas, tocavam trompetes de guerra e marchavam para matarem uns aos outros de forma ordenada. Se eu pensasse em combate viking, visualizava algum cara gritando PAREDE DE ESCUDOS! e um bando de caras louros e cabeludos calmamente juntando os escudos em um padrão geométrico bonito como um poliedro ou, sei lá, um Megazord dos Power Rangers.

Uma batalha de verdade não tinha nada a ver com isso. Ao menos, não as versões de que *eu* participei. Estava mais para o cruzamento entre dança interpretativa, luta livre e quebra-pau de talk show diurno da TV.

As nove gigantas do mar se lançaram contra nós com um uivo de alegria coletivo. Meus amigos estavam prontos. Mallory Keen pulou nas costas de Onda Ávida e enfiou as facas nos ombros da giganta. Mestiço Gunderson segurou duas canecas de hidromel e bateu na cara de Hefring e na barriga de Udr.

T.J. perdeu um tempo valioso tentando carregar o rifle. Antes que pudesse disparar, a linda Himinglaeva virou uma onda enorme e o jogou do outro lado do salão.

Hearthstone usou uma runa que eu nunca tinha visto:

ᚱ

Acertou Bigli, quer dizer, Bylgja, com um brilho forte, liquefazendo-a em uma poça grande e irritada.

A lança de luz de Sam cintilou na mão dela. Ela voou para o alto, para fora do alcance das gigantas, e começou a acertar as irmãs com arcos de puro brilho de valquíria.

Enquanto isso, Blitzen só aumentava o caos, distraindo as nove irmãs com críticas ferinas de estilo, como:

— Sua barra está curta demais! Tem um fio puxado na sua meia-calça! Esse lenço *não* combina com seu vestido!

Kolga e Blod vieram para cima de mim. Eu me enfiei corajosamente embaixo da mesa e tentei escapar engatinhando, mas Blod me puxou pela perna.

— Ah, não — rosnou ela, os dentes pingando vermelho. — Vou arrancar sua alma do corpo, Magnus Chase!

Mas um gorila caiu em cima dela, derrubou-a no chão e arrancou sua cara. (Soou nojento, mas na verdade, quando o gorila arrancou a cara de Blod, a cabeça toda da giganta simplesmente se dissolveu em água salgada, encharcando o chão de algas.)

O gorila me encarou, os olhos de cores diferentes, um castanho, e o outro, mel. Ele grunhiu para mim com impaciência, como quem diz: *Levanta logo, idiota! Lute!*

O gorila se virou para enfrentar Kolga.

Eu cambaleei para trás. Explosões mágicas, raios de luz, machados, espadas e insultos sobre moda voavam para todo lado, recebidos por explosões de água salgada, estilhaços de gelo e pedaços de gelatina cor de sangue.

Meus instintos me diziam que as gigantas seriam bem mais poderosas se combinassem as forças, como fizeram quando afundaram nosso navio. Nós só estávamos vivos porque as irmãs tinham se concentrado em matar cada uma o próprio alvo. Tínhamos sido bem-sucedidos em sermos individualmente irritantes. Se as nove gigantas começassem a cantar aquela música esquisita de novo, trabalhando em equipe, seria nosso fim.

Mesmo lutando com cada uma separadamente, nós estávamos encrencados. Toda vez que uma giganta era vaporizada ou reduzida a uma poça, ela se reformava na mesma hora. Estávamos em menor número. E por melhor que meus amigos lutassem, as gigantas tinham a vantagem do terreno... e também da imortalidade, que era um toque frutado bem grande.

Nós tínhamos que encontrar um jeito de pegar o barco e sair dali, voltar para a superfície e ir para bem longe. Para isso, precisaríamos de uma distração, então decidi chamar meu especialista.

Eu tirei a pedra de runa do cordão.

Jacques surgiu em forma de espada.

— Oi! Sabe, eu estava pensando na Contracorrente. Quem precisa dela, né? Tem muitas outras espadas no arsenal e... OPA! Estamos no palácio de Aegir? Incrível! Que hidromel ele está servindo hoje?

— Socorro! — gritei quando Blod surgiu na minha frente, o rosto no lugar, as garras pingando sangue.

— Claro! — disse Jacques, animado. — Mas, cara, o Hidromel de Abóbora com Especiarias da Oktoberfest de Aegir é de beber de joelhos!

Ele foi até Cabelo Vermelho de Sangue e se colocou entre minha agressora e eu.

— Ei, moça! — chamou Jacques. — Quer dançar?

— Não! — rosnou Blod.

Ela tentou contorná-lo, mas Jacques era ágil. Ele ia de um lado para outro, apontando a lâmina para a giganta e cantando "Funkytown".

Blod pareceu não querer ou não conseguir se desviar da lâmina mágica de Jacques, o que me deu alguns segundos para recuperar o fôlego enquanto minha espada dançava discoteca.

— Magnus! — Samirah passou voando três metros acima de mim. — Prepare o navio!

Meu coração despencou. Percebi que meus amigos estavam distraindo as gigantas para mim, na esperança de eu conseguir deixar nosso navio pronto para navegar novamente. Pobres amigos iludidos.

Eu fui correndo até o *Bananão*.

O navio estava caído de lado, o mastro atravessando a parede de água. A corrente lá fora devia ser forte, porque estava empurrando o barco de leve, a quilha deixando marcas no chão de algas.

Toquei no casco. Felizmente, o barco reagiu e voltou à forma de lenço. Se conseguisse reunir todos os meus amigos, talvez pudéssemos atravessar a parede de água juntos e conjurar o navio enquanto a corrente nos carregasse para longe dali. Talvez o navio, por ser mágico, nos levasse de volta à superfície. Talvez não nos afogássemos nem fôssemos esmagados pela pressão da água.

Eram muitas hipóteses. Mesmo que nós conseguíssemos, as nove filhas de Aegir já tinham nos sugado para debaixo d'água uma vez. Eu não via por que não poderiam fazer isso de novo. De alguma forma, tinha que impedir que elas nos seguissem.

Eu observei a batalha. Hearthstone passou correndo por mim, jogando runas nas gigantas em seu encalço. A runa ᚱ parecia funcionar melhor do que as outras. Cada vez que acertava uma giganta, ela virava uma poça por vários segundos. Não era muito, mas era alguma coisa.

Olhei para as paredes do salão e tive uma ideia.

— Hearth! — gritei.

Xinguei minha própria burrice. Alguma hora, eu superaria o hábito de gritar para chamar a atenção do meu amigo surdo. Corri atrás dele, desviando de Onda Ávida, que Mallory Keen estava guiando pela sala com os cabos das adagas como se fosse um robô de combate.

Segurei a manga de Hearth para chamar sua atenção. *A runa*, sinalizei. *Qual é?*

L-A-G-A-Z, soletrou ele. Água. Ou... Ele fez um gesto que eu nunca tinha visto: uma das mãos na horizontal, os dedos da outra mão balançando abaixo dela. Captei a ideia: *pingar, vazar*. Ou talvez *liquefazer*.

Você consegue fazer isso com a parede?, perguntei. *Ou com o teto?*

A boca de Hearth se curvou, formando o que para ele era um sorriso diabólico. Ele assentiu.

Espere meu sinal, sinalizei.

Onda Arremessadora surgiu entre nós, urrando, e Hearthstone voltou para o meio da confusão.

Eu tinha que pensar em uma forma de separar meus amigos das gigantas. Assim, poderíamos desabar parte do salão em cima das nove irmãs durante nossa fuga. Eu duvidava de que isso fosse machucar nossas inimigas, mas pelo menos poderia surpreendê-las e atrapalhar qualquer contra-ataque. O problema era que eu não sabia como interromper a luta. Duvidava de que pudesse soprar um apito e gritar "Falta!".

Jacques voava de um lado para outro, perturbando gigantas com sua lâmina mortal e com sua interpretação mais mortal ainda de um clássico da discoteca dos anos 1970. Kolga espalhou gelo pelo tapete, fazendo Mestiço Gunderson escorregar. Bylgja lutava com T.J., uma espada vermelha de coral contra uma baioneta. Onda Ávida finalmente conseguiu tirar Mallory das costas. A giganta a teria partido ao meio, mas Blitzen jogou um prato bem na cara dela.

(Uma das habilidades secretas de Blitz: ele dava um *show* no Ultimate Frisbee anão.)

Himinglaeva pulou atrás de Samirah. Ela conseguiu agarrar as pernas de Sam, mas Alex atacou com o garrote. A giganta perdeu de repente vários centímetros de cintura... Na verdade, a cintura *toda*. Ela tombou no chão, quase partida ao meio, e se dissolveu em espuma salgada.

Hearthstone chamou minha atenção. *A runa?*

Queria ter uma resposta. Meus amigos não podiam fazer a luta durar para sempre. Considerei conjurar a Paz de Frey (meu superpoder de arrancar as armas das mãos de todo mundo), mas as gigantas não estavam usando armas, e eu achava que meus amigos não iam gostar de serem desarmados.

Eu precisava de ajuda. Desesperadamente. Então, fiz uma coisa que não era fácil para mim. Olhei para o teto líquido e rezei com sinceridade, não de palhaçada.

— Certo... Frey, pai, por favor. Sei que fui meio ingrato mais cedo quando reclamei do navio amarelo. Mas estamos prestes a morrer aqui, então, se você puder enviar alguma ajuda, eu agradeceria. Amém. Com amor, Magnus. Magnus *Chase*, se você estiver em dúvida.

Fiz uma careta. Eu era péssimo em orações. Também não tinha certeza de que ajuda um deus do verão poderia me mandar no fundo da baía de Massachusetts.

— Oi — disse uma voz perto de mim.

O susto quase me fez atravessar o teto, o que não seria bom, considerando as circunstâncias.

De pé ao meu lado havia um homem com uns cinquenta e tantos anos, forte e queimado de sol como se tivesse trabalhado décadas como salva-vidas. Usava uma camisa polo azul-clara e um short cargo, e os pés estavam descalços. O cabelo fino e a barba curta eram cor de mel, com alguns fios brancos. Ele sorriu como se fôssemos velhos amigos, apesar de eu ter certeza de que nunca o tinha visto antes.

— Hã, oi?

Quando se mora em Valhala, a gente se acostuma com entidades estranhas aparecendo do nada. Mesmo assim, parecia um momento esquisito para um encontro casual.

— Eu sou seu avô — explicou ele.

— Ah... — O que eu poderia dizer? O homem não se parecia em nada com o vovô (nem com a vovó) Chase, mas imaginei que ele estava falando do outro lado da árvore genealógica. O lado vanir. Se eu ao menos conseguisse lembrar qual era o nome do pai de Frey, seria um sucesso. — Oi... vovô.

— Seu pai não pode fazer muita coisa no mar — explicou meu avô, o pai de Frey. — Mas eu posso. Estão precisando de uma mãozinha?

— Sim, bastante — respondi, o que talvez fosse idiotice.

Eu não tinha como ter certeza de que aquele cara era quem dizia ser, e aceitar ajuda de um ser poderoso sempre o deixava em dívida.

— Ótimo! — Ele deu um tapinha no meu braço. — Encontro você na superfície quando isso tudo acabar, tá?

Eu assenti.

— Aham.

Meu recém-descoberto avô entrou no meio da batalha.

— Oi, garotas! Como estão?

A luta parou de repente. As gigantas recuaram com cautela na direção da mesa de jantar. Meus amigos cambalearam e tropeçaram até onde eu estava.

Blod mostrou os dentes manchados de vermelho.

— Njord, você não é bem-vindo aqui!

Njord! É esse o nome dele!

Vou tentar me lembrar de enviar um cartão para ele no Dia dos Avós. Será que essa data era importante para os vikings?

— Ah, pare com isso, Blódughadda — retrucou o deus, animado. — Um velho amigo não pode vir tomar uma caneca de hidromel? Vamos conversar como deidades do mar civilizadas.

— Esses mortais são nossos! — rosnou Onda Ávida. — Você não tem direito!

— Ah, mas eles estão sob minha proteção agora, sabe? O que quer dizer que voltamos ao nosso velho conflito de interesses.

As gigantas sibilaram e rosnaram. Claramente, as irmãs queriam fazer Njord em pedacinhos, mas estavam com medo de atacar.

— Além do mais — continuou o deus —, um dos meus amigos aqui tem um truque para mostrar. Não tem, Hearthstone?

Hearthstone olhou para mim. Eu assenti.

Hearth jogou a runa *lagaz* para cima, passando pelo candelabro das almas perdidas. Eu não via como poderia chegar ao teto trinta metros acima, mas a runa pareceu ir ficando mais leve e mais rápida conforme subia. Bateu nas vigas e explodiu em um ᛚ dourado ardente, e o teto líquido desabou, enterrando as gigantas e Njord em um jato de um milhão de litros d'água.

— Agora! — gritei para os meus amigos.

Nós nos reunimos em um abraço grupal desesperado quando a onda nos acertou. Meu lenço se expandiu à nossa volta. O salão nos expulsou das profundezas do oceano como pasta de dente do tubo, e disparamos para a superfície em nosso navio de guerra amarelo.

Doze

O cara com belos pés

Não há nada melhor do que explodir das profundezas do oceano em um navio viking mágico!

Mentira. É horrível. Muito.

Meus olhos pareciam uvas que tinham sido *lagaz*-adas. Meus ouvidos estalaram com tanta força que achei que tinha levado um tiro na nuca. Desorientado e trêmulo, agarrei a amurada quando o *Bananão* atingiu as ondas — *WHOOOSH!* — e deslocou meu maxilar.

A vela se abriu sozinha. Os remos destravaram, mergulharam na água e começaram a remar sozinhos.

Navegamos sob o céu estrelado, o mar calmo e cintilante, nenhuma terra à vista em qualquer direção.

— O navio… está seguindo por conta própria — observei.

Ao meu lado, Njord apareceu do nada, sem aparentar estar abalado por ter sido pego no meio do desabamento do salão de Aegir.

O deus riu.

— Bom, sim, Magnus, claro que o navio está seguindo por conta própria. Vocês estavam tentando remar à moda antiga?

Eu ignorei meus amigos me olhando de cara feia.

— Hum, talvez.

— Você só precisa mandar o navio levar você para onde quer ir — explicou Njord. — Não precisa de mais nada.

Pensei em todo o tempo que passei com Percy Jackson, aprendendo sobre bolinas e mastros só para acabar descobrindo que os deuses vikings inventaram um aplicativo que dirigia barcos. Aposto que o navio até usaria mágica para me ajudar, se eu precisasse cair do mastro.

— Magnus. — Alex cuspiu uma bola de cabelo de giganta do mar que estava na boca dele. Ops. *Dela*. Eu não tinha certeza do que aconteceu, mas estava quase certo de que Alex havia mudado de gênero. — Você não vai nos apresentar para o seu novo amigo?

— Certo — concordou. — Pessoal, esse é o pai do Frey. Quer dizer, Njord.

Blitz fez cara feia e murmurou baixinho:

— Eu devia ter imaginado.

Mestiço Gunderson arregalou os olhos.

— Njord? Deus dos navios? *O* Njord?

Em seguida, o berserker se virou e vomitou por cima da amurada.

T.J. deu um passo à frente e levantou as mãos em um gesto de *Viemos em paz*.

— Mestiço não estava fazendo um comentário crítico, grande Njord. Nós apreciamos sua ajuda! É que ele bateu a cabeça com força.

Njord sorriu.

— Não tem problema nenhum. Vocês todos deviam descansar um pouco. Eu fiz o que podia para aliviar o enjoo provocado pela descompressão, mas vocês vão se sentir mal por um ou dois dias. E, olha, tem sangue escorrendo do seu nariz. Ah, e das suas orelhas também.

Percebi que ele estava falando com todo mundo. Estávamos vazando como Blódughadda, mas pelo menos meus amigos pareciam inteiros.

— Então, Njord — disse Mallory, limpando o nariz. — Antes de descansarmos, você tem certeza de que aquelas nove gigantas não vão aparecer de novo a qualquer momento e nos destruir?

— Não, não — prometeu ele. — Vocês estão sob minha proteção e seguros no momento! Agora será que poderiam me dar um tempo para conversar com meu neto?

Alex tirou um último fio de cabelo de giganta da língua.

— Tudo bem, pai do Frey. Ah, e a propósito, pessoal, meus pronomes são *ela* e *dela* agora, ok? É um novo dia!

(Viva pra mim porque acertei.)

Samirah deu um passo à frente, os punhos fechados. O hijab molhado estava grudado na cabeça como um polvo muito carinhoso.

— Magnus, lá no salão de jantar... Você percebe o que aceitou fazer? Tem alguma ideia...?

Njord levantou a mão.

— Minha querida, que tal deixar que eu discuta isso com ele? O amanhecer está chegando. Você não deveria fazer sua refeição *suhur*?

Sam olhou para o leste, onde as estrelas começavam a sumir. Ela cerrou os dentes.

— Acho que você está certo, apesar de eu não estar com muita fome. Alguém quer me acompanhar?

T.J. pendurou o rifle no ombro.

— Sam, quando o assunto é comida, eu sempre estou pronto. Vamos lá embaixo ver se a cozinha ainda está inteira. Mais alguém?

— Claro. — Mallory olhou para o deus do mar. Por algum motivo, pareceu fascinada pelos pés descalços dele. — Vamos dar a Magnus um momento família.

Alex foi atrás dela, se esforçando para ajudar Mestiço Gunderson a andar. Talvez fosse minha imaginação, mas antes de descer a escada, ela me olhou com cara de *Você está bem?*. Ou talvez só estivesse se perguntando por que eu era tão esquisito, como sempre.

Isso deixou só Blitz e Hearth no convés, um arrumando a roupa do outro. O cachecol de Hearth ficara enrolado no braço como uma tipoia. A gravata de Blitz tinha se envolvido na cabeça dele como um turbante elaborado. Eles estavam tentando se ajudar ao mesmo tempo que um empurrava o outro, e com isso não chegavam a lugar nenhum.

— Anão e elfo. — O tom de Njord foi relaxado, mas meus amigos pararam na mesma hora o que estavam fazendo e olharam para o deus. — Fiquem conosco. Precisamos conversar.

Hearthstone pareceu satisfeito, mas Blitz fez uma careta ainda pior.

Nós nos sentamos na proa, que era o único lugar onde não seríamos atingidos pelos remos que funcionavam sozinhos ou pelo botaló, nem estrangulados pelos cordames mágicos.

Njord se sentou de costas para a amurada, as pernas bem abertas. Mexeu os dedos dos pés como se quisesse que ficassem bem bronzeados. Isso não deixou muito espaço para o restante de nós, mas como Njord era um deus e tinha nos salvado, achei que ele merecia o espaço extra.

Blitz e Hearth se sentaram lado a lado em frente ao deus. Eu me agachei junto à proa, embora sempre ficasse meio enjoado sentado de costas em um veículo em movimento. Esperava que não fosse me tornar o segundo tripulante a vomitar na presença do deus.

— Bem — disse Njord —, está uma noite muito agradável.

Sentia como se minha cabeça tivesse sido esmagada por um torno. Eu estava encharcado de hidromel e água salgada. Mal tinha tocado no meu prato vegetariano e meu estômago parecia devorar a si mesmo. Gotas de sangue pingavam do nariz no meu colo. Fora isso, sim, era realmente uma noite agradável.

Em algum momento na subida, Jacques voltou à forma de pingente. Estava pendurado no cordão, vibrando sobre meu peito como se cantarolasse: *Elogie os pés dele.*

Devo ter imaginado ou entendido errado. Talvez Jacques quisesse dizer: *Elogie os anéis dele.*

— Ah, obrigado de novo pela ajuda, vovô.

Njord sorriu.

— Pode me chamar de Njord. *Vovô* faz eu me sentir velho!

Supus que ele estava vivo havia dois ou três mil anos, mas não queria insultá-lo.

— Certo. Desculpa. Então, foi Frey que te mandou ou calhou de você estar por perto?

— Ah, eu escuto todas as orações feitas no mar.

Njord balançou os dedos dos pés. Era imaginação minha ou ele estava se exibindo intencionalmente? Tinha que admitir que os pés dele *eram* bem cuidados. Sem calos. Nem uma mancha de sujeira. As unhas estavam aparadas e lixadas à perfeição. Não havia pele sobrando nem pelos de hobbit. Mas, mesmo assim...

— Fiquei feliz em ajudar — continuou Njord. — Aegir e eu nos conhecemos há um tempão. Ele, Ran e as filhas dele representam a força destruidora da natureza, o poder primitivo do mar, blá-blá-blá. Enquanto eu...

— Você é o deus da pescaria — afirmou Blitzen.

Njord franziu a testa.

— De outras coisas também, sr. Anão.

— Por favor, me chame de Blitz — pediu ele. — Sr. Anão era o meu pai.

Hearthstone grunhiu com impaciência, como costumava fazer quando Blitzen estava prestes a ser morto por uma deidade.

Njord é o deus de muitas coisas, sinalizou ele. *Da navegação. Da construção de navios.*

— Exatamente! — disse Njord, aparentemente sem dificuldade nenhuma com a linguagem de sinais. — Do comércio, da pescaria, da navegação, qualquer ocupação que envolva o mar. Até da agricultura, pois as marés e as tempestades afetam o crescimento da lavoura! Aegir é o lado ruim e brutal do oceano. Eu sou o cara para quem você reza quando quer que o mar te ajude!

— Humf, sei — disse Blitz.

Eu não sabia por que Blitz estava sendo antagônico. Mas aí lembrei que o pai dele, Bilì, tinha morrido enquanto verificava as correntes que prendiam o lobo Fenrir. A roupa rasgada e cortada de Bilì tinha ido parar na costa de Nídavellir. Nada de viagem segura para casa, no caso dele. Então por que Blitzen consideraria o mar qualquer outra coisa além de cruel?

Eu queria que Blitz soubesse que eu entendia, que lamentava, mas ele manteve o olhar firme no convés.

— Enfim — disse Njord —, Aegir e a família dele são meus, hã, *concorrentes* há séculos. Eles tentam afogar mortais; eu tento salvá-los. Eles destroem navios; eu construo navios melhores. Não somos propriamente inimigos, mas sempre deixamos o outro com o pé atrás!

Ele enfatizou a palavra *pé* e esticou os dele mais um pouco. Aquilo estava ficando estranho.

A voz de Jacques zumbiu na minha cabeça com mais força. *Elogie os pés dele.*

— Você tem lindos pés, vov... er, Njord.

O deus abriu um grande sorriso.

— Ah, essas coisas velhas? É gentileza sua. Sabia que já ganhei um concurso de beleza por causa dos meus pés? O prêmio foi minha esposa!

Olhei para Blitz e Hearth para ver se eu estava imaginando aquela conversa.

Por favor, sinalizou Hearth com zero entusiasmo. *Nos conte a história.*

— Bem, já que insistem. — Njord olhou para as estrelas, talvez relembrando seus dias de glória em concursos de beleza de pés. — A maior parte da história não é importante. Os deuses mataram um gigante, Thiazi. A filha dele, Skadi, exigiu vingança. Sangue. Mortes. Blá-blá-blá. Para impedir outra guerra e acabar com a discussão, Odin deixou Skadi se casar com um deus da escolha dela.

Blitzen fez cara de desprezo.

— E ela escolheu... você?

— Não! — Njord bateu palmas com prazer. — Ah, foi *tão* engraçado. Sabe, Odin deixou Skadi escolher o marido olhando apenas para os pés dos deuses!

— Por quê? — perguntei. — Por que não... narizes? Ou cotovelos?

Njord fez uma pausa.

— Nunca tinha pensado nisso. Não sei! Mas Skadi achou que o marido mais bonito teria os pés mais bonitos, certo? Então ficamos atrás de uma cortina, e ela andou junto à fila, procurando Balder, que era o deus que todo mundo achava incrível. — Ele revirou os olhos e disse só com movimentos labiais: *Metido*. — Mas eu tinha os pés mais bonitos de todos os deuses, Odin com certeza sabia disso. E Skadi me escolheu! Vocês tinham que ver a cara dela quando puxou a cortina e descobriu com quem ia ter que se casar!

Blitzen cruzou os braços.

— Então Odin usou você para enganar a pobre moça. Você foi um misto de prêmio com armadilha.

— Claro que não! — Njord pareceu mais surpreso do que zangado. — Foi uma ótima combinação!

— Tenho certeza de que foi — falei, ansioso para impedir Blitzen de ser transformado em bote ou qualquer outra punição que um deus da navegação pudesse infligir. — Vocês dois viveram felizes para sempre?

Njord relaxou as costas contra a amurada.

— Bem, não. Nós nos separamos pouco depois. Ela queria morar na montanha. Eu gostava da praia. Além disso, Skadi teve um caso com Odin. Então nos divorciamos. Mas essa não é a questão! No dia da competição meus pés estavam *incríveis*! Eles conquistaram a mão de Skadi, a linda giganta do gelo!

Fiquei tentado a perguntar se ele só ganhou a mão dela ou o restante também, mas concluí que não era uma boa ideia.

Blitzen olhou para mim e retorceu as mãos como se quisesse sinalizar alguma coisa feia a respeito de Njord, mas lembrou que o deus conseguia entender linguagem de sinais. Ele suspirou e encarou o colo.

Njord franziu a testa.

— O que houve, sr. Anão? Você não parece impressionado.

— Ah, ele está — garanti. — Só está sem palavras. Nós todos percebemos que... hã, seus pés são muito importantes para você.

Qual é seu segredo de beleza?, perguntou Hearthstone educadamente.

— Vários séculos de pé nas ondas — confidenciou Njord. — Isso alisou os dois até se tornarem essas obras de arte esculpidas que podem ver aqui. Isso e tratamentos regulares com parafina. — Ele mexeu os dedos com unhas brilhantes. — Eu estava na dúvida se devia lustrar ou não, mas acho que lustrar deixa esses fofinhos reluzentes!

Eu assenti e concordei que ele tinha dedos mindinhos bem reluzentes. Também desejei não ter uma família tão esquisita.

— Na verdade, Magnus — disse Njord —, esse era um dos motivos para eu querer me encontrar com você.

— Para me mostrar seus pés?

Ele riu.

— Não, bobinho. — Ao dizer isso, tenho certeza de que ele queria dizer "sim". — Para te dar alguns conselhos.

— Sobre como lustrar as unhas dos pés? — perguntou Blitzen.

— Não! — Njord hesitou. — Se bem que eu *poderia* fazer isso. Tenho duas dicas que podem ajudar na sua missão para impedir Loki.

Gostamos de dicas, sinalizou Hearth.

— A primeira é o seguinte: para chegar ao navio dos mortos, vocês vão precisar passar pela fronteira entre Niflheim e Jötunheim, um território hostil. Mortais podem congelar em segundos. Se isso não matar vocês, os gigantes e *draugrs* matarão — explicou Njord.

Blitz resmungou:

— Não estou gostando dessa dica.

— Ah, mas existe um porto seguro — acrescentou Njord. — Ou pelo menos um porto potencialmente seguro. Ou pelo menos um porto em que vocês talvez não sejam mortos instantaneamente. Vocês precisam procurar o Lar do Trovão, a fortaleza da minha amada Skadi. Digam que fui eu que enviei vocês.

— Sua amada? — perguntei. — Vocês não estão divorciados?

— Estamos.

— Mas ainda são amigos.

— Eu não a vejo há séculos. — Njord ficou com o olhar distante. — E nossa separação não se deu exatamente em bons termos. Mas preciso acreditar que ela ainda tenha algum afeto por mim. Procurem por ela. Se Skadi oferecer porto seguro a vocês por minha causa, isso vai significar que ela me perdoou.

E se ela não oferecer?, perguntou Hearth.

— Seria uma decepção.

Eu entendi que isso queria dizer: *Vocês todos vão parar no freezer da Skadi.*

Não gostei de ser a cobaia do meu avô para uma reconciliação com a ex-esposa. Por outro lado, um porto potencialmente seguro parecia melhor do que morrer congelado em vinte segundos.

Infelizmente, eu tinha a sensação de que ainda não tínhamos ouvido a pior dica "útil" de Njord. Esperei pelo outro lado da moeda, apesar de o deus não parecer ter moeda nenhuma.

— Qual é a segunda dica? — perguntei.

— Hum? — O foco de Njord voltou para mim. — Ah, sim. A lição da minha história sobre meus belos pés.

— Tinha uma lição? — Blitz pareceu genuinamente surpreso.

— É claro! — exclamou Njord. — A coisa mais inesperada pode ser a chave da vitória. Balder era o mais bonito dos deuses, mas, por causa dos meus pés, *eu* ganhei a garota.

— De quem você se separou e se divorciou depois — comentou Blitz.

— Você pode parar de ficar se prendendo a isso? — Njord revirou os olhos como quem diz: *Esses anões de hoje em dia.* — O que quero dizer, meu querido neto, é que você vai precisar usar meios inusitados para derrotar Loki. Você começou a perceber isso no salão de Aegir, não foi?

Eu não me lembrava de ter arrancado tufos de cabelo de giganta com os dentes, mas uma bola de cabelos parecia estar se formando na minha garganta.

— O vitupério. Vou ter que vencer Loki em uma competição... de insultos?

Novos fios grisalhos se espalharam como gelo pela barba de Njord.

— Um vitupério é bem mais do que uma simples série de xingamentos — avisou ele. — É um duelo de prestígio, poder, confiança. Eu estava presente no salão de Aegir quando Loki insultou os deuses. Ele nos envergonhou tanto... — Njord pareceu murchar, como se só de pensar no episódio o deixasse mais velho e mais fraco. — Palavras podem ser mais letais que lâminas, Magnus. E Loki é um mestre da retórica. Para vencê-lo, você precisa encontrar o poeta dentro de você. Apenas uma coisa pode lhe dar a chance de vencer Loki no seu próprio jogo.

— Hidromel — adivinhei. — O hidromel de Kvásir.

A resposta não me pareceu certa. Eu vivi nas ruas por tempo suficiente para ver como "hidromel" aprimorava as habilidades das pessoas. Fosse qual fosse o veneno: cerveja, vinho, vodca, uísque. As pessoas alegavam precisar disso para aguentar o dia. Chamavam de coragem líquida. Deixava-os mais engraçados, mais inteligentes, mais criativos. Só que não. Só os tornava menos capazes de perceber como estavam agindo de forma idiota e burra.

— Não é um simples hidromel — retrucou meu avô, lendo minha expressão. — O hidromel de Kvásir é o elixir mais valioso já criado. Encontrá-lo não vai ser fácil. — Ele se virou para Hearthstone e Blitzen. — Vocês já sabem, não é? Sabem que essa missão pode ser o fim de vocês dois.

Treze

Malditos avôs explosivos

— Você devia ter começado falando isso — falei, com o coração disparado. — Hearth e Blitz *não* vão morrer. Isso invalida qualquer acordo.

O sorriso cheio de dentes de Njord era branco como neve escandinava. Eu queria saber o segredo dele para ficar tão calmo. Meditação? Pescaria? Aulas de yoga do Hotel Valhala?

— Ah, Magnus, você é tão parecido com o seu pai.

Eu pisquei.

— Nós dois somos louros e gostamos de ficar ao ar livre?

— Vocês dois têm bom coração — explicou Njord. — Frey faria qualquer coisa pelos amigos. Ele sempre amou com facilidade e desprendimento, embora às vezes sem sabedoria. Você carrega a prova disso no seu pescoço.

Fechei os dedos em volta da pedra de runa de Jacques. Eu conhecia a história: Frey renunciara à Espada do Verão para conquistar o amor de uma bela giganta. Como abriu mão da arma, ele seria morto no Ragnarök. A moral da história, como Jacques gostava de dizer: *Primeiro as espadas, depois as namoradas.*

Mas, de qualquer jeito, a questão era que praticamente todo mundo morreria no Ragnarök. Eu não culpava meu pai pelas escolhas dele. Se ele não se apaixonasse tão facilmente, eu não teria nascido.

— Tudo bem, eu sou igual ao meu pai. Ainda prefiro meus amigos a uma caneca de hidromel. Não ligo se é de abóbora com especiarias ou de pêssego tipo lambic.

— É de sangue, na verdade — disse Njord. — E de cuspe.

Comecei a ficar enjoado, mas achei que não era por estar viajando de costas.

— Como é que é?

Njord abriu a mão. Acima da palma flutuava a miniatura de um homem de barba vestindo uma túnica de lã. O rosto era simpático e alegre, a expressão capturada no meio de uma gargalhada. Ao vê-lo, foi difícil não me inclinar para a frente, sorrir e querer ouvir sobre o que ele estava rindo.

— Esse era Kvásir. — O tom de Njord beirava a tristeza. — O ser mais perfeito já criado. Milênios atrás, quando os deuses vanires e aesires deram fim à guerra, todos nós cuspimos em um cálice de ouro. Dessa mistura surgiu Kvásir, nosso tratado de paz ambulante!

De repente, eu não queria mais me inclinar para tão perto do homem cintilante.

— O cara foi feito de cuspe.

— Faz sentido — grunhiu Blitzen. — Saliva de deus é um excelente ingrediente.

Hearthstone inclinou a cabeça. Pareceu fascinado pela figura holográfica. Ele sinalizou: *Por que alguém o assassinaria?*

— Assassinato? — perguntei.

Njord assentiu, com um brilho nos olhos. Pela primeira vez tive a impressão de que meu avô não era só um cara tranquilo com pés bem cuidados. Ele era uma deidade poderosa que provavelmente poderia esmagar nosso navio com um único pensamento.

— Kvásir perambulou pelos nove mundos levando sabedoria, conselhos e justiça aonde quer que fosse. Era amado por todos. Até que foi massacrado. Uma coisa horrível. Injustificável.

— Loki? — tentei adivinhar, porque parecia a próxima palavra lógica daquela lista.

Njord deu uma gargalhada curta e amarga.

— Não dessa vez, não. Foram anões. — Ele olhou para Blitzen. — Sem querer ofender.

Blitzen deu de ombros.

— Os anões não são todos iguais. Assim como os deuses.

Se Njord se sentiu insultado, não demonstrou. Ele fechou a mão, e o homenzinho de cuspe desapareceu.

— Os detalhes do assassinato não são importantes. Depois, o sangue de Kvásir foi drenado do corpo e misturado com mel para criar um hidromel mágico. Tornou-se a bebida mais estimada e desejada dos nove mundos.

— Ugh. — Eu coloquei a mão na boca. Minha ideia de quais detalhes deviam ficar de fora de uma história era bem diferente da de Njord. — Você quer que eu beba hidromel feito do sangue de um deus feito de cuspe.

Njord coçou a barba.

— Dito assim, realmente parece ruim. Mas, sim, Magnus. Quem bebe o hidromel de Kvásir encontra seu poeta interior. As palavras perfeitas surgem. A poesia flui. O discurso encanta. As histórias hipnotizam os ouvintes. Com um poder como esse, você poderia ficar cara a cara e insulto a insulto em uma disputa com Loki.

Meus pensamentos se reviraram junto com meu estômago. Por que tinha que ser *eu* a desafiar Loki?

Minha consciência respondeu, ou talvez tivesse sido Jacques: *Porque você se ofereceu no banquete, bobão. Todo mundo ouviu.*

Massageei as têmporas, me perguntando se era possível um cérebro literalmente explodir por excesso de informações. Essa era uma morte que eu nunca tinha tido em Valhala.

Hearthstone olhou para mim com preocupação. *Quer uma runa?*, sinalizou ele. *Ou aspirina?*

Eu fiz que não.

Então o diário do tio Randolph não era um truque. Ele deixou um plano real e viável. No fim das contas, apesar de tudo que fez, parecia que o velho tolo sentiu algum remorso. Ele tentou me ajudar. Eu não tinha certeza se isso me fazia sentir melhor ou pior.

— E o nome Bolverk? — perguntei. — O que significa?

Njord sorriu.

— Era um dos pseudônimos de Odin. Por muito tempo, os gigantes estiveram de posse de todo o hidromel de Kvásir. Odin usou um disfarce para roubar um pouco para os deuses. E conseguiu. Ele até espalhou gotas de hidromel por Midgard para inspirar bardos mortais. Mas o suprimento do elixir dos deuses acabou séculos atrás. O único hidromel que resta é uma porção pequena, guardada com muito ciúme pelos gigantes. Para conseguir, você vai ter que seguir os passos de Bolverk e ser capaz de roubar algo que apenas Odin já conseguiu.

— Perfeito — murmurou Blitz. — E como é que nós fazemos *isso*?

— Mais importante — interrompi —, por que a missão é tão perigosa para Hearth e Blitz? E como podemos fazer com que não seja?

Senti um desejo enorme de escrever um bilhete em nome de Hearth e Blitz: *Queridas forças cósmicas, por favor, liberem meus amigos do destino mortal. Eles não estão se sentindo muito bem hoje.* No mínimo, queria paramentá-los com capacete e coletes salva-vidas antes de mandá-los em frente.

Njord olhou para Hearthstone e Blitzen. Ele sinalizou: *Vocês já sabem qual é sua tarefa.*

Ele fez um boneco de palito ficar de pé na palma da mão: *base*; depois, dois punhos, um batendo em cima do outro: *trabalho*.

Trabalhem para construir as bases. Ao menos foi o que eu entendi. Tinha sido isso ou: *Vocês vão cultivar os campos.* Como Njord era o deus da colheita, fiquei na dúvida.

Hearthstone tocou no cachecol e sinalizou com relutância: *A pedra?*

Njord assentiu. *Vocês sabem onde procurar.*

Blitzen interrompeu a conversa, sinalizando tão rápido que as palavras ficaram meio confusas. *Deixe meu elfo em paz! Nós não podemos fazer isso de novo! É muito perigoso!*

Ou ele podia estar querendo dizer: *Deixe meu elfo no banheiro! Não podemos fazer esse relógio de pulso! Lixo demais!*

— Do que vocês estão falando? — perguntei.

Em voz alta, minhas palavras pareceram incômodas e indesejadas no diálogo silencioso.

Blitzen passou as mãos pelo colete de cota de malha.

— Do nosso trabalho de reconhecimento de amplo espectro, garoto. Mímir nos mandou procurar o hidromel de Kvásir. E aí, ouvimos boatos de certo item de que precisaríamos...

— A pedra de amolar de Bolverk — adivinhei.

Ele assentiu com infelicidade.

— É o único jeito de derrotar o que protege o hidromel. — Ele abriu os braços. — Só não sabemos direito quem são, como faremos isso ou por quê.

Todas me pareceram perguntas importantes.

— A questão é que — continuou Blitz —, se essa pedra estiver onde *achamos* que está...

Tudo bem, sinalizou Hearthstone. *Nós temos que fazer isso. Então é o que faremos.*

— Amigo, não — disse Blitz. — Você não pode...

— O elfo está certo — interrompeu Njord. — Vocês dois precisam encontrar a pedra enquanto Magnus e o restante da tripulação navegam para descobrir a localização do hidromel. Estão prontos?

— Opa, opa, opa — falei. — Você vai mandá-los para longe *agora*? Eles acabaram de chegar!

— Neto, você tem muito pouco tempo até que o navio de Loki esteja pronto para zarpar. É preciso dividir para conquistar.

Eu tinha quase certeza de que a frase *dividir para conquistar* significava que o exército dividido *era* conquistado, mas Njord não parecia estar com humor para discutir.

— Deixe que eu vá então. — Fiquei de pé com dificuldade. Eu havia tido o dia mais longo da história dos dias. Estava prestes a desmoronar, mas não havia a menor possibilidade de eu ficar parado enquanto meus amigos mais antigos ficavam à mercê de um perigo mortal. — Ou pelo menos deixe que eu vá com eles.

— Garoto — disse Blitz, a voz falhando. — Está tudo bem.

O fardo é meu, sinalizou Hearth, as mãos empurrando um dos ombros dele para baixo.

Njord me deu outro sorriso calmo. Eu estava quase pronto para dar um soco nos dentes perfeitos do meu avô.

— A tripulação deste navio vai precisar de você, Magnus — avisou ele. — Mas prometo o seguinte: quando Hearthstone e Blitzen tiverem encontrado o paradeiro da pedra de amolar, quando tiverem preparado as bases para o ataque, enviarei os dois de volta para buscar você. E assim vocês três poderão enfrentar o perigo juntos. Se falharem, morrerão como uma equipe. Que tal?

Isso não me fez gritar *viva*, mas concluí que era a melhor proposta que eu ia receber.

— Tudo bem. — Ajudei Blitz a ficar de pé e dei um abraço nele. Meu amigo tinha cheiro de alga torrada e perfume Anão Noir. — Não ouse morrer sem mim.

— Vou me esforçar, garoto.

Eu me virei para Hearthstone. Coloquei a mão delicadamente em seu peito, um gesto élfico de profunda afeição. *Você*, eu sinalizei. *Em segurança. Senão eu. Com raiva.*

Os cantos da boca de Hearth se ergueram, apesar de ele ainda parecer distraído e preocupado. Os batimentos saltavam sob meus dedos como uma pomba assustada batendo as asas.

Você também, sinalizou ele.

Njord estalou os dedos e meus amigos viraram água do mar, como ondas quebrando no casco.

Engoli minha raiva.

Disse para mim mesmo que Njord havia apenas enviado Hearth e Blitz para longe. Não pulverizado os dois. Meu avô prometeu que eu os veria de novo. Eu tinha que acreditar nisso.

— E agora? O que eu faço enquanto eles estiverem longe?

— Ah. — Njord cruzou as pernas em posição de lótus, provavelmente só para exibir as solas dos pés esculpidos pelas ondas. — Sua tarefa é igualmente difícil, Magnus. Você precisa descobrir onde está o hidromel de Kvásir. É um segredo bem guardado, que só alguns gigantes conhecem. Um deles, no entanto, pode ser convencido a contar para você: Hrungnir, que habita a terra humana de Jórvík.

O navio bateu em uma onda enorme, fazendo meu estômago pular.

— Já tive alguns maus encontros com gigantes.

— E quem não teve? — disse Njord. — Quando chegar a Jórvík, você terá que encontrar Hrungnir e desafiá-lo. Se vencer, exija dele a informação de que precisa.

Tremi, pensando na última vez que estive em Jötunheim.

— Diga que esse desafio não vai ser um torneio de boliche.

— Ah, não, fique tranquilo! — disse Njord. — Provavelmente será um combate corpo a corpo até a morte. Você precisa levar alguns amigos. Eu recomendaria a garota bonita, Alex Fierro.

Eu me perguntei se Alex ficaria lisonjeada ou enojada com o elogio, ou se só riria. Eu me perguntei se os pés de Alex eram tão bem cuidados quanto os de Njord. Uma coisa bem idiota de se pensar.

— Tudo bem. Jórvík. Onde quer que isso seja.

— O navio sabe o caminho — assegurou Njord. — Posso garantir navegação segura até lá, mas, se você sobreviver e avançar, seu navio vai ficar mais uma vez vulnerável a ataques de Aegir, Ran, as filhas deles ou... coisas piores.

— Vou tentar conter minha felicidade.

— É uma boa ideia — disse Njord. — Seu elfo e seu anão vão encontrar a pedra de amolar de que você precisa. Você vai descobrir a localização secreta do hidromel de Kvásir, vai derrotar Loki e prender aquele trapaceiro novamente!

— Agradeço o voto de confiança.

— Bem, é que, se você não fizer isso, Loki vai te insultar até que vire uma sombra patética e impotente de si mesmo. Depois, terá que assistir a todos os seus amigos morrendo, um por um, até só sobrar você para sofrer em Helheim por toda a eternidade enquanto os nove mundos ardem em chamas. Esse é o plano de Loki.

— Ah.

— Enfim! — disse Njord com alegria. — Boa sorte!

Meu avô explodiu em uma névoa marinha fina, borrifando meu rosto com água salgada.

Quatorze

Nada acontece. É um milagre

Tudo na mais completa paz.

Eu nunca tinha apreciado essa expressão até vivenciá-la em primeira mão. Os dois dias seguintes foram chocante e perversamente parados. O céu permaneceu sem nuvens, e os ventos, suaves e frescos. O mar se estendia em todas as direções como seda verde, me lembrando das fotos que minha mãe me mostrava do artista favorito dela, um cara chamado Christo, que trabalhava ao ar livre e envolvia florestas, prédios e ilhas inteiras em tecido fino. Parecia que Christo havia transformado o Oceano Atlântico em uma enorme instalação de arte.

O *Bananão* avançava alegremente. Nossos remos amarelos trabalhavam sozinhos. A vela mudava de direção conforme necessário.

Quando falei para a tripulação que estávamos indo para Jórvík, Mestiço grunhiu com infelicidade, mas não quis contar o que sabia sobre o lugar. Pelo menos o navio parecia entender para onde estávamos indo.

Na segunda tarde, me vi no convés ao lado de Mallory Keen, que parecia mais insatisfeita do que o habitual.

— Ainda não entendo por que Blitz e Hearth tiveram que ir embora — resmungou ela.

Eu tinha a leve desconfiança de que a srta. Keen estava interessada em Blitzen, mas não tinha coragem suficiente para perguntar. Cada vez que Blitz ia a Valhala, eu pegava Mallory observando sua barba imaculada e suas roupas perfeitas, depois olhando para Mestiço Gunderson como se questionando por que seu namorado/ex-namorado/renamorado/ex-namorado não podia se vestir tão bem.

— Njord jurou que era necessário — respondi, apesar de ter feito pouca coisa além de me preocupar com Blitz e Hearth. — Algo a ver com otimizar nosso tempo.

— Humf. — Mallory apontou para o horizonte. — Mas aqui estamos nós, navegando e navegando. Seu avô não podia ter levado a gente até Jórvík de uma vez? Teria sido mais útil.

Mestiço Gunderson passou com um esfregão e um balde.

— Útil — murmurou ele. — Diferentemente de *algumas* pessoas.

— Cala a boca e esfrega! — disparou Mallory. — Quanto a você, Magnus, eu avisei sobre morder a isca de Loki. E o que você fez? Foi lá e se voluntariou para um vitupério. Você é tão burro quanto aquele berserker!

Com isso, ela subiu no alto do mastro, o lugar mais solitário do navio, e ficou encarando o mar com a testa franzida.

Mestiço resmungou enquanto esfregava o convés:

— Megera irlandesa. Não dê atenção a ela, Magnus.

Eu queria que não tivéssemos que fazer nossa viagem com os dois brigando. Nem com Sam fazendo jejum por causa do ramadã. Nem com Alex tentando ensinar a ela como resistir ao controle de Loki. Pensando bem, eu queria que não tivéssemos que fazer aquela viagem e pronto.

— Qual é a história de Mallory com Loki? — perguntei. — Ela parece...

Eu não sabia bem que palavra usar: *preocupada? Ressentida? Homicida?*

Mestiço deu de ombros, fazendo as tatuagens de serpente ondularem nas costas. Ele olhou para o alto do mastro, como se pensando em mais xingamentos para Mallory.

— Não posso contar uma história que não é minha. Mas morder a isca para fazer uma coisa de que mais tarde vai se arrepender... Mallory entende o que é isso. Foi assim que ela morreu.

Pensei nos meus primeiros dias em Valhala, quando Mestiço pegou no pé de Mallory por ter tentado desarmar um carro-bomba com a cara. Tinha alguma peça faltando nessa história. Afinal, ela foi corajosa o bastante para chamar a atenção de uma valquíria.

— Magnus, você tem que entender — disse Mestiço —, nós dois estamos indo para os lugares onde morremos. Pode ser diferente pra você. Você morreu em Boston e ficou em Boston. Não está morto há tempo suficiente para ver o mundo mudar ao seu redor. Mas para nós? Mallory não tem vontade nenhuma de ver a Irlanda de novo, mesmo que seja apenas a costa. E eu... eu nunca quis voltar a Jórvík.

Senti uma pontada de culpa.

— Cara, sinto muito mesmo. Foi lá que você morreu?

— Ah. Não o lugar exato, mas perto. Eu ajudei a conquistar a cidade com Ivar, o Sem-Ossos. Serviu de local de acampamento. Mal podia ser considerada uma cidade, na época. Só espero que não tenha mais *vatnavaettir* no rio. — Ele estremeceu. — Isso seria péssimo.

Eu não tinha ideia do que era *vatnavaettir*, mas se Mestiço Gunderson considerava ruim, eu não queria conhecer.

Mais tarde, conversei com T.J., que estava na proa olhando as ondas, tomando café e comendo seus biscoitos. Por que ele gostava daquelas coisas eu não sabia dizer. Era como um grande cream cracker sem sal feito com cimento em vez de farinha.

— Oi — cumprimentei.

Ele parecia distraído.

— Ah, oi, Magnus. — Ele me ofereceu um biscoito de cimento. — Quer um?

— Não, obrigado. Acho que vou precisar dos meus dentes mais tarde.

Ele assentiu como se não tivesse entendido a piada.

Desde que contei para a tripulação sobre minha conversa com Njord, T.J. ficou quieto e retraído, o mais perto que ele já tinha chegado de pensativo.

Ele molhou o biscoito no café.

— Eu sempre quis visitar a Inglaterra. Só nunca imaginei que fosse acontecer depois de eu estar morto, no meio de uma missão para impedir o Ragnarök, em um navio de guerra amarelo.

— Inglaterra?

— É pra lá que estamos indo. Você não sabia?

Quando pensava na Inglaterra, o que não acontecia com frequência, eu pensava nos Beatles, em Mary Poppins e em homens usando chapéus-coco, carregando guarda-chuvas e bebendo chá. Não pensava em hordas de vikings e nem em lugares chamados Jórvík. Mas aí lembrei que, quando conheci Mestiço Gunderson, ele me contou que morreu durante uma invasão à Ânglia Oriental, que era um reino na Inglaterra uns mil e duzentos anos atrás. Os vikings gostavam mesmo de dar um passeio.

T.J. se apoiou na amurada. Ao luar, uma fina linha âmbar se destacou no pescoço dele: resquícios de uma bala minié que o acertou de raspão na primeira batalha dele como soldado do exército da União. Eu achava estranho que fosse possível morrer, chegar a Valhala, ressuscitar diariamente por cento e cinquenta anos e continuar com uma pequena cicatriz da sua vida mortal.

— Na guerra — disse ele —, nós tínhamos medo de que a Grã-Bretanha se declarasse a favor dos rebeldes. Os britânicos tinham abolido a escravatura *bem* antes de nós, da União, mas eles precisavam do algodão do sul para abastecer a indústria têxtil. O fato de o Reino Unido ter permanecido neutro e *não* ter ajudado os estados do sul foi crucial para a vitória do norte na guerra. Por isso sempre gostei muito dos britânicos. Eu sonhava em ir lá um dia e agradecer em pessoa.

Tentei notar sarcasmo ou ironia no tom dele. T.J. era filho de uma escrava liberta. Ele lutou e morreu por um país que manteve sua família acorrentada por gerações. Até carregava o nome de um escravocrata bem famoso. Mas T.J. dizia *nós* quando se referia à União. Ainda usava o uniforme com orgulho depois de mais de um século. Sonhava em atravessar o oceano para agradecer aos britânicos só porque fizeram o favor de ficarem neutros.

— Como você consegue sempre ver o lado bom de tudo? — perguntei, impressionado. — Você é tão... positivo.

T.J. riu e quase engasgou com o biscoito.

— Magnus, amigo, se você tivesse me visto logo depois que cheguei a Valhala... Não. Aqueles primeiros anos foram difíceis. Os soldados da União não foram os únicos a irem para Valhala. Vários rebeldes morreram com espadas em punho. Valquírias não ligam para o lado da guerra em que você luta, nem se sua causa é justa. Ligam só para bravura e honra. — Ah. Notei um toque de reprovação na voz dele. — Nos dois primeiros anos que fui einherji, vi alguns rostos familiares entrarem no salão de jantar...

— Como você morreu? — perguntei. — A história real.

Ele passou o dedo na borda da caneca.

— Já contei. Atacando Fort Wagner, na Carolina do Sul.

— Mas essa não é a história inteira, não é? Alguns dias atrás você me alertou sobre aceitar desafios. Falou como se já tivesse passado por isso.

Eu observei a linha do maxilar de T.J., a tensão acumulada ali. Talvez fosse por isso que ele gostava tanto do biscoito duro. Mastigá-lo fazia ele trincar os dentes.

— Um tenente da Confederação me escolheu — disse ele, por fim. — Mas não tenho ideia do motivo. Nosso regimento aguardava a ordem para atacar as ameias. O inimigo estava poupando munição. Nenhum dos dois lados podia se mexer.

Ele olhou para mim.

— Aí um oficial rebelde se levantou nas linhas inimigas. Apontou com a espada *bem* para mim, como se me conhecesse, e gritou: "Você aí, criou..." Bom, já deu para perceber do que ele me chamou. "Venha lutar comigo homem a homem!"

— O que teria sido suicídio.

— Prefiro encarar como uma exibição incrível de coragem.

— Você quer dizer que *foi*?

A caneca tremeu nas mãos dele. O pedaço de biscoito afundado no café começou a se dissolver e se expandir como uma esponja, líquido marrom encharcando o amido branco.

— Quando se é filho de Tyr — explicou ele —, não dá para recusar um duelo. Se alguém disser *Lute comigo*, você luta. Cada músculo do meu corpo reagiu àquele desafio. Acredite, eu não queria lutar contra aquele... cara.

Ficou claro que ele estava pensando em outra palavra no lugar de *cara*.

— Mas eu não podia recusar. Então me levantei e ataquei as fortificações rebeldes sozinho. Mais tarde, depois que morri, soube que minha ação deflagrou a ofensiva que levou à queda de Fort Wagner. O restante do pessoal seguiu meu exemplo. Devem ter achado que eu estava tão maluco que era melhor me ajudarem. Mas eu só queria matar aquele tenente. E matei. Jeffrey Toussaint. Atirei uma vez no peito dele e cheguei perto o bastante para enfiar a baioneta na sua barriga. Claro que, àquela altura, os rebeldes já tinham atirado em mim umas trinta vezes. Eu caí no meio deles e morri sorrindo para um bando de Confederados zangados. Quando percebi, estava em Valhala.

— Pelas cuecas de Odin — murmurei, um xingamento que eu reservava para ocasiões especiais. — Espera... o tenente que você matou. Como você descobriu o nome dele?

T.J. deu um sorriso pesaroso.

Por fim, eu entendi.

— Ele acabou em Valhala também.

T.J. assentiu.

— Andar setenta e seis. Eu e o velho Jeffrey... nós passamos uns cinquenta anos nos matando sem parar, todos os dias. Eu estava com tanto ódio. Aquele homem era tudo que eu desprezava e vice-versa. Fiquei com medo de acabarmos como Hunding e Helgi: inimigos imortais, ainda trocando insultos milhares de anos depois.

— Mas não foi assim?

— É até engraçado. Eu cansei. Parei de procurar Jeffrey Toussaint no campo de batalha. Eu me dei conta de uma coisa: não dá para sentir ódio para sempre. Não vai afetar nem um pouco a pessoa que você odeia, mas vai te envenenar, com certeza.

Ele passou a mão na cicatriz da bala.

— Quanto a Jeffrey, ele parou de aparecer no salão de jantar. Nunca mais vi o cara. Isso aconteceu com muitos dos einherjar da Confederação. Eles não duraram. Trancaram-se nos quartos, nunca mais saíram. Acabaram desaparecendo. — T.J. deu de ombros. — Acho que era mais difícil para eles se ajustarem. Você acha que o mundo é de um jeito, depois descobre que na verdade é bem maior e mais estranho do que imaginava. Se não conseguir expandir seus horizontes, não vai se dar bem na pós-vida.

Eu me lembrei de estar com Amir Fadlan no telhado, sob a propaganda do Boston Citgo, segurando os ombros dele e desejando que sua mente mortal não se fraturasse sob o peso de ver a ponte Bifrost e os nove mundos.

— É — concordei. — Expandir os horizontes dói.

T.J. sorriu, mas eu não via mais como um sorriso fácil. Foi difícil de conquistar, tão corajoso quanto um soldado atacando sozinho as linhas inimigas.

— Você aceitou seu desafio, Magnus. Vai ter que encarar Loki cara a cara. Não dá para voltar atrás. Mas você não precisa atacar as fortificações sozinho. Nós vamos estar com você.

Ele deu um tapinha no meu ombro.

— Agora, se me der licença... — T.J. me entregou a mistura de café e biscoito duro como se fosse um presente fantástico. — Vou tirar uma soneca!

A maior parte da tripulação dormia sob o convés. Nós descobrimos que o *Bananão* oferecia quantos quartos nós precisássemos para ficar à vontade, independentemente do tamanho do casco. Eu não fazia ideia de como aquilo funcionava. Apesar de ser fã de *Doctor Who*, eu não estava com vontade de testar os limites da nossa TARDIS amarela. Preferia dormir no convés, observando as estrelas, lugar em que eu estava na nossa terceira manhã no mar quando Alex me acordou.

— Anda logo, Chase — ordenou ela. — Nós vamos testar as habilidades de Samirah. Vou ensinar a ela como resistir a Loki nem que isso acabe matando a gente. E quando digo "a gente", quero dizer você.

QUINZE

Macaco!

Percebi meu problema imediatamente.

Eu não devia ter apresentado Alex para Percy Jackson. Parece que ela aprendeu *bastante* com os métodos implacáveis de treinamento dele. Talvez Alex não conseguisse conjurar animais marinhos, mas podia virar um. E isso talvez fosse até pior.

Nós começamos com Samirah e Alex lutando uma com a outra... no convés, na água, no ar. Meu trabalho era gritar animais aleatórios de uma pilha de cartões que Alex tinha feito. Eu gritava "MACACO!", e Sam tinha que se transformar em macaco no meio do combate, enquanto Alex constantemente mudava de forma, de humana para animal para humana de novo, dando seu melhor para vencer Sam.

Sempre que Alex estava em forma humana, ela fazia provocações como:

— Vamos lá, al-Abbas! Você chama isso de mico-leão-dourado? Se esforce!

Depois de uma hora daquele combate à la Imagem & Ação, o rosto de Samirah estava brilhante de suor. Ela tinha tirado o hijab e prendido o cabelo castanho comprido para poder lutar melhor. (Ela nos considerava parte da família, então não tinha problema ficar sem o hijab quando necessário.) Sam se apoiou na amurada para descansar. Eu quase ofereci água, mas aí lembrei que ela estava de jejum.

— Acho que a gente deveria descansar até a noite — sugeri. — Depois que escurecer, você pode comer e beber. Isso deve estar te matando.

— Eu estou bem. — Sam não mentia muito bem, mas forçou um sorriso. — Obrigada.

Alex andou pelo convés consultando a prancheta. *Uma prancheta*, como se ela estivesse almejando ser gerente-assistente no Hotel Valhala ou algo parecido. Estava usando calça jeans skinny verde e uma blusa rosa, a parte da frente bordada com lantejoulas em um gesto de mão obsceno. O cabelo tinha começado a crescer, as raízes pretas fazendo-a parecer ainda mais imponente, como um leão com juba volumosa.

— Muito bem, Magnus, agora é sua vez — anunciou ela. — Pegue Jacques e se prepare para a batalha.

Jacques ficou feliz em ajudar.

— Hora do combate? Legal! — Ele flutuou em círculos em volta de mim. — Com quem a gente vai lutar?

— Com a Sam.

Jacques hesitou.

— Mas eu gosto da Sam.

— A gente só está treinando — expliquei. — Tente matar ela sem matar ela de verdade.

— Ufa! Tudo bem. Posso fazer isso.

Alex tinha um apito. Não havia limites para a crueldade dela. Jacques e eu lutamos contra Sam: Jacques atacando com a lâmina, obviamente; eu com um esfregão, que duvidei de que tivesse despertado pavor no coração de Sam. Sam desviou e pulou e tentou nos acertar com o machado, a lâmina enrolada em uma das velas do barco. Sam tinha que mudar de forma sempre que Alex apitava, coisa que ela fazia em intervalos aleatórios sem dar bola para a situação de Sam.

Acho que a ideia era condicionar Samirah a mudar de forma em qualquer momento e qualquer lugar que fosse necessário, sem hesitar.

Jacques estava se segurando, percebi. Só acertou Sam duas vezes. Eu tive menos sucesso com meu esfregão. Fazer manobras de combate no convés de um navio viking era uma das muitas habilidades importantes que eu não tinha. Eu tropeçava nos remos. Ficava enrolado nas cordas. Duas vezes, bati a cabeça no mastro e caí direto no mar. Normal para mim, em outras palavras.

Sam não tinha esse tipo de dificuldade. Ela me deixou todo roxo e dolorido. A única vez em que acertei um golpe foi quando Alex apitou em um momento particularmente ruim. No meio do pulo, Sam virou uma arara e voou de bico no cabo do meu esfregão. Ela piou, voltou à forma humana e caiu sentada no convés, uma nuvem de penas azuis e vermelhas voando em torno dela.

— Desculpa. — Fiquei cheio de vergonha. — Nunca bati em uma arara.

Apesar do nariz sangrando, Sam riu.

— Tudo bem. Vamos tentar de novo.

Nós lutamos até ficarmos exaustos. Alex disse que nosso treino estava encerrado, e nós três nos encostamos na amurada de escudos.

— Ufa! — Jacques parou ao meu lado. — Estou exausto!

Como toda energia que ele gastava sairia de *mim* assim que eu o segurasse, decidi deixar Jacques ficar na forma de espada por mais um tempo. Eu só estava pronto para entrar em coma depois do almoço.

Mas pelo menos eu *podia* almoçar.

Olhei para Samirah.

— Essa coisa de ramadã... eu não sei como você consegue.

Ela ergueu a sobrancelha.

— Você quer dizer *por que* eu faço?

— Isso também. Você tem mesmo que aguentar o jejum por um mês inteiro?

— Tenho, Magnus — disse ela. — Talvez você fique surpreso de saber que o mês do ramadã dura um mês.

— Fico feliz de você não ter perdido o senso de humor.

Ela secou o rosto com uma toalha, coisa que aparentemente não era proibida.

— Eu já passei da metade do mês. Não é tão ruim. — Ela franziu a testa. — Claro, se todos nós morrermos antes do fim do ramadã, será bem irritante.

— É — concordou Alex. — Loki bota fogo nos nove mundos enquanto você está de jejum e não pode nem tomar um gole d'água? Ui.

Sam deu um tapa no braço dela.

— Você tem que admitir, Fierro, eu estava mais concentrada hoje. O ramadã ajuda.

— Ah, talvez — disse Alex. — Ainda acho que você é louca de fazer jejum, mas não estou tão preocupada quanto antes.

— Sinto que minha mente está mais clara — comentou Sam. — Mais vazia, mas de um jeito *bom*. Não estou hesitando tanto. Vou estar pronta quando enfrentar Loki, *inshallah*.

Sam não usava muito esse termo, mas eu sabia que significava *se Deus quiser*. Embora obviamente a ajudasse, nunca inspirou muita confiança em mim. *Eu vou me sair bem, inshallah* era meio como dizer *Vou me sair bem, supondo que eu não seja atropelado por um caminhão primeiro*.

— Bom — continuou Alex —, nós só vamos saber o que vai acontecer quando você enfrentar o querido mãe-barra-pai. Mas estou levemente otimista. E você não matou Magnus, o que acho que foi bom.

— Obrigado — murmurei.

Até essa pequena consideração de Alex, a ideia de que minha morte pudesse ser ligeiramente desagradável para ela, me deu uma sensação calorosa no peito. Eu era patético.

No resto da tarde, ajudei no *Bananão*. Apesar da navegação automática, ainda havia muita coisa a fazer: lavar o convés, desembaraçar os cordames, impedir que Mallory e Mestiço se matassem. As tarefas me impediam de pensar muito no meu confronto iminente com Loki ou no que Blitz e Hearth poderiam estar fazendo. Eles já estavam longe havia três dias, e agora nós tínhamos menos de duas semanas até o solstício de verão, talvez menos tempo até o gelo derreter o suficiente para o navio de Loki zarpar. Quanto tempo Blitz e Hearth podiam demorar a encontrar uma pedra?

Naturalmente, a ideia de procurar uma pedra de amolar trouxe de volta lembranças ruins da minha última missão com Blitz e Hearth, quando estávamos tentando encontrar a pedra Skofnung. Tentei me convencer de que não havia conexão. Desta vez, não haveria luz do sol brutal de Álfaheim, nem *nøkk* violinistas do mal, nem pai elfo sádico e carrancudo.

Em pouco tempo, Hearth e Blitzen voltariam e nos informariam sobre uma série de novos obstáculos perigosos para enfrentarmos! Toda vez que uma onda quebrava no casco, eu via o borrifo do mar e torcia para se solidificar nos meus amigos. Mas eles não reapareceram.

Duas vezes durante a tarde, pequenas serpentes do mar com uns seis metros de comprimento passaram nadando por nós. Elas olharam o navio, mas não atacaram. Concluí que ou não gostavam de presas sabor banana ou ficaram com medo da cantoria de Jacques.

Minha espada me seguia pelo convés, alternando entre cantar sucessos do Abba (vikings são muito fãs de Abba) e me contar histórias sobre antigamente, quando ele e Frey passeavam pelos nove mundos espalhando luz do sol e felicidade e, de tempos em tempos, matando pessoas.

Conforme o dia avançava, aquilo se tornou um teste de resistência: eu queria que Jacques voltasse à forma de runa, o que me faria desmaiar pelo cansaço do nosso esforço conjunto, ou queria ficar ouvindo o cara cantar por mais tempo?

Por fim, perto do anoitecer, não consegui mais aguentar. Fui tropeçando até a popa do navio, onde tinha colocado meu saco de dormir. Eu me deitei, apreciando o som de Samirah fazendo sua oração noturna na proa, a poesia melódica suave e relaxante.

Pareceu estranho a Oração do Crepúsculo a bordo de um navio viking cheio de ateus e pagãos. Por outro lado, os ancestrais de Samirah enfrentavam vikings desde a Idade Média. Eu duvidava de que fosse a primeira vez que orações para Alá tinham sido ditas a bordo de um navio viking. O mundo, *os mundos*, eram bem mais interessantes por causa da mistura constante.

Fiz Jacques voltar para a forma de pingente e mal tive tempo de prendê-lo no pescoço antes de desmaiar.

Nos meus sonhos, testemunhei um assassinato.

Dezesseis

Homem de cuspe vs. serra elétrica. Adivinhem quem ganhou?

Eu estava ao lado de quatro deuses no cume de uma colina, próximo das ruínas de uma cabana de sapê.

Odin apoiava-se em um cajado grosso de carvalho, os elos da cota de malha cintilando embaixo da capa azul de viagem. Uma lança estava presa nas costas. Havia uma espada pendurada na cintura. Seu único olho brilhava por baixo do chapéu azul de abas largas. Com a barba grisalha, o tapa-olho e as armas variadas, ele parecia um homem incapaz de decidir se ia para uma festa de Halloween de bruxo ou de pirata.

Ao lado dele encontrava-se Heimdall, o guardião da ponte Bifrost. Os smartphones ainda não deviam ter sido inventados, porque ele não estava tirando fotos a cada cinco segundos. O deus usava uma armadura branca de lã grossa, com duas espadas cruzadas presas nas costas. Gjallar, a Trombeta do Juízo Final, estava pendurada no cinto, o que não me pareceu muito seguro. Qualquer um poderia ter surgido por trás dele, soprado a trombeta e começado o Ragnarök de bobeira.

O terceiro deus, Frey, meu pai, estava ajoelhado ao lado das cinzas de uma fogueira. Ele usava uma calça jeans surrada e uma camisa de flanela, apesar de eu não entender como aquelas roupas já podiam ter sido inventadas. Talvez Frey, na verdade, tivesse sido o primeiro criador de tendências dos nove mundos. O cabelo louro caía até os ombros. A barba volumosa brilhava à luz do sol. Se houvesse justiça no mundo, Thor, o deus do trovão, teria esta aparência: louro, bonito e majestoso, e não a máquina de peido ruiva e musculosa que eu tivera o desprazer de conhecer.

O quarto deus eu não conhecia, mas reconheci da demonstração holográfica de Njord: Kvásir, o tratado de paz ambulante entre os aesires e vanires. Ele era um homem bonito considerando que se originou de cuspe divino. O cabelo e a barba, ambos pretos e encaracolados, balançavam na brisa. Estava envolto em um manto comprido, o que lhe dava um ar de mestre Jedi. Ele se ajoelhou ao lado do meu pai, os dedos pairando acima dos restos queimados da fogueira.

Odin se inclinou na direção dele.

— O que você acha, Kvásir?

Aquela pergunta por si só me mostrou quanto os deuses respeitavam Kvásir. Normalmente, Odin não pedia a opinião de ninguém. Ele só dava respostas, normalmente na forma de enigmas ou apresentações de Power Point.

Kvásir tocou nas cinzas.

— É uma fogueira de Loki, com certeza. Ele esteve aqui recentemente. Ainda está na região.

Heimdall observou o horizonte.

— Não o vejo em um raio de oitocentos quilômetros, a não ser que... Não, é um irlandês com um belo corte de cabelo.

— Nós temos que capturar Loki — resmungou Odin. — Aquele vitupério foi a gota d'água. Ele precisa ser preso e punido!

— Uma rede — anunciou Kvásir.

Frey franziu a testa.

— Como assim?

— Está vendo? Loki decidiu queimar as provas. — Kvásir mostrou um padrão de linhas cruzadas em meio às cinzas que mal dava para identificar. — Ele estava tentando prever nossos atos, considerando todas as formas pelas quais poderíamos capturá-lo. Ele teceu uma rede e, logo em seguida, a queimou.

Kvásir se levantou.

— Cavalheiros, Loki se disfarçou de peixe. Nós precisamos de uma rede!

Os outros pareceram impressionados, como quem diz: *Como você fez isso, sr. Holmes?*

Achei que Kvásir ia gritar *Elementar, meus caros!*, mas ele disse apenas:

— Para o rio mais próximo!

E saiu andando, os outros deuses correndo atrás dele.

Meu sonho mudou. Tive vislumbres da vida de Kvásir enquanto viajava pelos nove mundos, oferecendo conselhos sobre tudo, desde a melhor época para o cultivo a como preencher corretamente a declaração de imposto de renda. Todos os mortais o amavam. Em todas as cidades, castelos e vilarejos ele era recebido como herói.

Certo dia, depois de preencher um formulário particularmente difícil de imposto de renda para uma família de gigantes, ele estava na estrada para Midgard quando foi parado por um par de anões; sujeitinhos franzinos, peludos e cheios de verrugas com sorrisos maliciosos.

Infelizmente, eu os reconheci: os irmãos Fjalar e Gjalar. Uma vez, eles me venderam um passeio de barco só de ida. De acordo com Blitzen, eles também eram ilustres ladrões e assassinos.

— Olá! — disse Fjalar do alto de uma rocha. — Você deve ser o famoso Kvásir!

Ao lado dele, Gjalar acenou com entusiasmo.

— Que sorte! Nós ouvimos muitos elogios sobre você!

Kvásir, o ser mais inteligente já criado, deveria ter tido sabedoria suficiente para dizer *Sinto muito, não estou interessado em comprar nada* e continuar andando.

Infelizmente, Kvásir também era gentil, então ele apenas levantou a mão em cumprimento.

— Oi, bons anões! Sou mesmo Kvásir. Como posso ajudar?

Fjalar e Gjalar trocaram olhares, como se não conseguissem acreditar na sorte.

— Hã, bom, você pode ser nosso convidado para o jantar!

Gjalar indicou uma colina próxima, onde a entrada de uma caverna estava protegida por uma cortina de couro meio rasgada.

— Nós não estamos interessados em assassinar você — prometeu Fjalar. — Nem em roubar suas coisas. Muito menos em drenar seu sangue, que deve ter propriedades mágicas incríveis. Nós só queremos oferecer nossa hospitalidade!

— Agradeço imensamente — disse Kvásir. — Mas sou esperado em Midgard hoje. Muitos humanos precisam da minha ajuda.

— Ah, entendi — comentou Fjalar. — Você gosta de... ajudar. — Ele falou isso da forma como alguém diria *Você gosta de carne crua.* — Bom, na verdade, nós estamos tendo uma dificuldade enorme de, hã, fazer nosso fluxo de caixa.

Kvásir franziu a testa em solidariedade.

— Entendi. Pode ser mesmo difícil.

— Sim! — Gjalar uniu as mãos. — Você pode nos ajudar, ó, Sábio?

Foi como aquela parte em todos os filmes de terror em que a plateia grita: *Não faça isso!* Mas a compaixão de Kvásir superou toda a sua sabedoria.

— Muito bem — disse o deus. — Me mostrem todos os recibos!

Ele seguiu os anões para a caverna.

Eu queria correr atrás dele, avisar o que ia acontecer, mas meus pés ficaram grudados no chão. Dentro da caverna, Kvásir começou a gritar. Alguns momentos depois, ouvi o som de uma serra elétrica, depois um líquido sendo derramado em um grande caldeirão. Se eu fosse capaz de vomitar dormindo, teria vomitado.

A cena mudou uma última vez.

Eu me vi no jardim de uma mansão de três andares, em uma fileira de casas coloniais de frente para um parque. Devia ser Salém ou Lexington, uma daquelas cidades sossegadas pré-revolucionárias perto de Boston. Colunas pintadas de branco ladeavam a entrada da casa. Arbustos de madressilva exalavam um perfume doce. Uma bandeira americana tremulava na varanda. A cena era tão bucólica que poderia ser Álfaheim se a luz do sol fosse um pouco mais intensa.

A porta da frente se abriu, e uma figura magra rolou pelos degraus de tijolo como se tivesse sido jogada.

Alex Fierro parecia ter uns quatorze anos, talvez dois ou três anos a menos de quando a conheci. Um filete de sangue escorria de sua têmpora esquerda. Ela engatinhou pela calçada, as palmas das mãos raladas da queda deixando manchas de sangue no cimento como uma pintura com esponja.

Ela não parecia assustada, e sim amarga e fervendo de raiva, com lágrimas de frustração nos olhos.

Na porta da casa, um homem de meia-idade apareceu: cabelo curto e preto com fios grisalhos, calça preta sem vincos, sapatos pretos engraxados, uma camisa branca tão engomada e imaculada que meus olhos doeram. Imaginei Blitzen dizendo: *Você precisa de um toque de cor, meu amigo!*

O homem era bem parecido com Alex. O rosto era bonito da mesma forma angulosa, como um diamante que se pode admirar, mas não tocar sem se cortar.

Ele não deveria ser assustador. Não era grande nem forte nem tinha aparência violenta. Vestia-se como um banqueiro. Mas havia algo de apavorante em seus dentes cerrados, na intensidade do olhar, na forma como os lábios tremiam, como se ele ainda não tivesse dominado as expressões humanas. Tive vontade de ficar entre ele e Alex, mas não consegui me mexer.

Em uma das mãos, o homem segurava um objeto de cerâmica do tamanho de uma bola de futebol americano; algo ovoide marrom e branco. Vi que era um busto com dois rostos diferentes lado a lado.

— NORMAL! — O homem jogou a escultura de cerâmica na direção de Alex. Quebrou-se na calçada. — É só o que quero de você! Que seja *normal*! É pedir muito?

Alex finalmente conseguiu se levantar. Ela encarou o pai. Uma saia malva caía até a altura dos joelhos por cima de uma legging preta. A blusa verde sem mangas não a protegeu durante a queda. Os cotovelos pareciam ter sido esfolados por um batedor de carne. O cabelo estava mais comprido do que eu já tinha visto, um rabo de cavalo verde saindo das raízes pretas como uma chama da lareira de Aegir.

— Eu sou normal, *pai*. — Ela pronunciou a palavra como se fosse o insulto mais distorcido em que conseguiu pensar.

— Chega de ajuda. — O tom dele era duro e frio. — Chega de dinheiro.

— Eu *não quero* o seu dinheiro.

— Ah, ótimo! Porque ele vai todo para os meus *verdadeiros* filhos. — Ele cuspiu nos degraus. — Você tinha tanto potencial. Entendia o ofício quase tão bem quanto seu avô. E olhe só para você agora.

— A arte — corrigiu Alex.

— O quê?

— É uma arte, não um ofício.

O pai dela acenou com nojo para as peças quebradas de cerâmica.

— Isso não é arte. É lixo.

O sentimento estava claro, mesmo ele não precisando dizer em voz alta: *Você também escolheu ser lixo.*

Alex olhou com raiva para o pai. O ar entre eles se tornou seco e amargo. Cada um parecia estar esperando o outro fazer um gesto definitivo: pedir desculpas e ceder ou cortar os laços para sempre.

Alex não obteve a opção que queria.

O pai dela balançou a cabeça com consternação, como se não conseguisse acreditar que sua vida tinha chegado àquele ponto. Em seguida, se virou e entrou, batendo a porta.

Eu acordei com um baque.

— Que foi?!

— Relaxa, dorminhoco.

Alex Fierro estava de pé olhando para mim. Era a Alex do *presente*, usando uma capa de chuva de um amarelo tão forte que me perguntei se nosso navio tinha começado a assimilá-la. O som alto que me despertou do sonho foi ela largando um cantil cheio ao lado da minha cabeça. Ela jogou uma maçã no meu peito.

— Café da manhã — disse Alex. — E almoço também.

Esfreguei os olhos. Ainda conseguia ouvir a voz do pai dela e sentir o cheiro das madressilvas do jardim.

— Quanto tempo fiquei apagado?

— Umas dezesseis horas. Não aconteceu muita coisa, então deixamos você dormir. Mas agora, está na hora.

— De quê?

Eu me sentei no saco de dormir. Meus amigos andavam pelo convés, amarrando cordas e prendendo remos. Uma garoa gelada caía ao nosso redor. Nosso navio estava ancorado em uma margem de pedra, em um rio com casas de tijolo nas margens, não muito diferentes das de Boston.

— Bem-vindo a Jórvík. — Mestiço parecia infeliz. — Ou, como os mortais modernos chamam, York, na Inglaterra.

Dezessete

Somos atacados por umas pedras

Caso estejam querendo saber, a Velha York não se parece em nada com Nova York.

Parece mais velha.

Magnus Chase, mestre da descrição. De nada, pessoal.

Mestiço não ficou animado de voltar para seu antigo local de acampamento.

— Nenhuma cidade viking de respeito deveria ficar tão longe do mar — resmungou ele. — Não sei por que Ivar, o Sem-Ossos, quis vir para este lugar. Nós perdemos a manhã inteira só para chegar até aqui, quarenta quilômetros rio Ouse acima.

— Rio Onze? — perguntei.

— Ouse — corrigiu T.J., abrindo um sorriso. — Tipo "use" só que com um "O" na frente. Eu li sobre ele em um guia de viagens!

Estremeci. Que nome péssimo. Também achei perturbador que T.J. tivesse pesquisado tanto sobre a Inglaterra. Por outro lado, cento e cinquenta anos era bastante tempo para ficar em Valhala, e a biblioteca do hotel era impressionante.

Olhei para bombordo. Água verde suja envolvia nosso casco, a chuva pontilhando a superfície. A correnteza parecia viva demais, *desperta* demais. Por mais que Percy Jackson tivesse me treinado, eu não queria cair lá.

— Você também sente, não é? — Mestiço ergueu o machado como se estivesse pronto para partir para cima do Ouse. — Os *vatnavaettir*.

Mestiço disse a palavra como se a achasse verdadeiramente horrível, como *covardia* ou *aparador de barba*.

— O que são? — perguntei.

— E eles têm um nome mais pronunciável? — acrescentou Alex.

— São espíritos da natureza — explicou Mallory. — Nós temos lendas similares na Irlanda. Chamamos de *each-uisge*, cavalos d'água.

Mestiço fez um ruído de deboche.

— Os irlandeses têm lendas similares porque roubaram dos nórdicos.

— Mentira — rosnou Mallory. — Os celtas estiveram na Irlanda *muito* antes de vocês, vikings grosseirões, invadirem.

— *Grosseirões?* O reino viking de Dublin era o único que merece ser citado na sua ilha infeliz!

— Então... — Samirah se meteu entre os pombinhos. — Por que esses cavalos d'água são perigosos?

Mestiço franziu a testa.

— Bom, eles podem formar um bando e, se forem provocados, destruir nosso navio. Imagino que tenham se segurado até agora porque nunca se depararam com um barco amarelo antes. Além disso, se alguém for idiota o bastante para tocar neles...

— Eles grudam na pele — explicou Mallory —, arrastam a pessoa para o fundo do rio e a afogam.

As palavras dela fizeram meu estômago se contrair. Uma vez, fiquei grudado em uma águia mágica que me levou em um passeio de demolição pelos telhados de Boston. A ideia de ser arrastado para o fundo do Ouse pareceu ainda menos divertida.

Alex passou os braços em volta de Mallory e de Mestiço.

— Então tá. Parece que vocês dois são especialistas em cavalos d'água. Deviam ficar a bordo e defender o *Bananão* enquanto o restante de nós vai caçar gigantes!

— Hã — falei. — Eu posso transformar o navio em lenço...

— Nada disso! — retrucou Mestiço. — Não tenho desejo *nenhum* de botar o pé em Jórvík de novo. Eu nem seria útil. O lugar mudou muito em mil e duzentos anos. Vou ficar no navio, mas não preciso da ajuda de *Mallory* para defendê-lo.

— Ah, é? — Mallory olhou para ele com raiva, as mãos nos cabos das facas. — E por acaso *você* conhece canções em gaélico para acalmar os cavalos d'água? Eu não vou deixar este navio aos *seus* cuidados.

— Bom, e eu não vou deixar aos *seus*!

— Pessoal! — Samirah ergueu as mãos como uma juíza de boxe.

Ela nunca gostou muito de xingar, mas tive a sensação de que estava lutando novamente com a regra de *não falar palavrão* do ramadã. Engraçado como isso funciona: assim que dizem que não podemos fazer uma coisa, sentimos um desejo absurdo de fazer.

— Se vocês dois insistem em ficar a bordo — disse ela —, eu também vou ficar. Sou boa com cavalos. Posso voar se ficar encrencada. E, em um piscar de olhos — ela mexeu o pulso, fazendo a lança de luz aparecer —, posso explodir qualquer coisa que nos atacar. Ou posso explodir vocês dois se não se comportarem.

Mestiço e Mallory pareceram igualmente infelizes com essa decisão, o que significava que era um bom meio-termo.

— Você ouviu a moça — disse Alex. — O grupo em terra vai ser formado por mim, T.J. e Cara Louro.

— Excelente! — T.J. esfregou as mãos. — Mal posso esperar para agradecer aos britânicos!

T.J. não estava brincando.

Enquanto andávamos pelas ruas estreitas de York, debaixo de uma garoa fria e cinzenta, ele cumprimentava todo mundo que via e tentava apertar a mão das pessoas.

— Oi! — disse ele. — Sou de Boston. Obrigado por não apoiar a Confederação!

As reações dos moradores variavam de "Hã?" a "Sai pra lá!" a algumas expressões tão elaboradas que eu me perguntava se aquelas pessoas eram descendentes de Mestiço Gunderson.

T.J. não se deixou abater. Continuou andando, acenando e apontando.

— O que vocês precisarem! — oferecia ele. — Eu devo uma a vocês. — Ele sorriu para mim. — Amei este lugar. As pessoas são *tão* simpáticas.

— Aham. — Observei os telhados baixos, pensando que, se havia um gigante na cidade, eu deveria conseguir vê-lo. — Se você fosse um jötunn em York, onde estaria escondido?

Alex parou na frente de várias placas de rua. Com o cabelo verde aparecendo embaixo do capuz da capa de chuva amarela, ela parecia a garota-propaganda de uma marca de peixe frito.

— Talvez a gente possa começar aqui. — Ela apontou para a placa do alto. — O Centro Viking de Jórvík.

Parecia um plano tão bom quanto qualquer outro, principalmente porque não conseguimos pensar em mais nada.

Nós seguimos as placas, serpenteando pelas ruas estreitas e sinuosas com casas de tijolos, pubs e lojas. Podia ser o bairro North End de Boston, só que York era uma mistura histórica ainda maior. Tijolos vitorianos dividiam espaço com pedras medievais, que davam lugar a mansões elisabetanas, que ficavam ao lado de um salão de bronzeamento artificial que oferecia vinte minutos por cinco libras.

Vimos muitas pessoas no caminho. O trânsito estava leve. Eu me perguntei se era feriado ou se os moradores teriam ouvido falar do navio viking amarelo invadindo pelo rio Ouse e fugido para as colinas.

Eu decidi que era melhor assim. Se houvesse mais ingleses para cumprimentar, T.J. teria nos atrasado.

Seguimos por uma rua chamada Shambles, que significa bagunça, o que me pareceu uma boa descrição, mas uma péssima propaganda. A rua em si tinha a largura ideal para uma bicicleta passar, supondo que o ciclista fosse magro. As casas ocupavam a calçada em ângulos doidos, como em uma casa de espelhos de parque de diversões, e cada andar era um pouco maior do que o de baixo, dando a impressão de que o bairro inteiro ia desabar se déssemos um passo em falso. Mal consegui respirar até sairmos em uma avenida mais ampla.

Por fim, as placas nos levaram a uma área comercial, onde um prédio baixo de tijolos estava coberto de faixas verdes: VIKINGS! HISTÓRIA VIVA! EMOÇÃO! UMA EXPERIÊNCIA TOTALMENTE INTERATIVA!

Tudo isso pareceu ótimo, exceto pela placa na entrada: FECHADO.

— Ah. — T.J. testou a maçaneta. — Devemos invadir?

Eu não via de que isso adiantaria. O lugar era um museu para turistas, obviamente. Por melhor que a experiência interativa fosse, seria uma decepção depois de morar em Valhala. Eu também não precisava de parafernália viking da loja de souvenirs. Meu pingente de runa/espada falante era suficiente.

— Pessoal — disse Alex, a voz tensa —, aquela parede se mexeu?

Segui o olhar dela. Do outro lado da praça, havia ruínas de blocos de pedra calcária que podia ter sido parte de um castelo ou do antigo muro da cidade.

Pelo menos foi o que pensei até a pilha de pedras se mexer.

Eu já tinha visto Samirah sair de debaixo do hijab de camuflagem algumas vezes. Parecia que ela tinha saído de um tronco de árvore ou de uma parede branca ou da vitrine do Dunkin'Donuts. A visão das pedras me deu a mesma sensação de vertigem.

Minha mente precisou reprocessar o que eu estava vendo: não um pedaço de muro em ruínas, mas um gigante de seis metros de altura cuja aparência imitava perfeitamente a pedra calcária. A pele áspera era marrom e bege e cheia de bolinhas como a do monstro-de-gila. Havia pedregulhos grudados na barba e no cabelo comprido e desgrenhado. Ele usava uma túnica e uma calça de tecido grosso, o que apenas complementava o visual de muro da fortaleza. Eu não fazia ideia de por que ele estava encostado no mercado. Cochilando? Mendigando? Gigantes mendigavam?

Ele fixou os olhos âmbar em nós, a única parte dele que parecia viva.

— Ora, ora — ribombou o gigante. — Estou esperando há séculos que vikings apareçam no Centro Viking. Mal posso esperar para matar vocês!

— Boa ideia, Alex — balbuciei. — Vamos seguir as placas até o Centro Viking. Viva.

Pela primeira vez, ela não teve resposta mordaz. Só olhou para o gigante, a boca aberta, o capuz da capa de chuva escorregando para trás.

O rifle de T.J. tremia nas mãos dele como vara verde.

Eu não me sentia muito mais corajoso. Claro que já tinha visto gigantes mais altos. Já tinha visto gigantes na forma de águia, gigantes do fogo, gigantes bêbados e gigantes usando camisas ridículas de boliche. Mas nunca vira um gigante da pedra aparecer bem na minha frente e declarar com alegria que queria me matar.

De pé, os ombros ficavam na altura dos telhados das casas de dois andares à nossa volta. Os poucos pedestres simplesmente o contornavam como se ele fosse uma construção inconveniente.

Ele puxou o poste mais próximo e o arrancou do chão junto com um pedaço da calçada. Só quando o apoiou no ombro foi que percebi que era a arma dele: um martelo com a cabeça do tamanho de uma piscininha de plástico.

— Os vikings já foram mais sociáveis — ribombou ele. — Pensei que eles voltariam ao centro comunitário para julgamentos por combate. Ou pelo menos para jogar bingo! Mas vocês são os primeiros que vejo em... — Ele inclinou a cabeça descabelada, um gesto que pareceu uma avalanche de sheepdogs. — Por *quanto tempo* eu fiquei sentado aqui? Devo ter cochilado! Ah, bom. Digam seus nomes, guerreiros. Eu gostaria de saber quem vou matar.

Nesse momento, eu teria gritado: *Reivindico direitos de convidados!* Mas, infelizmente, não estávamos dentro da casa do gigante. Eu duvidava de que direitos de convidados se aplicassem a uma rua pública em uma cidade humana.

— Você é o gigante Hrungnir? — perguntei, torcendo para parecer mais confiante do que desesperado. — Sou Magnus Chase. Estes são Thomas Jefferson Jr. e Alex Fierro. Nós viemos negociar com você!

O colosso de pedra descabelado olhou de um lado para outro.

— Claro que sou Hrungnir! Você está vendo algum outro gigante da pedra por aqui? Infelizmente, matar vocês não é negociável, pequeno einherji, mas podemos discutir os detalhes, se quiser.

Engoli em seco.

— Como você sabia que somos einherjar?

Hrungnir sorriu, os dentes pareciam as muralhas de um castelo.

— Vocês têm *cheiro* de einherjar! Agora, vamos lá. O que vocês queriam negociar? Uma morte rápida? Morte por esmagamento? Talvez uma linda morte sendo pisoteados e depois serem raspados da sola do meu sapato!

Eu olhei para T.J., que balançou a cabeça vigorosamente. *O sapato não!*

Alex ainda não tinha se movido. Eu só sabia que ela estava viva porque piscou para tirar a chuva dos olhos.

— Ó, Grande e Bege Hrungnir — falei —, nós procuramos a localização do hidromel de Kvásir!

Hrungnir franziu a testa, as sobrancelhas pedregosas se erguendo, os lábios de tijolos formando um arco.

— Ora, ora. Estão dando uma de Odin, é? O velho truque de Bolverk?

— Hã... talvez.

— Eu poderia dar essa informação. Eu estava com Baugi e Suttung quando eles guardaram o hidromel no novo esconderijo — disse o gigante depois de rir.

— Certo. — Acrescentei silenciosamente *Baugi* e *Suttung* à minha lista mental de "coisas que não faço a menor ideia do que sejam". — Foi sobre isso que viemos negociar. A localização do hidromel!

Percebi que já tinha dito isso.

— Qual é seu preço, ó, Poderoso Ser Bege?

Hrungnir coçou a barba, fazendo com que pedras e poeira caíssem na frente da túnica.

— Para eu considerar essa troca, suas mortes teriam que ser muito divertidas. — Ele olhou T.J., depois a mim e, por fim, seus olhos encontraram Alex Fierro. — Ah. Você tem cheiro de argila! Tem as habilidades necessárias, não tem?

Eu olhei para Alex.

— Habilidades necessárias?

— Tenho, sim — concordou Alex.

— Excelente! — trovejou Hrungnir. — Faz séculos que os gigantes da pedra não encontram um oponente digno para um duelo tradicional dois contra dois! Uma luta até a morte! Vamos marcar para amanhã ao amanhecer?

— Opa, calma aí — falei. — Nós não podemos fazer uma competição de cura?

— Ou jogar bingo — propôs T.J. — Bingo é legal.

— Não! — gritou Hrungnir. — Meu nome significa *brigão*, pequeno einherji. Você não vai roubar uma boa luta de mim! Nós vamos seguir as antigas regras de combate. Eu contra... Hum...

Eu não queria me oferecer, mas tinha visto Jacques acabar com gigantes maiores do que aquele cara. Levantei a mão.

— Tudo bem, eu...

— Não, você é magrelo demais. — Hrungnir apontou para T.J. — Eu te desafio!

— E eu ACEITO! — gritou T.J.

E piscou, como se pensando *Valeu mesmo, pai*.

— Que bom — disse o gigante. — E meu segundo vai lutar com o segundo de vocês, que vai ser feito por ela!

Alex cambaleou para trás como se tivesse sido empurrada.

— Eu... não posso. Eu nunca...

— Ou eu posso matar os três agora — disparou Hrungnir. — Aí vocês *não vão* ter chance de encontrar o hidromel de Kvásir.

Minha boca parecia tão cheia de poeira quanto a barba do gigante.

— Alex, do que ele está falando? O que você tem que fazer?

Pela expressão temerosa nos olhos dela, percebi que ela entendia a exigência de Hrungnir. Eu só a tinha visto nervosa assim uma vez: no primeiro dia em Valhala, quando achou que fosse ficar presa no mesmo gênero por toda a eternidade.

— Eu... — Ela umedeceu os lábios. — Tudo bem. Eu faço.

— É assim que se fala! — exclamou Hrungnir. — Quanto ao lourinho aqui, acho que ele pode ser o garoto que traz água. Bom, vou lá fazer meu segundo. Vocês deviam fazer o mesmo. Vamos nos encontrar amanhã ao amanhecer em Konungsgurtha!

O gigante se virou e saiu andando pelas ruas de York, os pedestres saindo do caminho como se ele fosse um ônibus desgovernado.

Eu me virei para Alex.

— O que você acabou de aceitar fazer?

O contraste entre os olhos heterocromáticos pareceu ainda maior do que o habitual, como se o mel e o castanho estivessem se separando, se acumulando à esquerda e à direita.

— Precisamos encontrar um estúdio de cerâmica — disse ela. — *E rápido*.

Dezoito

Eu enrolo massinha até morrer

Não ouvimos heróis dizerem isso com frequência.

Rápido, Garoto Maravilha! Para o estúdio de cerâmica!

Mas o tom de Alex não deixou dúvida de que se tratava de uma questão de vida ou morte. Acabou que a oficina de cerâmica mais próxima, um lugar chamado Earthery, ficava na minha rua favorita, Shambles. Não encarei isso como um bom presságio. Enquanto T.J. e eu esperávamos do lado de fora, Alex passou alguns minutos conversando com o proprietário, que finalmente saiu, sorrindo e segurando uma pilha de cédulas coloridas de dinheiro.

— Divirtam-se, rapazes! — disse ele enquanto se apressava pela rua. — Que maravilha! Obrigado!

— Obrigado! — T.J. acenou. — E valeu por não se envolver na nossa Guerra Civil!

Entramos e vimos Alex avaliando o material: mesas de trabalho, tornos, prateleiras de metal repletas de peças de cerâmica inacabadas, potes cheios de ferramentas, um armário com pedaços de argila molhada em sacos plásticos. No fundo do estúdio, uma porta levava a um pequeno banheiro e outra ao que parecia ser um depósito.

— Pode ser que dê certo — murmurou Alex. — Talvez...

— Você comprou este lugar? — perguntei.

— Não seja bobo. Só paguei ao dono por vinte e quatro horas de uso exclusivo. Paguei bem.

— Em libras — observei. — Onde você conseguiu tanta grana?

Ela deu de ombros, a atenção voltada para a quantidade de sacos de argila disponíveis.

— Isso se chama estar preparado, Chase. Eu percebi que viajaríamos pelo Reino Unido e pela Escandinávia. Então trouxe euros, coroas suecas, coroas norueguesas e libras. Cortesia da minha família. E por *cortesia* quero dizer que roubei.

Eu me lembrei do sonho que tive com Alex na frente da casa dela, do jeito agressivo com que falou *Eu não quero seu dinheiro*. Talvez ela quisesse dizer que só queria nos termos dela. Eu respeitava isso. Mas mesmo assim não fazia ideia de como tinha conseguido tantas moedas diferentes.

— Pare de olhar de boca aberta e me ajude — ordenou ela.

— Eu não... eu não estava de boca aberta.

— Nós precisamos juntar essas mesas — disse ela. — T.J., vá ver se tem mais argila lá nos fundos. Precisamos de *bem* mais.

— Deixa comigo!

T.J. correu para o depósito.

Alex e eu juntamos as mesas, formando uma superfície de trabalho grande o bastante para jogar pingue-pongue. T.J. trouxe sacos de argila em quantidade adequada para fazer uma picape de cerâmica.

Alex olhou para a matéria-prima e para os tornos. Bateu com a unha nos dentes, nervosa.

— Não temos tempo suficiente — murmurou ela. — Secar, polir, assar...

— Alex — interrompi. — Se você quer nossa ajuda, vai ter que explicar o que vamos fazer.

T.J. se afastou de mim para o caso de Alex pegar o garrote.

Ela só me olhou de cara feia.

— Você *saberia* o que estou fazendo se tivesse feito comigo as aulas de cerâmica básica em Valhala, como pedi.

— Eu... já tinha um compromisso.

Na verdade, não gostei da ideia de fazer cerâmica até a morte, principalmente se envolvia ser jogado em um forno quente.

— Gigantes da pedra têm uma tradição chamada *tveirvigi* — explicou Alex. — Combate duplo.

— É como o combate individual, *einvigi* — acrescentou T.J. — Só que com *tveir* em vez de *ein*.

— Fascinante — falei.

— Pois é! Eu li em um...

— Não diga guia de viagem.

T.J. baixou o olhar.

Alex pegou uma caixa com variadas ferramentas de madeira.

— Sinceramente, Chase, não temos tempo para atualizar você. T.J. vai lutar com Hrungnir. Eu vou fazer um guerreiro de cerâmica que vai lutar com o guerreiro de cerâmica do gigante. Você vai ficar trazendo água ou vai curar ou vai fazer o que for preciso. É bem simples.

Eu olhei para os sacos de argila.

— Um guerreiro de cerâmica. De cerâmica *mágica*?

— Cerâmica normal — repetiu Alex, como se fosse óbvio. — T.J., você pode começar cortando essas placas? Preciso de fatias de dois centímetros e meio, umas sessenta ou setenta.

— Claro! Posso usar seu garrote?

Alex riu alto e por bastante tempo.

— De jeito nenhum. Deve ter um naquele pote cinza.

T.J. saiu emburrado para procurar um cortador normal.

— E você — Alex se virou para mim — vai fazer rolinhos.

— Rolinhos.

— Eu sei que você consegue enrolar argila. É igual fazer cobrinha de massinha.

Eu me perguntei como ela conhecia meu segredo mais sombrio: eu gostava de massinha quando criança. (E quando digo *criança*, quero dizer até uns onze anos.) Ressentido, admiti que isso estava no meu escopo de talentos.

— E você?

— A parte mais difícil é usar o torno — explicou ela. — Os componentes mais importantes têm que ser amaciados.

Quando ela disse *amaciados*, eu sabia que estava falando de *dar forma à argila no torno* e não de *amaciar alguém na base da pancada*, se bem que com Alex nunca dava para ter certeza.

— Tudo bem, rapazes — disse ela. — Mãos à obra.

Depois de algumas horas fazendo rolinhos, meus ombros começaram a doer. Minha camisa estava grudada na pele de suor. Quando fechei os olhos, cobras de argila surgiram no interior das minhas pálpebras.

Meu único alívio era levantar para mudar a estação do radinho do proprietário sempre que Alex ou T.J. não gostavam de uma música. T.J. preferia música militar, mas as rádios inglesas tocavam uma quantidade absurdamente pequena de música de bandas marciais. Alex gostava de rock japonês, também em pouca quantidade nas rádios AM/FM. Por motivos que não sou capaz de explicar, os dois chegaram a um consenso em Duran Duran.

De tempos em tempos, eu levava para Alex refrigerantes do frigobar do proprietário. O favorito dela era Tizer sabor cereja. Eu não gostei, mas Alex ficou viciada. Tanto que os lábios dela ficaram vermelhos como os de um vampiro, o que achei perturbador e estranhamente fascinante ao mesmo tempo.

Enquanto isso, T.J. corria de um lado para outro entre o corte de argila e o forno, que ele estava esquentando para um dia épico de fogaréu. Ele parecia ter prazer especial em fazer buracos mais ou menos da grossura de um lápis nas placas de argila para não racharem quando entrassem no forno. Fez isso cantarolando "Hungry Like the Wolf", o que, considerando minha história pessoal com lobos, não era minha música favorita. T.J. parecia alegre para um cara que logo pela manhã travaria um duelo com um gigante da pedra de seis metros de altura. Decidi não lembrar a ele que, se morresse ali na Inglaterra, continuaria morto, por mais simpáticos que os ingleses fossem.

Eu tinha colocado minha mesa de trabalho o mais perto possível do torno de Alex para poder conversar com ela. Normalmente esperava para fazer uma pergunta quando ela estivesse posicionando um novo pedaço de argila. Com as duas mãos ocupadas, tinha menos chance de ela bater.

— Você já fez isso antes? — perguntei. — Já fez um sujeito de cerâmica?

Ela olhou para mim, o rosto salpicado de porcelana branca.

— Tentei algumas vezes. Nada grande assim. Mas a minha família... — Ela mexeu na argila, modelando até formar algo parecido com uma colmeia. — Como Hrungnir disse, nós temos as habilidades necessárias.

— Sua família.

Tentei imaginar Loki sentado a uma mesa, fazendo cobrinhas de massinha.

— Os Fierro. — Alex me lançou um olhar cauteloso. — Você realmente não sabe? Nunca ouviu falar da Fierro Cerâmicas?

— Hã... deveria?

Ela sorriu, como se achasse minha ignorância revigorante.

— Se você entendesse alguma coisa sobre utensílios de cozinha ou decoração de interiores, talvez. Era uma marca famosa uns dez anos atrás. Mas tudo bem. Não estou falando daquelas porcarias industrializadas que meu pai vende hoje em dia. Estou falando da arte do meu avô. Ele começou o negócio quando emigrou de Tlatilco.

— Tlatilco. — Eu tentei identificar o lugar. — Fica perto da I-95?

Alex riu.

— Não tem motivo para você já ter ouvido falar. É um lugarzinho no México. Atualmente é só um bairro da Cidade do México. De acordo com meu avô, nossa família faz cerâmica desde antes dos astecas. Tlatilco era uma cultura superantiga.

Ela apertou os polegares no centro da colmeia, abrindo as laterais da nova cerâmica. Ainda parecia meio mágico para mim o jeito como ela dava forma a um vaso delicado e perfeitamente simétrico usando apenas pressão e movimento giratório. Nas poucas vezes que tentei usar um torno eu quase quebrei os dedos e consegui transformar um pedaço de argila em um pedaço de argila um pouco mais feio.

— Quem sabe o que é verdade? — continuou Alex. — São só histórias de família. Lendas. Mas meu *abuelo* levava a sério. Quando se mudou para Boston, ele continuou fazendo as coisas do jeito tradicional. Mesmo que estivesse fazendo só um prato ou uma caneca, ele criava cada peça à mão, com muito orgulho e atenção aos detalhes.

— Blitzen gostaria disso.

Alex se afastou e olhou para a cerâmica.

— É, meu avô teria dado um bom anão. Depois, meu pai assumiu os negócios e decidiu ir para o lado comercial. Ele se vendeu. Começou a produzir linhas de pratos de cerâmica em massa, fez negócio com redes de lojas de decoração. Ganhou milhões antes de as pessoas começarem a perceber que a qualidade estava despencando.

Relembrei as palavras amargas do pai dela no meu sonho: *Você tinha tanto potencial. Entendia o ofício quase tão bem quanto seu avô.*

— Ele queria que você desse continuidade aos negócios da família.

Ela me observou, sem dúvida questionando como adivinhei. Quase mencionei o sonho, mas Alex *realmente* não gostava de gente dentro da cabeça dela, mesmo sem querer. E eu não gostava quando gritavam comigo.

— Meu pai é um idiota — disse ela. — Ele não entendia como eu podia gostar de cerâmica, mas não querer ganhar dinheiro com isso. E não gostava que eu ouvisse as ideias malucas do meu avô.

— Como assim?

Na mesa de trabalho, T.J. continuava fazendo buracos nas placas de argila com uma cavilha, criando diferentes desenhos, como estrelas e espirais.

— Isso até que é divertido — admitiu ele. — É terapêutico!

Os lábios vermelhos-refrigerante de Alex se curvaram nos cantos.

— Meu *abuelo* fazia cerâmica para viver, mas seu verdadeiro interesse era nas esculturas dos nossos ancestrais. Ele queria entender a parte da espiritualidade. Não era fácil. Quer dizer... depois de tantos séculos, tentar entender uma herança enterrada debaixo de tantas outras coisas: olmecas, astecas, espanhóis, mexicanos. Como saber o que é verdadeiro? Como reivindicar isso para si?

Tive a sensação de que as perguntas eram retóricas e não exigiam respostas, o que achei ótimo. Eu não conseguia pensar direito com T.J. cantarolando "Rio", do Duran Duran, e fazendo carinhas sorridentes na argila.

— Mas seu avô conseguiu — eu supus.

— Ele achava que sim. — Alex girou o torno de novo, passando uma esponja pelas laterais da escultura. — Eu também. Meu pai... — A expressão dela ficou amarga. — Bem, ele gostava de botar a culpa pelo... você sabe, pelo jeito que eu sou... em Loki. Ele não gostou *nem um pouco* quando passei a me afirmar pelo lado Fierro da família.

Meu cérebro parecia minhas mãos: com uma camada de argila por cima sugando toda a umidade.

— Desculpa, não entendi. O que isso tem a ver com guerreiros mágicos de cerâmica?

— Você vai ver. Pode pegar o celular aqui no meu bolso e ligar para a Sam? Conte tudo pra ela. E fique quieto para eu poder me concentrar.

Mesmo com ordens dela, tirar uma coisa do bolso da calça de Alex enquanto ela estava vestindo a tal calça parecia um bom jeito de acabar morto.

Eu consegui, tendo só alguns pequenos ataques de pânico, e descobri que o celular tinha pacote de dados no Reino Unido. Algo que ela devia ter providenciado na mesma ocasião em que resolveu a questão do roubo do dinheiro.

Mandei uma mensagem para Samirah e contei tudo.

Alguns minutos depois, o celular vibrou com a resposta dela. *OK. Boa sorte. Lutando.* GTG.

Eu me perguntei se o *GTG* naquele contexto queria dizer *got to go*, *Gunderson trucidando a garota* ou *gigantes torturando Gunderson*. Decidi pensar de forma otimista e escolhi a primeira opção, em que ela quis dizer que precisava ir e não podia mais falar.

Conforme a tarde avançava, as mesas dos fundos foram ficando cheias de quadrados de porcelana que pareciam placas de armadura. Alex me ensinou a moldar os cilindros que serviriam de braços e pernas juntando os rolinhos. Os esforços dela no torno de cerâmica produziram pés, mãos e uma cabeça, todos em formato de vasos e decorados meticulosamente com runas vikings.

Ela passou horas trabalhando nos rostos; eram dois, lado a lado, como a obra de arte que o pai dela estilhaçou no meu sonho. O rosto da esquerda tinha pálpebras pesadas, olhos desconfiados, um bigode curvo de vilão de desenho animado e uma boca enorme fazendo careta. O rosto da direita era sorridente, tinha buracos ocos no lugar dos olhos e a língua para fora. Vendo os dois rostos juntos, não consegui deixar de pensar nos olhos de cores diferentes de Alex.

À noite, colocamos todas as peças do guerreiro de cerâmica em nossa mesa quádrupla, criando um Frankenstein de dois metros e meio, ainda meio desmontado.

— Bem. — T.J. enxugou a testa. — Essa coisa me daria medo se *eu* tivesse que enfrentá-la em batalha.

— Concordo — falei. — Por falar nisso, por que os dois rostos?

— É uma máscara. Meus ancestrais de Tlatilco faziam muitas figuras com duas faces ou um rosto com duas metades — explicou Alex. — Ninguém sabe exatamente por quê. Meu avô achava que representavam dois espíritos em um único corpo.

— Como meu velho amigo lenape Mãe William! — exclamou T.J. — Acho que as culturas no México também tinham *argrs*! — Ele se corrigiu rapidamente: — Digo, indivíduos trans, de gênero fluido.

Argr, o termo viking para alguém que muda de gênero, significava literalmente *não másculo*, que não era um termo aprovado por Alex.

Eu observei a máscara.

— Não me surpreende que o conceito de dualidade nesse tipo de arte chame a sua atenção. Seu avô... ele *entendia* quem você era.

— Entendia — concordou Alex — e respeitava. Quando ele morreu, meu pai se esforçou para desacreditar as ideias do meu *abuelo*, destruir a arte dele e me transformar em uma boa empresária. Eu não permiti.

Ela massageou a nuca, talvez tocando inconscientemente na tatuagem de oito feita de serpentes. Alex tinha aceitado sua habilidade de metamorfa e se recusava a deixar Loki estragar isso. Fez o mesmo com a cerâmica, apesar de seu pai ter transformado o negócio da família em algo que ela desprezava.

— Alex — falei —, quanto mais descubro sobre você, mais eu te admiro.

Pela expressão em seu rosto, Alex pareceu achar graça e ficar exasperada ao mesmo tempo, como se eu fosse um cachorrinho fofo que tinha acabado de fazer xixi no tapete.

— Guarde a admiração até eu poder dar vida a essa coisa. *Esse* é o verdadeiro truque. Enquanto isso, nós todos precisamos de um pouco de ar fresco. — Ela jogou outro bolo de dinheiro para mim. — Vamos jantar. Você paga.

Dezenove

Eu vou a um aquecimento zumbi

Jantamos os tradicionais *fish and chips* em um lugar chamado Mr. Chippy. T.J. achou o nome hilário. Enquanto comíamos, ele ficava dizendo "MR. CHIPPY!" com uma voz alta e alegre, o que não teve graça para o cara da caixa registradora.

Depois, voltamos para o estúdio de cerâmica para passarmos a noite. T.J. sugeriu nos juntarmos ao restante da tripulação no navio, mas Alex insistiu que precisava ficar de olho no guerreiro de cerâmica.

Ela mandou uma mensagem para atualizar Sam.

A resposta de Sam: *Beleza. Tudo bem por aqui. Lutando com cavalos d'água.*

Lutando com cavalos d'água foi escrito com emojis: um punho, uma onda, um cavalo. Achei que Sam já devia ter lutado com tantos que decidiu abreviar.

— Você também arrumou um plano de dados internacional para ela — eu observei.

— Ah, sim — disse Alex. — Tenho que manter contato com a minha irmã.

Eu queria perguntar por que não fez o mesmo para mim, mas então lembrei que não tenho celular. A maioria dos einherjar não se dava ao trabalho. Primeiro, arrumar um número e pagar a conta era difícil quando se estava oficialmente morto. Além do mais, nenhum plano de dados cobria o resto dos nove mundos. E o sinal era horrível em Valhala. Acreditava que a culpa fosse dos telhados de escudos de ouro. Apesar disso tudo, Alex insistia em ter celular. Como ela conseguia isso eu não fazia ideia. Talvez Samirah a tivesse registrado em algum plano familiar do tipo *viva&morta*.

Assim que chegamos ao estúdio, Alex foi conferir o projeto. Eu não sabia se ficava aliviado ou decepcionado pelo guerreiro não ter se montado e ganhado vida ainda.

— Daqui a algumas horas eu checo novamente — disse ela. — Agora vou...

Ela cambaleou até a única poltrona confortável da sala, uma poltrona reclinável suja de argila do proprietário, apagou e começou a roncar. E como *roncava*! T.J. e eu decidimos dormir no depósito, onde estaríamos mais protegidos da versão Alex de um cortador de grama moribundo.

Improvisamos colchões com lonas.

T.J. limpou o rifle e amolou a baioneta, seu ritual noturno.

Eu me deitei e fiquei observando a chuva cair na claraboia. Havia um ponto no vidro pelo qual a chuva vazava, pingando sobre as prateleiras de metal e enchendo o aposento com um cheiro de ferrugem úmida, mas não me importei. Fiquei agradecido pelo barulho constante.

— O que vai acontecer amanhã? — perguntei a T.J. — Digo, exatamente o quê?

T.J. riu.

— Exatamente? Vou lutar com um gigante de seis metros de altura até um de nós morrer ou não poder lutar mais. Enquanto isso, o guerreiro de cerâmica do gigante vai lutar com o guerreiro de cerâmica de Alex até um deles virar pó. Alex, não sei, deve ficar lá torcendo pela criação dela, eu acho. Você me cura se puder.

— Isso é permitido?

T.J. deu de ombros.

— Até onde eu sei, qualquer coisa é permitida a você e Alex desde que não participem da luta.

— Não incomoda você que seu oponente seja pelo menos quatro metros mais alto?

T.J. empertigou as costas.

— Ei, eu não sou tão baixo assim! Tenho quase um metro e oitenta!

— Como você pode estar tão calmo?

Ele inspecionou a lâmina da baioneta, segurando perto do rosto de forma a parecer cortar sua face ao meio como uma máscara dupla.

— Eu já venci as probabilidades tantas vezes, Magnus. Na ilha James, Carolina do Sul, eu estava ao lado de um amigo meu, Joe Wilson, quando um atirador rebelde... — Ele fez uma arma com os dedos e puxou o gatilho. — Podia ter sido eu. Podia ter sido qualquer um de nós. Eu caí no chão, rolei e olhei para o céu, até que uma sensação de calma tomou conta de mim. Eu não senti mais medo.

— É, o nome disso é estado de choque.

Ele balançou a cabeça.

— Não, eu vi as *valquírias*, Magnus. Mulheres em cavalos alados circulando nosso regimento. Finalmente acreditei no que minha mãe sempre me contou, sobre meu pai ser Tyr. Aquelas histórias malucas sobre deuses nórdicos em Boston. Naquele momento, eu decidi... que tudo bem. O que quer que acontecesse, tanto faz. Se meu pai é o deus da coragem, seria melhor que eu o deixasse orgulhoso.

Eu não sabia qual seria minha reação. Estava feliz de ter um pai que sentia orgulho de mim por curar pessoas, gostar de estar na natureza e tolerar sua espada falante.

— Você já conheceu seu pai? — perguntei. — Foi ele quem deu essa baioneta pra você, não foi?

T.J. enrolou a lâmina no tecido de camurça como se a estivesse colocando para dormir.

— A baioneta estava me esperando quando cheguei em Valhala. Eu nunca vi Tyr cara a cara. — T.J. deu de ombros. — Mesmo assim, cada vez que aceito um desafio, eu me sinto mais próximo dele. Quanto mais perigoso, melhor.

— Deve estar se sentindo *super*próximo dele agora — supus.

T.J. sorriu.

— É. Bons momentos.

Eu me perguntei como um deus podia ficar cento e cinquenta anos sem reconhecer um filho corajoso como T.J., mas meu amigo não era o único. Eu sabia de vários einherjar que não conheciam os pais. Falar com os filhos pelo Facetime não era prioridade para deidades nórdicas, talvez por terem centenas ou milhares de filhos. Ou talvez porque os deuses sejam uns cretinos.

T.J. se deitou no colchão de lona.

— Agora eu tenho que decidir como matar aquele gigante. Acho que um ataque frontal direto não vai dar certo.

Para um soldado da Guerra Civil, até que ele estava pensando fora da caixinha.

— E qual é seu plano? — perguntei.

— Não faço ideia! — Ele puxou o quepe do Exército da União sobre os olhos. — Talvez alguma coisa me ocorra nos sonhos. Boa noite, Magnus.

E então T.J. começou a roncar quase tão alto quanto Alex.

Não havia como escapar.

Fiquei deitado, me perguntando como Sam, Mestiço e Mallory estavam, a bordo do navio. Também questionei por que Blitzen e Hearthstone ainda não tinham voltado e por que estavam demorando cinco dias só para descobrir a localização de uma pedra de amolar. Njord tinha prometido que eu os veria de novo antes de as coisas realmente perigosas acontecerem. Eu deveria tê-lo feito jurar por seus pés imaculadamente cuidados.

Mas minha principal preocupação era com meu duelo iminente com Loki: uma competição de insultos com a deidade nórdica mais eloquente de todas. O que eu tinha na cabeça? Por mais mágico que fosse o hidromel de Kvásir, como isso poderia me ajudar a vencer Loki em seu próprio jogo?

Sem pressão, claro. Se eu perder serei reduzido a uma sombra de mim mesmo e aprisionado em Helheim enquanto todos os meus amigos morrem e o Ragnarök destrói os nove mundos. Talvez eu pudesse comprar um livro de insultos vikings na loja de souvenirs do Centro Viking.

T.J. seguiu roncando. Eu admirava a coragem e a positividade dele. Questionava se teria um décimo dessa presença de espírito quando tivesse que enfrentar Loki.

Minha consciência respondeu *NÃO!* e começou a chorar compulsivamente.

Graças ao barulho da chuva, finalmente consegui dormir, mas meus sonhos não foram relaxantes nem tranquilizadores.

Eu me vi novamente em *Naglfar*, o navio dos mortos. Grupos de *draugrs* andavam de um lado para outro do convés, trapos e armaduras mofadas pendurados aos corpos, as lanças e espadas corroídas como fósforos queimados. Os espíritos dos guerreiros tremulavam dentro das caixas torácicas como chamas azuis agarrando-se aos restos da lenha.

Milhares e milhares se arrastavam na direção do convés frontal, onde, penduradas nos mastros, faixas pintadas à mão oscilavam ao vento gelado: ANIMAÇÃO, GALERA! VAMOS NESSA, DRAUGR! RAGNARÖK AND ROLL! e outros slogans tão horrendos que só podiam ter sido escritos pelos mortos desonrados.

Não avistei Loki. Mas, de pé no leme, em uma plataforma feita de unhas de homens mortos, havia um gigante tão velho que eu quase achei que pudesse ser um dos mortos-vivos. Eu nunca o tinha visto, mas ouvira histórias sobre ele: Hrym, o capitão do navio. O nome queria dizer *decrépito*. Tinha braços nus dolorosamente magros. Fiapos de cabelo branco saíam de sua cabeça áspera como estalactites, me fazendo pensar em imagens de homens pré-históricos encontrados em geleiras derretendo. Pelos brancos e mofados cobriam seu corpo maltratado.

Mas os pálidos olhos azuis estavam muito vivos. Hrym não podia ser tão frágil quanto parecia. Em uma das mãos, segurava um machado maior do que ele. Na outra havia um escudo feito do esterno de algum animal enorme cujo espaço entre as costelas fora preenchido com folhas de ferro.

— Soldados de Helheim! — gritou o gigante. — Vejam!

Ele indicou o outro lado da água cinzenta. No extremo oposto da baía, os penhascos glaciais desmoronavam cada vez mais rápido, o gelo estalando e provocando um som de artilharia distante ao cair no mar.

— Em breve o caminho vai estar livre! — gritou o gigante. — E aí partiremos em batalha! Morte aos deuses!

O grito soou em volta de mim: as vozes vazias e cheias de ódio dos mortos se juntando ao canto.

Misericordiosamente, meu sonho mudou. De repente eu estava em um campo de trigo recém-arado em um dia quente de sol. Ao longe, flores silvestres cobriam as colinas verdejantes. Mais além, cachoeiras brancas e leitosas caíam pelas laterais de montanhas pitorescas.

Parte do meu cérebro pensou: *Finalmente um sonho agradável! Estou em um comercial de pão integral orgânico!*

Mas um velho de vestes azuis veio andando na minha direção. As roupas estavam rasgadas e manchadas em virtude de uma longa viagem. Um chapéu de aba larga cobria seu rosto, mas eu via a barba grisalha e o sorriso cheio de segredos.

Quando chegou perto de mim, o homem ergueu o rosto e revelou um único olho que brilhava com malícia. A outra órbita era escura e vazia.

— Sou Bolverk — disse ele, embora eu obviamente soubesse que se tratava de Odin. Fora o disfarce nem um pouco criativo, quando se ouvia Odin fazer um discurso sobre as melhores práticas dos berserkir, era impossível esquecer sua voz. — Vim propor a você o melhor acordo da sua vida.

Então ele tirou de debaixo da capa um objeto do tamanho de um queijo redondo, coberto por um pano. Eu estava com medo de ser uma das coleções de CDS motivacionais de Odin, mas, aberto o embrulho, revelou-se uma pedra de amolar de quartzo cinza. A visão me fez lembrar o martelo de Hrungnir, só que menor e bem menos pesado.

Odin/Bolverk me ofereceu o objeto.

— Você vai pagar o preço?

De repente, ele tinha sumido. À minha frente estava um rosto tão grande que eu não conseguia identificar tudo à primeira vista: olhos verdes brilhantes com fendas verticais no lugar de pupilas, narinas encouraçadas de onde escorria muco. O fedor de ácido e carne podre fez meus pulmões arderem. A boca da criatura se abriu e revelou fileiras de dentes triangulares irregulares prontos para me retalhar e... imediatamente me sentei na cama de lona, gritando.

Acima de mim, uma suave luz cinza entrava pela claraboia. A chuva tinha passado. T.J. estava sentado à minha frente, comendo um bagel e usando óculos estranhos. Cada lente tinha um centro claro, envolto em um anel de vidro âmbar, fazendo T.J. parecer que tinha adquirido um segundo par de íris.

— Finalmente acordou! — comentou ele. — Teve pesadelos, é?

Meu corpo todo parecia tremer, como uma máquina de lavar antiga.

— O q-que está acontecendo? — perguntei. — Qual é a dos óculos?

Alex Fierro apareceu na porta.

— Um grito agudo assim só podia ser do Magnus. Ah, que bom que você acordou. — Ela jogou um saco de papel pardo com cheiro de alho na minha direção. — Vamos. O tempo está voando.

Alex nos conduziu ao estúdio, onde o sujeito de cerâmica com duas caras ainda estava em pedaços. Ela contornou a mesa, conferindo seu trabalho e assentindo com satisfação, apesar de eu não conseguir ver qualquer mudança desde a última vez.

— Ótimo! Ok. Está tudo certo.

Abri o saco de papel e franzi a testa.

— Você deixou um bagel de alho pra mim?

— O último a acordar fica com a sobra — disse Alex.

— Vou ficar com um hálito horroroso.

— *Mais* horroroso — corrigiu Alex. — Mas tudo bem, não é? Porque *eu* não vou beijar você. *Você* vai beijar o Magnus, T.J.?

— Não estava nos meus planos.

T.J. colocou o restante do bagel na boca e sorriu.

— Eu... eu não falei nada sobre... — gaguejei. — Eu não quis dizer... — Meu rosto parecia coberto de formigas. — Deixa pra lá. T.J., por que você está com esses óculos, afinal?

Eu era ótimo em mudar o assunto da conversa quando estava constrangido. Era um dom.

T.J. balançou os óculos novos.

— Você ajudou a ativar minha memória, Magnus, quando falamos do atirador ontem à noite! Depois sonhei com Hrungnir e os olhos âmbar esquisitos dele e me vi rindo e atirando nele. Quando acordei, lembrei que tinha colocado os óculos na minha bolsa. Havia me esquecido completamente deles!

Parecia que T.J. tinha sonhos bem melhores do que eu, o que não era surpresa.

— São óculos de atirador de elite — explicou ele. — Era o que usávamos antes de inventarem as miras. Comprei este par em Valhala uns cem anos atrás, eu acho, então tenho quase certeza de que é mágico. Mal posso esperar para experimentar!

Eu duvidava de que Hrungnir fosse ficar parado enquanto T.J. atirava nele de uma distância segura. Também duvidava de que qualquer um de nós fosse rir muito hoje. Mas não queria estragar a animação pré-combate de T.J.

Eu me virei para o guerreiro de cerâmica.

— E em que pé estamos com nosso carinha da Pottery Barn? Por que ele ainda está em pedaços?

Alex abriu um sorriso.

— Pottery Barn? Sou contra grandes redes de lojas, mas o nome até que é legal! Só não vamos tirar conclusões sobre o gênero de Pottery Barn, ok?

— Ah. Tudo bem.

— Deseje-me sorte.

Ela respirou fundo e passou os dedos pelos dois rostos do guerreiro de cerâmica.

As peças estalaram e começaram a se unir como se estivessem magnetizadas. Pottery Barn se sentou e olhou para Alex. Ambas as faces ainda eram de argila dura, mas agora as caretas gêmeas pareciam mais irritadas, mais famintas. Os globos oculares da face direita brilhavam com uma luz dourada.

— Isso! — Alex suspirou de alívio. — Certo. Pottery Barn é não binário, como eu desconfiava. Eles preferem que se refiram aos dois no plural. E estão prontos para lutar.

Pottery Barn pularam da mesa. Os membros faziam barulho de pedra em cimento. Eles tinham uns dois metros e meio, o que era bem assustador para mim, mas eu me perguntei se tinham chance contra o guerreiro de cerâmica que Hrungnir criara.

Pottery Barn deviam ter sentido minha hesitação, porque viraram o rosto na minha direção e levantaram o punho direito, um vaso pesado de argila pintado de vermelho-sangue.

— Parem! — ordenou Alex. — Ele não é o inimigo!

Pottery Barn se viraram para Alex como se perguntando: *Tem certeza?*

— Talvez Pottery Barn não gostem de alho — especulou Alex. — Magnus, termina logo esse bagel e vamos botar o pé na estrada. Não podemos deixar nossos inimigos esperando!

Vinte

Tveirvigi = Pior vigi

Enquanto andávamos pelas ruas de York na madrugada, comi o bagel de alho e contei aos meus amigos sobre meu último sonho. Nossos novos amigos, Pottery Barn, andavam ao lado, atraindo olhares de reprovação dos moradores cujas expressões pareciam dizer: *Ai, ai, esses turistas.*

Pelo menos a minha história prendeu a atenção de T.J. e ele não perturbou muitos moradores com agradecimentos e apertos de mão.

— Hum... — disse ele. — Eu só queria entender por que precisamos da pedra de amolar. Acho que Odin falou do incidente de Bolverk em um dos livros dele... *O caminho aesir para a vitória*? Ou foi em *A arte do roubo*? Não consigo me lembrar dos detalhes. Você disse que no seu sonho a besta era grande e tinha olhos verdes?

— E muitos dentes. — Tentei afastar a lembrança. — Talvez Odin tenha matado a besta para recuperar a pedra. Ou será que bateu na cara dela *com* a pedra e foi assim que pegou o hidromel?

T.J. franziu a testa. Os óculos novos estavam apoiados na aba do quepe.

— Nenhuma das duas coisas me parece certa. Não me lembro de nenhum monstro. Tenho quase certeza de que Odin roubou o hidromel dos gigantes.

Eu relembrei meu sonho anterior com o massacre da serra elétrica de Fjalar e Gjalar.

— Mas não foram anões que mataram Kvásir? Como os gigantes pegaram o hidromel?

T.J. deu de ombros.

— Todas as histórias antigas são basicamente sobre um grupo assassinando outro para roubar seus pertences. Deve ter sido assim.

Isso me deixou com orgulho de ser viking.

— Tudo bem, mas não temos muito tempo para descobrir. As geleiras que eu vi estão derretendo rápido. O solstício será daqui a uns doze dias, mas acho que o navio de Loki terá condições de zarpar *bem* antes disso.

— Rapazes — disse Alex —, que tal isto? Primeiro vencemos o gigante, *depois* falamos sobre nossa próxima tarefa impossível.

Pareceu sensato, mas desconfiei de que Alex só queria que eu calasse a boca para não ter que lidar com meu bafo de alho.

— Alguém sabe para onde estamos indo? — perguntei. — O que é um Konungsgurtha?

— Significa *pátio do rei* — disse T.J.

— Isso estava no seu guia de viagem?

— Não. — T.J. riu. — É norueguês antigo básico. Você ainda não fez essa aula?

— Eu já tinha um compromisso — resmunguei.

— Bem, estamos na Inglaterra. Deve ter um rei com um pátio em algum lugar por aqui.

Alex parou no cruzamento seguinte. Apontou para uma das placas.

— Que tal uma Praça do Rei? Serve?

Pottery Barn pareceram achar que sim, já que viraram as duas faces naquela direção e saíram andando. Nós fomos atrás, pois seria irresponsabilidade deixar uma pilha de cerâmica de dois metros e meio andar desacompanhada pela cidade.

Tínhamos encontrado o local. Uhul.

A Praça do Rei não era uma praça e não era muito majestosa. As ruas formavam um Y em volta de um parque triangular pavimentado com ardósia cinza, com algumas árvores mirradas e dois bancos. Os prédios ao redor estavam escuros, as lojas fechadas. O único ser à vista era o gigante Hrungnir, as botas plantadas com firmeza dos dois lados de uma farmácia chamada, de forma um tanto apropriada, Boots. O gigante, que usava a mesma armadura de retalhos, tinha uma barba de pedra desgrenhada que parecia ter passado recentemente por uma avalanche, e seus olhos âmbar brilhavam com um toque de "mal posso esperar para matar vocês". O martelo estava de pé ao lado dele como o maior poste de Festivus do mundo.

Quando Hrungnir nos viu, abriu a boca em um sorriso que faria o coração de pedreiros e calceteiros palpitar.

— Ora, ora, vocês vieram! Eu estava começando a pensar que iriam fugir. — Ele franziu as sobrancelhas de cascalho. — A maioria foge. É muito irritante.

— Não consigo imaginar por quê — falei.

— Hum... — Hrungnir assentiu para Pottery Barn. — Esse é seu guerreiro de cerâmica? Não parece grande coisa.

— Espera só — prometeu Alex.

— Mal posso esperar! — trovejou o gigante. — Eu amo matar pessoas aqui. Sabe, muito tempo atrás — ele indicou um pub próximo —, o pátio do rei nórdico de Jórvík ficava ali. E onde vocês estão ficava uma igreja cristã. Estão vendo? Vocês estão andando sobre o túmulo de alguém.

E realmente, a placa de ardósia debaixo dos meus pés tinha um nome e datas apagadas demais para ler. A praça toda era pavimentada com lápides, talvez do piso da antiga igreja. A ideia de andar em cima de tantos mortos me deixou enjoado, apesar de, tecnicamente, eu mesmo estar morto.

O gigante riu.

— Parece adequado, não é? Já tem tantos humanos mortos aqui, o que seriam alguns a mais? — Ele se virou para T.J. — Está pronto?

— Eu nasci pronto — disse T.J. — Morri pronto. Ressuscitei pronto. Mas vou dar uma última chance a você, Hrungnir. Não é tarde demais para escolher o bingo.

— Rá! Nada disso, pequeno einherji! Eu trabalhei a noite toda no meu parceiro de luta. Não pretendo desperdiçar ele com um bingo. Mokkerkalfe, venha cá!

O chão tremeu com um *TUM TUM* úmido. Na esquina, um homem de barro surgiu. Tinha dois metros e oitenta, sua modelagem era rudimentar e ainda brilhava de umidade. Parecia algo que *eu* faria na aula de cerâmica básica, uma criatura feia e cheia de caroços com braços finos demais e pernas grossas demais, a cabeça uma bola com duas órbitas e feições esculpidas em formato de careta.

Ao meu lado, Pottery Barn começaram a estalar e não achei que fosse de empolgação.

— Maior não quer dizer mais forte — disse para os dois bem baixinho.

Pottery Barn viraram os rostos para mim. Claro que as expressões não mudaram, mas senti que as duas bocas me diziam a mesma coisa: *Cala a boca, Magnus.*

Alex cruzou os braços. Tinha amarrado a capa de chuva amarela na cintura, revelando um colete xadrez cor-de-rosa e verde que julguei ser seu uniforme de combate.

— Seu trabalho é medíocre, Hrungnir. Você chama isso de homem de barro? E que nome é esse? Mokkerkalfe?

O gigante ergueu as sobrancelhas.

— Vamos ver qual trabalho é medíocre quando a luta começar. Mokkerkalfe quer dizer *Filho da Neblina*! Um nome poético e honrado para um guerreiro!

— Aham — disse Alex. — Bom, conheça Pottery Barn.

Hrungnir coçou a barba.

— Devo admitir que esse também é um nome poético para um guerreiro. Mas ele sabe lutar?

— *Eles* sabem lutar muito bem — prometeu Alex. — E vão derrubar esse seu monte de escória sem problemas.

Pottery Barn olharam para sua criadora como quem diz: *Vamos?*

— Chega de conversa! — Hrungnir ergueu o martelo e fez cara feia para T.J. — Vamos começar, homenzinho?

Thomas Jefferson Jr. colocou os óculos de armação cor de âmbar, tirou o rifle do ombro e pegou um pequeno pacote cilíndrico de papel — um cartucho de pólvora — do kit.

— Este rifle também tem um nome poético — disse ele. — É um Springfield 1861. Criado em Massachusetts, como eu. — Ele abriu o cartucho com os dentes e virou o conteúdo na boca do rifle. Pegou o atacador e enfiou pólvora e balas lá dentro. — Eu conseguia atirar três vezes por minuto com esta belezinha, mas estou praticando há várias centenas de anos. Vamos ver se consigo disparar cinco hoje.

Ele pegou uma pequena cápsula de metal na bolsinha e colocou embaixo do cão. Eu já tinha visto T.J. fazer isso antes, mas o jeito com que conseguia carregar a arma, falar e andar ao mesmo tempo era tão mágico quanto a habilidade de Alex no torno. Para mim, fazer tudo isso teria sido como tentar amarrar os sapatos e assoviar o hino enquanto corria.

— Muito bem! — gritou Hrungnir. — QUE O TVEIRVIGI COMECE!

• • •

Minha primeira tarefa era a minha favorita: sair da frente.

Eu corri na hora que o martelo do gigante bateu em uma árvore, esmagando-a até ficar pequenininha. Com um CRACK seco, o rifle de T.J. disparou. O gigante rugiu de dor. Ele cambaleou para trás e saía fumaça do seu olho esquerdo, que agora estava preto em vez de âmbar.

— Que grosseria!

Hrungnir ergueu novamente o martelo, mas T.J. foi para o ponto cego dele enquanto recarregava calmamente. Seu segundo tiro acertou o nariz do gigante.

Enquanto isso, Mokkerkalfe andou pesadamente, balançando os bracinhos, mas Pottery Barn foram mais velozes. (Eu queria o crédito pelo ótimo trabalho que tinha feito com as juntas de rolinhos.) Nosso guerreiro de cerâmica desviou para o lado e apareceu atrás de Mokkerkalfe, batendo com os dois punhos de vaso nas costas dele. Infelizmente, os punhos afundaram na pele macia e gosmenta de Mokkerkalfe, que logo se virou para encarar Pottery Barn. Mokkerkalfe ergueu e arrastou Pottery Barn como se eles fossem um brinquedo.

— Solta! — gritou Alex. — Pottery Barn! Ah, *meinfretr*.

Ela pegou o garrote, mesmo eu não sabendo bem como poderia ajudar na luta.

CRACK! A bala do mosquete ricocheteou no pescoço do gigante e estilhaçou uma janela de segundo andar. Fiquei impressionado de os moradores ainda não terem saído para investigar o barulho. Talvez houvesse um *glamour* forte em ação. Ou talvez o bom povo de York estivesse acostumado a brigas de vikings/gigantes na madrugada.

T.J. recarregou enquanto o gigante o fazia recuar.

— Fique parado, pequeno mortal! — rugiu Hrungnir. — Quero esmagar você!

A Praça do Rei era um espaço apertado para um jötunn. T.J. tentou ficar no ponto cego de Hrungnir, mas o gigante só precisava de um passo bem calculado ou de um golpe de sorte para transformá-lo em uma panqueca militar.

Hrungnir golpeou novamente, mas T.J. pulou para o lado na hora que o martelo rachou um monte de lápides, deixando um buraco de três metros no pátio.

Alex aproveitou o momento para atacar com seu garrote. Envolveu as pernas de Pottery Barn e puxou. Infelizmente, colocou força demais no instante em que

Mokkerkalfe golpeou na mesma direção. Com o impulso excessivo, Pottery Barn voaram pela praça e invadiram a vitrine de um estabelecimento que oferecia empréstimos.

Mokkerkalfe se virou para Alex. O homem de argila emitiu um som úmido e gargarejado vindo do peito, como o rosnado de um sapo carnívoro.

— Opa, calma aí, rapaz — disse Alex. — Eu não estava lutando. Não sou sua...

GURG! Mokkerkalfe pulou como um lutador de luta livre, mais rápido do que eu acharia possível, fazendo Alex desaparecer debaixo de cento e quarenta quilos de barro molhado.

— NÃO! — gritei.

Antes que pudesse me mover ou avaliar como ajudar Alex, T.J. soltou um berro do outro lado do pátio.

— RÁ!

Hrungnir levantou o punho. Preso em seus dedos, se debatendo de forma inútil, estava Thomas Jefferson Jr.

— Basta um aperto — gabou-se o gigante — e essa competição acabou!

Fiquei paralisado. Queria me dividir em dois, ser duplo como nosso guerreiro de cerâmica. Mas, mesmo que isso fosse possível, eu não via uma forma de ajudar nenhum dos meus amigos.

O gigante apertou com força e T.J. berrou de dor.

Vinte e um

Uma tarde de diversão com corações explosivos

Pottery Barn salvaram nossas vidas.

(E, não. Eu nunca pensei que diria isso um dia.)

Nosso amigo de cerâmica explodiu de uma janela de terceiro andar da loja de empréstimos. O guerreiro se jogou na cara de Hrungnir, prendendo as pernas no lábio superior do gigante e batendo no nariz com os punhos de vaso.

— AI! SAI DAÍ!

Hrungnir cambaleou e largou T.J., que caiu no chão sem se mexer.

Enquanto isso, Mokkerkalfe se esforçou para levantar, o que devia ser difícil com Alex Fierro grudada em seu peito. Sob o peso dele, Alex gemeu. Fui tomado de alívio. Pelo menos ela estava viva e talvez continuasse assim por mais alguns segundos. Após uma triagem rápida, decidi correr até T.J., cuja condição não me deixou tão otimista.

Eu me ajoelhei ao lado dele e coloquei a mão em seu peito. Quase puxei a mão de volta porque os danos que senti eram muito ruins. Um filete vermelho manchava o canto da boca como se ele tivesse bebido Tizer, mas eu sabia que não era refrigerante de cereja.

— Aguenta aí, amigo — murmurei. — Vou resolver isso.

Eu olhei para Hrungnir, que ainda estava cambaleando e tentando tirar Pottery Barn da cara. Até o momento, tudo bem. Do outro lado da praça, Mokkerkalfe tinha se descolado de Alex e agora estava de pé na frente dela, gorgolejando com raiva e batendo os punhos úmidos um no outro. Não parecia promissor.

Puxei a pedra de runa do cordão e conjurei *Sumarbrander*.

— Jacques! — gritei.

— Que foi? — gritou ele em resposta.

— Defenda Alex!

— O quê?

— Mas você não pode lutar de verdade!

— O quê?

— Tire aquele gigante de barro de cima dela!

— O quê?

— Crie uma distração. RÁPIDO!

Fiquei feliz de ele não ter dito *o quê* de novo, senão eu começaria a achar que minha espada tinha ficado surda.

Jacques voou até Mokkerkalfe e se posicionou entre o homem de barro e Alex.

— Oi, amigão! — As runas de Jacques brilharam pela lâmina como luzes de LED. — Quer ouvir uma história? Cantar uma música? Quer dançar?

Enquanto Mokkerkalfe tentava entender a estranha alucinação que estava tendo, voltei minha atenção para T.J.

Coloquei as mãos no peito dele e conjurei o poder de Frey.

Luz do sol se espalhou pelas fibras azuis do casaco de lã. Um calor penetrou seu peito, unindo costelas quebradas, remendando pulmões perfurados, desesmagando vários órgãos internos que não funcionavam muito bem quando esmagados.

Enquanto meu poder de cura fluía para dentro de Thomas Jefferson Jr., suas lembranças penetraram minha mente. Eu vi a mãe dele em um vestido surrado de algodão, o cabelo prematuramente grisalho, o rosto magro de anos de trabalho árduo e preocupação. Ela se ajoelhou na frente de T.J., que parecia ter dez anos, as mãos segurando com força os ombros dele como se tivesse medo de o filho sair voando em uma tempestade.

— *Nunca* aponte isso para um homem branco — repreendeu ela.

— Mãe, é só um graveto — disse T.J. — Eu estou brincando.

— Você *não pode* brincar — disparou ela com rispidez. — Se você brincar de atirar em um homem branco com um graveto, ele vai atirar em você de verdade com uma arma. Não vou perder outro filho, Thomas. Está me entendendo?

Ela o sacudiu, tentando fazer a mensagem entrar nele.

Uma imagem diferente: T.J. agora adolescente, lendo um panfleto preso em um muro de tijolos perto do píer.

> AOS HOMENS DE COR!
> LIBERDADE! PROTEÇÃO, SALÁRIO E UM CHAMADO
> AO SERVIÇO MILITAR!

Senti o coração de T.J. disparar. Ele nunca tinha ficado tão empolgado. As mãos formigavam para segurar um rifle. Ele sentiu um chamado... um impulso inegável, como todas as vezes em que foi desafiado para lutar no beco atrás da taverna da mãe. Era um desafio pessoal, e ele não podia recusar.

Eu o vi no porão de um navio da União, os mares agitados enquanto os colegas vomitavam em baldes ao redor dele. Seu amigo, William H. Butler, gemia de infelicidade.

— Eles trazem nosso povo em navios negreiros. Aí nos libertam. Prometem nos pagar para lutar. Então nos colocam de novo num navio — disse ele.

Mas T.J. segurava o rifle com avidez, o coração latejando de empolgação. Ele sentia orgulho do uniforme. Orgulho das estrelas e listras voando no mastro em algum lugar acima. A União deu a ele uma arma *de verdade*. Estavam sendo *pagos* para matar rebeldes, homens brancos que definitivamente os matariam se tivessem chance. Ele sorriu no escuro.

Depois, eu o vi correndo pela terra de ninguém na batalha de Fort Wagner, fumaça de tiros subindo como gás vulcânico em volta dele. O ar estava tomado pelo enxofre e pelos gritos dos feridos, mas T.J. estava concentrado em seu nêmeses, Jeffrey Toussaint, que ousou desafiá-lo. T.J. apontou com a baioneta e atacou, eufórico com o medo repentino nos olhos de Toussaint.

No presente, T.J. ofegou. Por trás dos óculos âmbar, sua visão ficou clara.

— Esquerda — disse ele, a voz rouca.

Eu mergulhei para o lado. Admito que não tive tempo de distinguir esquerda de direita. Eu rolei e fiquei de costas na hora que T.J. levantou o rifle e disparou.

Hrungnir, agora livre da demonstração de carinho de Pottery Barn, estava erguendo seu martelo, prestes a desferir um golpe mortal. A bala de mosquete de T.J. o acertou no olho direito, deixando-o cego.

— ARGH!

Hrungnir largou a arma e se sentou com tudo no meio da Praça do Rei, esmagando dois bancos do parque com a bunda ampla. Em uma árvore próxima, Pottery Barn estavam caídos, quebrados e danificados, a perna esquerda pendurada em um galho três metros acima da cabeça, mas quando viram a situação complicada de Hrungnir, eles moveram a cabeça no ombro com um som como gargalhada.

— Vai! — T.J. me tirou do choque. — Ajude a Alex!

Eu me levantei e corri.

Jacques ainda estava tentando distrair Mokkerkalfe, mas a coreografia de música e dança estava perdendo a graça (Isso acontecia rapidamente com Jacques.) Mokkerkalfe tentou dar um tapa nele e jogá-lo longe. A lâmina ficou grudada nas costas da mão grudenta do homem de barro.

— Eca! — reclamou Jacques. — Me solta!

Jacques era um pouco obsessivo com limpeza. Depois de ficar no fundo do rio Charles por mil anos, ele não era fã de lama.

Enquanto Mokkerkalfe andava de um lado para outro tentando soltar a espada falante da mão, eu me aproximei de Alex. Ela estava caída no chão de pernas e braços abertos, coberta de argila da cabeça aos pés, gemendo e mexendo os dedos.

Eu sabia que Alex não gostava do meu poder de cura. Ela odiava a ideia de eu espiar suas emoções e lembranças, o que fazia parte do processo. Mas decidi que sua sobrevivência era mais importante do que seu direito à privacidade.

Toquei o ombro dela. Uma luz dourada escorreu pelos meus dedos. Um calor se espalhou pelo corpo de Alex.

Eu me preparei para mais imagens dolorosas. Estava pronto para enfrentar seu pai horrível de novo ou ver Alex sofrendo bullying na escola ou vê-la apanhando nos abrigos para sem-teto.

Mas uma única lembrança clara me atingiu: nada de especial, só café da manhã no Café 19 em Valhala, uma imagem rápida minha, o idiota do Magnus Chase, como Alex me via. Eu estava sentado do outro lado da mesa, sorrindo por causa de alguma coisa que ela tinha dito. Um pedacinho de pão estava preso entre meus dentes da frente. Meu cabelo estava todo desgrenhado. Eu parecia relaxado e feliz e totalmente idiota. Encarei Alex por tempo demais, e a situação ficou constrangedora. Eu fiquei vermelho e afastei o olhar.

Essa era a memória dela.

Eu me lembrava daquela manhã. Lembrava que na hora eu pensei: *Bom, acabei de fazer papel de idiota, como sempre.* Mas não foi um evento tão memorável assim.

Então por que era uma das principais lembranças de Alex? E por que eu senti uma onda de satisfação ao ver meu eu pateta da perspectiva dela?

Alex abriu os olhos abruptamente e tirou minha mão do ombro dela.

— Chega.

— Desculpa, eu...

— Esquerda!

Eu mergulhei para o lado. Alex rolou para o outro. O punho de Mokkerkalfe, agora livre da lâmina de Jacques, bateu no chão de ardósia entre nós. Tive um vislumbre de Jacques, encostado na porta de uma farmácia, coberto de lama e gemendo como um soldado moribundo.

— Fui atingido! Fui atingido!

O homem de barro se levantou, pronto para nos matar. Jacques não podia ajudar. Alex e eu não estávamos em condição de lutar. Mas uma pilha de cerâmica surgiu do nada e caiu nas costas de Mokkerkalfe. De alguma forma, Pottery Barn tinham se soltado da árvore. Apesar da perna cortada, apesar de a mão de vaso do lado direito estar estilhaçada, Pottery Barn entraram em modo berserker de cerâmica. Os dois pularam nas costas de Mokkerkalfe, arrancando pedaços de argila molhada como se escavassem um poço.

Mokkerkalfe cambaleou. Ele tentou agarrar Pottery Barn, mas os braços eram curtos demais. Com um *POP* alto, Pottery Barn tiraram algo do peito de Mokkerkalfe, e os dois guerreiros foram ao chão.

Mokkerkalfe soltou fumaça e começou a derreter. Pottery Barn rolaram para longe da carcaça do inimigo, os rostos duplos se virando para Alex. Com fraqueza, eles levantaram a coisa que estavam segurando. Quando percebi o que era, o bagel de alho que comi no café da manhã ameaçou voltar.

Pottery Barn estavam oferecendo a Alex o coração do inimigo: um coração de verdade, porém grande demais para ser humano. Talvez de um cavalo ou de uma vaca? Concluí que preferia continuar na ignorância.

Alex se ajoelhou ao lado de Pottery Barn. Colocou a mão em sua testa dupla.

— Você agiu bem — disse ela, a voz trêmula. — Meus ancestrais de Tlatilco ficariam orgulhosos. Meu avô ficaria orgulhoso. Mais do que tudo, *eu* estou orgulhosa.

A luz dourada piscou nos globos oculares no rosto de caveira e se apagou. Os braços de Pottery Barn despencaram. As peças perderam a coesão mágica e se soltaram.

Alex se permitiu o espaço de três batimentos para sofrer. Consegui contar porque aquele coração nojento nas mãos de Pottery Barn ainda estava batendo. Em seguida, ela se levantou, os punhos cerrados, e se virou para Hrungnir.

O gigante não parecia muito bem. Estava deitado de lado, encolhido, cego e gemendo de dor. T.J. andou em volta dele, usando a baioneta de aço de osso para cortar os tendões do gigante. Os tendões de Aquiles de Hrungnir já estavam cortados, tornando suas pernas inúteis. T.J. trabalhou com eficiência fria e cruel para dar aos braços do jötunn o mesmo tratamento.

— Pelo traseiro de Tyr — disse Alex, a raiva sumindo do rosto. — Quero que você me lembre de nunca duelar com Jefferson.

Nós fomos nos juntar a ele.

T.J. encostou a ponta da baioneta no peito do gigante.

— Nós vencemos, Hrungnir. Nos dê a localização do hidromel de Kvásir e não vou precisar matar você.

Hrungnir riu com fraqueza. Os dentes estavam sujos de um líquido cinza, como os baldes de argila no estúdio de cerâmica.

— Ah, mas você *tem* que me matar, pequeno einherji — grunhiu ele. — Faz parte do duelo! É melhor do que me deixar aqui, inválido e sofrendo!

— Eu posso curar você — ofereci.

Hrungnir abriu um sorriso de desdém.

— Típico de um filho de Frey patético e fraco. Eu recebo a morte de braços abertos! Vou me refazer no abismo gelado de Ginnungagap! E, no dia do Ragnarök, vou encontrar vocês no campo de Vigrid e rachar seus crânios com os dentes!

— Tá bom, então — disse T.J. — Uma morte saindo no capricho. Mas, primeiro, a localização do hidromel de Kvásir.

— Ah. — Hrungnir gorgolejou mais gosma cinza. — Muito bem. Não vai ter importância. Vocês nunca vão passar pelos guardiões. Vão para Fläm, na antiga terra nórdica que vocês chamam de Noruega. Peguem o trem. Vocês vão ver o que estão procurando bem rápido.

— Fläm?

A imagem de uma sobremesa gostosa de caramelo surgiu na minha mente. Mas aí lembrei que o nome dela era *flan*.

— Isso mesmo — respondeu Hrungnir. — Agora me mate, filho de Tyr! Rápido. Bem no coração, a não ser que você seja fraco como seu amigo!

Alex começou a dizer:

— T.J....

— Espere — murmurei.

Tinha alguma coisa errada. O tom de Hrungnir era debochado demais, ansioso demais. Mas demorei a perceber o problema. Antes que pudesse sugerir de matarmos o gigante de outro jeito, T.J. aceitou o desafio final de Hrungnir.

Ele enfiou a baioneta no peito do jötunn. A ponta acertou alguma coisa lá dentro com um *clink* seco.

— Ahhh... — O suspiro de morte de Hrungnir pareceu quase arrogante.

— Ei, pessoal? — A voz fraca de Jacques chamou da farmácia. — Não perfurem o coração dele, tá? Os corações dos gigantes da pedra explodem.

Alex arregalou os olhos.

— Para o chão!

BUM!

Estilhaços de Hrungnir jorraram pela praça, estilhaçando janelas, destruindo placas e salpicando paredes de pedra.

Meus ouvidos zumbiam. Havia cheiro de fagulhas no ar. Não restava nada além de uma fileira fumegante de cascalho onde antes estivera o corpo de Hrungnir.

Eu não parecia ter nenhum ferimento. Alex também parecia bem. Mas T.J. estava ajoelhado no chão gemendo, a mão na testa sangrando.

— Vou resolver!

Eu corri até ele, mas o ferimento não tinha sido tão ruim quanto eu temia. Um estilhaço entrara acima do olho direito, uma lasca cinzenta triangular como um ponto de exclamação de pedra.

— Tira! — gritou ele.

Eu tentei, mas assim que puxei, T.J. berrou de dor. Eu franzi a testa. Não fazia sentido. O estilhaço não podia estar tão fundo. Nem tinha tanto sangue assim.

— Pessoal — disse Alex. — Temos companhia.

Os moradores estavam finalmente começando a sair para ver a confusão, provavelmente porque o coração explosivo de Hrungnir tinha quebrado todas as janelas do quarteirão.

— Você consegue andar? — perguntei a T.J.

— Consigo. É, acho que consigo.

— Então vamos voltar para o navio. Vamos curar você lá.

Eu o ajudei a ficar de pé e fui buscar Jacques, que ainda estava reclamando por estar coberto de lama. Eu o fiz voltar à forma de pedra de runa, o que não ajudou meu nível de exaustão. Alex se ajoelhou ao lado dos restos de Pottery Barn. Pegou a cabeça e a aninhou como um bebê abandonado.

Em seguida, nós três cambaleamos por York para voltar ao *Bananão*. Eu só esperava que os cavalos d'água não o tivessem afundado junto com nossos amigos.

Vinte e dois

Tenho péssimas notícias, mas… Não, na verdade só tenho péssimas notícias mesmo

O NAVIO AINDA ESTAVA INTACTO. Mestiço, Mallory e Samirah aparentemente pagaram um preço alto para que permanecesse assim.

O braço esquerdo de Mestiço estava em uma tipoia. O volumoso cabelo ruivo de Mallory tinha sido cortado na altura do queixo. Na amurada, uma Sam encharcada torcia seu hijab mágico.

— Cavalos d'água? — perguntei.

Mestiço deu de ombros.

— Nada que a gente não pudesse resolver. Meia dúzia de ataques desde ontem à tarde. Nada fora do comum.

— Um me puxou para o rio pelo cabelo — reclamou Mallory.

Mestiço sorriu.

— Até que o corte ficou bem legal, considerando que tudo que eu tinha naquele momento era um machado. Tenho que confessar, Magnus, que com a lâmina tão perto do pescoço dela eu fiquei tentado…

— Cala a boca, pateta — rosnou Mallory.

— É disso que estou falando — disse Mestiço. — Mas a Samirah, olha… você tinha que ter visto. *Ela* foi impressionante.

— Não foi nada de mais — murmurou Samirah.

Mallory riu.

— Não foi nada de mais? Você foi arrastada para o rio e voltou *montada* em um cavalo d'água. Domou a fera. Eu nunca vi ninguém capaz de fazer isso.

Samirah fez uma careta e então deu outra torcida no hijab, como se quisesse espremer as últimas gotas da experiência.

— Valquírias se dão bem com cavalos. Deve ter sido só isso.

— Hum. — Mestiço apontou para mim. — E vocês? Estou vendo que estão vivos.

Contamos a história da nossa noite no estúdio de cerâmica e da nossa manhã destruindo a Praça do Rei.

Mallory franziu a testa para Alex, ainda coberta de argila.

— Isso explicaria a nova camada de tinta de Fierro.

— E a pedra na cabeça do T.J.

Mestiço se inclinou para mais perto para inspecionar o estilhaço. A testa de T.J. tinha parado de sangrar e o inchaço havia diminuído, mas, por motivos desconhecidos, a lasca de pedra ainda se recusava a sair. Sempre que eu tentava puxá-la, T.J. gritava de dor. Localizado acima da sobrancelha, o pequeno estilhaço dava a ele uma expressão de surpresa permanente.

— Dói? — perguntou Mestiço.

— Não muito — disse T.J., encabulado. — A não ser que tentem tirar.

— Espere aí, então.

Com a mão boa, Mestiço remexeu na bolsa pendurada em seu cinto. Tirou dali uma caixa de fósforos, soltou um e passou na pedra de T.J. O fósforo se acendeu na mesma hora.

— Ei! — reclamou T.J.

— Você tem um novo superpoder, meu amigo! — Mestiço sorriu. — Isso pode ser útil!

— Tá, chega disso — disse Mallory. — Fico feliz por vocês terem sobrevivido, mas conseguiram alguma informação com o gigante?

— Conseguimos — respondeu Alex, aninhando a cabeça de Pottery Barn. — O hidromel de Kvásir está na Noruega. Em um lugar chamado Fläm.

O fósforo aceso caiu dos dedos de Mestiço e pousou no convés.

T.J. pisou na chama.

— Você está bem, amigo? Parece que viu um *draugr*.

Um terremoto parecia acontecer sob o bigode de Mestiço.

— Jórvík já foi ruim — disse ele. — Agora Fläm? Quais são as chances?

— Você conhece esse lugar — concluí.

— Vou lá pra baixo — murmurou ele.

— Quer que eu cure seu braço primeiro?

Ele balançou a cabeça com infelicidade, como se estivesse acostumado a viver sentindo dor. Em seguida, desapareceu escada abaixo.

T.J. se virou para Mallory.

— O que foi isso?

— Nem olhem pra mim — disse ela com rispidez. — Eu não sou a babá dele. Mas havia um toque de preocupação na voz dela.

— Vamos zarpar — sugeriu Samirah. — Não quero ficar neste rio um segundo a mais do que o necessário.

Quanto a isso, todos concordávamos. York era uma cidade bonita. Tinha um bom *fish and chips* e ao menos um estúdio de cerâmica decente, mas eu estava pronto para ir embora.

Alex e T.J. desceram para trocar de roupa e descansar da manhã de combate. Isso deixou Mallory, Sam e eu para cuidar do navio. Levamos o resto do dia para navegar pelo rio Ouse até o mar, mas a viagem foi misericordiosamente tranquila. Nenhum cavalo d'água nos atacou. Nenhum gigante nos desafiou para um combate nem para jogar bingo. A pior coisa que encontramos foi uma ponte baixa demais, o que nos obrigou a dobrar o mastro, que pode ou não ter caído em cima de mim.

No pôr do sol, quando deixamos a costa da Inglaterra para trás, Sam fez sua lavagem ritual. Fez as preces voltada para o sudoeste e depois, com um suspiro de satisfação, sentou-se ao meu lado e desembrulhou uma porção de tâmaras.

Ela me passou uma e mordeu a dela. Fechou os olhos enquanto mastigava, o rosto transformado por puro êxtase, como se a fruta fosse uma experiência religiosa. E acho que era mesmo.

— A cada pôr do sol — disse ela —, o gosto da tâmara é como vivenciar a alegria da comida pela primeira vez. O sabor simplesmente explode na boca.

Mastiguei a minha. Estava boa, mas não explodiu nem me encheu de êxtase. Por outro lado, eu não tinha passado o dia inteiro de jejum.

— Por que tâmaras? — perguntei. — Por que não, sei lá, Twizzlers?

— É uma tradição. — Ela mordeu outro pedaço e fez um *hmmm* satisfeito. — O Profeta Maomé sempre encerrava o jejum comendo tâmaras.

— Mas você pode comer outras coisas depois, certo?

— Ah, sim — disse ela com seriedade. — Eu pretendo comer de *tudo*. Soube que Alex trouxe um refrigerante de cereja, não é? Também quero experimentar.

Estremeci. Eu podia fugir de gigantes, de países e até de mundos inteiros, mas parecia que nunca ia conseguir fugir do tal Tizer. Eu tinha pesadelos nos quais todos os meus amigos sorriam para mim com lábios vermelhos e dentes manchados de cereja.

Enquanto Sam descia para comer de tudo um pouco, Mallory relaxava ao leme, mantendo o olhar no horizonte, embora o navio parecesse saber para onde íamos. De tempos em tempos, ela tocava nos ombros como se procurando o resto do cabelo e suspirava, infeliz.

Eu entendia. Não muito tempo antes, Blitz cortou meu cabelo para fazer fios mágicos e bordar uma bolsa de boliche. Eu ainda tinha lembranças traumáticas.

— Navegar até a Noruega vai levar alguns dias — disse Mallory. — O mar do Norte às vezes é agitado. A não ser que alguém tenha um amigo deus do mar para pedir ajuda.

Eu me concentrei na minha tâmara. Não queria pedir a ajuda de Njord de novo. Já tinha visto os belos pés do meu avô o suficiente por uma eternidade inteira. Por outro lado, me lembrei do que ele me disse: depois de Jórvík, estávamos por nossa conta. Nada de proteção divina. Se Aegir ou Ran ou as filhas nos encontrassem...

— Talvez a gente tenha sorte — disse sem entusiasmo.

Mallory riu com ironia.

— É. Isso é algo que acontece muito. Mesmo se chegarmos a Fläm em segurança, que coisa é essa de o hidromel ter guardiões invencíveis?

Eu gostaria de ter uma resposta para dar a ela. *Guardiões do hidromel* parecia outro livro que eu nunca iria querer ler.

Eu me lembrei do sonho em que Odin me oferecia a pedra de amolar e de como o rosto dele se transformava em outra coisa: uma cara encouraçada com olhos verdes e fileiras de dentes afiados. Eu nunca tinha enfrentado uma criatura assim na vida real, mas a fúria fria em seu olhar me deixou nervoso, além de ser assustadoramente familiar. Pensei em Hearthstone e Blitzen e no lugar para onde Njord poderia tê-los mandado em busca da tal pedra. Uma ideia começou a surgir, assumindo a simetria de um pedaço de argila no torno de Alex, embora eu não gostasse nem um pouco do formato.

— Vamos precisar da pedra de amolar para derrotar os guardiões — falei. — Não tenho ideia do motivo. Nós vamos ter que confiar...

Mallory riu.

— Confiar? Certo. Gosto tanto de confiar quanto gosto de acreditar na sorte.

Ela pegou uma das facas. Casualmente, segurando a lâmina pela ponta, jogou a arma aos meus pés. Ela perfurou a madeira amarela e balançou como a agulha de um metrônomo.

— Dê uma olhada — ofereceu ela. — Veja por que não confio em "armas secretas".

Puxei a faca do convés. Eu nunca tinha segurado uma das armas de Mallory. A lâmina era surpreendentemente leve, tanto que poderia causar problemas a quem a manipulasse. Manuseada como uma adaga normal, segurada com mais força do que o necessário, era o tipo de faca que podia pular da sua mão e cortar sua própria cara.

A lâmina era um triângulo isósceles comprido e escuro, cheio de runas e desenhos de nós celtas, e couro macio e gasto enrolava-se ao cabo.

Eu não sabia o que Mallory queria que eu visse, então só disse o óbvio:

— Faca legal.

— Ah. — Mallory tirou a faca gêmea do cinto. — Não são tão afiadas quanto Jacques. Não têm nenhuma propriedade mágica até onde sei. Supostamente salvariam minha vida, mas, como pode ver — ela abriu os braços —, estou morta.

— Então... você já tinha as facas quando estava viva.

— Pelos últimos cinco ou seis minutos de vida, sim. — Ela girou a faca entre os dedos. — Primeiro meus amigos... me incitaram a armar a bomba.

— Espera. *Você* armou a...

Ela me interrompeu com um olhar severo, como quem diz: *Nunca interrompa uma garota com uma faca.*

— Foi Loki que me instigou — disse ela. — Foi a voz dele infiltrada no meu grupo, aquele trapaceiro disfarçado como um de nós. Na época eu não percebi, é claro. Mas, depois que tinha feito aquilo, minha consciência falou mais alto. Foi nessa hora que a bruxa velha apareceu.

Eu esperei. Admito que não estava acompanhando a história de Mallory muito bem. Eu sabia que ela tinha morrido desarmando um carro-bomba, mas era um carro-bomba que *ela mesma* tinha armado? Vê-la como alguém que faria isso era ainda mais difícil do que vê-la de cabelo curto. Não fazia ideia de quem era aquela garota.

Ela enxugou uma lágrima como se fosse um inseto irritante.

— A bruxa disse: "Ah, garota. Siga seu coração." Blá-blá-blá. Uma besteirada dessas. E aí me deu essas facas. Disse que são indestrutíveis. Que não ficam cegas. Que não quebram. E estava mesmo certa quanto a isso, até onde eu sei. Mas ela também disse: "Você vai precisar delas. Use-as bem." E aí eu voltei para... para desfazer o que fiz. Perdi um tempo enorme tentando descobrir como essas malditas facas iriam resolver meu problema. Mas elas não resolveram. E...

Ela abre os dedos em uma explosão silenciosa.

Minha cabeça zumbia. Eu tinha muitas perguntas que estava com medo de fazer. Por que ela armou a bomba? Quem ela havia tentado explodir? Ela estava completamente louca?

Ela guardou a faca e fez sinal para que eu jogasse a outra. Fiquei com medo de lançá-la ao mar por acidente ou matá-la, mas Mallory pegou com facilidade.

— A bruxa também era Loki — disse ela. — Tinha que ser. Não foi suficiente para ele me enganar uma vez. Teve que me enganar duas e ainda me fazer morrer.

— Por que ficou com as facas então, se elas são de Loki?

Os olhos dela brilharam.

— Porque, meu amigo, quando eu o vir de novo, vou enfiar as duas no pescoço dele.

Ela guardou a segunda faca, e pela primeira vez em vários minutos eu soltei o ar que estava prendendo.

— A questão, Magnus, é que eu não botaria fé em arma, faca ou qualquer outro objeto mágico para resolver todos os nossos problemas, seja esse objeto o hidromel de Kvásir ou essa pedra de amolar que teoricamente vai nos levar até o hidromel. No fim das contas, só podemos contar com nós mesmos, com nossos amigos. Seja lá o que for isso que Blitzen e Hearthstone estão procurando...

Como se os nomes fossem um feitiço, uma onda surgiu do nada e caiu na proa do navio. Do jorro de água duas pessoas saíram cambaleantes. Nosso elfo e nosso anão tinham voltado.

— Ora, ora. — Mallory se levantou e enxugou outra lágrima, ao mesmo tempo forçando certa alegria na voz. — Legal vocês aparecerem, garotos.

Blitzen estava coberto da cabeça aos pés de equipamentos de proteção solar. Sal cintilava em seu sobretudo preto e nas luvas. Uma rede preta envolvia a aba do chapéu de safári, escondendo a expressão em seu rosto até ele levantar o véu. Os músculos faciais tremeram. Ele piscou várias vezes, como alguém que tinha acabado de sair de um acidente de carro.

Hearthstone se sentou no chão com um baque. Colocou as mãos nos joelhos e balançou a cabeça, *Não, não, não.* Sabe-se lá como, ele tinha perdido o cachecol e agora, todo de preto, parecia o estofamento de um rabecão.

— Vocês estão vivos — falei, tonto de alívio.

Fazia dias que eu estava com um nó na barriga de tanta preocupação. Mas agora, ao olhar para as expressões de choque, não consegui desfrutar do retorno dos meus amigos.

— Vocês encontraram o que estavam procurando — concluí.

Blitzen engoliu em seco.

— É... infelizmente, garoto. Njord estava certo. Nós vamos precisar da sua ajuda para a parte difícil.

— Álfaheim.

Eu queria dizer antes dele, só para tirar o ardor causado pela palavra. Eu esperava estar errado. Preferiria uma viagem ao canto mais selvagem de Jötunheim, aos fogos de Muspellheim ou até a um banheiro público na South Station de Boston.

— Sim — concordou Blitzen. Ele olhou para Mallory Keen. — Querida, você pode avisar seus amigos? Precisamos pegar Magnus emprestado. Hearthstone precisa enfrentar o pai uma última vez.

Vinte e três

Siga o cheiro de sapos mortos (ao som de "Siga a Estrada dos Tijolos Amarelos")

QUAL ERA O PROBLEMA DOS PAIS?

Quase todo mundo que eu conhecia tinha um pai horrível, como se todos estivessem competindo pelo prêmio de Pior Pai do Universo.

Eu tive sorte. Só conheci meu pai no último inverno. Mesmo assim, só conversei com ele por alguns minutos. Mas pelo menos Frey parecia legal. Ele me abraçou. Também me deixou ficar com sua espada falante que curte músicas da era disco e me mandou um barco amarelo em um momento de necessidade.

Sam tinha Loki, que era a maldade encarnada. O pai de Alex era um idiota abusivo e raivoso com sonhos de dominação de louça global. E Hearthstone… o pai dele era ainda pior do que o de todos nós juntos. O sr. Alderman fez da infância de Hearthstone um Helheim. Eu não queria passar perto da casa daquele homem, e só tinha ido lá uma vez. Não conseguia imaginar como Hearthstone aguentou morar ali.

Nós caímos pelo céu dourado do jeito como se cai no mundo aerado dos elfos. Pousamos delicadamente na rua em frente à mansão Alderman. Como antes, a rua ampla do subúrbio se prolongava nas duas direções, com muros de pedra e árvores bem cuidadas, escondendo as propriedades de muitos hectares dos milionários elfos umas das outras. A gravidade fraca fazia o chão parecer mole sob meus pés, como se eu pudesse quicar de volta para o céu. (Fiquei com vontade de tentar.)

A luz do sol continuava tão intensa quanto eu lembrava, deixando-me grato pelos óculos escuros que Alex me emprestou, mesmo tendo uma armação grossa e cor-de-rosa no estilo Buddy Holly. (Riram muito disso no *Bananão*.)

Por que deixamos Midgard ao pôr do sol e chegamos a Álfaheim no meio do que parecia a tarde, eu não fazia ideia. Talvez os elfos tivessem um horário de verão perpétuo.

Os portões elaborados de Alderman ainda brilhavam com o monograma de *A* dourado. Dos dois lados, os muros altos ainda tinham arame farpado no topo para afastar invasores. Mas agora as câmeras de segurança estavam escuras e paradas, e os portões, fechados com uma corrente e um cadeado. Dos dois lados do portão, presas a colunas de pedra, havia placas amarelas idênticas com letras vermelhas gritantes.

PROPRIEDADE INTERDITADA
POR ORDEM DO DEPARTAMENTO DE POLÍCIA DE ÁLFAHEIM
INVASORES VÃO MORRER

Não "serão julgados". Não "serão presos" ou "levarão tiros". O aviso simples — se você entrar, vai morrer — era bem mais sinistro.

Meu olhar percorreu o terreno, que era mais ou menos do tamanho do Public Garden de Boston. Desde nossa última visita, a grama tinha crescido bastante na luz intensa de Álfaheim e estava bem alta. Grandes bolas de musgo cobriam as árvores. O odor pungente da sujeira no lago dos cisnes chegou a nós pelos portões.

O caminho de oitocentos metros que levava até a casa estava coberto de penas brancas, possivelmente dos tais cisnes; de ossos e tufos de pelos que podiam ter sido esquilos e guaxinins; e de um único sapato social preto que parecia ter sido mastigado e cuspido.

No alto da colina, a antes imponente mansão Alderman estava em ruínas. O lado esquerdo havia desabado em uma pilha de destroços, vigas e paredes queimadas. Trepadeiras tinham coberto completamente o lado direito, tão densas que o teto afundou. Apenas dois dos janelões permaneciam intactos, as vidraças marrons nas beiradas por causa do fogo. Cintilando no sol, elas me lembraram os malfadados óculos de T.J.

Eu me virei para os meus amigos.

— *Nós* fizemos isso?

Eu estava mais impressionado, em vez de me sentir culpado. Na última vez que fugimos de Álfaheim, estávamos sendo perseguidos por espíritos da água do mal e pela polícia élfica armada, sem mencionar o pai louco de Hearth. Podemos ter quebrado algumas janelas no processo. Era possível que tivéssemos provocado um incêndio também. Se isso tivesse mesmo acontecido, não poderia ter sido em uma mansão mais cruel.

Mesmo assim... eu não entendia como o lugar podia ter ficado tão destruído, nem como um paraíso daqueles podia ter virado esse local sinistro tão rápido.

— Nós só começamos. — O rosto de Blitzen estava coberto pela rede, tornando impossível que eu visse sua expressão. — Essa destruição é culpa do anel.

Na luz quente e forte, não devia ser possível sentir um arrepio. Ainda assim, uma sensação gelada desceu pelas minhas costas. Na nossa última visita, Hearth e eu roubamos um monte de ouro de um anão velho e desonesto, Andvari, inclusive o anel amaldiçoado do sujeito. Ele tentou nos avisar que o anel só traria infelicidade, mas nós ouvimos? Nãããão. Na época, estávamos mais concentrados em coisas como, ah, salvar a vida de Blitzen. A única coisa que faria isso era a pedra Skofnung, que estava com o sr. Alderman. O preço dele? Um montão de ouro, porque pais malvados não aceitam cartão de crédito.

Em resumo: Alderman ficou com o anel amaldiçoado. Colocou no dedo e ficou ainda mais maluco e malvado, o que eu não achava possível.

Pessoalmente, eu gostava que meus anéis amaldiçoados pelo menos fizessem alguma coisa legal, como deixá-lo invisível ou espiar o Olho de Sauron. O anel de Andvari não tinha nada de bom. Despertava o pior nas pessoas: ganância, ódio, inveja. De acordo com Hearth, até as transformava em um monstro de verdade, para que seu lado exterior pudesse ser tão repulsivo quanto o interior.

Se o anel ainda estivesse exercendo sua magia sobre o sr. Alderman e o tivesse dominado com a mesma rapidez com que a natureza tomou conta da propriedade dele... Pois é, isso não era um bom sinal.

Eu me virei para Hearth.

— Seu pai... ele ainda está *aí dentro*?

A expressão de Hearthstone estava triste e resignada, como a de um homem que finalmente aceitou um diagnóstico terminal. *Por perto*, sinalizou ele. *Mas não é mais ele mesmo.*

— Você não quer dizer...

Eu olhei para o sapato mastigado. Questionei o que tinha acontecido com seu dono. Eu me lembrei do meu sonho com olhos verdes enormes e fileiras de dentes afiados. Não, não podia ser isso o que Hearth queria dizer. Nenhum anel amaldiçoado podia agir tão rápido, podia?

— Vocês... vocês olharam lá dentro? — perguntei.

— Infelizmente. — Blitz sinalizou enquanto falava, porque Hearth não tinha como ler seus lábios. — A coleção inteira de pedras e artefatos raros de Alderman... sumiu. Junto com todo o ouro. Então, se a pedra de amolar que estamos procurando estivesse em algum lugar da casa...

Foi levada para outro lugar, sinalizou Hearthstone. *Parte do tesouro dele.*

O sinal que Hearth usou para *tesouro* foi um punho fechado na frente do queixo, como se ele estivesse segurando uma coisa valiosa: *Fortuna. Meu. Não toque nele senão vai morrer.*

Engoli um bolo de areia.

— E... vocês encontraram o tesouro dele?

Eu sabia que os meus amigos eram corajosos, mas pensar neles xeretando dentro daquela propriedade me apavorava. Com certeza não tinha sido bom para a população local de esquilos.

— Nós achamos que encontramos o covil dele — disse Blitz.

— Ah, que ótimo. — Minha voz soou mais aguda do que o habitual. — Alderman tem um covil agora. E, hã, vocês viram ele?

Hearthstone balançou a cabeça. *Só sentimos o cheiro.*

— Certo — falei. — Isso nem é sinistro.

— Você vai ver — disse Blitz. — É mais fácil mostrar do que explicar.

Era uma proposta que eu preferia recusar, mas de jeito nenhum eu ia deixar Hearth e Blitz passarem por aqueles portões de novo sem mim.

— P-por que os elfos daqui não fizeram nada em relação à propriedade? — perguntei. — Na última vez que estivemos aqui, queriam nos prender por vadiagem. Os vizinhos não reclamaram?

Eu indiquei as ruínas. Uma visão horrível daquelas, principalmente se matava cisnes, roedores e um ocasional carteiro élfico, tinha que ser contra as regras da associação de moradores do bairro.

— Nós conversamos com as autoridades — disse Blitz. — Na metade do tempo que ficamos fora, tivemos que lidar com burocracia élfica. — Ele estremeceu dentro do casaco pesado. — Você ficaria surpreso de saber que a polícia não queria nos ouvir? Não conseguimos provar que Alderman está morto ou desaparecido. Hearthstone não tem direitos legais ao terreno. Quanto a limpar a propriedade, o melhor que a polícia fez foi colocar esses avisos idiotas. Eles não querem arriscar o pescoço, por mais que os vizinhos reclamem. Os elfos fingem ser sofisticados, mas são tão supersticiosos quanto arrogantes. Nem todos os elfos, claro. Desculpe, Hearth.

Hearthstone deu de ombros. *Não podemos culpar a polícia*, sinalizou ele. *Você ia querer entrar lá se não precisássemos muito?*

Ele tinha razão. Só a ideia de entrar na propriedade, sem poder ver o que se escondia na grama alta, fazia vários nós se formarem no meu estômago. A polícia de Álfaheim era ótima em intimidar transeuntes para que saíssem do bairro. Enfrentar uma ameaça verdadeira nas ruínas da mansão de um louco... nem tanto.

Blitzen suspirou.

— Bom, não faz sentido ficarmos aqui parados. Vamos procurar o querido papai.

Eu teria preferido outro jantar com as filhas assassinas de Aegir ou uma batalha até a morte com uma pilha de cerâmica. Caramba, até teria dividido suco de goiaba com uma matilha de lobos no terraço do tio Randolph.

Nós pulamos o portão e seguimos pela grama alta. Mosquitos e moscas atacaram nosso rosto. A luz do sol fazia minha pele pinicar e meus poros estalarem com suor. Decidi que Álfaheim era um mundo bonito quando estava bem cuidado, aparado e mantido pelos funcionários. Quando deixado à natureza, ficava selvagem de forma *exagerada*. Eu me perguntei se os elfos eram parecidos. Calmos, delicados e formais por fora, mas, se deixados soltos... Eu realmente *não* queria conhecer o novo e aprimorado sr. Alderman.

Nós contornamos as ruínas da casa, o que achei ótimo. Eu me lembrava muito bem do tapete azul peludo no antigo quarto de Hearthstone, que fomos obrigados a cobrir com ouro para pagar o *wergild* pela morte do irmão dele. Eu me lembrava do quadro de infrações na parede de Hearthstone, contabilizando a dívida infinita dele com o pai. Eu não queria chegar perto daquele lugar de novo, mesmo que em ruínas.

Conforme seguíamos pelo jardim, alguma coisa estalou embaixo do meu pé. Eu olhei para baixo. Meu sapato entrou direto na caixa torácica do esqueleto de um pequeno cervo.

— Eca.

Hearthstone franziu a testa para os restos ressecados. Nada além de algumas tiras de carne e pelo se prendiam aos ossos.

Comido, sinalizou ele, levando as pontas dos dedos unidas até a boca. O sinal era bem parecido com *tesouro/fortuna*. Às vezes, a linguagem de sinais era precisa demais para o meu gosto.

Com um pedido de desculpas silencioso ao pobre cervo, eu puxei o pé. Não sabia dizer o que podia ter devorado aquele animal, mas esperava que a presa não tivesse sofrido muito. Fiquei surpreso de animais selvagens terem permissão de existir nos bairros elegantes de Álfaheim. Eu me perguntei se a polícia tentava prender os cervos por vadiagem, talvez algemando as perninhas e os enfiando na traseira das viaturas.

Nós seguimos para o bosque nos fundos da propriedade. A grama estava tão alta que não dava para saber onde acabava o gramado e começava a vegetação da floresta. Aos poucos, a quantidade de árvores foi aumentando até a luz do sol ficar reduzida a pontinhos amarelados no chão da floresta.

Eu achava que não estávamos longe do velho poço onde o irmão de Hearthstone tinha morrido — outro lugar em posição de destaque na minha lista de "lugares para não visitar nunca mais". Então, claro que demos de cara com ele.

Um amontoado de pedras cobria a área onde o poço tinha sido preenchido. Não havia mato nem grama crescendo na terra, como se as plantas não quisessem invadir uma clareira envenenada daquele jeito. Mesmo assim, não tive dificuldade de imaginar Hearthstone e Andiron brincando ali quando crianças, Hearth de costas enquanto empilhava pedras com alegria, incapaz de ouvir o grito do irmão quando o *brunnmigi*, o monstro que morava no poço, surgiu da escuridão.

Eu comecei a dizer:

— Nós não precisamos ficar aqui...

Hearth andou até o monte de pedras como se em transe. No alto da pilha, no mesmo lugar em que Hearthstone a deixou na nossa última visita, estava uma runa:

ᛟ

Othala, a runa que simbolizava herança familiar. Hearthstone decidiu que nunca usaria aquela runa novamente. O significado dela tinha morrido para ele naquele lugar. Nem o conjunto novo de runas de sorveira, que ele ganhou de presente da deusa Sif, continha *othala*. Sif avisou a ele que isso lhe causaria problemas. Ela disse que Hearth acabaria tendo que voltar para buscar a peça que faltava.

Eu odiava quando as deusas estavam certas.

Você vai pegar?, sinalizei.

Em um lugar assim, conversas silenciosas pareciam melhor do que em voz alta.

Hearthstone franziu a testa, o olhar decidido. Ele fez um gesto rápido de cortar, na diagonal e depois para baixo, como se estivesse fazendo um ponto de interrogação ao contrário. *Nunca.*

Blitzen farejou o ar.

Estamos perto agora. Estão sentindo o cheiro?

Eu só sentia o odor suave de plantas podres.

Que cheiro?

— Credo — disse Blitzen em voz alta. *Os narizes humanos são patéticos*, sinalizou.

Inúteis, concordou Hearthstone, e adentrou ainda mais a floresta.

Nós não seguimos na direção do rio, como na última vez, quando estávamos atrás do ouro de Andvari. Dessa vez, fomos andando pela margem, abrindo caminho entre arbustos e raízes retorcidas de carvalhos enormes.

Depois de um tempo, comecei a sentir o cheiro que Hearth e Blitzen tinham mencionado. Tive um flashback de uma aula de biologia do oitavo ano, quando Joey Kelso escondeu o hábitat dos sapos do nosso professor no forro da sala de aula. Só descobriram um mês depois, quando o terrário de vidro caiu do teto e se quebrou na mesa do professor, espirrando vidro, mofo, gosma e corpos rançosos de anfíbios na primeira fileira.

O cheiro que senti na floresta era parecido com isso, só que *muito* pior.

Hearthstone parou na beira de uma nova clareira. Ele se agachou atrás de uma árvore caída e fez sinal para nos juntarmos a ele.

Ali, sinalizou ele. *O único lugar para onde ele poderia ter ido.*

Espiei em meio às sombras. As árvores em volta da clareira tinham sido reduzidas a palitos carbonizados. O chão estava coberto de gosma podre e ossos de animais. Uns quinze metros à frente havia um rochedo, com duas grandes pedras inclinadas uma sobre a outra formando o que parecia ser a entrada de uma caverna.

— Agora — sussurrou Blitz enquanto sinalizava —, a gente espera pelo que quer que os elfos chamem de noite neste lugar esquecido pelos anões.

Hearth assentiu. *Ele vai sair à noite. Aí vamos ver.*

Eu estava tendo dificuldade de respirar, e mais ainda de pensar em meio ao fedor de sapos mortos. Ficar ali parecia uma péssima ideia.

Quem vai sair?, sinalizei. *Seu pai? Dali? Por quê?*

Hearthstone afastou o olhar. Tive a sensação de que ele estava tentando ser piedoso ao não responder a minhas perguntas.

— Nós vamos descobrir em breve — murmurou Blitz. — Se for o que tememos... bom, vamos apreciar nossa ignorância enquanto ainda podemos.

Vinte e quatro

Eu gostava mais do pai de Hearthstone quando ele era um alienígena que abduzia vacas

Enquanto esperávamos, Hearthstone providenciou o jantar.

Do saco de runas, ele tirou este símbolo:

X

Parecia um X comum para mim, mas Hearthstone explicou que era *gebo*, a runa que simbolizava os presentes. Em um brilho de luz dourada, uma cesta de piquenique apareceu, transbordando de pão fresco, uvas, um queijo redondo e várias garrafas de água mineral com gás.

— Eu gosto de presentes — falei, mantendo a voz baixa. — Mas o cheiro não vai atrair... hã, atenções indesejadas?

Apontei para a entrada da caverna.

— Improvável — disse Blitzen. — O cheiro que vem da caverna é bem mais pungente do que qualquer coisa nesta cesta. Mas, só por segurança, vamos comer tudo rápido.

— Gosto da sua maneira de pensar.

Blitzen e eu fomos com tudo, mas Hearthstone só se posicionou atrás do tronco caído e ficou observando.

— Não vai comer? — perguntei a ele.

Ele balançou a cabeça. *Não estou com fome*, sinalizou. *Além do mais, g-e-b-o faz presentes. Não para quem dá. Quem dá tem que fazer um sacrifício.*

— Ah. — Eu olhei para o pedaço de queijo que estava prestes a colocar na boca. — Não parece justo.

Hearthstone deu de ombros e fez sinal para continuarmos com o banquete. Eu não gostava da ideia de que estivesse se sacrificando para podermos jantar. Só de ele estar em casa, esperando o pai sair de uma caverna, já parecia sacrifício suficiente. Não precisava de sua própria runa do ramadã.

Por outro lado, seria grosseria recusar um presente, então comi.

As sombras se alongavam à medida que o sol se punha. Por experiência, sabia que em Álfaheim nunca ficava escuro. Como o Alasca no verão, o sol só chegava até o horizonte e subia de novo. Os elfos eram criaturas da luz, o que era prova de que *luz* não era sinônimo de *bom*. Eu tinha conhecido vários elfos (com exceção de Hearth) que confirmavam isso.

As sombras aumentaram, mas não o bastante para Blitz tirar o equipamento protetor de sol. Devia estar uns mil graus dentro daquele casaco pesado. De tempos em tempos ele tirava um lenço do bolso e dava batidinhas suaves com ele por baixo da rede, enxugando suor do pescoço.

Hearthstone mexeu em alguma coisa no pulso, uma pulseira de cabelo louro trançado que eu nunca tinha visto. A cor das mechas me pareceu vagamente familiar...

Eu bati na mão dele para chamar sua atenção. *Isso é da Inge?*

Hearth fez uma careta, como se o assunto fosse constrangedor. Em nossa última visita, Inge, a criada maltratada do sr. Alderman, nos ajudou muito. Ela era uma huldra, uma espécie de elfo com cauda de vaca, e conhecia Hearth desde que os dois eram crianças. No fim das contas, Inge também tinha uma quedinha enorme por ele e até deu um beijo na bochecha de Hearth, declarando seu amor antes de fugir em meio ao caos da última festa do sr. Alderman.

Nós a visitamos alguns dias atrás, sinalizou Hearth. *Enquanto estávamos observando. Ela mora com a família agora.*

Blitz suspirou de exasperação, o que, é claro, Hearth não conseguiu ouvir.

Inge é legal, sinalizou o anão. *Mas...* Ele fez Vs com as duas mãos e as moveu em círculo na frente da testa, como se tivesse tirando coisas da cabeça. Nesse contexto, imaginei que o sinal significava alguma coisa como *louca*.

Hearthstone franziu a testa. *Não é justo. Ela tentou ajudar. A pulseira de uma huldra traz sorte.*

Se você diz, sinalizou Blitz.

Estou feliz de ela estar bem, falei. *A pulseira é mágica?*

Hearth começou a responder. Mas suas mãos pararam. Ele farejou o ar e fez um sinal: *ABAIXEM!*

As aves tinham parado de piar nas árvores. A floresta toda pareceu prender a respiração.

Ficamos ainda mais agachados, os olhos mal conseguindo espiar por cima da árvore caída. Quando puxei o ar novamente, senti um fedor de sapo morto tão forte que precisei segurar a ânsia de vômito.

Dentro da entrada da caverna, gravetos e folhas secas estalaram sob o peso de uma coisa enorme.

Os pelos do meu pescoço se eriçaram. Desejei ter invocado Jacques para estar pronto para lutar se precisasse, mas Jacques não era bom em situações de tocaia, com sua tendência a brilhar e cantar.

Até que pela entrada da caverna saiu... *Ah, deuses de Asgard.*

Eu estava alimentando esperanças de que Alderman tivesse virado uma coisa não muito ruim. Talvez sua forma amaldiçoada fosse um filhote de Weimaraner ou uma iguana *chuckwalla*. Claro que no fundo eu sempre soube a verdade. Só não queria admitir.

Hearth tinha me contado histórias de terror sobre o que aconteceu com ladrões que ousaram pegar o anel. Agora, eu via que ele não estava exagerando.

O monstro que saía da caverna era tão horrível que não fui capaz de compreendê-lo à primeira vista.

Primeiro, notei o anel que cintilava no dedo do meio da pata dianteira direita, um aro dourado afundado na pele escamosa. Provavelmente causava muita dor e fazia latejar como um torniquete. A ponta do dedo estava preta e murcha.

Cada uma das quatro patas do monstro tinha o diâmetro de uma tampa de lata de lixo. As pernas curtas e grossas sustentavam um corpo de lagarto, com talvez uns quinze metros do nariz à cauda, a coluna cheia de espinhos maiores do que minha espada.

A cara eu tinha visto no sonho: olhos verdes brilhantes, um focinho achatado com narinas gosmentas, uma boca horrível com fileiras de dentes afiados. A cabeça era coberta de penas verdes. A boca me fazia lembrar a do lobo Fenrir: era grande e expressiva demais para um monstro, os lábios muito humanos. Pior de tudo: havia tufos brancos grudados em sua testa, o que restava do cabelo antes impressionante do sr. Alderman.

O novo e draconiano Alderman saiu da caverna, resmungando, sorrindo, rosnando e rindo histericamente, tudo sem motivo aparente.

— Não, sr. Alderman — sibilou ele. — Você não deve sair, senhor!

Com um rugido de frustração, ele arrotou uma coluna de fogo pelo solo da floresta, torrando os troncos das árvores mais próximas. O calor fez minhas sobrancelhas crepitarem como papel de arroz.

Eu não ousei me mexer. Não podia nem olhar para os meus amigos para ver como estavam encarando aquilo.

Agora vocês podem estar pensando: *Magnus, você já viu dragões. Qual é o problema?*

Tudo bem, era verdade. Eu já tinha visto um dragão ou outro. Uma vez até lutei com um *lindwyrm*.

Mas eu nunca havia enfrentado um dragão que já tinha sido uma pessoa que eu *conhecia*. Eu nunca vira uma pessoa ser transformada em uma coisa tão horrível, tão fedorenta, tão malévola e... tão obviamente *correta*. Aquele era o verdadeiro sr. Alderman, suas piores qualidades encarnadas.

Isso me apavorou. Não só saber que aquela criatura podia nos torrar vivos, mas a ideia de que *qualquer um* podia ter um monstro assim dentro de si. Não pude deixar de me perguntar... se eu tivesse colocado aquele anel, se os piores pensamentos e falhas de Magnus Chase ganhassem forma, o que teria acontecido comigo?

O dragão deu outro passo até só a ponta da cauda ficar dentro da caverna. Prendi a respiração. Se o dragão saísse para caçar, talvez pudéssemos correr até a caverna quando ele estivesse fora, encontrar a pedra de amolar e ir embora de Álfaheim sem precisar lutar. Eu gostaria de uma vitória fácil assim.

O dragão gemeu.

— Muita sede! O rio não fica longe, sr. Alderman. Só um gole rápido, talvez? Ele riu sozinho.

— Ah, não, sr. Alderman. Seus vizinhos são ardilosos. Fingidos! Ambiciosos! Eles *adorariam* que você deixasse seu tesouro desprotegido. Tudo que você se esforçou tanto para ter... sua riqueza! Só sua! Não, senhor. Volte para dentro! Volte!

Sibilando e cuspindo, o dragão recuou para a caverna, deixando para trás apenas o fedor de sapo morto e algumas árvores em brasa.

Eu ainda não conseguia me mexer. Esperando para ver se o dragão reapareceria, contei até cinquenta, mas o show da noite parecia ter acabado.

Depois de um tempo meus músculos começaram a relaxar e me sentei atrás da nossa árvore caída. Minhas pernas tremiam incontrolavelmente. Eu estava com uma vontade absurda de fazer xixi.

— Deuses — murmurei. — Hearthstone, eu...

Palavras e sinais sumiram da minha cabeça. Como eu poderia me solidarizar ou mesmo começar a entender o que Hearthstone devia estar sentindo?

Sua boca ficou travada em uma linha fina. Os olhos brilhavam com uma determinação resoluta, uma expressão que me lembrava muito o pai dele.

Ele abriu a mão e bateu com o polegar no peito. *Estou bem.*

Às vezes nós mentíamos para enganar as pessoas. Às vezes, mentíamos por querer que a mentira se tornasse verdade. Com Hearth, acho que era a segunda opção.

— Ei, amigo — sussurrou Blitzen enquanto sinalizava. A voz dele parecia estar esmagada sob o peso do dragão. — Magnus e eu podemos resolver isso. Deixe a gente tentar.

A ideia de Blitzen e eu enfrentando aquele monstro sozinhos não ajudou muito meu problema de bexiga, mas eu assenti.

— É. Claro. Talvez a gente consiga atrair o dragão para fora e entrar sorrateiramente...

Vocês estão errados, sinalizou Hearthstone. *Nós temos que matá-lo. E eu preciso ajudar.*

Vinte e cinco

Elaboramos um plano fabulosamente horrível

O PIOR LUGAR PARA UM conselho de guerra?

Que tal o poço preenchido onde o irmão de Hearthstone tinha morrido, no meio de uma floresta sinistra, no mundo que eu mais detestava dos nove mundos, onde não podíamos esperar por nenhum apoio?

Aham, foi para lá que a gente foi.

Conjurei Jacques e o informei sobre a situação. Pela primeira vez ele não deu gritinhos de empolgação nem começou a cantar uma música.

— Um dragão de anel? — As runas dele se apagaram e ficaram cinzentas. — Ah, isso é ruim. Anéis amaldiçoados sempre criam os *piores* dragões.

Eu sinalizei para que Hearth entendesse.

Hearthstone grunhiu. *O dragão tem um ponto fraco. A barriga.*

— O que ele está dizendo? — perguntou Jacques.

Dentre os amigos de Hearthstone, Jacques era teimoso quando o assunto era aprender linguagem de sinais. Ele alegava que os gestos não faziam sentido para ele porque não tinha mãos. Eu achava que isso era vingança por Hearth não conseguir ler os lábios de Jacques, considerando que, sabe como é, Jacques não tinha lábios. Espadas mágicas podiam ser mesquinhas a esse ponto.

— Ele disse que a barriga é o ponto fraco do dragão — repeti.

— Ah, bom, isso é verdade. — Jacques não pareceu entusiasmado. — A pele é quase impossível de cortar, mas eles têm fendas na couraça da barriga. Se os três conseguissem fazer o dragão rolar, e desejo boa sorte com isso, talvez você conseguisse me enfiar pela fenda e alcançar o coração. Mas, mesmo que a gente tenha sorte, você já perfurou a barriga de um dragão de anel? Eu já. É nojento. O sangue deles é ácido!

Traduzi tudo para Hearth.

— Jacques, o sangue danificou você? — perguntei.

— Claro que não! Eu sou a Espada do Verão! Fui forjado com um acabamento mágico que resiste a qualquer tipo de desgaste!

Blitzen assentiu.

— É verdade. Jacques tem um ótimo acabamento.

— *Obrigado* — disse Jacques. — Alguém aqui aprecia um bom trabalho artesanal! Perfurar a barriga de um dragão não vai danificar *a mim*, mas estou pensando em *você*, rapazinho. Se uma gota daquele sangue cair em você quando estiver cortando o dragão, será seu fim. Aquela coisa vai te corroer inteiro. *Nada* pode impedir.

Eu tinha que admitir que não parecia divertido.

— Você não pode lutar sozinho, Jacques? Você poderia voar até o dragão e...

— E pedir gentilmente para ele me mostrar a barriga? — Jacques riu, emitindo um som que pareceu o de um martelo batendo em um telhado de metal corrugado. — Dragões de anel se arrastam com a barriga no chão por um motivo, pessoal. Eles sabem que não devem exibir seu ponto fraco. Além do mais, matar um dragão de anel é uma coisa muito pessoal. Você mesmo teria que me brandir. Um ato desses afeta seu *wyrd*.

Eu franzi a testa.

— Afeta meu o quê?

— Seu *wyrd*.

— *Wyrd*? O que que é isso? — murmurei.

— Ele quer dizer *destino* — disse Blitzen, sinalizando enquanto falava, para Hearth entender.

O sinal para *destino* era uma das mãos empurrando para a frente, como se tudo estivesse ótimo, lá-lá-lá, e aí as duas mãos caíam de repente no colo de Blitz, como se tivessem batido em uma parede e morrido. Acho que já mencionei que a linguagem de sinais pode ser um pouco descritiva demais, não é?

— Quando você mata um dragão de anel — disse Blitz —, principalmente um que era uma pessoa conhecida, está lidando com magia séria. A maldição do dragão pode reverberar no seu futuro, mudar o curso do seu destino. Pode... manchar você.

Ele disse a palavra *manchar* como se fosse pior do que ketchup ou gordura, como se matar o dragão não fosse sair do meu *wyrd* nem que eu botasse de molho antes de lavar.

Hearthstone fez gestos curtos, como era de costume quando estava irritado: *Precisa ser feito. Eu vou fazer.*

— Hearth... — Blitz se mexeu com inquietação. — Ele é seu pai.

Não mais.

Existe algum jeito de pegar a pedra de amolar sem matar o dragão?, eu sinalizei.

O elfo balançou a cabeça de forma inflexível. *Não é esse o ponto. Dragões podem viver séculos. Eu não posso deixar ele assim.*

Seus olhos muito claros ficaram úmidos. Assustado, percebi que ele estava chorando. Podia parecer idiotice, mas os elfos costumavam ter tanto controle sobre as emoções que fiquei surpreso de saber que eram *capazes* de chorar.

Hearth não estava só com raiva. Não queria vingança. Apesar de tudo que Alderman tinha feito a ele, Hearthstone não queria que o pai sofresse vivendo como um monstro. Sif avisou a Hearth que ele teria que voltar e reivindicar a runa *herança*. O que significaria encerrar a história triste da família e libertar a alma torturada do sr. Alderman.

— Eu entendo — falei. — De verdade. Mas me deixe dar o golpe final. Você não deve ter isso na sua consciência, no seu *wyrd*, sei lá.

— O garoto está certo — confirmou Blitz. — Não vai manchar tanto o destino dele. Mas você... matar o próprio pai, mesmo que seja por misericórdia? Ninguém deveria ter que fazer uma escolha dessas.

Eu achava que Samirah e Alex talvez discordassem. Ambas receberiam de braços abertos uma chance de tirar a vida de Loki. Mas, de modo geral, eu sabia que Blitz estava certo.

— Além do mais — disse Jacques —, sou a única lâmina capaz de fazer o serviço, e eu nunca deixaria o elfo me brandir!

Decidi não traduzir isso.

— O que você me diz, Hearthstone? Permite que eu faça isso?

As mãos de Hearthstone pairaram na frente dele como se fosse tocar piano no ar. Por fim, ele gesticulou *Obrigado, Magnus*. Foi um gesto como o de jogar um beijo, depois um punho com o polegar embaixo de três dedos formou *M*, indicando meu nome.

Normalmente, ele não se incomodaria em indicar meu nome. Quando se conversa com alguém em linguagem de sinais, o interlocutor é óbvio: basta olhar e apontar. Hearth usou meu nome para demonstrar respeito e amor.

— Deixa comigo, cara — prometi.

Tudo dentro de mim estremeceu ao pensar em matar o dragão, mas não havia a menor chance de eu deixar Hearthstone carregar esse peso. O *wyrd* dele já tinha sofrido o suficiente, graças ao sr. Alderman.

— E como vamos fazer isso, preferivelmente sem que o ácido transforme o Magnus aqui em espuma? — eu quis saber.

Hearth olhou para o amontoado de pedras. Os ombros murcharam, como se alguém estivesse empilhando pedras invisíveis em cima dele. *Tem um jeito. Andiron...* Ele hesitou na hora de fazer o nome do irmão em linguagem de sinais. *Você sabe que a gente brincava aqui. Tem túneis, feitos por...*

— Ele quer dizer *nisser* — explicou Blitzen. — São... — Ele parou com a mão a uns sessenta centímetros do chão. — Uns homenzinhos. Também são chamados de *hobs*. Ou *di sma*. Ou brownies.

Imaginei que ele não estava falando de brownies de chocolate.

Centenas deles moravam nesta floresta, sinalizou Hearth, *antes de o meu pai chamar o exterminador.*

Um pedaço de pão entalou na minha garganta. Um minuto antes, eu não sabia que essas criaturas existiam. Agora, sentia pena delas. Imaginava o sr. Alderman fazendo a ligação. *Alô, é do controle de pestes? Tem uma civilização inteira no meu quintal que eu gostaria de mandar exterminar.*

— Então... os túneis dos brownies ainda estão aí? — perguntei.

Hearth assentiu. *São estreitos. Mas é possível usar um para chegar perto da caverna. Se pudéssemos fazer o dragão andar até onde você estiver escondido...*

— Eu poderia atacar por baixo — percebi. — Direto no coração dele.

As runas de Jacques cintilaram em um tom de verde-limão.

— Essa ideia é péssima! Você vai tomar um banho de sangue de dragão!

Eu também não estava muito animado com a hipótese. Ficar escondido em um túnel que fora construído por brownies exterminados enquanto um dragão de cinco toneladas se arrastava acima de mim oferecia várias possibilidades de morte dolorosa. Por outro lado, eu não ia decepcionar Hearthstone. Agora, conseguir a pedra de amolar quase não parecia importante. Eu tinha que ajudar meu amigo a se livrar de seu passado horrível para sempre, mesmo que isso significasse correr o risco de tomar um banho de ácido.

— Vamos fazer uma simulação — sugeri. — Se a gente conseguir encontrar um bom túnel, pode ser que eu consiga perfurar o dragão rapidamente e sair antes de tomar um banho.

— Humf. — Jacques parecia muito mal-humorado. Por outro lado, eu *estava* pedindo para ele matar um dragão. — E por acaso isso quer dizer que você me deixaria enfiado no coração do dragão?

— Quando o dragão estiver morto, volto para pegar você... hã, supondo que eu consiga descobrir como fazer isso sem ser destruído pelo ácido.

Jacques suspirou.

— Tudo bem, acho que vale a pena seguir adiante com essa ideia. Mas, se você sobreviver a isso, vai ter que prometer me limpar muito bem depois.

Blitzen assentiu, como se as prioridades de Jacques fizessem sentido para ele.

— Ainda precisamos arrumar um jeito de tirar o dragão da caverna — disse ele. — Para ter certeza de que ele vai passar pelo ponto certo.

Hearth se levantou e andou até o monte de pedras do irmão. Olhou para ele por muito tempo, como se desejando que sumisse. E então, com dedos trêmulos, pegou a runa *othala*. Ele a esticou para que nós a víssemos. Não fez qualquer sinal, mas o significado ficou claro:

Deixem isso comigo.

Vinte e seis

As coisas ficam esquisitas

Em Valhala, nós passávamos muito tempo esperando.

Esperávamos nossa chamada diária para a batalha. Esperávamos nossas gloriosas mortes definitivas no Ragnarök. Esperávamos na fila da praça de alimentação para comer tacos, porque a pós-vida viking tinha apenas uma taqueria e Odin devia fazer alguma coisa quanto a isso.

Vários einherjar diziam que esperar era a parte mais difícil da nossa vida.

Normalmente, eu discordava. Eu ficava feliz de esperar o Ragnarök pelo máximo de tempo possível, mesmo que significasse enfrentar longas filas à espera do meu *pollo asado*.

Mas esperar para lutar contra um dragão? Não era minha atividade favorita.

Encontramos um túnel de brownie com facilidade. Na verdade, havia tantos buracos no chão da floresta que fiquei surpreso por não ter quebrado a perna em um. O túnel que encontramos tinha uma saída no bosque perto da clareira e outra a nove metros da entrada da caverna. Era perfeito, exceto pelo fato de que a passagem era claustrofóbica e lamacenta e cheirava a (juro que não estou inventando) brownies assados. Eu me perguntei se o exterminador tinha usado um maçarico para eliminar os pobrezinhos.

Com cuidado e em silêncio, colocamos galhos em cima do buraco perto da caverna. Era lá que eu ficaria escondido com a espada em punho, esperando o dragão passar sobre mim. Em seguida, fizemos alguns treinos práticos (que não eram de fato muito práticos naquele espaço apertado e úmido) para ver se eu conseguiria golpear com a espada para cima e deslizar para a saída mais distante do túnel.

Na terceira tentativa, quando saí ofegante e suado, Jacques anunciou:

— Vinte e um segundos. Foi pior do que da última vez! Você vai virar sopa de ácido com certeza!

Blitzen sugeriu que eu tentasse de novo. Ele me garantiu que tínhamos tempo, pois dragões de anel tinham hábitos noturnos. Só que estávamos trabalhando muito perto do covil do dragão e eu não queria abusar da sorte. Além disso, não queria voltar para aquele buraquinho.

Retornamos ao monte de pedra, onde Hearthstone praticava sua magia sozinho. Ele não queria nos contar o que estava fazendo e nem quais eram seus planos. Achei que o cara já estava traumatizado o bastante sem que eu o interrogasse. Só esperava que a ideia de atrair o dragão funcionasse e que ele não precisasse servir de isca.

Esperamos o cair da noite e nos revezamos para tirar cochilos. Não consegui dormir muito e, quando peguei no sono, tive pesadelos. Eu me vi novamente no navio dos mortos, mas agora o convés estava estranhamente vazio. De uniforme de almirante, Loki andava de um lado para outro na minha frente, estalando a língua como se eu tivesse fracassado em uma inspeção de uniforme.

— Que negligência, Magnus. Ir atrás dessa pedra de amolar idiota restando tão pouco tempo? — Ele chegou bem perto do meu rosto, os olhos tão próximos que eu via os pontinhos de fogo em suas íris. O hálito tinha cheiro de veneno mal disfarçado com hortelã. — Mesmo que você encontre, e daí? A ideia do seu tio é tolice. Você sabe que não pode me vencer. — Ele deu um peteleco no meu nariz. — Espero que você tenha um plano B!

A gargalhada de Loki desabou sobre mim como uma avalanche, me derrubando no convés e espremendo meus pulmões até eu perder todo o ar. De repente, eu estava de volta no túnel dos nisser, com pequenos brownies empurrando freneticamente minha cabeça e meus pés, gritando enquanto tentavam passar. As paredes de lama desabaram. Meus olhos ardiam com a fumaça. Chamas rugiam aos meus pés, torrando meus sapatos. Acima da minha cabeça, gotas de ácido corroíam a lama, chiando ao redor do meu rosto.

Acordei arfando. Não conseguia parar de tremer. Queria pegar meus amigos e ir embora de Álfaheim. Esquecer a pedra de amolar idiota de Bolverk. Esquecer o hidromel de Kvásir. A gente ia encontrar um plano B. *Qualquer* plano B.

Mas a parte racional do meu cérebro sabia que essa não era a resposta. Nós estávamos seguindo o plano A mais insano e horrendo imaginável, o que queria dizer que devia ser o certo. Ao menos uma vez eu queria poder ter uma missão que envolvesse atravessar o corredor, apertar um botão de SALVAR O MUNDO, voltar para o quarto e dormir por mais algumas horas.

Ao pôr do sol, nos aproximamos do covil do dragão. Agora, tínhamos passado mais de um dia na floresta e nosso cheiro não estava muito bom. Isso trouxe lembranças de nossos dias de sem-teto, nós três encolhidos juntos em sacos de dormir imundos nos becos de Downtown Crossing. Ah, os bons e velhos tempos!

Minha pele coçava de sujeira e suor. Eu só conseguia imaginar como Blitz devia se sentir com aquela roupa pesada de proteção. Hearthstone parecia limpo e impecável como sempre, embora a luz noturna de Álfaheim deixasse seu cabelo da cor de refrigerante Tizer. Por ser elfo, o odor corporal mais pungente que ele produzia não era pior do que Pinho Sol diluído.

Jacques estava pesado na minha mão.

— Lembre-se, o coração fica na *terceira* fenda da armadura. Você tem que contar as linhas enquanto o dragão se arrasta acima de você.

— Supondo que eu consiga enxergar? — perguntei.

— Vou brilhar para você! Mas lembre-se: um golpe rápido e pule fora. O sangue vai jorrar como água de uma mangueira de incêndio...

— Entendi — interrompi Jacques, enjoado. — Obrigado.

Blitzen apertou meu ombro.

— Boa sorte, garoto. Vou esperar na saída para puxar você. A não ser que Hearth precise de ajuda...

Ele olhou para o elfo como se em busca de mais detalhes além de *podem deixar comigo*.

Hearthstone sinalizou: *Podem deixar comigo.*

Respirei fundo, trêmulo.

— Se tiverem que correr, corram. Não me esperem. E se... se eu não sobreviver, digam aos outros...

— Nós vamos dizer — prometeu Blitzen. Ele parecia saber o que eu queria dizer para todo mundo, o que era bom, porque eu mesmo não sabia. — Mas você *vai* voltar.

Eu abracei Hearth e Blitz e os dois toleraram o contato, apesar do fedor.

Em seguida, como um grande herói da antiguidade, entrei no meu buraco.

Fui me contorcendo pelo túnel dos nisser, o nariz impregnado pelo cheiro de barro e chocolate queimado. Quando cheguei na abertura que ficava junto ao covil do dragão, me encolhi, grunhindo, chutando e contorcendo as pernas até minha cabeça estar voltada para o lado contrário. (Por mais horrível que fosse rastejar pelo túnel, sair de costas, com os pés na frente, teria sido ainda pior.)

Fiquei deitado de barriga para cima, olhando para o céu pelo emaranhado de galhos. Com cuidado para não me matar, conjurei Jacques. Coloquei-o do meu lado esquerdo, o cabo na minha cintura, a ponta apoiada no meu ombro. Eu teria que golpear para cima em um ângulo complicado. Usando a mão direita, teria que enfiar a espada diagonalmente, guiar a ponta até a fenda na armadura da barriga do dragão e forçá-la para dentro com tudo até o coração, usando toda a minha força de einherji. Depois, teria que me arrastar até a saída do túnel antes de tomar um banho de ácido.

A tarefa parecia impossível. Provavelmente porque era mesmo.

O tempo passava devagar no túnel lamacento. Meus únicos companheiros eram Jacques e algumas minhocas rastejando pelas minhas panturrilhas, dando uma conferida nas minhas meias.

Comecei a achar que o dragão não sairia para jantar. Talvez fosse pedir uma pizza. E um entregador elfo da Domino's acabaria caindo em cima de mim. Já estava quase perdendo a esperança quando o odor pútrido de Alderman me atingiu como se mil sapos kamikazes em chamas tivessem mergulhado nas minhas narinas.

Acima, os galhos entrelaçados estalaram quando o dragão saiu da caverna.

— Estou com sede, sr. Alderman — grunhiu ele para si mesmo. — E com fome também. Inge não me serve um jantar decente há dias, semanas, meses? *Onde* está aquela garota inútil?

Ele se arrastou para mais perto do meu esconderijo. Choveu terra no meu peito. Prendi a respiração enquanto eu esperava o túnel desabar em cima de mim.

O focinho do dragão surgiu na abertura. Ele só precisava olhar para baixo e me veria. Eu ficaria torrado como um nisse.

— Eu não posso sair — murmurou o sr. Alderman. — O tesouro precisa ser protegido! Os vizinhos! Não posso confiar neles!

Ele rosnou de frustração.

— Volte, então, sr. Alderman. Volte para seus deveres!

Antes que ele pudesse recuar, de algum lugar na floresta, uma luz intensa pintou o focinho do dragão de âmbar, a cor da magia de runas de Hearthstone.

O dragão sibilou e soltou fumaça por entre os dentes.

— O que foi isso? Quem está aí?

— *Pai.*

A voz congelou minha medula. O som ecoou, fraco e suplicante, como uma criança gritando do fundo de um poço.

— NÃO! — O dragão bateu com os pés no chão, sacudindo as minhocas nas minhas meias. — Impossível! Você não está aqui!

— *Venha até aqui, pai* — suplicou a voz de novo.

Eu não conheci Andiron, o irmão morto de Hearth, mas achava que estava ouvindo a voz dele. Hearthstone usara a runa *othala* para conjurar essa ilusão ou tinha conseguido algo ainda mais terrível? Eu me perguntei para onde os elfos iam quando morriam e se seus espíritos podiam ser trazidos de volta para assombrar os vivos...

— *Senti sua falta* — disse a criança.

O dragão uivou de sofrimento. Soprou fogo por cima do meu esconderijo, mirando a direção de onde vinha a voz. Todo o oxigênio foi sugado dos meus pulmões. Lutei contra o impulso de ofegar. Jacques vibrou suavemente na lateral do meu corpo para me dar apoio.

— *Eu estou aqui, pai* — insistiu a voz. — *Quero salvar você.*

— Me salvar? — perguntou o dragão e seguiu em frente.

Veias pulsavam na parte de baixo da garganta verde e escamosa. Eu me perguntei se conseguiria perfurar a goela dele — parecia um alvo fácil —, mas ela estava muito acima de mim, fora do alcance da espada. Além disso, Hearthstone foi bem específico: eu tinha que mirar no coração.

— Me salvar de quê, meu menino precioso? — O tom do dragão era torturado e grave, quase humano... ou melhor, quase élfico. — Como você pode estar aqui? Ele matou você!

— *Não* — retrucou a criança. — *Ele me trouxe aqui para te ajudar.*

O focinho do dragão estremeceu. Ele baixou a cabeça como um cachorro acuado.

— Ele... ele mandou você? Ele é seu inimigo. *Meu* inimigo!

— *Não, pai* — disse Andiron. — *Por favor, escute. Ele me deu a chance de persuadir você. Nós podemos ficar juntos na próxima vida. Você pode se redimir e se salvar se abrir mão do anel por vontade própria...*

— DO ANEL! Eu sabia! Mostre-se, traidor!

O pescoço do dragão estava muito próximo. Eu poderia enfiar a lâmina de Jacques na artéria carótida e... Jacques zumbiu um alerta mental. *Não. Ainda não.*

Eu queria conseguir enxergar o que estava acontecendo na beirada da clareira. Percebi que Hearth não tinha apenas criado uma distração mágica, ele havia conjurado o espírito de Andiron na esperança de que, mesmo contra todas as probabilidades, o irmão pudesse salvar o pai daquele destino miserável. Mesmo agora, depois de tudo que Alderman fizera para ele, Hearthstone estava disposto a dar ao pai uma chance de redenção, mesmo que isso significasse ficar à sombra do irmão uma última vez.

A clareira ficou silenciosa. Ao longe, ouvi o ruído de arbustos se mexendo. Alderman decretou:

— VOCÊ.

Eu só conseguia imaginar uma pessoa com quem Alderman falaria com tanto desprezo. Hearthstone devia ter se revelado.

— *Pai* — suplicou o fantasma de Andiron. — *Não faça isso...*

— O imprestável Hearthstone! — gritou o dragão. — Como você ousa recorrer à magia para manchar a memória do seu irmão?

Uma pausa. Hearthstone devia ter dito alguma coisa em linguagem de sinais, porque Alderman berrou em resposta:

— Use o quadro!

Trinquei os dentes. Até parece que Hearth carregaria com ele o tal quadrinho horroroso em que o pai obrigava o filho a escrever, não porque Alderman não fosse capaz de ler linguagem de sinais, mas porque gostava de fazer o filho se sentir diferente.

— Vou te matar — disse o dragão. — Você *ousa* me enganar com esse fingimento grotesco?

Ele avançou, rápido demais para eu reagir. Sua barriga cobriu o buraco dos nisser e me deixou na escuridão. Jacques acendeu as runas, iluminando o túnel, mas eu já estava desorientado de medo e choque. Uma fenda na armadura da barriga do dragão apareceu acima de mim, mas eu não tinha ideia de quanto do corpo dele já tinha passado. Se eu golpeasse agora, acertaria o coração? A vesícula? O intestino delgado?

Jacques zumbiu na minha mente: *Não vai adiantar! Essa é a sexta fenda! O dragão precisa recuar!*

Eu me perguntei se o sr. Alderman responderia a um pedido educado. Eu duvidava muito.

O dragão tinha parado de se mover. Por quê? O único motivo em que conseguia pensar: Alderman estava arrancando o rosto de Hearthstone com os dentes. Entrei em pânico. Quase enfiei a espada na sexta fenda do monstro, desesperado para tirá-lo de cima do meu amigo. E então, abafada pelo rugido da criatura, ouvi uma voz poderosa gritar:

— PARA TRÁS!

Meu primeiro pensamento: o próprio Odin aparecera na frente do dragão. Estava intervindo para salvar a vida de Hearthstone para que suas sessões de treinamento em magia de runas não tivessem sido em vão. O grito de ordem foi tão alto que *tinha* que ser Odin. Eu já havia ouvido trombetas de guerra jötunn com menos poder.

A voz trovejou de novo:

— PARA TRÁS, SEU SER IMUNDO QUE FINGE QUE É UM PAI!

Então reconheci o sotaque: um pouco do sul de Boston com um toque de svartalfar.

Ah, não. Não, não, não. Não era Odin.

— VOCÊ NÃO VAI CHEGAR PERTO DO MEU AMIGO, ENTÃO PODE DAR RÉ NESSA CARCAÇA FEDORENTA COM CHEIRO DE SAPO MORTO!

Cristalina como água, visualizei a cena: o dragão, atordoado e perplexo, paralisado por um novo oponente. Como pulmões tão pequenos podiam produzir tamanho volume eu não fazia ideia, mas tinha certeza de que a única coisa entre Hearthstone e uma morte inflamada era um anão bem-vestido com chapéu de safári.

Eu devia estar maravilhado, impressionado, inspirado. Mas só queria chorar. Assim que o dragão se recuperasse do susto, eu sabia que mataria meus amigos. Ele lançaria chamas em Blitzen e Hearthstone e não deixaria nada para eu limpar além de uma pilha de cinzas cheias de estilo.

— PARA TRÁS! — berrou Blitzen.

Incrivelmente, Alderman recuou e revelou a quinta fenda na armadura.

Talvez ele não estivesse acostumado a gritarem com ele assim. Talvez temesse que algum tipo de demônio terrível estivesse escondido embaixo da redinha preta de Blitz.

— VOLTE PARA A SUA CAVERNA FEDIDA! — gritou Blitzen. — AGORA!

O dragão rosnou, mas recuou até aparecer mais uma fenda. Jacques zumbiu nas minhas mãos, pronto para o serviço. Mais uma seção da armadura e...

— Ele é só um anão idiota, sr. Alderman — murmurou o dragão para si mesmo. — Quer seu anel.

— EU NÃO LIGO PARA O SEU ANEL IDOTA! — gritou Blitz. — CHISPA DAQUI!

Talvez o dragão estivesse atordoado pela sinceridade de Blitzen. Ou talvez Alderman estivesse confuso por ver o anão de pé na frente de Hearthstone e do fantasma de Andiron, como um pai protegendo os filhos. Esse instinto teria feito tão pouco sentido para Alderman quanto uma pessoa que não era motivada por ganância.

Ele recuou mais alguns centímetros. Quase lá...

— O anão não é uma ameaça, senhor — garantiu o dragão para si mesmo. — Vai dar um ótimo jantar.

— VOCÊ ACHA? — rugiu Blitz. — EXPERIMENTA!

Ssssss.

Alderman recuou mais alguns centímetros. A terceira fenda apareceu.

Agitado e em pânico, eu posicionei a ponta de Jacques no ponto fraco da couraça.

E, com toda a minha força, enfiei a espada no peito do dragão.

VINTE E SETE

Nós ganhamos uma pedrinha

Eu gostaria de dizer que me senti mal por deixar Jacques enfiado até o cabo no corpo do dragão.

Mas não senti. Eu larguei a espada e *sumi* dali, me arrastando pelo túnel como um brownie em chamas. O dragão rugiu e bateu os pés acima de onde eu estava, fazendo a terra tremer. O túnel desabou atrás de mim, quase enterrando meus pés, preenchendo o ar com vapores ácidos.

Eca!, eu pensei. *Eca, eca, eca!* Sou eloquente em momentos de perigo.

O tempo que levei me arrastando pareceu demorar muito mais do que vinte e um segundos. Não ousei respirar. A sensação era de que minhas pernas estavam pegando fogo. Se eu conseguisse sair, olharia para baixo e perceberia que havia sobrado apenas metade do Magnus.

Por fim, com pontos pretos dançando na visão, saí do túnel no desespero. Ofeguei e me debati, tirando os sapatos e a calça jeans como se fossem veneno. Porque eram. Como eu temia, sangue de dragão tinha respingado na minha calça e o tecido começava a ser corroído. Meus sapatos soltavam fumaça. Arrastei as pernas nuas pelo chão da floresta na esperança de tirar qualquer gota de sangue que restasse. Não vi nada de errado com meus pés e panturrilhas, nenhuma nova cratera na pele. Não havia fumaça. Não havia cheiro de einherji queimado.

O que me fazia crer que eu havia sido salvo pelo desabamento do túnel — a lama tinha se misturado com o ácido e detido a maré corrosiva. Ou talvez eu tivesse gastado toda a minha sorte até o próximo século.

Meu coração começou a se acalmar. Cambaleei pela clareira e vi o dragão verde Alderman caído de lado, a cauda batendo, as pernas tremendo. Ele vomitou uma débil explosão de napalm, queimando um amontoado de folhas secas e esqueletos de esquilo.

O cabo de Jacques estava no peito do dragão. Meu antigo esconderijo era agora um buraco fumegante, sendo lentamente corroído até o núcleo de Álfaheim.

Perto do focinho do dragão estavam Hearthstone e Blitzen, os dois ilesos. Ao lado deles, tremeluzindo como uma chama fraca de vela, estava o fantasma de Andiron. Eu só tinha visto o irmão de Hearth uma vez, no retrato acima da lareira do pai deles. No quadro, ele parecia um jovem deus, perfeito e confiante, tragicamente belo. Mas à minha frente havia apenas um garoto de cabelo claro, magricela e de joelhos protuberantes. Eu não o destacaria em um grupo de alunos de ensino fundamental, a não ser que estivesse tentando identificar aqueles com chance de sofrer bullying.

Blitz tinha levantado a frente da rede de proteção contra o sol, apesar do risco de petrificação. A pele em volta de seus olhos começou a ficar cinza. A expressão no rosto era triste.

O dragão respirava com dificuldade.

— Traidor. Assassino.

Blitzen cerrou os punhos.

— Você tem coragem...

Hearthstone tocou na manga dele. *Pare.* Ele se ajoelhou ao lado do rosto do dragão para que Alderman pudesse vê-lo sinalizando.

Eu não queria isso, sinalizou Hearthstone. *Sinto muito.*

Os lábios do dragão se curvaram por cima das presas.

— Use o quadro. Traidor.

A pálpebra interna de Alderman se fechou, cobrindo a íris verde-oleosa. Uma bufada final de fumaça saiu das narinas. E o corpo enorme ficou imóvel.

Esperei que ele voltasse à forma élfica. Mas não voltou.

Alderman pareceu perfeitamente satisfeito em permanecer dragão.

Hearthstone se levantou. Sua expressão era distante e confusa, como se tivesse acabado de ver um filme feito por uma civilização alienígena e tentasse entender a mensagem.

Blitzen se virou para mim.

— Você fez a coisa certa, garoto. Era necessário.

Eu olhei para ele, impressionado.

— Você enfrentou um dragão. Você o fez recuar.

Blitzen deu de ombros.

— Eu não gosto de valentões. — Ele apontou para as minhas pernas. — Acho que vamos precisar arrumar uma calça nova para você, garoto. Uma calça cáqui escura combinaria com essa camisa. Ou jeans cinza.

Eu entendia por que ele queria mudar de assunto. Não queria falar sobre quanto tinha sido corajoso. Não via suas ações como dignas de elogios. Era um fato simples: ninguém se metia com o melhor amigo de Blitzen.

Hearthstone olhou para o fantasma do irmão.

Andiron sinalizou: *Nós tentamos, Hearth. Não se culpe.*

As feições em seu rosto eram nebulosas, mas a expressão era inconfundível. Diferentemente do sr. Alderman, amor era tudo que Andiron sentia pelo irmão.

Hearth enxugou os olhos. Olhou para a floresta como se tentasse entender onde estava e sinalizou para Andiron: *Eu não quero perder você de novo.*

Eu sei, gesticulou o fantasma. *Eu não quero ir.*

Nosso pai...

Andiron cortou a palma da mão, o símbolo de *pare*.

Não perca nem mais um minuto com ele, aconselhou Andiron. *Ele roubou grande parte da sua vida. Você vai comer o coração?*

A frase não fez sentido, então achei que tinha interpretado mal os sinais.

O rosto de Hearth ficou sombrio.

Ele sinalizou: *Não sei.*

Andiron gesticulou: *Venha aqui.*

Hearthstone hesitou. Ele chegou mais perto do fantasma.

Vou contar um segredo, disse Andiron. *Quando eu sussurrei naquele poço, eu fiz um pedido. Eu queria ser tão gentil e bom quanto você, irmão. Você é perfeito.*

O garotinho esticou seus braços de fantasma. Quando Hearthstone se inclinou para abraçá-lo, o fantasma explodiu em vapor branco.

A runa *othala* caiu na palma da mão de Hearth. Ele a observou por um momento, como se fosse algo que nunca tinha visto, uma joia perdida cujo dono ia querer de volta. Ele envolveu a pedra com a mão e a encostou na testa. Pela primeira vez, fui eu que li os lábios *dele*. Eu tinha certeza de que ele sussurrou: *obrigado*.

Alguma coisa estalou no peito do dragão. Tive medo de Alderman ter começado a respirar de novo, mas percebi que era Jacques se sacudindo com irritação, tentando se soltar.

— ENTALADO! — Ele gritou com voz abafada: — METIRADAQUIIII!

Andei na direção da fossa ácida com cuidado, já que ainda estava descalço. O sangue que escorria do peito do dragão formava um lago fumegante e lamacento. Não tinha como eu chegar perto o bastante para segurar o cabo de Jacques.

— Jacques, não consigo alcançar você! Não consegue se soltar?

— *ACABEIDEDIZERQUEESTOUENTALADO!*

Eu franzi a testa para Blitz.

— Como a gente faz para tirar ele de lá?

Blitz colocou as mãos em concha perto da boca e gritou para Jacques, como se ele estivesse do outro lado do Grand Canyon.

— Jacques, você vai ter que esperar! O sangue do dragão vai perder a potência em uma hora. Só então vamos poder soltar você!

— *UMAHORAESTÁDEBRINCADEIRA?* — O cabo dele vibrou, mas Jacques permaneceu firmemente enfiado na barriga de Alderman.

— Ele vai ficar bem — garantiu Blitz.

Fácil para ele falar. Não era Blitz quem tinha que conviver com Jacques.

Blitz tocou no ombro de Hearth para pedir atenção. *Preciso ir até a caverna para procurar a pedra de amolar*, sinalizou ele. *Está disposto?*

Hearth apertou a runa *othala* com força. Observou o rosto do dragão como se tentasse encontrar algo familiar ali. Em seguida, colocou a runa na bolsa, deixando o kit completo.

Vão vocês dois na frente, sinalizou ele. *Preciso de um minuto.*

Blitz fez uma careta.

— Tudo bem, amigo, sem problemas. Você tem uma grande decisão a tomar.

— Que decisão? — perguntei.

Blitz me lançou um olhar de *Pobre garoto inocente*.

— Vem, Magnus, vamos olhar o tesouro desse monstro.

• • •

O tesouro foi fácil de encontrar. Ocupava quase a caverna toda. O meio dele tinha o formato de um dragão: o ponto onde Alderman dormia. Não era surpresa ele viver tão mal-humorado. Aquela montanha de moedas, espadas e cálices encrustados de pedras não oferecia um bom apoio para as costas.

Eu andei em volta do tesouro, apertando o nariz para bloquear o fedor gigantesco. Minha boca ainda estava com gosto de terrário de aula de biologia.

— Cadê a pedra? — perguntei. — Não estou vendo nenhum dos antigos artefatos do sr. Alderman.

Blitz coçou a barba.

— Bom, dragões são vaidosos. Ele não colocaria por cima os exemplares sem graça de geologia. Deixaria esses por baixo e exibiria o que brilha. Eu queria saber...

Ele se agachou ao lado do tesouro.

— Rá! Como eu pensei. Olha.

Saindo do amontoado de ouro havia a ponta de uma corda trançada.

Demorei um segundo para reconhecer.

— É... a bolsa mágica que pegamos de Andvari?

— É! — Blitz sorriu. — O tesouro está em cima dela. Alderman podia ser ganancioso, cruel e horrível, mas não era burro. Ele queria que o tesouro fosse fácil de transportar, caso precisasse encontrar um novo covil.

Parecia que isso também tornava o tesouro fácil de roubar, mas eu não ia discutir com a lógica de um dragão morto.

Blitz puxou a cordinha. Um tsunami de lona envolveu o tesouro, tremendo e encolhendo até haver apenas uma bolsa aos nossos pés, adequada para compras no mercado ou para esconder vários bilhões de dólares em objetos valiosos. Blitz levantou a bolsa com dois dedos.

No fundo da caverna, embaixo de onde o tesouro tinha sido empilhado, estavam dezenas dos artefatos de Alderman. Muitos haviam sido esmagados pelo peso do ouro. Para nossa sorte, pedras eram objetos bem resistentes. Peguei a pedra de amolar redonda que vi no meu sonho. Segurá-la não me encheu de êxtase. Anjos não cantaram. Eu não me sentia todo-poderoso e capaz de derrotar os guardiões invencíveis e misteriosos do hidromel de Kvásir.

— Por que isto? — perguntei. — Por que vale...?

Eu não conseguia colocar em palavras os sacrifícios que tínhamos feito. Principalmente Hearthstone.

Blitzen tirou o chapéu de safári e passou os dedos pelo cabelo suado. Apesar do cheiro de morte e decomposição da caverna, ele parecia aliviado por não estar mais no sol.

— Não sei, garoto — disse ele. — Só posso supor que vamos precisar da pedra para amolar algumas lâminas.

Eu olhei para os outros artefatos de Alderman.

— Tem mais alguma coisa que deveríamos levar, já que estamos aqui? Porque eu *realmente* não quero voltar em Álfaheim.

— Espero que não, porque concordo *totalmente*. — Com relutância óbvia, ele colocou o chapéu de volta. — Vamos. Não quero deixar Hearthstone sozinho por muito tempo.

No fim das contas, Hearth não estava sozinho.

Ele tinha dado um jeito de libertar Jacques do peito do dragão. A espada, por sua vez, sendo uma arma bastante contraditória, no momento mergulhava de volta na carcaça do dragão, abrindo o peito dele como se estivesse executando uma autópsia. Hearth parecia estar orientando o movimento.

— Opa, opa, opa! — falei. — O que vocês estão fazendo?

— Ah, oi, Magnus! — Jacques flutuou no ar. Ele pareceu alegre para uma lâmina coberta de sangue gosmento. — O elfo pediu que eu abrisse o peito. Ou, pelo menos, tenho quase certeza de que foi isso. Achei que, como ele usou a magia dele para me soltar, era o mínimo que eu podia fazer! Ah, e eu já cortei o anel. Está bem ali, prontinho!

Olhei para baixo. E realmente, a alguns centímetros do meu pé descalço, o anel de Andvari cintilava no dedo inchado do dragão. Por pouco não comecei a vomitar.

— Prontinho? O que a gente vai fazer com ele?

Hearth sinalizou: *Colocar junto com o tesouro. Levar para o rio e devolver para Andvari.*

Blitz pegou o dedo de dragão e largou dentro da bolsa mágica.

— É melhor a gente fazer isso rápido, antes que o anel comece a nos tentar.
— Tudo bem, mas...

Eu apontei para o dragão parcialmente cortado. Eu nunca pratiquei caça, mas uma vez minha mãe namorou um cara que praticava. Ele nos levou para a floresta e tentou impressionar minha mãe me ensinando como limpar uma carcaça. (Aquilo não deu muito certo. Assim como o relacionamento deles.)

Ao olhar para o dragão, tive certeza de que Jacques estava tentando extirpar os órgãos não mais vitais do sr. Alderman.

— Por quê? — balbuciei.

Jacques riu.

— Ah, para com isso, eu achei que você soubesse! Depois de matar um dragão de anel, a gente tem que arrancar o coração, assar e comer!

E nessa hora meu almoço foi embora.

Vinte e oito

Nunca me peça para cozinhar o coração do meu inimigo

Até aquele ponto da missão, eu tinha me saído bem em não vomitar. Eu estava a caminho de me tornar um verdadeiro profissional nisso.

Mas a ideia de comer o coração de um dragão — comer a nojeira cruel que *Alderman* chamava de coração — foi demais.

Eu cambaleei para a floresta e vomitei por tanto tempo que quase desmaiei. Quando melhorei um pouco, Blitz segurou meu ombro e me levou para longe da clareira.

— Tudo bem, garoto. Eu sei. Vamos.

Quando voltei a ficar mais ou menos bem, percebi que Blitzen estava me levando para o rio onde conhecemos Andvari. Eu não confiava na minha voz, exceto por um ocasional "Ai!" quando pisava descalço em uma pedra, um galho ou um formigueiro de formigas de fogo de Álfaheim.

Por fim, chegamos até a margem. Parado na beira de uma pequena cachoeira, olhei para a lagoa de Andvari. Não tinha mudado muito desde a última vez. Era impossível saber se o velho anão coberto de lodo ainda morava lá, disfarçado de peixe. Talvez depois que o roubamos ele tivesse desistido, decidido se aposentar e se mudado para Miami. Se sim, fiquei tentado a me juntar a ele.

— Está pronto? — A voz de Blitz soou tensa. — Vou precisar da sua ajuda.

Encarei-o com olhos semicerrados. Blitz segurou a bolsa de lona na beirada, pronto para jogar o conteúdo na lagoa, mas seus braços estavam tremendo. Ele puxou a bolsa de volta, como se para salvar o tesouro de seu destino, mas esticou os braços novamente com dificuldade, como se estivesse fazendo supino com o peso do ouro.

— Você vai ter... que me ajudar... — resmungou Blitz. — Um anão... jogar fora... um tesouro. Não é... *fácil*.

De alguma forma, consegui afastar a cabeça do pensamento *Comer o coração do dragão? Como assim?* Peguei a outra alça da bolsa. Na mesma hora, senti o que Blitz queria dizer. Minha mente foi tomada de ideias gloriosas do que eu poderia fazer com todo aquele tesouro... comprar uma mansão! (Mas espera aí... eu já tinha a mansão do tio Randolph, e nem fazia questão.) Comprar um iate! (Eu já tinha um barco amarelo enorme. Não, obrigado.) Guardar para a aposentadoria! (Já estava morto.) Mandar meus filhos para a faculdade! (Einherjar não podem ter filhos. Nós estamos mortos.)

A bolsa estremeceu e se debateu. Parecia estar reavaliando sua estratégia. *Tudo bem*, sussurrou ela nos meus pensamentos, *que tal ajudar os sem-teto? Pense em todo o bem que você poderia fazer com esse ouro, e o que está na bolsa é apenas uma parte! Se você colocar aquele belo anel, sua riqueza será infinita! Pode construir casas! Doar comida! Oferecer cursos de capacitação profissional!*

Essas possibilidades eram mais tentadoras... Mas sabia que era um truque. Aquele tesouro nunca faria bem para ninguém. Eu olhei para as minhas pernas nuas, arranhadas e sujas de lama. Lembrei-me do cheiro sufocante da barriga do dragão. Lembrei-me da expressão de infelicidade de Hearthstone quando ele se despediu do pai.

Murmurei:

— Tesouro idiota.

— É — concordou Blitz. — No três? Um, dois...

Nós jogamos a bolsa na lagoa. Resisti à vontade de pular atrás dela.

— Aí está, Andvari. Divirta-se.

Ou talvez Andvari tivesse ido embora. Nesse caso, tínhamos acabado de transformar uma família de trutas em bilionários.

Blitz suspirou de alívio.

— Certo, é um problema a menos. Agora... a outra coisa.

Meu estômago se rebelou novamente.

— Eu não tenho mesmo que...?

— Comer o coração do dragão? Você? — Blitz balançou a cabeça. — Bom, foi *você* que o matou... Mas, nesse caso, não. Você não precisa comer o coração.

— Graças aos deuses.

— Hearth tem que fazer isso.

— O quê?

Blitz encolheu os ombros.

— O dragão era pai do Hearth, Magnus. Quando se mata um dragão de anel, o único jeito de seu espírito descansar é destruindo o coração. Pode ser queimando...

— Isso, parece uma ótima ideia.

— ... ou ingerindo, e nesse caso você herda todas as lembranças e a sabedoria do dragão.

Tentei imaginar por que Hearthstone ia *querer* as lembranças ou a "sabedoria" do pai. Aliás, por que ele se sentia na obrigação de garantir que o espírito maléfico de Alderman descansasse? Andiron disse para ele não perder nem mais um minuto se preocupando com seu morto e velho pai, e isso me pareceu um excelente conselho de irmão.

— Mas se Hearth... Quer dizer, isso não é canibalismo, dragobalismo, sei lá?

— Não sei responder. — Blitz parecia estar morrendo de vontade de gritar bem alto *SIM, EU SEI QUE É NOJENTO*. — Mas vamos respeitar a decisão dele.

Jacques e Hearthstone tinham feito uma fogueira. Meu amigo elfo girava um espeto sobre as chamas enquanto Jacques flutuava ao lado cantando a polca "Barril de Chopp" a plenos pulmões inexistentes. Por ser surdo, Hearthstone era a plateia perfeita.

A cena teria sido encantadora se não fosse a carcaça de dragão de seis toneladas apodrecendo ali perto, a expressão nauseada no rosto pálido de Hearthstone e a coisa preta e brilhante do tamanho de uma bola de basquete estalando no espeto, espalhando um cheiro de churrasco no ar. O fato de o coração de Alderman ter cheiro de comida me deixou ainda mais enjoado.

Hearthstone sinalizou com a mão livre: *Pronto?*

Pronto, sinalizou Blitz. *O tesouro e o anel já se foram. Os peixes estão ricos.*

Hearthstone assentiu, aparentemente satisfeito. O cabelo louro estava sujo de lama e com umas folhinhas grudadas, o que ridiculamente me lembrou confete, como se a floresta estivesse comemorando a morte do pai dele.

— Hearth, cara... — Eu apontei para o coração. — Você não precisa fazer isso. Tem que ter outro jeito.

— Foi o que eu disse para ele! — exclamou Jacques. — Claro que ele não consegue me ouvir, mas mesmo assim!

Hearth tentou sinalizar com apenas uma das mãos, o que era como tentar falar sem usar as vogais, mas desistiu, frustrado. Apontou para mim e para o espeto: *Segure isso para mim.*

Eu não queria chegar perto daquele coração de dragão, mas era o único que conseguia falar e girar o espeto ao mesmo tempo.

Hearth podia ler meus lábios. Blitzen sabia sinalizar, mas o rosto estava coberto com a rede. E Jacques... bom, ele não era muito útil.

Então eu assumi o dever de assar o órgão no espeto. O coração parecia pesado demais e bambo demais para aquela estrutura improvisada de galhos de árvore. Manter o equilíbrio dele sobre as chamas exigia realmente muita concentração.

Hearthstone flexionou os dedos, se aquecendo para uma longa conversa. Seu pomo de adão subia e descia como se a garganta já estivesse protestando contra o menu-degustação do dia.

Se eu comer o coração, sinalizou Hearthstone, *o conhecimento do meu pai não vai se perder para sempre.*

— É — falei —, mas por que você *quer* isso?

Os dedos dele hesitaram. *Lembranças da minha mãe, de Andiron. Conhecer o passado da família. Saber minha...*

Ele fez um H com dois dedos esticados e bateu nas costas da mão oposta. Concluí que era o sinal de *história*, apesar de parecer mais um professor batendo com a régua em um aluno desobediente.

— Mas você só saberia as coisas da perspectiva do seu pai. Ele era *venenoso*. Como Andiron disse, você não deve nada a Alderman. Ele não tem sabedoria para oferecer.

Jacques riu.

— Não é? O sujeito colecionava pedras, afinal!

Concluí que a melhor coisa naquela situação era Hearth e minha espada não poderem se comunicar.

Hearth comprimiu os lábios. Ele me entendeu direitinho, mas percebi que eu não estava dizendo nada que meu amigo já não soubesse. Hearth não queria comer aquela coisa nojenta. Mas se sentia... eu não sabia a palavra certa em inglês nem em linguagem de sinais. *Obrigado? Forçado pela honra?* Talvez Hearth tivesse esperança de que, se conhecesse os verdadeiros pensamentos do pai, acabasse encontrando um pouco de amor neles, alguma coisa que pudesse redimi-lo a seus olhos.

Eu sabia que não seria o caso. Não gostava de reviver o passado. Era doloroso. Ao enxergar o que havia por trás do exterior horrível de alguém, normalmente se encontrava um interior igualmente horrível, moldado por uma história horrível. Eu não queria os pensamentos de Alderman afetando Hearthstone ao serem literalmente ingeridos por ele. Tinha que haver uma opção vegetariana. Ou budista. Eu teria escolhido até uma refeição adequada a cabelo verde.

Blitzen se sentou e cruzou as pernas. Deu um tapinha no joelho do elfo. *A escolha é sua. Mas a alma dele ainda vai descansar se você se decidir pela outra opção.*

— Sim! Destrua o coração. Deixe isso pra...

Foi nessa hora que eu me enrolei todo. Fiquei empolgado demais. Estava concentrado em Hearth, sem prestar atenção no meu trabalho de chef. Virei o espeto com força demais. O coração balançou. A estrutura toda desabou e caiu direto no fogo.

Ah, mas esperem um pouco. Fica pior. Com meus reflexos velozes como um raio e incrivelmente idiotas de einherji, eu tentei pegar o coração. Quase consegui, mas rolou pela ponta dos meus dedos e caiu nas chamas, entrando em combustão como se os ventrículos estivessem cheios de gasolina. Em um brilho vermelho, o coração sumiu.

Ah, mas esperem. Fica *ainda* pior. O coração quente deixou gordura fervente nos meus dedos. E, burro e incrivelmente nojento como sou, eu reagi como a maioria das pessoas reage quando toca em algo quente. Eu botei os dedos na boca.

O gosto era como de pimenta-malagueta misturada com xarope Hawaiian Punch. Tirei a ponta dos dedos da boca e tentei cuspir o sangue. Tive ânsia de vômito e limpei a língua. Engatinhei para o lado cuspindo.

— Não! *Pffftss.* Não! *Pffftss.* Não!

Mas era tarde demais. Aquela pequena prova de sangue de coração de dragão tinha se infiltrado no meu organismo. Consegui sentir penetrando na minha língua, se espalhando pelos meus capilares.

— Magnus! — Jacques voou na minha direção, as runas brilhando em laranja. — Você não devia ter feito isso!

Engoli um insulto sobre os poderes de análise quase divinos da minha espada.

O rosto de Blitzen continuava escondido pela rede, mas a postura estava ainda mais rígida do que quando ele foi petrificado.

— Garoto! Ah, deuses, você está bem? Sangue de dragão pode... bom, pode despertar umas coisas estranhas no seu DNA. Humanos têm DNA, não têm?

Eu queria responder que não. Segurei a barriga com medo de já estar virando um dragão. Ou pior, um pai elfo do mal.

Eu me obriguei a encarar os olhos de Hearthstone.

— Hearth, eu... sinto muito. Foi um acidente, juro. Eu não pretendia...

Minha voz falhou. Eu não sabia se *eu* acreditava em mim. Não sabia por que Hearth acreditaria. Eu tinha sugerido destruir o coração. Aí, fui lá e fiz exatamente isso. Pior, eu botei na boca.

O rosto de Hearth era uma máscara de choque.

— Me diga o que fazer — supliquei. — Vou procurar um jeito de consertar as coisas...

Hearthstone ergueu uma das mãos. Eu já tinha visto o muro de gelo que ele erguia nas raras ocasiões em que ficava realmente furioso, mas não era o que estava vendo agora. Os músculos pareciam estar relaxando, e a tensão, sumindo. Ele parecia... aliviado.

É wyrd, sinalizou Hearth. *Você matou o dragão. O destino decidiu que você sentiria o gosto do sangue dele.*

— Mas...

Eu me segurei para não pedir desculpas de novo. A expressão de Hearth deixava claro que ele não queria isso.

Você permitiu que a alma do meu pai descansasse, sinalizou Hearth. *Me poupou de realizar essa tarefa. Mas isso tem um preço. Sou eu quem lamento.*

Fiquei aliviado de ele não estar com raiva de mim. Por outro lado, não gostei do olhar de cautela que ele me lançou, como se esperasse para ver como o sangue de dragão me afetaria.

E então, de algum lugar acima, uma voz aguda disse: *Que imbecil.*

Eu me encolhi.

— Tudo bem, Magnus? — perguntou Jacques.

Olhei para a copa das árvores. Não vi ninguém.

Outra voz aguda disse: *Ele não faz ideia do que fez, não é?*

Não faz ideia, concordou a primeira voz.

Eu encontrei a origem das vozes. Em um galho uns seis metros acima, dois tordos me encaravam. Eles falavam em pios, como os pássaros fazem, mas de alguma forma o que eles estavam dizendo ficou claro para mim.

Ah, droga, reclamou o primeiro tordo. *Ele nos viu. Voe! Voe!*

Os dois pássaros saíram voando.

— Garoto? — me chamou Blitz.

Meu coração tinha disparado. O que estava acontecendo comigo? Estava tendo alucinações?

— Eu... hum... é. — Engoli em seco. — Estou bem. Eu acho.

Hearthstone me observou, nem um pouco convencido, mas decidiu não insistir. Ficou de pé e olhou uma última vez para o cadáver do pai dragão.

Ficamos tempo demais aqui, sinalizou ele. *Temos que levar a pedra de amolar para o navio. Já pode ser tarde demais para impedir Loki.*

Vinte e nove

Nós quase viramos atração turística norueguesa

PULAR DE UM PENHASCO COM CERTEZA FOI a coisa *menos* estranha que eu fiz em Álfaheim.

Blitz, Hearth e eu andamos até uma área rochosa no final da propriedade de Alderman, o tipo de lugar em que um empresário megalomaníaco podia parar, olhar as propriedades dos vizinhos lá embaixo e pensar: *Um dia, tudo isso vai ser meu! MUAHAHA!*

Estávamos alto o bastante para quebrar a perna se caíssemos, então Hearth declarou que o local era perfeito. Ele lançou *raidho,* R, a runa das viagens, quando pulamos. O ar ondulou ao nosso redor, e em vez de cair no chão, caímos amontoados no convés do *Bananão,* bem em cima de Mestiço Gunderson.

— *Eldhusfifls!* — rugiu Mestiço.

(Esse era outro dos insultos favoritos dele. Pela explicação que nos dera, um *eldhusfifl* era um tolo que ficava o dia inteiro sentado ao lado do fogo da comunidade, então, basicamente, o bobo do vilarejo. Além do mais, a *pronúncia* em si soava como insulto: *el-dus-fif-ful.*)

Saímos de cima de Mestiço e pedimos desculpas. Precisei curar o braço dele — ainda de tipoia —, que tinha acabado de quebrar novamente com o peso de uma bunda de anão do céu.

— Humf — resmungou ele. — Eu até perdoo vocês, mas acabei de tomar banho. Vocês estragaram meu penteado!

O cabelo dele não estava diferente do habitual, então eu não sabia se ele estava brincando. Mas como não nos matou com o machado, acho que não ficou tão chateado assim.

A noite tinha caído em Midgard. Nosso navio seguia por mar aberto sob uma rede de estrelas. Blitz tirou o sobretudo, as luvas e o chapéu de safári e inspirou fundo.

— Finalmente!

A primeira pessoa a aparecer foi Alex Fierro, vestida como James Dean em 1950: o cabelo verde e preto estava penteado para trás, a camiseta branca para dentro de uma calça verde-limão.

— Graças aos deuses! — Ela correu na minha direção, o que melhorou meu humor por um microssegundo, até ela arrancar os óculos cor-de-rosa à lá Buddy Holy que eu estava usando. — Minha roupa não estava completa sem isso. Espero que você não tenha arranhado as lentes.

Enquanto limpava os óculos, Mallory, T.J. e Samirah subiram no convés.

— Opa! — Sam desviou o olhar. — Magnus, cadê sua calça?

— Hã, longa história.

— Bom, veste uma roupa, Zé-Ninguém! — ordenou Mallory. — *Depois* você conta a história.

Desci para pegar uma calça e um par de sapatos. Quando voltei, a tripulação estava reunida em volta de Hearth e Blitz, que contavam sobre nossa aventura na terra mágica dos elfos, da luz e de carcaças fedorentas de dragão.

Sam balançou a cabeça.

— Ah, Hearthstone. Sinto muito pelo seu pai.

Os outros murmuraram, concordando.

Hearth deu de ombros. *Tinha que ser feito. Magnus fez a pior parte. Provou o coração.*

Eu fiz uma careta.

— É, bem, quanto a isso... Acho que preciso contar uma coisa.

Expliquei sobre a conversa que ouvi entre os pássaros.

Alex Fierro riu e cobriu a boca.

— Desculpa. Não é engraçado.

Ela sinalizou: *Hearth, seu pai, o coração. Horrível. Não consigo imaginar.* Depois continuou em voz alta:

— Na verdade, tenho uma coisa para você.

Ela tirou do bolso uma echarpe diáfana de seda rosa e verde.

— Reparei que você perdeu o outro.

Hearth pegou a echarpe como se fosse uma relíquia sagrada. Enrolou solenemente no pescoço. *Obrigado*, sinalizou ele. *Amor.*

— Pode apostar. — Alex se virou para mim, a boca se curvando em um sorriso malicioso. — Mas, sinceramente, Magnus. Você deixou o coração cair. Sentiu o gosto do sangue. E agora, está falando com animais...

— Eu não falei — protestei. — Só ouvi.

— ... como o dr. Doolittle?

T.J. franziu a testa.

— Quem é dr. Doolittle? Ele mora em Valhala?

— É o personagem de um livro. — Samirah mordeu um pedaço do sanduíche de pepino. Como era noite, ela estava fazendo o melhor possível para comer toda a comida do navio o mais rápido que conseguisse. — Magnus, algum *outro* efeito que você tenha reparado do sangue do coração? Estou preocupada.

— Eu... acho que não.

— Os efeitos podem ser apenas temporários — sugeriu T.J. — Você ainda está se sentindo estranho?

— Mais do que o habitual? — esclareceu Alex.

— Não — respondi. — Mas é difícil ter certeza. Não tem animais aqui para eu ouvir.

— Eu posso virar um furão — ofereceu-se Alex —, e nós poderíamos ter uma boa conversa.

— Obrigado, mas não.

Mallory Keen experimentou a nova pedra de amolar em uma das facas antes de atirá-la no convés. A lâmina afiada afundou até que só o cabo despontasse da madeira maciça.

— Ora, ora.

— Tente não destruir nosso barco, mulher — advertiu Mestiço. — Ainda estamos navegando nele.

Mallory fez uma careta para ele.

— Foi um ótimo amolador esses que os meninos trouxeram.

T.J. tossiu.

— Posso ver para a minha baioneta?

— Na verdade, não. — Mallory colocou a pedra no bolso do casaco. — Não confio em você para cuidar dessa belezura. Acho que vou guardá-la comigo para vocês não se machucarem. Quanto ao sangue de dragão, Magnus, não se preocupe. Você é filho de Frey, um dos mais poderosos deuses da natureza. Talvez o sangue do dragão só tenha apurado suas habilidades naturais. Faz sentido você entender o que criaturas da floresta dizem.

— Hã. — Assenti, ligeiramente encorajado. — Talvez você esteja certa. Mesmo assim, me sinto mal por ter tirado uma parte da herança de Hearthstone. E se o sr. Alderman conseguia entender animais…?

Hearth balançou a cabeça. *Meu pai não era o dr. Doolittle. Não se sinta culpado. Estou com a runa* othala *de volta. Isso basta para mim.*

Ele parecia exausto mas aliviado, como se tivesse terminado uma prova longa e cansativa que vinha temendo o semestre todo. Ele podia não ter certeza se tinha passado, mas pelo menos o sofrimento chegara ao fim.

— Bom — disse Samirah —, estamos com a pedra de amolar. Agora, temos que ir até Fläm, encontrar o hidromel de Kvásir e descobrir como derrotar seus guardiões.

— E então dar o hidromel para Magnus — continuou Alex —, com a esperança de que isso dê a ele o dom de formar frases completas.

Mallory franziu a testa, como se achasse isso improvável.

— Depois, precisamos encontrar o navio dos mortos e rezar para Magnus conseguir vencer Loki em uma competição de insultos.

— E dar um jeito de recapturar aquele *meinfretr* — disse Mestiço —, impedir *Naglfar* de zarpar e dar início ao Ragnarök. Supondo, claro, que já não seja tarde demais.

Parecia uma suposição e tanto. Nós havíamos gastado mais dois dias em Álfaheim. Agora, o solstício de verão seria dali a dez dias, e eu tinha quase certeza de que o navio de Loki estaria pronto para zarpar bem antes do previsto.

Além disso, eu não parava de pensar nas palavras de Mallory: *rezar para Magnus conseguir vencer Loki em uma competição de insultos.* Eu não tinha a fé de Sam em orações, principalmente quando estava orando por mim.

Blitz suspirou.

— Vou tomar banho. Estou com cheiro de troll. Depois, vou dormir por muito tempo.

— Boa ideia — disse Mestiço. — Magnus e Hearth, vocês deviam fazer o mesmo.

Esse era um plano que eu queria seguir. Jacques tinha voltado à forma de pedra de runa no meu cordão, o que queria dizer que meus braços e ombros agora doíam como se eu tivesse passado o dia serrando couraça de dragão. Todo o meu corpo pinicava, como se o acabamento antiácido da minha pele tivesse sido severamente testado.

T.J. esfregou as mãos de empolgação.

— Amanhã de manhã devemos entrar nos fiordes da Noruega. Mal posso esperar para ver o que vamos matar lá!

Naquela noite, não sonhei. Foi uma boa mudança que só durou até Sam me sacudir para me acordar. Ela sorria demais para alguém de jejum.

— Você tem que ver isso.

Eu saí do meu saco de dormir. Quando fiquei de pé e olhei por cima da amurada, perdi o fôlego.

Dos dois lados do navio, tão perto que eu quase conseguia tocar, penhascos íngremes se erguiam da água; muralhas de centenas de metros de altura feitas de pedra marmorizada por onde jorravam cachoeiras. Água de degelo escorria pela face da rocha, explodindo em uma névoa que fragmentava a luz do sol em arco-íris. Logo acima estava o céu, reduzido a uma ravina denteada de azul profundo. Em volta do casco do navio, a água era tão verde que parecia um purê de alga.

Na sombra daqueles penhascos eu me senti tão pequeno que só consegui pensar em um lugar onde poderíamos estar.

— Jötunheim?

T.J. riu.

— Não, é só a Noruega mesmo. Bonito, né?

Bonito não fazia jus. Parecia que tínhamos navegado para um mundo feito para seres bem maiores, um lugar onde deuses e monstros andavam livremente. Claro que eu sabia que deuses e monstros andavam livremente por toda Midgard. Heimdall gostava de uma certa lojinha de bagels perto de Fenway. Gigantes costumavam passear pelos pântanos de Longview. Mas a Noruega parecia um lugar apropriado para eles.

    Senti uma dorzinha no coração ao pensar em quanto minha mãe adoraria aquele lugar. Conseguia imaginá-la andando pelo alto dos penhascos, aproveitando o sol e o ar frio e limpo. Desejei poder compartilhar aquele momento com ela.

    Alex e Mallory, quietas e maravilhadas, observavam o cenário da proa do navio. Hearth e Blitz ainda deviam estar dormindo lá embaixo. Ao leme, Mestiço tinha uma expressão azeda no rosto.

    — O que foi? — perguntei a ele.

O berserker olhou para os penhascos como se pudessem desabar em cima de nós caso ele fizesse um comentário ruim.

    — Nada. É lindo. Não mudou desde que eu era garoto.

    — Fläm era sua cidade natal?

Ele soltou uma gargalhada amarga.

    — Bom, não era exatamente uma cidade. E não se chamava Fläm naquela época. Era só um vilarejo de pesca sem nome no ponto mais extremo do fiorde. Você vai ver o local em um minuto.

Os nós dos dedos dele ficaram esbranquiçados no leme.

    — Quando eu era garoto, mal podia esperar para sair daqui. Eu me juntei a Ivar, o Sem-Ossos, aos doze anos e virei viking. Disse para a minha mãe... — Ele ficou em silêncio. — Eu disse que só voltaria quando os bardos estivessem cantando sobre meus feitos heroicos. Eu nunca mais a encontrei.

O barco seguiu em frente, o som suave das cachoeiras ecoava pelo fiorde. Eu me lembrava do que Mestiço tinha me contado sobre não gostar de voltar, de revisitar o passado. Eu me perguntei se ele se sentia culpado por ter abandonado a mãe ou decepcionado porque os bardos não fizeram dele um grande herói. Ou talvez *tivessem* cantado sobre seus feitos. Até onde eu sabia, a fama era algo que raramente durava mais do que alguns anos, nunca séculos. Alguns einherjar em Valhala tornaram-se indivíduos amargurados ao perceber que ninguém nascido depois da Idade Média tinha ideia de quem eles eram.

    — Você é famoso para nós.

Mestiço grunhiu.

    — Eu posso pedir a Jacques para compor uma música sobre você.

— Que os deuses não permitam! — Ele franziu a testa, mas seu bigode tremeu como se ele estivesse tentando não sorrir. — Chega disso. Vamos atracar em breve. Keen, Fierro, parem de ficar babando pela paisagem e venham ajudar! Icem as velas! Preparem os cordames!

— Nós não somos suas empregadas, Gunderson — resmungou Mallory, mas ela e Alex fizeram o que ele pediu.

Após uma curva, fiquei sem ar mais uma vez. Um vale estreito separava as montanhas ao extremo do fiorde. Camadas e mais camadas de colinas verdes e florestas ziguezagueavam ao longe como um reflexo infinito. Na beirada rochosa, nas sombras dos penhascos, algumas dezenas de casas vermelhas, ocres e azuis se amontoavam, como se buscassem sua proteção. Um navio de cruzeiro maior do que a cidade toda, um hotel flutuante de vinte andares, estava atracado na doca.

— Ah, *isso* não estava aí antes — disse Mestiço.

— Turistas — supôs Mallory. — O que você acha, T.J.? São interessantes o suficiente para você querer lutar com eles?

T.J. inclinou a cabeça como se considerasse a ideia.

Decidi que talvez fosse uma boa hora para mudar o assunto da conversa.

— Então, lá em York — falei —, Hrungnir nos disse para pegar o trem em Fläm e então encontraríamos o que estávamos procurando. Alguém está vendo algum trem?

T.J. franziu a testa.

— Como alguém conseguiria botar trilhos em um terreno assim?

Parecia mesmo improvável, mas mesmo assim olhei a bombordo. Um carro se deslocava pela base de um penhasco. Fez uma curva fechada e desapareceu em um túnel, direto para dentro da montanha. Se os noruegueses eram loucos o bastante para construir e dirigir em estradas assim, talvez fossem loucos para fazer estradas férreas.

— Vamos para a margem descobrir — sugeriu Alex. — Recomendo que paremos o mais longe possível daquele navio.

— Você não gosta de turistas? — perguntou Sam.

— Não é isso — disse Alex. — Mas tenho medo de que notem este barco viking amarelo e pensem que somos atração local. Você quer ficar guiando turistas pelo fiorde o dia todo?

Sam estremeceu.

— Bem pensado.

Entramos na doca mais distante do cruzeiro. Nossos únicos vizinhos eram dois barcos de pesca e um jet ski com o nome dúbio *Odin II* pintado na lateral. Eu achava suficiente a existência de *um* Odin. Não estava ansioso pela sequência.

Enquanto Mallory e Alex prendiam os cordames, eu analisei a cidade de Fläm. Era pequena, sim, embora mais complexa do que parecia, vista de longe. As ruas serpenteavam por colinas, passando por áreas de casas e lojas, se prolongando por uns oitocentos metros na beirada do fiorde. Eu achava que uma estação de trem seria fácil de ver, mas ali, da doca, não conseguia avistar nenhuma.

— Que tal a gente se separar? — sugeriu Mallory. — Cobriríamos uma área maior assim.

Franzi a testa.

— Isso nunca dá certo nos filmes de terror.

— Então você vem comigo, Magnus — disse Mallory. — Eu protejo você. — Ela franziu a testa para Mestiço Gunderson. — Mas me recuso a ficar com *esse* trapalhão de novo. Samirah, você é uma boa substituta. Quer vir com a gente?

O convite pareceu surpreender Sam, apesar de Mallory a estar tratando de maneira bem mais respeitosa desde o incidente com os cavalos d'água.

— Hã, é claro.

Mestiço fez uma careta.

— Por mim, tudo bem! Eu fico com Alex e T.J.

Mallory franziu as sobrancelhas.

— Você vai para terra firme? Achei que não fosse botar o pé...

— Bom, achou errado! — Ele piscou duas vezes, como se tivesse surpreendido a si mesmo. — Isto aqui não é mais minha cidade, é só uma parada turística qualquer! Que importância tem?

Ele não parecia muito seguro. Eu me perguntei se ajudaria oferecer trocar de equipe. Mallory tinha o dom de distrair Mestiço, e eu estaria disposto a trocá-la por... sei lá, Alex, talvez. Mas achava que ninguém mais iria curtir a ideia.

— E Hearthstone e Blitz? — perguntei. — A gente não devia acordar eles?

— Boa sorte com isso — disse Alex. — Os dois estão *apagados*.

— Você consegue dobrar o navio com eles dentro? — perguntou T.J.

— Não me parece seguro. Hearth e Blitz poderiam acordar e ver que estão presos em um lenço.

— Ah, vamos deixar os dois aqui — disse Mestiço. — Eles vão ficar bem. O lugar nunca foi perigoso, a não ser que você considere o tédio uma arma mortal.

— Vou deixar um bilhete — ofereceu Sam. — Que tal andarmos por aí por meia hora e nos reunirmos aqui de novo? Depois, supondo que alguém tenha encontrado o trem, podemos ir até lá juntos.

Concordamos que o plano tinha pouca possibilidade de uma morte violenta. Alguns minutos depois, Mestiço, T.J. e Alex seguiram em uma direção, enquanto Mallory, Sam e eu seguimos na oposta, para vagar pelas ruas de Fläm e procurar por um trem e uns inimigos interessantes para matar.

TRINTA

Fläm, bomba, valeu, mãe

UMA SENHORA IDOSA NÃO ERA o inimigo que eu tinha em mente.

Nós andamos uns três quarteirões no meio de um bando de turistas, passando por lojas vendendo chocolate e linguiça de alce e pequenos trolls de madeira de souvenir. (Era de se pensar que qualquer um que descendesse dos vikings saberia que criar *mais* trolls era uma péssima ideia.) Quando passamos por um mercadinho, Mallory segurou meu braço com força suficiente para deixar um hematoma.

— É *ela*. — Ela cuspiu a palavra como se fosse veneno.

— Quem? — perguntou Sam. — Onde?

Mallory apontou para uma loja chamada Detalhista do Tricô, onde turistas estavam babando pela exposição de rolos de fio de lã da produção local. (A Noruega conseguia oferecer algo para todos os gostos.)

— A mulher de branco — disse Mallory.

Eu avistei a pessoa de quem ela estava falando. No meio da multidão havia uma mulher idosa com ombros arredondados e uma corcunda. A cabeça se inclinava para a frente como se quisesse fugir do corpo. O suéter branco tricotado era tão peludo que parecia algodão-doce, e na cabeça havia um chapéu combinando que dificultava a visão do rosto dela. Pendurada em um dos braços havia uma bolsa cheia de rolos de lã e agulhas de tricô.

Não entendi o que chamou a atenção de Mallory. Eu conseguiria facilmente apontar dez outras pessoas do cruzeiro com aparência mais estranha. Mas então, a velha senhora olhou na nossa direção. Os olhos brancos enevoados pareceram me perfurar, como se ela tivesse jogado as agulhas de tricô no meu peito como um ninja.

O grupo de turistas se moveu, envolvendo-a, e aquela sensação passou.

Engoli em seco.

— Quem era...?

— Venham! — disse Mallory. — Não podemos perdê-la de vista!

Ela foi na direção da loja. Samirah e eu nos entreolhamos preocupadas e fomos atrás.

Uma cidadã idosa vestida de algodão-doce não devia andar muito rápido, mas a mulher já estava a dois quarteirões de distância quando chegamos à loja. Nós corremos atrás dela, desviando de grupos de turismo, ciclistas e homens carregando caiaques. Mallory não nos esperou. Quando Sam e eu a alcançamos, ela estava agarrada a uma cerca de arame de um pequeno terminal de trens, xingando enquanto procurava sua presa perdida.

— Você encontrou o trem — notei.

Na plataforma, havia seis vagões antiquados e pintados de cores chamativas. Turistas estavam embarcando. Os trilhos saíam da estação e seguiam pelas colinas até a ravina.

— Onde ela está? — murmurou Mallory.

— *Quem* é ela? — perguntou Sam.

— Ali!

Mallory apontou para o último vagão, onde a vovó algodão-doce estava subindo.

— Nós precisamos de passagens — gritou Mallory. — Rápido!

— Nós temos que esperar os outros — disse Sam. — Combinamos com eles que nos encontraríamos...

— NÃO DÁ TEMPO!

Mallory quase assaltou Sam para pegar as coroas norueguesas. (O dinheiro tinha sido providenciado, claro, pela sempre solícita Alex.) Com muitos xingamentos e gestos expansivos, Mallory conseguiu comprar três passagens na bilheteria da estação, então passamos voando pela catraca e subimos a bordo do último vagão na hora que as portas estavam se fechando.

O vagão estava quente, abafado e lotado de turistas. Quando o trem começou a subir a encosta, pensei que a última vez em que fiquei enjoado assim foi... Bem, no dia anterior, quando estava assando aquele coração de dragão em Álfaheim. Não ajudou o fato de eu captar ocasionalmente trechos de pios de pássaros do lado de fora, conversas que eu ainda conseguia entender, a maioria sobre onde encontrar as minhocas e os insetos mais suculentos.

— Tudo bem, Mallory, explique — exigiu Sam. — Por que estamos seguindo aquela senhora?

Mallory seguiu lentamente pelo corredor, olhando o rosto dos passageiros.

— Ela é a mulher que me fez morrer. Ela é Loki.

Sam quase caiu no colo de um velhinho.

— *O quê?*

Mallory contou a versão resumida da história que tinha me contado alguns dias antes: que havia armado um carro-bomba, se arrependido, recebido uma visita de uma velha que a convenceu a voltar e desarmar a bomba usando duas facas superúteis que acabaram sendo superinúteis. E depois, *ca-bum*.

— Mas *Loki*? — perguntou Sam. — Tem certeza?

Eu entendia a ansiedade de Sam. Ela estava treinando para enfrentar o pai, mas não esperava que acontecesse ali, hoje. Enfrentar Loki *não* era uma aula na qual se quisesse um teste surpresa.

— Quem mais poderia ser? — Mallory franziu a testa. — Ela não está aqui. Vamos para o próximo vagão.

— E se a gente encontrar ele? — perguntei. — Ou ela?

Mallory desembainhou uma das facas.

— Já falei. Aquela mulher me fez morrer. Pretendo retribuir o favor.

No vagão seguinte, turistas se espremiam nas janelas para tirar fotos das ravinas, das cachoeiras e dos vilarejos pitorescos. Fazendas se espalhavam pelo vale em pequenas áreas quadradas. Montanhas projetavam sombras como o ponteiro de relógios solares. Toda vez que o trem fazia uma curva, a vista parecia mais bonita do que a anterior.

Samirah e eu parávamos toda hora, impressionados com a paisagem lá fora, mas Mallory não tinha interesse em coisas bonitas. A senhora também não estava no segundo vagão, então seguimos em frente.

No vagão seguinte, na metade do corredor, Mallory parou. As últimas duas fileiras da direita estavam organizadas em uma espécie de cantinho de socialização, com três assentos virados para trás e três para a frente. O restante do vagão estava lotado de gente, mas aquele cantinho estava vazio exceto pela velha. Ela estava virada na nossa direção, cantarolando baixinho enquanto tricotava, sem prestar atenção à vista e nem a nós.

Mallory trincou os dentes.

— Espere. — Sam segurou o braço dela. — Tem vários mortais neste trem. Que tal pelo menos *confirmarmos* que essa mulher é Loki antes de começarmos a matar e destruir tudo?

Se *eu* tivesse falado isso, acho que Mallory teria me acertado com o cabo da faca bem na virilha. Como foi Sam que pediu, ela embainhou a lâmina.

— Tudo bem — disparou ela. — Vamos tentar conversar com ela primeiro. *Depois*, vou matá-la. Feliz?

— Extasiada — disse Sam.

Isso não descrevia meu humor. Tenso e confuso chegavam mais perto. Mas segui as garotas quando se aproximaram da senhora de branco.

Sem levantar o olhar da peça de tricô, ela disse:

— Oi, queridos! Sentem-se, por favor.

A voz dela me surpreendeu. Era jovem e aveludada, como uma locutora de rádio de uma estação de propaganda em tempos de guerra tentando convencer soldados inimigos de que estava do lado deles.

Era difícil ver o rosto dela, e não só por causa do chapéu de abas largas. As feições cintilavam com uma luz branca enevoada, como o suéter. Ela parecia ter todas as idades ao mesmo tempo: menina, adolescente, mulher, senhora, todos os rostos existindo no presente como camadas de uma cebola transparente. Talvez ela não tivesse conseguido decidir qual *glamour* usar hoje e acabou usando todos.

Eu olhei para os meus amigos. Fizemos uma votação silenciosa.

Sentar?, perguntei.

Matar?, perguntou Mallory.

Sentar, ordenou Sam.

Nós nos sentamos nos três bancos na frente da senhora. Fiquei de olho nas agulhas, esperando que ela fizesse algum movimento abrupto e nos empalasse com elas, mas a mulher apenas continuou trabalhando na lã branca felpuda, fazendo o que parecia um cachecol de algodão-doce.

— E então? — disse Mallory com rispidez. — O que você quer?

A velha senhora riu com reprovação.

— Minha querida, isso é jeito de me tratar?

— Eu devia tratar você pior, Loki — rosnou Mallory. — Você me fez morrer!

— Mallory — disse Sam. — Não é o Loki.

O alívio na voz dela estava óbvio. Eu não tinha certeza de como Sam sabia, mas torcia para ela estar certa. Não havia espaço naquele vagão para brandir uma lança ardente de luz ou uma espada cantante.

O rosto de Mallory ficou vermelho.

— O que você quer dizer com *não é o Loki*?

— Mallory Audrey Keen — repreendeu a mulher. — Você realmente achou durante todos esses anos que eu era *Loki*? Que vergonha. Poucos seres nos nove mundos odeiam Loki tanto quanto eu.

Considerei isso uma boa notícia, mas quando fitei os olhos de Sam, percebi que ela tinha a mesma pergunta: *Audrey?*

Mallory tocou o cabo das facas como uma esquiadora se aproximando de um salto difícil.

— Você estava lá em Belfast — insistiu ela. — Em 1972. Você me deu essas facas inúteis, me falou para voltar correndo e desarmar a bomba naquele ônibus escolar.

Sam ofegou.

— Ônibus escolar? Você escolheu um ônibus escolar?

Mallory se esforçou para evitar nosso olhar. O rosto dela estava da cor de suco de cereja.

— Não sejam duros demais com ela — pediu a senhora. — Disseram para Mallory que o ônibus estaria cheio de soldados, não de crianças. Era dia vinte e um de julho. O Exército Republicano Irlandês estava plantando bombas por toda Belfast contra os britânicos; olho por olho, dente por dente, como costuma ser. Os amigos de Mallory queriam participar.

— Dois dos meus amigos tinham sido baleados pela polícia no mês anterior — murmurou Mallory. — Tinham quinze e dezesseis anos. Eu queria vingança. — Ela olhou para a frente. — Mas Loki era um dos rapazes na nossa gangue naquele dia. *Tinha* que ser. Eu ouço a voz dele desde então, me provocando nos meus sonhos. Sei como o poder dele pode seduzir...

— Ah, sim. — A velha continuou tricotando. — E você está ouvindo a voz dele agora?

Mallory piscou.

— Eu... acho que não.

A mulher sorriu.

— Você está certa, querida. Loki *estava* lá naquela sexta-feira, disfarçado de um de vocês, incitando seus amigos para ver quanto caos podia criar. Você era a mais furiosa do grupo, Mallory, a única que não falava só da boca pra fora. Ele sabia como manipular você.

Mallory encarou o piso de madeira. Ela oscilou com o sacolejar do trem. Às nossas costas, turistas ofegavam de admiração a cada vez que uma nova vista aparecia.

— Hã, senhora?

Eu não costumava me intrometer em conversas com mulheres divinas apavorantes, mas me sentia mal por Mallory. Apesar do que tinha feito no passado, ela parecia estar encolhendo com as palavras da mulher. Eu me lembrava dessa sensação muito bem do meu sonho mais recente com Loki.

— Se a senhora não é Loki, o que é ótimo, aliás, então quem é? Mallory disse que a senhora também estava lá no dia que ela morreu. Depois que ela armou a bomba, você apareceu e disse...

A intensidade do olhar da mulher me fez grudar na cadeira. Dentro das íris brancas, pupilas douradas brilhavam como pequenos sóis.

— Eu falei para Mallory aquilo de que ela já desconfiava — disse a mulher. — Que o ônibus estaria cheio de crianças e que ela tinha sido enganada. Eu a encorajei a seguir a própria consciência.

— Você me fez morrer! — exclamou Mallory.

— Eu te incentivei a se tornar uma heroína, Mallory — explicou a mulher calmamente. — E você se tornou uma. O IRA explodiu cerca de vinte outras bombas em Belfast no dia 21 de julho de 1972. Esse dia ficou conhecido como Sexta-Feira Sangrenta. Quão pior teria sido se você não tivesse agido?

Mallory franziu a testa.

— Mas as facas...

— ... foram um presente meu para você — interrompeu ela —, para que morresse com lâminas nas mãos e fosse para Valhala. Eu acreditava que seriam úteis para você um dia, mas...

— *Um dia?* — perguntou Mallory. — Você podia ter mencionado essa parte antes de eu explodir tentando cortar os fios de uma bomba com elas!

A testa franzida da mulher pareceu emergir pelas camadas de idade, a menina, a mulher e, por fim, a velha.

— Meus poderes de profecia são de curto alcance, Mallory. Só consigo ver o que vai acontecer em vinte e quatro horas, mais ou menos. É por isso que estou aqui. Você vai precisar dessas facas. *Hoje*.

Sam se empertigou.

— Quer dizer... para nos ajudar a pegar o hidromel de Kvásir?

A mulher assentiu.

— Você tem bons instintos, Samirah al-Abbas. As facas...

— Por que deveríamos ouvir você? — perguntou Mallory. — O que quer que você nos mande fazer provavelmente vai nos matar!

A mulher colocou as agulhas de tricô sobre o colo.

— Querida, eu sou a deusa da previsão e do futuro imediato. Eu nunca diria a você o que fazer. Só estou aqui para dar as informações de que você precisa para fazer a melhor escolha. Quanto a por que você devia me ouvir, espero que me ouça porque eu te amo.

— *VOCÊ ME AMA?* — Mallory olhou para nós sem acreditar, como quem diz: *Vocês estão ouvindo essa maluquice?* — Eu nem sei quem você é!

— Claro que sabe, querida.

A forma da mulher tremulou. À nossa frente surgiu uma mulher de meia-idade de beleza majestosa, o cabelo comprido da mesma cor do de Mallory, dividido em duas tranças que caíam pelos ombros. O chapéu se tornou um elmo de guerra de metal branco, cintilando e tremeluzindo como gás néon. O vestido branco parecia feito do mesmo material, só que trançado em dobras suaves. Na bolsa de tricô, a lã tinha se tornado bolas rodopiantes de névoa. A deusa, percebi, estava tricotando com nuvens.

— Sou Frigga, rainha dos aesires — disse ela. — E sou sua mãe, Mallory Keen.

TRINTA E UM

Mallory ganha uma noz

Vocês sabem como é. Você está lá, cuidando da própria vida, passeando de trem por uma ravina da Noruega, quando uma velhinha com agulhas de tricô se apresenta como sua mãe divina.

Se eu ganhasse uma coroa norueguesa toda vez que isso acontecia...

Quando Frigga deu a notícia, o trem parou de repente como se a própria locomotiva estivesse perguntando *COMO É?*

Pelos alto-falantes, um anúncio soou em inglês: alguma coisa sobre uma ótima oportunidade para tirar fotos de uma cachoeira. Não sei por que isso merecia uma parada, pois já tínhamos passado por umas cem cachoeiras lindas, mas todos os turistas se levantaram e saíram do vagão até ficarmos sozinhos: só Sam, Mallory, eu e a Rainha do Universo.

Mallory estava paralisada havia uns vinte segundos. Quando o corredor ficou vazio, ela se levantou de supetão e marchou até o fim do vagão, mas então pareceu decidir voltar e gritar para Frigga:

— Ninguém normal ANUNCIA uma coisa dessas do NADA!

Gritar com uma deusa não é uma boa ideia de modo geral. Você corre o risco de ser empalado, eletrocutado ou devorado por felinos gigantescos. (É coisa da Freya. Não perguntem.) Mas Frigga não pareceu se incomodar. Sua calma me fez questionar como ela podia ser a mãe da Mallory.

Agora que a aparência de Frigga tinha se firmado em uma imagem clara, eu vi cicatrizes leves sob os olhos brancos e dourados, marcando as bochechas como lágrimas. Em um rosto divinamente perfeito, as marcas eram incômodas, principalmente porque me lembravam outra deusa com cicatrizes similares: Sigyn, a estranha esposa muda de Loki.

— Mallory — disse Frigga. — Filha...

— Não me chame assim.

— Você sabe que é verdade. Desconfiava havia anos.

Samirah engoliu em seco, como se nos últimos minutos tivesse esquecido como engolir.

— Espere. Você é Frigga. Esposa de Odin. A sra. Odin. *A* Frigga.

A deusa riu.

— Até onde sei, querida, sou a única Frigga. Não é um nome muito popular.

— Mas... *ninguém* nunca vê você. — Sam tateou as roupas como se estivesse procurando uma caneta para pedir um autógrafo. — Quer dizer... *nunca*. Não conheço uma única valquíria ou um único einherji que tenha conhecido você. E Mallory é sua *filha*?

Mallory ergueu as mãos.

— Pode parar de dar ataque de fangirl, valquíria?

— Mas você não vê...?

— ... mais um parente pilantra? Vejo, sim. — Keen fechou a cara para a deusa. — Se você é minha mãe, não é muito melhor do que meu pai.

— Ah, criança. — A voz de Frigga ficou pesada. — Seu pai não era tão ruim como quando você o conheceu. Sinto muito por você nunca ter visto ele da forma que eu vi, antes da bebida e dos ataques de raiva.

— Ah, teria sido incrível. — Mallory piscou os olhos avermelhados. — Mas, como você pediu desculpas, tudo está perdoado!

— Mallory — repreendeu Sam —, como você pode ser tão insensível? Ela é sua *mãe*. Frigga é sua mãe!

— É, eu ouvi.

— Mas... — Sam balançou a cabeça. — Isso é *bom*!

— Sou eu quem decido isso.

Mallory se sentou na cadeira, cruzou os braços e franziu a testa para as nuvens na bolsa de tricô da mãe.

Eu tentei identificar as similaridades entre mãe e filha. Fora o cabelo ruivo, não consegui. A presença de Frigga era gentil e leve como suas nuvens brancas. Irradiava calma, tranquilidade e melancolia. Mallory estava mais para um redemoinho; agitação e fúria. Apesar do elmo de guerra da deusa, eu não conseguia imaginar Frigga brandindo duas facas, assim como não conseguia imaginar Mallory sentada em silêncio, tricotando um cachecol de nuvem.

Eu entendia por que Mallory estava com raiva. Mas também entendia o anseio na voz de Samirah. Sam e eu tínhamos perdido nossas mães. Daríamos qualquer coisa para tê-las de volta. *Ganhar* uma mãe, mesmo uma que tivesse esperado mais de cinquenta anos para se revelar... Não era de se jogar fora à toa.

Do lado esquerdo do trem, uma música entrou pelas janelas abertas. Em algum lugar próximo, uma mulher estava cantando.

Frigga inclinou a cabeça.

— Ah... É só uma cantora mortal cantando para os turistas. Ela está fingindo ser um espírito da cachoeira. Mas não é uma *nøkk* de verdade.

Estremeci.

— Que bom.

— É bom mesmo — disse Frigga. — Vocês já vão enfrentar muitos desafios hoje com os escravos do gigante.

Sam se inclinou para a frente.

— Escravos?

— Infelizmente, sim — respondeu Frigga. — Os escravos do gigante Baugi protegem o hidromel. Para derrotá-los, vocês vão precisar da pedra que está com minha filha.

A mão de Mallory foi até o bolso do casaco. Eu tinha esquecido que ela estava carregando a pedra de amolar. Aparentemente, ela também.

— Não gosto da ideia de lutar com escravos — retrucou Mallory. — Também não gosto que você fique me chamando de *filha*. Você não conquistou esse direito. Ainda não. Talvez nunca.

Nas bochechas de Frigga, as cicatrizes de lágrimas cintilaram como veias prateadas.

— Mallory... *nunca* é muito tempo. Eu aprendi a não tentar olhar tão longe no futuro. Sempre que tento... — Ela suspirou. — Há apenas tragédias, como o que aconteceu com meu pobre filho Balder.

Balder, pensei. *Quem era Balder mesmo?* Para lidar com deuses nórdicos, eu realmente precisava de um livreto com figurinhas coloridas e brilhantes de todos os jogadores, junto com as estatísticas da temporada.

— Ele morreu? — eu chutei.

Sam me cutucou, apesar de eu achar que era uma pergunta perfeitamente legítima.

— Ele era o mais lindo dos deuses — explicou Sam. — Frigga sonhou com o dia de sua morte.

— Então tentei impedir. — Frigga pegou as agulhas. Ela deu um ponto de vapor de nuvem. — Fiz com que tudo nos nove mundos prometesse não fazer mal ao meu filho. Pedi a cada tipo de pedra. A cada tipo de metal. Pedi à água salgada e à água doce. Ao ar. Até ao fogo. O fogo foi difícil de convencer. Mas tem muitas, muitas coisas nos nove mundos. Perto do final... eu admito que fiquei cansada e distraída. Negligenciei uma plantinha, o visgo. Quando percebi meu furo, pensei: *Ah, não importa. O visgo é pequeno demais e insignificante demais para fazer mal a Balder.* Mas então, claro, Loki descobriu...

— Eu me lembro dessa parte — disse Mallory, ainda olhando para o saco de nuvens. — Loki enganou um deus cego e fez com que ele matasse Balder com um dardo de visgo. O que quer dizer que Loki assassinou... meu irmão.

Mallory saboreou a palavra, experimentando-a. Pela expressão dela, concluí que não gostou.

— Então, *mamãe querida*, você falha espetacularmente com todos os filhos? Eu achava que era especial.

Frigga franziu a testa, e uma nuvem de tempestade pareceu escurecer as íris brancas. Desejei que os assentos fossem maiores para eu poder me afastar de Mallory.

— A morte de Balder foi uma lição difícil — disse a deusa. — Eu aprendi que até a rainha dos aesires tem limites. Se me concentrar, consigo desvendar o destino de qualquer ser vivo. Consigo até manipular o *wyrd*, até certo ponto. Mas *apenas* em curto prazo; vinte e quatro horas, às vezes menos. Se tentar olhar além, se tentar avaliar o destino mais distante de alguém...

Ela separou as agulhas. O tricô se desfez em filetes de vapor.

— Você pode me odiar, Mallory — continuou Frigga. — Mas é doloroso demais para mim visitar meus filhos, ver o que vai acontecer com eles e não poder impedir. É por isso que eu só apareço em ocasiões em que *sei* que posso fazer diferença. Hoje, para você, é uma dessas vezes.

Mallory parecia estar em dúvida: continuar com raiva ou saciar a curiosidade?

— Tudo bem, desisto — cedeu ela. — Qual é meu futuro?

Frigga apontou pela janela à nossa direita. Minha visão se projetou em zoom pelo vale. Se eu não estivesse sentado, teria caído. Achei que Frigga estava aprimorando meus sentidos, me dando uma clareza momentânea de nível Heimdall.

Na base de uma montanha de granito, uma saliência na rocha dividia uma cachoeira como se fosse a proa de um navio. No centro da pedra, entre duas cortinas brancas de água e espuma, eu notei um par enorme de portas de ferro. E na frente dessas portas, em uma faixa de terra entre os rios, havia um campo de trigo. Nove homens corpulentos, usando coleiras de ferro e tangas, trabalhavam no campo, balançando as foices como um esquadrão de ceifadores.

Minha visão voltou ao normal. Ao olhar pelo vale, agora eu só conseguia ver o ponto em que a cachoeira se bifurcava, a talvez uns quinze quilômetros dali.

— É para lá que vocês devem ir — disse Frigga. — Basta seguir esta trilha.

Ela apontou para a base dos trilhos do trem. Abaixo da janela, uma faixa de cascalho ziguezagueava pela encosta. Chamar de *trilha* era generosidade. Eu teria chamado de *queda mortal*.

— Hoje, Mallory — anunciou a deusa —, você vai precisar dessas facas e da sua inteligência. Você é a chave para obter o hidromel de Kvásir.

Mallory e Sam pareciam enjoadas. Achei que elas também tinham experimentado gratuitamente a visão de Heimdall.

— Que tal ser um pouco mais vaga? — comentou Mallory.

Frigga deu um sorriso triste.

— Você tem o espírito ardente do seu pai, querida. Espero que consiga dominá-lo e usá-lo como ele não conseguiu. Você tem tudo de que precisa para pegar o hidromel, mas tem um último presente que posso dar a você, uma coisa que vai ajudar quando finalmente enfrentarem Loki. Como aprendi quando subestimei o visgo… até as menores coisas podem fazer uma enorme diferença.

Ela enfiou a mão na sacola e tirou uma esfera pequena, marrom e murcha... Uma castanha? Uma noz? Uma das grandes. Ela abriu as duas metades e mostrou que a casca estava vazia, depois as fechou de novo.

— Se Magnus derrotar Loki nos insultos, vocês podem aprisionar aquele traiçoeiro nesta casca.

— Espera, *se*? — perguntei. — Você não consegue ver meu futuro?

A deusa fixou o olhar branco e vazio em mim.

— O futuro é frágil, Magnus Chase. Às vezes, revelar o destino de uma pessoa pode bastar para esse destino se estilhaçar.

Engoli em seco. Parecia que um tom agudo estava reverberando nos meus ossos, pronto para quebrá-los como vidro.

— Tudo bem. Não quero estilhaçar nada.

— Se você derrotar Loki — continuou Frigga —, traga ele de volta para os aesires e vamos lidar com aquele trapaceiro.

Pelo tom da voz de Frigga, eu duvidava que os aesires planejassem dar a Loki uma festa de boas-vindas.

Ela jogou a noz.

Mallory a pegou com a ponta dos dedos.

— Meio pequena para um deus, não é?

— Não vai ser, se Magnus conseguir — disse Frigga. — O navio *Naglfar* ainda não zarpou. Vocês têm pelo menos vinte e quatro horas. Talvez quarenta e oito. Depois disso...

O sangue latejava nos meus ouvidos. Eu não via como poderíamos fazer tudo que precisávamos fazer em dois dias, muito menos em um. Eu *definitivamente* não via como podia insultar Loki até ele ficar do tamanho de uma noz.

O apito do trem soou, um som suplicante como o de um pássaro chamando o companheiro morto. (Podem acreditar, eu entendo cantos de pássaros.) Os turistas começaram a voltar para o trem.

— Eu tenho que ir — disse Frigga. — E vocês também.

— Você *acabou de chegar*. — A careta de desprezo de Mallory aumentou. Sua expressão ficou mais dura. — Mas tudo bem. Você que sabe. Vá embora.

— Ah, querida... — Os olhos de Frigga ficaram enevoados, a luz diminuindo nas pupilas douradas. — Eu nunca estou longe, mesmo você não me vendo. Nós vamos nos encontrar de novo... — Uma nova lágrima escorreu pelo caminho marcado na bochecha esquerda. — Até lá, confie em seus amigos. Você está certa: eles são mais importantes do que qualquer item mágico. E aconteça o que acontecer, quer você escolha acreditar ou não, eu te amo.

A deusa se dissolveu, com sacola de tricô e tudo, deixando uma camada de condensação na cadeira.

Os turistas voltaram para o vagão. Mallory ficou olhando para a marca úmida deixada pela mãe divina, como se torcesse para que as gotas de água pudessem se reconstituir em uma coisa que fizesse sentido: um alvo, um inimigo, até mesmo uma bomba. Uma mãe que aparecia do nada e declarava *eu te amo*, isso era algo que nenhuma faca, nenhuma inteligência e nenhuma casca de noz podia ajudá-la a conquistar.

Eu me perguntei se podia dizer alguma coisa que a fizesse se sentir melhor. Mas duvidava muito. Mallory respeitava ações, não papo-furado.

Aparentemente, Sam chegou à mesma conclusão.

— A gente tem que ir — disse ela —, antes que...

O trem começou a se mover. Infelizmente os turistas ainda estavam indo para seus assentos, bloqueando o corredor. Nós nunca conseguiríamos abrir caminho até a porta antes que o trem voltasse à velocidade máxima e deixasse a trilha da montanha para trás.

Sam olhou para a janela aberta à nossa direita.

— Que tal outra saída?

— Isso é suicídio — afirmei.

— Típico — corrigiu Mallory.

Ela foi na frente e pulou pela janela de um trem em movimento.

TRINTA E DOIS

Mallory também ganha umas amoras

Não me entendam mal.

Mas é que, se você vai cair do alto de uma montanha, a Noruega é um ótimo lugar para isso. Ao longo da queda, deslizamos por belas fontes d'água, quicamos em árvores majestosas, despencamos por escarpas imponentes e escorregamos por áreas de flores perfumadas. Em algum lugar à minha esquerda, Mallory Keen xingava em gaélico, enquanto Samirah, atrás de mim, gritava:

— Magnus, me dá sua mão! Magnus!

Eu não via onde ela estava, por isso não tive como obedecer. E também não estava entendendo por que ela queria ficar de mãos dadas enquanto mergulhávamos para a morte.

Fui lançado de uma crista, o impacto amortecido num abeto, e caí rolando numa ladeira menos íngreme até finalmente parar com a cabeça numa coisa fofa e quente. Através da névoa de dor, vi, logo acima de mim, a cara branca e marrom de um bode.

— Otis? — balbuciei.

Bééééé, respondeu o bode.

E eu entendi. Não porque ele fosse Otis, o bode falante de Thor, mas porque, àquela altura, balidos de bodes comuns eram tão compreensíveis para mim quanto pios de pássaros. O bode tinha dito: *Não, seu burro. Meu nome é Theodore. E minha barriga não é travesseiro.*

— Desculpa — murmurei.

Então ele se levantou e saiu andando, levando embora meu confortável apoio de cabeça.

Eu me sentei, grunhindo. Dei uma conferida geral em mim mesmo e não encontrei nenhum osso quebrado. Incrível. Frigga realmente conhecia os melhores caminhos para despencar em velocidades letais.

Samirah surgiu descendo do céu, o hijab verde ondulando em volta do rosto.

— Magnus, não me ouviu chamando? Você não precisava *cair*! Eu ia trazer vocês até aqui *voando*.

— Ah. — Aquele momento constrangedor em que você acabou de pular de uma janela porque sua amiga pulou da janela, mas então você lembra que sua outra amiga pode voar. — Agora tudo faz sentido. Cadê a Mallory?

— *Cailleach!* — gritou ela ali por perto.

Reconheci a palavra: era *bruxa* ou *megera* em gaélico, que ela devia estar usando como apelido carinhoso para a recém-descoberta entidade materna. Caso estejam curiosos, a palavra se pronuncia: *qui...* — e aí você dá aquela escarrada das fortes. Tenta em casa, pessoal! É divertido!

Por fim, vi Mallory. Estava meio que camuflada num pé de amora, a cabeça presa entre dois galhos, as roupas cobertas de folhagem com seus espinhos cravados. Estava pendurada de cabeça para baixo, o braço esquerdo dobrado num ângulo estranho.

— Aguenta aí! — gritei, o que, pensando bem, foi uma coisa estúpida de se dizer, pois obviamente ela não iria a lugar algum.

Depois que Sam e eu conseguimos tirá-la de sua nova amiga frutífera, invoquei o poder de Frey e curei mil pequenos cortes em Mallory e seu osso fraturado, apesar de não ter remédio que curasse seu orgulho ferido nem seu mau humor.

— Melhor? — perguntei.

Ela cuspiu uma folha.

— Em comparação a cinco minutos atrás? Sim. Em comparação a hoje de manhã, quando eu não sabia que aquela *cailleach* era minha mãe? Nem tanto.

Mallory pegou a noz do bolso. Tinha deixado um hematoma na coxa dela durante a queda, mas a casca estava intacta. Ela reagiu como se aquilo fosse uma afronta pessoal: enfiou a noz no casaco junto com a pedra de amolar, murmurando vários insultos aos ancestrais da noz.

Sam chegou a erguer o braço para dar tapinhas no ombro de Mallory, mas pensou melhor e desistiu.

— Eu... eu sei que você está com raiva.

— Ah, é? — retrucou Mallory. — Deu pra notar?

— Mas... *Frigga* — disse Sam, como se o nome fosse por si só uma dissertação completa, com três argumentos por parágrafo e uma conclusão —, você vê as semelhanças, não vê?

Mallory flexionou o braço curado.

— E que semelhanças seriam essas, valquíria? Cuidado com o que vai dizer.

Sam ignorou a ameaça.

— Frigga é o poder por trás do trono! — explicou ela, transbordando admiração. — Odin é o rei, mas ele está sempre viajando. Frigga manda e desmanda em Asgard. Sem ninguém nem perceber. Não se lembra daquela história de quando Odin foi exilado?

Ao perguntar isso, Sam olhou para mim em busca de apoio.

Eu não fazia a menor ideia do que ela estava falando.

— Lógico — respondi. — Claro que lembro.

Sam apontou para mim como quem diz: *Viu? O Magnus já sacou tudo!*

— Vili e Ve, os irmãos de Odin, assumiram o poder na ausência dele — continuou Sam. — Mas, para isso, tiveram que se casar com Frigga. Reis diferentes, mesma rainha. Tudo seguiu bem em Asgard porque quem estava no comando era Frigga.

Mallory fechou a cara.

— Está dizendo que sou parecida com a minha mãe porque estou disposta a ficar com qualquer um em troca de poder?

— Não! — exclamou Sam, corando. — Estou dizendo que Frigga está sempre operando dos bastidores, nunca é vista, mas ela é o cimento que une os aesires.

Mallory bateu o pé, com raiva.

— Agora eu sou um cimento que todo mundo ignora.

— Estou dizendo que você é como sua mãe porque você é a Frigga do andar dezenove. T.J. e Mestiço nunca teriam ficado amigos se não fosse por você. Eles se odiavam.

Aquilo era novidade para mim.

— Sério?

— Tem razão — murmurou Mallory. — Quando eu cheguei... Argh. Eles eram insuportáveis. Quer dizer, ainda *mais* insuportáveis do que são hoje.

— Exatamente — disse Sam. — Você fez deles uma *equipe*. Depois disso, quando Odin se disfarçou de einherji, você acha que foi *por acaso* que ele foi morar no seu andar? Você é a agente escolhida de Frigga em Valhala. O Pai de Todos queria ver você de perto.

Eu não pensava nisso havia um tempo. Quando cheguei a Valhala, Odin estava morando com a gente no andar dezenove disfarçado de X, o meio troll. X gostava de cachorros, era bom nas batalhas e não curtia muito papo. Eu gostava bem mais de Odin naquela forma.

— Hum — grunhiu Mallory. — Você acredita mesmo que seja isso?

— Acredito. E quando Magnus chegou, onde ele foi parar? Na *sua* equipe. Foi a mesma coisa com Alex. E comigo. — Sam abriu os braços. — Então, desculpe por ficar babando quando conheci Frigga, mas ela *sempre* foi minha aesir favorita. Ela é meio que a *anti*Loki, mantém a ordem enquanto ele bagunça tudo. E agora que sabemos que você é filha dela... bom, faz todo o sentido para mim. Fico ainda mais honrada de lutar ao seu lado.

Dessa vez foi Mallory quem corou, mas não parecia ser de raiva.

— Bom, valquíria, você tem a lábia do seu pai. Não vejo motivo para te matar pelo que disse.

Esse era o jeito de Mallory de agradecer.

Sam inclinou a cabeça.

— Então podemos ir procurar o hidromel de Kvásir?

— Mais uma coisa — falei, porque não consegui me conter. — Mallory, se seu nome do meio é Audrey, suas iniciais são *M.A.K.*...

Ela levantou o indicador.

— Não fale, Zé-Ninguém.

— A gente vai chamar você de Mac agora.

Mallory bufou.

— Meus amigos de Belfast me chamavam assim. *O tempo todo*.

Não era um *não*, então concluí que tínhamos permissão para usar o apelido.

Passamos uma hora andando pelo vale. Sam tentou mandar uma mensagem para Alex, para avisar que estávamos bem, mas não conseguiu sinal. Aposto que o deus nórdico do celular tinha decretado *NÃO TERÁS NEM UMA BARRINHA DE SINAL!* e agora estava rindo da nossa cara.

Pegamos uma ponte de madeira que estalava acima de corredeiras, cruzamos um pasto cheio de bodes que não eram Otis. A escuridão gélida deu lugar ao sol escaldante conforme seguíamos a trilha, entrando e saindo de bosques e mais bosques. O tempo todo, eu tentei como pude ignorar as vozes dos pássaros, esquilos e bodes, que não tinham nada de bom a dizer sobre nossa presença no território deles. Seguíamos devagar rumo à cachoeira bifurcada que tínhamos visto do trem. Mesmo naquela vastidão seria um ponto fácil de encontrar.

Paramos em um momento para almoçar algumas frutas secas que Mallory por acaso tinha consigo e algumas amoras silvestres, regadas à água de um riacho tão gelada que os dentes doíam. Sam não comeu, claro. Só fez sua oração do meio-dia, sobre o tapete verde de grama fofa.

Preciso fazer um comentário sobre o ramadã: ajudava a reduzir o impulso de reclamar. Sempre que eu começava a achar que as coisas estavam difíceis para mim, eu lembrava que Samirah estava fazendo o mesmo que eu, mas sem comer nada nem beber água.

Subimos pela outra encosta do vale, nos guiando pelos rios gêmeos da cachoeira. Quando finalmente estávamos nos aproximando da queda d'água, começamos a ouvir os fortes sons ásperos que ecoavam por cima do cume à nossa frente: *rrrrrr, rrrrrr, rrrrrr,* como lixa de metal raspando tijolo.

Naquele momento, me lembrei da visão que Frigga nos mostrara, de nove caras corpulentos com foices. Pensei: *Magnus, se aqueles caras estiverem depois daquela colina, é melhor você ter um plano.*

— Gente, quem são esses guardiões que vamos enfrentar mesmo? — perguntei às meninas.

Mallory secou a testa. A jornada pelo vale não tinha sido piedosa com sua pele clara. Se chegássemos vivos ao fim do dia, ela estaria com uma grave insolação.

— Como eu disse, eles são escravos. Os que vamos enfrentar... tenho quase certeza de que são gigantes.

Tentei associar isso ao que eu sabia sobre gigantes, o que, devo admitir, não era muito.

— Então... gigantes escravizam outros gigantes?

Sam fez cara de nojo.

— O tempo todo. Os humanos acabaram com isso séculos atrás...

— Há quem discorde disso — resmungou Mallory.

— É verdade — concordou Sam. — O que eu quero dizer é que os gigantes agem como os vikings agiam. Clãs entram em batalha uns contra os outros. Eles fazem prisioneiros de guerra e os declaram sua propriedade. Às vezes os escravos conseguem conquistar liberdade, às vezes não. Depende do dono.

— Então talvez a gente possa libertar esses caras — sugeri. — Trazer eles para o nosso lado.

Mallory deu um riso de deboche.

— Guardiões invencíveis do hidromel... A não ser que você ofereça a liberdade a eles, aí é moleza!

— Só estou dizendo que...

— Não vai ser tão fácil, Zé-Ninguém. Vamos parar de sonhar e começar a lutar.

Ela foi na frente, em direção ao topo da colina. Aquela era uma atitude só um pouquinho menos perigosa do que saltar de um trem em movimento.

TRINTA E TRÊS

Nós elaboramos um plano horrivelmente fabuloso

ESTRATÉGIA PRA QUÊ?

Subimos a colina e nos vimos na beirada de um campo de trigo de vários hectares. O trigo era mais alto do que nós, o que seria perfeito para passarmos despercebidos se os caras que estavam trabalhando no campo não fossem ainda mais altos: nove gigantes, todos com foices. O grupo me lembrava a fase de um jogo de videogame que joguei com T.J. uma vez, mas não tinha desejo de tentar encarar aquela aventura usando meu corpo real.

Cada escravo tinha uma coleira de ferro no pescoço. Fora isso, eles não ostentavam nada além de tangas e um montão de músculos. A pele cor de bronze, o cabelo desgrenhado e a barba pingavam de suor. Apesar do tamanho e da força, pareciam ter dificuldade de cortar o trigo. A passagem das lâminas fazia as plantas se inclinarem e produzirem um som igual ao de uma gargalhada antes de voltarem à posição original. A infelicidade dos escravos parecia quase tão grande quanto o seu fedor... e eles tinham um fedor como o das sandálias de Mestiço Gunderson.

Além do campo de trigo ficava a cachoeira bifurcada. Na face do penhasco havia um par de portas de ferro enormes.

Antes de dar tempo de dizer *Droga, Mallory*, o escravo mais próximo, que tinha uma cabeleira ruiva mais impressionante que a da srta. Keen, farejou o ar, se empertigou e se virou para nós.

— Ho, ho!

Os outros oito pararam de trabalhar e se viraram para nós, acrescentando "Ho, ho! Ho, ho! Ho, ho!" como um bando de aves estranhas.

— O que temos aqui? — perguntou o escravo ruivo.

— O que será? — perguntou outro, com um rosto tatuado impressionante.

— O que será? — perguntou um terceiro, talvez para o caso de não termos ouvido o tatuado.

— Vamos matar todos? — perguntou o ruivo aos colegas.

— É, provavelmente — concordou o tatuado.

— Esperem! — gritei antes que pudessem fazer uma votação, que eu tinha a sensação de que seria unânime. — Viemos por um motivo muito importante...

— ... que *não* envolve nossa morte — acrescentou Sam.

— Bem pensado, Sam!

Eu assenti vigorosamente, e os escravos assentiram junto, aparentemente impressionados com a minha seriedade.

— Conte para eles por que estamos aqui, Mac!

Mallory me lançou seu olhar padrão de "vou te estripar depois com as minhas facas".

— Bom, Zé-Ninguém, nós estamos aqui para... para ajudar esses gentis cavalheiros!

O jötunn mais próximo, o ruivo, franziu a testa para a foice. A lâmina curva de ferro estava quase tão corroída quanto Jacques quando eu o tirei do rio Charles.

— Não sei como vocês poderiam ajudar — retrucou o ruivo. — A não ser que façam a colheita para nós. Nosso mestre só nos deu lâminas cegas.

Os outros murmuraram em concordância.

— E os caules do trigo são duros como pedra! — bradou o tatuado.

— E tem mais! — disse outro escravo. — O trigo volta a crescer assim que cortamos! Só podemos descansar quando todo o trigo estiver cortado, mas... nunca conseguimos terminar!

O ruivo assentiu.

— É quase como se... — O rosto dele ficou sombrio com o esforço. — Como se nosso mestre não *quisesse* que a gente descansasse nunca.

Os outros assentiram, ponderando sobre essa teoria.

— Ah, sim, seu mestre! — disse Mallory. — Quem é mesmo?

— Baugi — respondeu o ruivo. — O grande lorde dos gigantes da pedra! Ele foi para o norte se preparar para o Juízo Final.

Ele disse isso como se Baugi tivesse ido ao mercado comprar leite.

— Ele é um mestre rigoroso — comentou Mallory.

— É! — concordou o tatuado.

— Não — disse o ruivo.

Os outros deram seus palpites.

— Não. Não, nem um pouco! Ele é gentil e bom!

Eles olharam com desconfiança de um lado para outro, como se o mestre pudesse estar escondido no trigo.

Sam pigarreou.

— Baugi deu algum outro dever para vocês?

— Ah, sim! — disse um escravo mais para trás. — Nós protegemos as portas! Para que ninguém pegue o hidromel de Suttung nem liberte o prisioneiro!

— Prisioneiro? — perguntei. — Suttung?

Nove cabeças assentiram solenemente. Eles seriam uma ótima turma de jardim de infância se o professor conseguisse arrumar livros de colorir e giz de cera suficientemente grandes.

— Suttung é o irmão do mestre — disse o ruivo. — Ele é dono do hidromel e do prisioneiro da caverna.

Outro servo gritou:

— Você não pode dizer o que tem na caverna!

— Isso mesmo! — O ruivo ficou ainda mais vermelho. — Suttung é dono do hidromel e do prisioneiro que... pode ou não estar na caverna.

Os outros escravos assentiram, aparentemente satisfeitos pela desculpa do ruivo.

— Se alguém tentar passar por nós — disse o tatuado —, podemos interromper o corte do trigo por tempo suficiente para matar os invasores.

— Então — continuou o ruivo —, se vocês não vieram cortar o trigo, a gente pode matar vocês? Seria tão útil! Uma pausa cairia bem!

— Pausa para matar? — perguntou um deles mais atrás.

— Pausa para matar! — disse outro.

O restante deles se juntou ao grito.

Nove gigantes gritando *pausa para matar* era uma coisa que me deixava meio tenso. Pensei em ordenar que Jacques cortasse o trigo para os escravos, mas isso ainda nos deixaria diante de nove sujeitos enormes com ordens para matar invasores. Jacques talvez conseguisse matar os nove gigantes antes que eles fizessem o mesmo com a gente, mas eu não gostava a ideia de fazer picadinho de escravos quando podia fazer picadinho do mestre deles.

— E se nós libertássemos vocês? — perguntei. — Vamos fazer um exercício de imaginação. Vocês se voltariam contra seu mestre? Voltariam para sua terra natal?

Os gigantes ficaram com expressões sonhadoras.

— Talvez a gente fizesse essas coisas — concordou o tatuado.

— E nos ajudariam? — perguntou Sam. — Ou pelo menos nos deixariam em paz?

— Ah, não! — disse o ruivo. — Primeiro a gente mataria vocês. A gente adora matar humanos.

Os outros oito assentiram com entusiasmo.

Mallory olhou para mim de cara feia como quem diz: *Eu te disse.*

— Também, só a título de imaginação, nobres escravos, se lutássemos com vocês seríamos capazes de matá-los?

O ruivo riu.

— Que engraçado! A resposta é não. Estamos sob feitiços mágicos poderosos. Baugi é um grande feiticeiro! Nós não podemos ser mortos por ninguém, só uns pelos outros.

— E nós gostamos uns dos outros! — exclamou outro escravo.

— É! — disse um terceiro.

Os gigantes começaram a se juntar para um abraço em grupo, mas pareceram lembrar que estavam segurando foices.

— Muito bem, então! — Os olhos de Mallory brilharam como se ela tivesse tido uma ideia maravilhosa que eu ia odiar. — Sei exatamente como podemos ajudar vocês!

Ela enfiou a mão no bolso do casaco e tirou a pedra de amolar.

— Ta-dá!

Os servos não pareceram impressionados.

— É uma pedra — disse o ruivo.

— Ah, não, meu amigo gigante — retrucou Mallory. — Esta pedra de amolar pode afiar magicamente *qualquer* lâmina e deixar seu trabalho bem mais fácil. Posso mostrar?

Ela esticou a mão vazia. Depois de alguns minutos observando, o ruivo se pronunciou:

— Ah, você quer minha foice?

— Para amolar — explicou Sam.

— Para que... eu possa trabalhar mais rápido?

— Isso mesmo.

— Hum...

O ruivo entregou a arma.

A foice era enorme, então nós três tivemos que trabalhar juntos para conseguir amolá-la. Eu segurei o cabo. Sam segurou a lâmina no chão enquanto Mallory passava a pedra nas beiradas. Fagulhas voaram. A ferrugem sumiu. Em alguns movimentos, os dois lados da lâmina da foice brilhavam como novos à luz do sol.

— Próxima foice, por favor! — disse Mallory.

Em pouco tempo, os nove gigantes tinham armas afiadas e brilhantes.

— Agora — disse Mallory —, tentem usá-las no campo!

Os escravos começaram a trabalhar, e o trigo era cortado como se fosse papel de embrulho. Em questão de minutos, o campo todo tinha sido colhido.

— Incrível! — exclamou o ruivo.

— Viva! — disse o tatuado.

Os outros servos comemoraram e gritaram.

— Finalmente podemos beber água!

— Vou poder almoçar! — exclamou outro.

— Estou precisando fazer xixi há quinhentos anos! — disse um terceiro.

— Vamos conseguir matar os invasores agora! — comemorou um quarto.

Que ódio desse cara.

— Ah, sim. — O ruivo franziu a testa para nós. — Peço desculpas, meus novos amigos, mas ao nos ajudar vocês invadiram o campo do nosso mestre, então não são nossos amigos e teremos que matar vocês.

Eu não era fã da lógica dos gigantes. Por outro lado, tínhamos acabado de dar a nove inimigos armas enormes e afiadas com as quais nos matar, então eu não podia falar nada.

— Esperem, rapazes! — gritou Mallory, balançando a pedra. — Antes de vocês nos matarem, precisam decidir quem vai ficar com a pedra!

O ruivo franziu a testa.

— Quem vai... ficar com a pedra?

— Ah, sim — disse Mallory. — Porque, vejam, o campo já está crescendo novamente!

E realmente, os cotocos de trigo já estavam chegando aos tornozelos dos gigantes.

— Vocês vão precisar da pedra de amolar para manterem as lâminas afiadas — continuou Mallory. — Senão, elas vão ficar cegas de novo. O trigo vai voltar ao tamanho de antes, e vocês não vão mais poder fazer pausas.

— E isso seria ruim — concluiu o ruivo.

— Com certeza — concordou Mallory. — E vocês não podem compartilhar a posse da pedra. Ela só pode pertencer a um de vocês.

— É verdade? — perguntou o tatuado. — Por quê?

Mallory deu de ombros.

— Essas são as regras.

O ruivo assentiu com sabedoria.

— Acho que podemos confiar nela. Ela tem cabelo ruivo.

— Perfeito! — exclamou Mallory. — Quem fica com ela?

Os nove servos gritaram:

— EU!

— Tenho uma ideia — disse Mallory. — Vou jogar a pedra para cima. Quem pegar fica com ela.

— Parece justo — concordou o ruivo.

Percebi o que estava prestes a acontecer um pouco tarde demais.

— Mallory... — disse Sam, nervosa.

Mallory jogou a pedra para o alto. Os nove gigantes correram para pegar e caíram uns em cima dos outros segurando lâminas afiadas e compridas. Em uma situação como essa, o desfecho é uma pilha enorme de gente morta.

Sam observava de olhos arregalados.

— Uau. Mallory, isso foi...

— Você tinha uma ideia melhor? — disparou Mallory.

— Não estou criticando. Eu só...

— Eu matei nove gigantes usando uma única pedra. — A voz de Mallory estava rouca. Ela piscou como se as fagulhas da pedra de amolar ainda voassem na direção de seus olhos. — Acho que foi um bom dia de trabalho. Agora, venham. Está na hora de abrir aquelas portas.

TRINTA E QUATRO

Primeiro prêmio: um gigante!
Segundo prêmio: dois gigantes!

Achei que Mallory não parecia estar tão tranquila por ter matado os escravos quanto estava tentando demonstrar.

Como não conseguimos abrir as portas usando Jacques nem gritando coisas tipo *Abre-te Sésamo*, Mallory berrou de raiva. Chutou uma das portas, quebrou o pé e saiu pulando com o outro, xingando e chorando.

Samirah franziu a testa.

— Magnus, vai lá falar com ela.

— Por que eu?

A visão de Mallory ali cortando o ar com as facas não me agradava.

— Porque você pode curar o pé dela — disse Sam, irritantemente sensata, como sempre. — E preciso de tempo para pensar nesse problema da porta.

Não me pareceu uma boa troca, mas fui mesmo assim, Jacques voando ao meu lado e dizendo:

— Ah, a Noruega! Boas lembranças! Ah, uma pilha de escravos mortos! Boas lembranças!

Eu parei fora do alcance das facas de Mallory.

— Ei, Mac, posso curar seu pé para você?

Ela fez cara feia.

— Tudo bem. Parece que hoje é o dia de curar os ferimentos idiotas da Mallory.

Eu me ajoelhei e coloquei as mãos na bota que ela usava. Mallory soltou um palavrão quando coloquei os ossos no lugar com uma explosão de magia do verão.

Eu me levantei com cautela.

— Você está bem?

— Bom, você acabou de me curar, não foi?

— Eu não estava falando do seu pé.

Eu indiquei os gigantes mortos. Ela franziu a testa.

— Não vi outro jeito. Você viu?

Na verdade, não. Eu tinha quase certeza de que a solução de Mallory era o jeito com que *tínhamos* que usar a pedra de amolar. Os deuses, ou nosso *wyrd*, ou algum senso de humor distorcido das Nornas tinha ditado que navegaríamos por meio mundo, passaríamos por muitas dificuldades para conquistar uma pedra cinzenta e depois a usaríamos para enganar nove pobres escravos para que se matassem.

— Sam e eu não teríamos conseguido — admiti. — Você é quem prefere agir a discutir, como disse Frigga.

Jacques veio flutuando, sua lâmina tremendo e ondulando como uma serra.

— Frigga? Ah, cara, eu não gosto da Frigga. Ela é silenciosa demais. Dissimulada demais.

— Ela é minha mãe — resmungou Mallory.

— Ah, *essa* Frigga! — corrigiu Jacques rapidinho. — Ela é ótima.

— Eu odeio ela.

— Deuses, eu também! — compadeceu-se Jacques.

— Jacques — interrompi —, por que você não vai ajudar a Sam? Talvez você possa dar algum conselho sobre como passar por aquelas portas. Ou poderia cantar para ela. Sei que ela adoraria.

— Ah, é? Legal!

Jacques disparou para fazer uma serenata para Sam, o que significava que ela iria querer bater em mim mais tarde. Ainda bem que era ramadã e ela tinha que ser legal comigo. Nossa, eu sou um péssimo amigo.

Mallory apoiou o peso no pé curado. Parecia estar tudo certo. Até que para um péssimo amigo eu era um ótimo curandeiro.

— Eu vou ficar bem — disse ela, sem muita confiança. — É que passei por muita coisa em um único dia. Saber sobre Frigga, junto com... todo o resto.

Pensei nas discussões constantes entre Mallory e Mestiço no navio. Eu não entendia o relacionamento dos dois, mas sabia que eles precisavam um do outro tanto quanto Hearthstone precisava de Blitzen e nosso navio viking precisava ser amarelo. Não fazia muito sentido. Não era fácil. Mas era assim que as coisas tinham que ser.

— Ele está bem chateado — eu disse para ela. — Com as brigas.

— Bom, ele é um idiota. — Ela hesitou. — Quer dizer... supondo que você esteja falando sobre Gunderson.

— Garota esperta.

— Cala a boca, Zé-Ninguém.

Ela saiu andando para falar com Sam.

Nas portas, Jacques tentava ajudar sugerindo músicas que poderia cantar para inspirar novas ideias: "Knockin' on Heaven's Door", "I Got the Keys" ou "Break on Through (to the Other Side)".

— Não quero nada — disse Sam.

— Não quero nada? — Jacques parou para pensar. — Essa é do Stevie Wonder?

— Como estão as coisas, pessoal? — perguntei, interrompendo a conversa.

Eu não sabia se era fisicamente possível estrangular uma espada mágica, mas não queria ver Sam tentar.

— Nada bem — admitiu ela. — Não tem tranca. Não tem dobradiça. Não tem fechadura. Jacques se recusa a tentar cortar o ferro...

— Ei! — exclamou Jacques. — Essas portas são uma *obra de arte*. Vejam que belezura! Além do mais, tenho quase certeza de que são mágicas.

Sam revirou os olhos.

— Se tivéssemos uma furadeira, talvez conseguíssemos abrir um buraco nesse ferro e eu poderia deslizar para dentro como uma cobra. Mas como não temos furadeira...

Do outro lado da porta, uma voz feminina gritou:

— Vocês já tentaram separar a junção?

Nós todos tomamos um susto. A voz soou bem próxima da porta, como se a mulher estivesse com o ouvido encostado no metal.

Jacques tremeu e brilhou.

— Ela fala! Ah, bela porta, fale de novo!

— Eu não sou a porta — disse a voz. — Sou Gunnlod, filha de Suttung.

— Ah — disse Jacques. — Que decepção.

Mallory aproximou a boca da porta.

— Você é a filha de Suttung? Está aí cuidando do prisioneiro?

— Não — respondeu Gunnlod. — Eu *sou* a prisioneira. Estou trancada aqui sozinha há... Na verdade, já perdi a noção do tempo. Séculos? Décadas? O que é mais longo?

Eu me virei para os meus amigos e usei linguagem de sinais, que era bem útil mesmo quando Hearthstone não estava por perto. *Armadilha?*

Mallory fez um V e bateu as costas da mão na testa, o que queria dizer *burro*. Ou *dã*.

Não temos muita escolha, sinalizou Sam, que em seguida gritou:

— Srta. Gunnlod, não há uma tranca por dentro? Um trinco que você possa girar?

— Bom, não seria uma boa prisão se meu pai tivesse colocado uma tranca ou um trinco ao meu alcance. Ele costuma abrir a porta com a ajuda do meu tio Baugi. Os dois precisam usar sua superforça de gigante. Não tem duas pessoas aí fortes assim, tem?

Sam me avaliou.

— Infelizmente, não.

Eu mostrei a língua para ela.

— Srta. Gunnlod, o hidromel de Kvásir está aí com você, por acaso?

— Um pouco — disse ela. — A maior parte foi roubada por Odin muito tempo atrás. — Ela suspirou. — Como ele era encantador! Eu deixei ele ir embora, e é claro que foi por isso que meu pai me trancou aqui. Mas ainda tem um pouco no fundo do último barril. É o bem mais precioso do meu pai. Suponho que seja isso que vocês querem?

— É isso mesmo — admiti.

Mallory me cutucou nas costelas.

— Se puder nos ajudar, srta. Gunnlod, ficaríamos felizes de libertar você também.

— Que fofo! — disse Gunnlod. — Mas infelizmente minha liberdade é impossível. Meu pai e meu tio uniram minha força vital a esta caverna. Faz parte da minha punição. Eu morreria se tentasse sair.

Sam fez uma careta.

— Me parece um castigo um pouco rigoroso demais.

— E é. — Gunnlod suspirou. — Mas eu entreguei o elixir mais valioso dos nove mundos de bandeja para nosso maior inimigo, então... é isso. Meu filho tentou desfazer o feitiço da caverna, mas até ele falhou. E ele é o deus Bragi!

Mallory arregalou os olhos.

— Você é mãe de Bragi, o deus da poesia?

— Isso mesmo. — A voz de Gunnlod se encheu de orgulho. — Ele nasceu aqui, nove meses depois que Odin me visitou. Eu já mencionei que Odin era encantador?

— Bragi? — falei. — A ideia era combinar com "brega"?

Mallory sinalizou: *Não estrague as coisas, idiota.*

— Não ligue para o Magnus, o nome é lindo e nem um pouco brega.

Eu pisquei.

— É. Nem um pouco. Bem, de qualquer modo, srta. Gunnlod, você disse alguma coisa sobre forçar a junção?

— Sim, eu acho que pode ser possível — confirmou ela. — Com duas lâminas, talvez consigam afastar as portas o suficiente para eu ter um vislumbre do rosto de vocês, respirar ar puro, quem sabe ver a luz do sol novamente. Seria o suficiente para mim. Ainda existe luz do sol?

— Por enquanto, sim — respondi —, mas o Ragnarök pode estar próximo. Temos esperança de usar o hidromel para impedi-lo.

— Entendi — disse Gunnlod. — Acho que meu filho Bragi aprovaria isso.

— Então, se conseguirmos afastar as portas, você acha que pode passar o hidromel pela abertura?

— Hum, talvez. Tenho uma mangueira velha aqui. Posso puxar o hidromel do barril, desde que vocês tenham um recipiente onde colocar.

Eu não sabia por que Gunnlod teria uma mangueira velha dentro da caverna. Talvez cultivasse cogumelos lá dentro, ou quem sabe a mangueira fosse usada para encher uma piscininha de plástico.

Sam tirou um cantil do cinto. Claro que a garota de jejum tinha sido a única que se lembrou de levar água.

— Eu tenho um recipiente, Gunnlod.

— Que maravilha! Agora, vocês vão precisar de duas lâminas. Finas e muito fortes. Senão, vão quebrar.

— Nem olhem para mim! — disse Jacques. — Sou uma lâmina grossa e jovem demais para quebrar!

Mallory suspirou e desembainhou as facas.

— Srta. Gunnlod, por acaso eu tenho duas facas finas e supostamente inquebráveis. Talvez seja melhor você se afastar das portas agora.

Mallory enfiou a ponta das armas na junção. Eram finas o suficiente para entrar quase até o cabo. Mallory empurrou as facas em direções opostas, separando as portas.

Com um rangido alto, ela conseguiu criar um vão em forma de V de uns dois centímetros no ponto em que as facas se cruzavam. Os braços de Mallory tremiam. Ela devia estar usando toda a sua força de einherji para manter a junção aberta. Gotículas de suor pontilhavam sua testa.

— Rápido — grunhiu ela.

Do outro lado das portas, o rosto de Gunnlod apareceu no vão: pálidos e lindos olhos azuis emoldurados por fios dourados. Ela respirou fundo.

— Ah, ar fresco! E luz do sol! Muito obrigada!

— Sem problema — respondi. — Mas e aquela mangueira...

— Sim! Está pronta.

Pela abertura, ela enfiou a ponta de uma mangueira preta de borracha. Sam enfiou na boca do cantil, e o líquido começou a cair no recipiente de metal. Depois de tantos desafios para tentar obter o hidromel de Kvásir, eu não esperava que o som da vitória me deixasse com vontade de procurar o banheiro mais próximo.

— Pronto, acabou — disse Gunnlod, puxando a mangueira. O rosto dela reapareceu no vão. — Boa sorte ao tentar impedir o Ragnarök.

— Obrigado. Tem certeza de que não podemos tentar libertar você? Temos um amigo no navio que é bom com magia.

— Ah, não ia dar tempo — disse a giganta. — Baugi e Suttung vão chegar a qualquer minuto.

Sam berrou:

— *O quê?*

— Eu não mencionei o alarme silencioso? — perguntou Gunnlod. — Ele dispara assim que começam a mexer nas portas. Imagino que vocês tenham dois, talvez três minutos até que meu pai e meu tio apareçam por aqui. É melhor irem logo. Foi um prazer conhecê-los!

Mallory embainhou as facas. As portas se fecharam novamente.

— E é por isso — disse ela, enxugando a testa — que eu não confio em gente legal.

— Ei, pessoal.

Apontei para o norte, na direção do topo das montanhas. Brilhando sob o sol norueguês, se aproximando mais a cada segundo, havia duas águias enormes.

TRINTA E CINCO

Nunca mais quero depender de um bando de corvos

— Bom... — falei, usando o termo de praxe para começar conversas sobre como salvar nossa pele da destruição certa. — Alguma ideia?

— Beber o hidromel? — sugeriu Mallory.

Sam balançou o cantil.

— Parece que só tem um gole aqui. Se não funcionar rápido o bastante ou se o efeito passar antes de Magnus enfrentar Loki...

Foi como se um esquadrão de pequeninos T.J.s começasse a enfiar as baionetas na minha barriga. Agora que estávamos com o hidromel, meu desafio iminente com Loki parecia real e próximo demais. Empurrei esse medo para o fundo da mente. Eu tinha problemas mais imediatos.

— Acho que poesia não vai ajudar com esses caras — falei. — Jacques, quais são nossas chances em combate?

— Hum... — disse Jacques. — Baugi e Suttung. Dos dois eu conheço apenas a reputação. Fortes. Maus. Posso cuidar de um, provavelmente, mas os dois de uma vez só? Antes que esmaguem vocês como panqueca...?

— Podemos correr? — perguntei. — Fugir voando? Voltar para o navio para pedir reforços?

Infelizmente, eu já sabia a resposta. Ao ver as águias voando, ao ver como ficaram maiores em um minuto, eu soube que chegariam até ali num piscar de olhos. Os caras eram rápidos.

Sam pendurou o cantil no ombro.

— *Eu* poderia fugir deles voando, pelo menos até o navio, mas carregando duas pessoas? Impossível. Carregar uma só já me deixa mais lenta.

— Então vamos dividir para conquistar — disse Mallory. — Sam, pegue o hidromel. Volte para o navio. Talvez um dos gigantes siga você. Se isso não acontecer, bom, Magnus e eu faremos o melhor contra os dois. Pelo menos você vai levar o hidromel para os outros.

Em algum lugar à minha esquerda, uma vozinha piou:

— *A ruiva é inteligente. Nós podemos ajudar.*

Em uma árvore próxima havia um bando de corvos.

— Hã, pessoal — chamei a atenção delas —, aqueles corvos acham que podem nos ajudar.

— *Acham? Você não acredita?* — grasnou outro corvo. — *Não confia em nós? Mande suas amigas para o navio com o hidromel. Daremos uma mãozinha para você aqui. Em troca, queremos alguma coisa brilhante. Qualquer coisa serve.*

Passei as informações ao grupo.

Mallory olhou para o horizonte. As águias gigantes estavam chegando perto demais.

— Mas, se Sam tentar me carregar, eu vou fazer com que ela fique mais lenta.

— A noz! — disse Sam. — Se você conseguir entrar nela...

— Ah, não.

— Estamos perdendo tempo! — exclamou Sam.

— Argh! — Mallory pegou a noz e abriu as metades. — Como eu...?

Imaginem um lenço de seda sendo sugado pela boca de um aspirador de pó e desaparecendo com um *slurp* brusco. Foi isso que aconteceu com Mallory. A noz se fechou e caiu no chão, e lá de dentro uma vozinha gritou palavrões em gaélico.

Sam pegou a noz.

— Magnus, você tem certeza?

— Eu estou bem. Tenho Jacques.

— Você tem Jacques! — cantarolou minha espada.

Sam disparou para o céu, me deixando apenas com minha espada falante e um bando de pássaros.

• • •

Eu olhei para os corvos.

— Beleza, pessoal, qual é o plano?

— *Plano?* — grasniu o corvo mais próximo. — *Nós só dissemos que íamos ajudar. Não temos um plano propriamente dito.*

Corvos idiotas e traiçoeiros. Além disso, que tipo de ave usa o termo *propriamente dito*?

Como eu não tinha tempo de matar o bando todo, contemplei minhas opções limitadas.

— Tudo bem. Quando eu der o sinal, voem na direção do gigante mais próximo e tentem distraí-lo.

— *Claro* — grasniu um corvo diferente. — *Qual é o sinal?*

Antes que eu conseguisse pensar em um, uma águia enorme desceu e pousou na minha frente.

A única boa notícia, se é que podemos chamar assim: a outra águia continuou voando e foi atrás de Sam. Nós dividimos. Agora, precisávamos conquistar.

Torci para a águia na minha frente se transformar em um gigante pequeno e fácil de derrotar, de preferência um que usasse armas que atirassem bolhas de sabão. Mas ele se transformou em um ser de nove metros, a pele como obsidiana lascada. Ele tinha o cabelo louro e os olhos pálidos de Gunnlod, que não combinavam nada com a pele rochosa e vulcânica. Gelo e neve pontilhavam seu bigode, como se ele tivesse mergulhado de cara em uma caixa de Sucrilhos. A armadura era costurada a partir de várias peles, inclusive algumas que pareciam ser de espécies em risco de extinção: zebra, elefante, einherji. Na mão do gigante cintilava um machado de ônix de lâmina dupla.

— QUEM OUSA ROUBAR DO PODEROSO SUTTUNG? — gritou ele. — VIM VOANDO DE NIFLHEIM E, CARAMBA, MEUS BRAÇOS ESTÃO BEM CANSADOS!

Não consegui pensar em nenhuma resposta que não envolvesse um grito agudo de terror.

Jacques flutuou até o gigante.

— Ei, amigo — disse ele. — Um cara surrupiou seu hidromel e foi embora por ali. Acho que ele disse que o nome dele era Hrungnir.

Jacques apontou na direção geral de York, Inglaterra.

Achei uma boa mentira, mas Suttung só franziu a testa.

— Boa tentativa — disse ele. — Hrungnir nunca ousaria me contrariar. *Vocês* são os ladrões e me tiraram de um trabalho importante! O grande navio *Naglfar* está prestes a zarpar! Não posso ficar voando de volta para casa toda vez que o alarme toca!

— Então *Naglfar* está perto, é? — perguntei.

— Ah, não está longe — admitiu Suttung. — Ao atravessar para Jötunheim, é só seguir a costa até a fronteira de Niflheim e... — Ele fez cara feia. — Pare de tentar me enganar! Vocês são ladrões e têm que morrer!

Ele ergueu o machado.

— Espere! — gritei.

— Por quê? — perguntou o gigante.

— É, por quê? — perguntou Jacques.

Eu odiava quando minha espada ficava do lado de um gigante. Jacques estava pronto para lutar, mas eu tinha lembranças ruins de Hrungnir, o último gigante da pedra que enfrentamos. Não foi fácil cortá-lo em cubinhos. Além disso, ele explodiu ao morrer. Eu precisava de todas as vantagens possíveis para vencer Suttung, inclusive do meu bando de corvos inúteis, para os quais ainda não tinha pensado em um sinal.

— Você alega que somos ladrões — falei —, mas como *você* conseguiu aquele hidromel, ladrão?

Suttung manteve o machado suspenso acima da cabeça, nos dando uma visão infeliz dos pelos louros em suas axilas de ônix.

— Eu não sou ladrão! Meus pais foram mortos por dois anões do mal, Fjalar e Gjalar.

— Ah, eu odeio esses dois.

— Não é? — concordou Suttung. — Eu teria matado ambos por vingança, mas eles me ofereceram o hidromel de Kvásir, então ele é meu por direito!

— Ah. — Isso quebrou o meu argumento. — Mesmo assim, o hidromel foi criado a partir do sangue de Kvásir, um deus assassinado. Ele pertence aos aesires!

— E você quer consertar as coisas — resumiu o gigante — roubando o hidromel de novo? E matando os escravos do meu irmão para isso?

Eu já mencionei que não gosto da lógica dos gigantes?

— Talvez? — E então, em um golpe de genialidade, pensei em um sinal para meus aliados alados: — Mas só se eu não estivesse NO BICO DO CORVO!

Infelizmente, os corvos foram lentos e não reconheceram minha perspicácia. Suttung gritou:

— MORRA!

Jacques tentou interceptar o machado, mas a arma agiu com a gravidade, o impulso e a força do gigante a seu favor. Jacques, não. Eu mergulhei para o lado na hora que o machado partiu o campo no ponto onde eu estava.

Enquanto isso, os corvos tinham uma conversa tranquila.

— *Por que ele disse "bico do corvo"?* — grasnou um.

— *É uma expressão* — explicou outro. — *Quer dizer que a pessoa está prestes a morrer.*

— *Tá, mas por que ele disse isso?* — perguntou um terceiro.

— ROAAARR!

Suttung arrancou o machado do chão.

Jacques voou para a minha mão.

— A gente pode acabar com ele juntos!

Eu realmente esperava que não fossem as últimas palavras que eu ouviria.

— *Bico do corvo...* — repetiu um dos corvos. — *Esperem aí. Nós somos corvos. Aposto que era o sinal!*

— Isso! — gritei. — Pega ele!

— Tudo bem! — gritou Jacques com alegria. — Vamos lá!

Suttung ergueu o machado acima da cabeça mais uma vez. Jacques me puxou para a batalha quando o bando de corvos levantou voo da árvore e atacou a cara de Suttung, bicando seus olhos e nariz e barba polvilhada de Sucrilhos.

O gigante rugiu, cambaleante e cego.

— HA, HA! — gritou Jacques. — Agora pegamos você!

Ele me puxou para a frente. Juntos, enfiamos Jacques no pé esquerdo do gigante.

Suttung berrou. O machado escorregou de suas mãos, a lâmina pesada se enfiando no crânio do próprio dono. E é por isso, crianças, que nunca se deve brandir um machado enorme sem estar usando capacete de segurança.

O gigante tombou com um *TUM* que mais pareceu um trovão, bem em cima da pilha de escravos.

Os corvos pousaram na grama ao meu redor.

— *Isso não foi muito cavalheiresco* — comentou um. — *Mas você é viking, então acho que cavalheirismo não se aplica.*

— *Isso mesmo, Godfrey* — concordou outro. — *O cavalheirismo era um conceito do final da era medieval.*

Um terceiro corvo grasniu:

— *Vocês dois estão se esquecendo dos normandos...*

— *Bill, pode parar* — disse Godfrey. — *Ninguém liga para sua tese de doutorado sobre a invasão normanda.*

— *E as coisas brilhantes?* — perguntou o segundo corvo. — *A gente vai ganhar algumas agora?*

O bando todo me encarava com olhos reluzentes e gananciosos.

— Hã... — Eu só tinha uma coisa brilhante: Jacques, que no momento fazia uma dança da vitória em volta do cadáver do gigante e cantava "Quem matou um gigante? Eu matei um gigante! Quem é o matador de gigantes? Eu sou o matador de gigantes!"

Por mais tentador que fosse entregá-lo aos corvos, achei que talvez fosse precisar da minha espada na próxima vez em que tivesse que furar o pé de um gigante.

Então olhei para a pilha de escravos mortos.

— Ali! Nove lâminas de foice extremamente brilhantes! Serve?

— *Hum...* — disse Bill. — *Não sei bem onde colocaríamos.*

— *Nós poderíamos alugar um galpão* — sugeriu Godfrey.

— *Boa ideia! Muito bem, garoto mortal. Foi bom trabalhar com você.*

— Só tomem cuidado — avisei. — As lâminas são muito afiadas.

— *Ah, não se preocupe com a gente* — grasniu Godfrey. — *Você tem um caminho perigoso à frente. Vai encontrar apenas um porto hospitaleiro daqui até o navio dos mortos, isso se for possível chamar a fortaleza de Skadi de hospitaleira.*

Estremeci ao lembrar o que Njord dissera sobre a ex-esposa.

— *É um lugar horrível* — grasniu Bill. — *Frio, muito, muito frio. E não tem nada brilhante lá. Agora, se nos der licença, temos que começar a dar conta de toda essa carniça para chegar às lâminas brilhantes.*

— *Amo nosso trabalho* — disse Godfrey.

— *Eu também!* — grasniram os outros corvos.

As aves voaram para a pilha de corpos e começaram a trabalhar, uma coisa que eu não queria ver.

Antes que o bando conseguisse dar cabo das próprias vidas nas lâminas das foices e botasse a culpa em mim, Jacques e eu começamos nossa longa caminhada de volta até o *Bananão*.

TRINTA E SEIS

A balada de Mestiço, o herói do buraco

Nossa tripulação tinha derrotado o outro gigante.

Eu percebi por causa do corpo maltratado e decapitado de um gigante caído na praia perto da doca. A cabeça não estava em lugar nenhum. Alguns pescadores contornavam o corpo com a mão no nariz. Talvez achassem que o gigante era uma baleia morta.

Samirah estava sorrindo na doca.

— Bem-vindo de volta, Magnus! Estávamos ficando preocupados.

Tentei retribuir o sorriso.

— Que nada. Eu estou bem.

Contei o que tinha acontecido com os corvos e Suttung.

A caminhada de volta para o navio até que foi agradável: só eu e Jacques apreciando as campinas e estradas rurais da Noruega. No caminho, bodes e pássaros fizeram comentários críticos sobre minha higiene pessoal, mas não podia culpá-los. Eu parecia ter andado por metade do país e rolado pela outra metade.

— Garoto! — Blitzen veio correndo pela prancha de acesso, com Hearthstone logo atrás. — Estou tão feliz que você está bem... Ah, eca! — Blitz recuou rapidamente. — Você está fedendo como aquela caçamba de lixo da rua Park.

— Obrigado. Era o cheiro que eu queria mesmo.

Não dava para ter muita certeza sobre a condição de Blitz porque ele estava com a rede de proteção contra o sol, mas a voz parecia alegre.

Hearthstone estava bem melhor, como se um dia inteiro de sono tivesse neutralizado o efeito das nossas experiências em Álfaheim. O lenço rosa e verde de Alex caía com elegância pelas lapelas pretas de couro.

A pedra foi útil?, sinalizou ele.

Pensei na pilha de corpos que deixamos no vale. *Nós conseguimos o hidromel*, eu sinalizei. *Não teríamos conseguido sem a pedra de amolar.*

Hearth assentiu, aparentemente satisfeito.

Você está fedendo.

— Já ouvi dizer. — Eu indiquei o corpo do gigante. — O que aconteceu aqui?

— Aquilo — disse Sam, os olhos brilhando — foi obra de Mestiço Gunderson. — Ela gritou para o convés do navio: — Mestiço!

O berserker estava tendo uma conversa acalorada com T.J., Alex e Mallory. Ele pareceu aliviado de ir até a amurada.

— Ah, aí está ele! — disse Mestiço. — Magnus, você pode explicar para T.J. que aqueles escravos tinham que morrer? Ele está pegando no pé da Mac por causa disso.

Três coisas chamaram minha atenção:

O apelido Mac tinha sido oficialmente adotado.

Mestiço estava *defendendo* Mallory Keen.

E, é claro. Fazia sentido que T.J., por ser filho de uma escrava livre, pudesse ter um probleminha por termos matado nove escravos.

— Eles eram *gigantes* — disse T.J., a voz carregada de raiva. — Eu entendo o que aconteceu. Eu entendo a explicação. Mas... vocês mataram todos. Vocês não podem esperar que eu aceite isso bem.

— Eles eram jötunns! — exclamou Mestiço. — Nem eram humanos!

Blitz pigarreou.

— Um gentil lembrete, berserker: Hearth e eu também não somos humanos.

— Ah, vocês entenderam o que eu quis dizer. Não acredito que estou dizendo isso, mas Mac fez a coisa certa.

— Não me defenda — disparou Mallory. — Só piora as coisas. — Ela se virou para Thomas Jefferson Jr. — Sinto muito que tenha que ter sido assim, T.J. De verdade. Foi horrível.

T.J. hesitou. Era tão raro Mallory se desculpar que, quando fazia isso, o ato era carregado de significado. T.J. assentiu com ressentimento; nem tudo estava bem, mas ele pelo menos consideraria as palavras dela. Ele fez cara feia para Mestiço, mas Mallory colocou a mão no ombro do infante. Eu me lembrei do que Sam tinha dito sobre T.J. e Mestiço já terem sido inimigos. Agora, eu conseguia ver quanto eles precisavam de Mallory para continuar na mesma equipe.

— Vou lá para baixo. — T.J. olhou para o cadáver do gigante. — O ar está mais fresco lá.

Ele se afastou.

Alex estufou as bochechas.

— Sinceramente, acho que vocês não tiveram muita escolha, mas vão ter que dar um tempo para T.J. Ele já estava chateado por termos passado a manhã inteira andando de um lado para outro e só termos encontrado turistas e souvenirs de trolls.

Blitzen grunhiu.

— Pelo menos temos o hidromel agora. Não foi tudo por nada.

Eu esperava que ele estivesse certo. Se eu ia conseguir derrotar Loki no vitupério... apenas o tempo diria, e eu tinha a sensação de que, por mais mágico que o hidromel fosse, meu sucesso ia depender de *mim*. Só que *eu* era a pior pessoa com quem podia contar.

— Mas e esse gigante? — perguntei, ansioso para mudar de assunto. — Ele é Baugi, não é? Como vocês o mataram?

Todos olharam para Mestiço.

— Ah, parem com isso! — protestou Mestiço. — Vocês ajudaram bastante.

Hearthstone sinalizou: *Blitz e eu dormimos o tempo todo.*

— T.J. e eu tentamos lutar com ele — admitiu Alex. — Mas Baugi jogou um prédio em cima da gente.

Ela apontou para a costa. Eu não tinha reparado antes, mas um dos lindos chalés azuis de Fläm tinha sido arrancado da rua principal — onde agora havia um buraco que mais parecia um dente faltando — e jogado na praia, onde a casinha desmoronou como uma boia inflável murcha. Eu não fazia ideia de como os moradores interpretavam isso, mas ninguém parecia estar correndo em círculos, gritando de pânico.

— Quando voltei para o navio — disse Sam —, o gigante estava em meu encalço. Eu só tive energia para explicar o que estava acontecendo. Mestiço assumiu a partir daí.

O berserker parecia infeliz.

— Vocês estão exagerando.

— *Exagerando?* — Sam se virou para mim. — Baugi pousou no meio da cidade, assumiu forma de gigante, e saiu batendo o pé e berrando ameaças.

— Ele chamou Fläm de buraco imundo — resmungou Mestiço. — Ninguém diz isso sobre a minha cidade.

— Mestiço partiu para cima dele — continuou Sam. — Baugi tinha uns doze metros...

— Quatorze — corrigiu Alex.

— ... e tinha uma camada de *glamour* nele, deixando tudo ainda mais apavorante.

— Tipo o Godzilla — sugeriu Alex. — Ou talvez meu pai. Tenho dificuldade de diferenciar os dois.

— Mas Mestiço foi para cima mesmo assim — continuou Sam —, gritando *Por Fläm!*

— Não é o melhor grito de guerra — admitiu Gunderson. — Para a minha sorte, o gigante não era tão forte quanto parecia.

Alex riu com escárnio.

— Ele era bem forte. Você que... bem, surtou. — Alex fechou as mãos em concha em volta da boca como se fosse me contar um segredo. — Esse cara é *assustador* quando entra no modo berserker. Ele literalmente fez picadinho dos pés dele. E aí, quando Baugi caiu de joelhos, Mestiço cuidou do resto dele.

Gunderson pigarreou.

— Ah, pare com isso, Fierro, foi você que usou seu garrote na cabeça dele. Ela saiu voando... — ele indicou o fiorde — ... para aquele lado.

— Baugi já estava quase morto nessa hora — insistiu Alex. — Estava quase tombando. Foi o único motivo para a cabeça ter voado para tão longe.

— Bom — disse Mestiço —, ele está morto. É só o que importa.

Mallory cuspiu pela lateral do barco.

— E eu perdi a coisa toda porque estava presa dentro de uma noz.

— É — murmurou Mestiço. — É, perdeu.

Era minha imaginação ou Mestiço parecia decepcionado de Mallory ter perdido seu momento de glória?

— Quando se está dentro da noz — disse Mallory —, não dá para sair até que alguém *permita* que você saia. Sam demorou uns vinte minutos para lembrar que eu estava lá dentro...

— Ah, para com isso — disse Sam. — Foram só uns cinco.

— Pareceu mais tempo.

— Aham. — Mestiço assentiu. — Imagino que o tempo passe mais devagar quando se está dentro de uma noz.

— Cala a boca, pateta — resmungou Mallory.

Mestiço sorriu.

— Então vamos zarpar ou o quê? O tempo urge!

A temperatura caiu quando estávamos velejando em direção ao pôr do sol. No meio do navio, Sam fez sua oração da noite. Hearthstone e Blitzen estavam na proa, olhando com admiração para os fiordes. Mallory desceu para o convés para ver como T.J. estava e preparar o jantar.

Eu estava no leme ao lado de Mestiço Gunderson, ouvindo a vela ondular ao vento e os remos mágicos cortarem a água em sincronia perfeita.

— Eu estou bem — disse Mestiço.

— Hã?

Eu olhei para ele. Seu rosto estava azul nas sombras da noite, como se ele o tivesse pintado para a batalha (como às vezes fazia).

— Você ia perguntar se eu estava bem — disse ele. — É por isso que está aqui, não é? Eu estou bem.

— Ah. Que bom.

— Admito que foi estranho andar pelas ruas de Fläm pensando que cresci ali em uma casinha com a minha mãe. O lugar é mais bonito do que eu me lembrava. E eu talvez tenha imaginado como teria sido minha vida se eu tivesse ficado, me casado e tal.

— Certo.

— Quando Baugi insultou a cidade, perdi a cabeça. Eu não estava esperando ficar... sabe como é, *sentimental* por estar aqui.

— Claro.

— Não que eu espere que alguém escreva uma balada por eu ter salvado minha cidade nem nada. — Ele inclinou a cabeça como se quase conseguisse ouvir a melodia. — Estou feliz de ter ido embora de novo. Não me arrependo das escolhas que fiz quando eu estava vivo, nem mesmo da de ter deixado minha mãe para trás e nunca mais tê-la visto.

— Certo.

— E Mallory ter conhecido a mãe dela... isso não importa para mim. Mas fiquei feliz de Mac ter descoberto a verdade, mesmo ela pegando um trem sem nos contar, mesmo correndo risco de vida, isso tudo sem que eu tenha ficado sabendo de nada. Ah, isso vale para você e Sam também, claro.

— Claro.

Mestiço bateu no leme.

— *Maldita* megera! O que ela estava *pensando*?

— Hã...

— Filha de *Frigga?* — A gargalhada de Mestiço soou meio histérica. — Não é à toa ela ser tão... — Ele balançou a mão, fazendo sinais que podiam significar quase qualquer coisa: *Exasperante? Fantástica? Raivosa? Processador de alimentos?*

— Hum...

Mestiço deu um tapinha no meu ombro.

— Obrigado, Magnus. Fico feliz de termos tido essa conversa. Você até que é legal para um curandeiro.

— Valeu.

— Você pode ficar responsável pelo leme? É só se manter no meio do fiorde e tomar cuidado com krakens.

— *Krakens?* — protestei.

Mestiço assentiu, distraído, e desceu para o convés inferior, talvez para dar uma olhada no jantar, ou em Mallory e T.J., ou talvez só porque eu estava fedendo.

Quando o céu escureceu por completo, já tínhamos chegado a mar aberto. Não colidi com o navio nem libertei nenhum kraken, o que foi bom. Eu não queria ter que lidar com *isso*.

Samirah terminou de rezar e assumiu o leme. Ela estava comendo tâmaras com a expressão habitual de êxtase pós-jejum.

— Como você está?

Eu dei de ombros.

— Considerando o dia que tivemos? Bem, eu acho.

Ela levantou o cantil e balançou o hidromel de Kvásir.

— Quer resolver isso agora? Cheirar ou provar, só para testar?

A ideia me encheu de náuseas.

— Guarde por enquanto, por favor. Vou esperar até a hora de realmente ter que beber.

— Sensato. O efeito pode não ser permanente.

— Não é isso. Eu estou com medo de beber e... e não ser suficiente. De *mesmo assim* eu não conseguir vencer Loki.

Sam parecia querer me dar um abraço, apesar de abraçar um garoto não ser algo que uma boa muçulmana faria.

— Eu penso a mesma coisa, Magnus. Não sobre você, mas sobre mim. Será que vou ter forças para enfrentar meu pai de novo? Será que algum de nós vai?

— Isso foi uma tentativa de elevar o moral?

Sam riu.

— Só podemos tentar, Magnus. Eu prefiro acreditar que nossas adversidades nos deixam mais fortes. Tudo pelo que passamos nesta viagem... *conta*. Aumenta nossas chances de vitória.

Eu olhei para a proa. Blitzen e Hearthstone tinham adormecido lado a lado nos sacos de dormir na base da figura de proa de dragão. Parecia um lugar estranho para dormir, considerando nossa aventura em Álfaheim, mas os dois pareciam em paz.

— Espero que você esteja certa, Sam. Porque uma boa parte foi bem difícil.

Sam suspirou como se libertasse toda a fome, a sede e os palavrões que guardou dentro de si durante o jejum.

— Eu sei. Acho que uma das coisas mais difíceis de fazer é ver as pessoas como elas realmente são. Nossos pais. Nossos amigos. Nós mesmos.

Eu me perguntei se ela estava pensando em Loki ou em si mesma. Ela poderia estar falando sobre qualquer um do navio. Nenhum de nós estava livre do passado. Durante a viagem, vimos alguns espelhos bem reveladores.

Meu momento no espelho ainda estava por vir. Quando enfrentasse Loki, eu tinha certeza de que ele teria prazer em aumentar cada defeito meu, em desvelar cada medo e fraqueza. Se conseguisse, ele me reduziria a uma pocinha chorona no chão.

Nós tínhamos até o dia seguinte para chegar a *Naglfar*, Frigga dissera... ou depois de amanhã, no máximo. Eu me vi hesitando, quase desejando perdermos o prazo só para eu não ter que enfrentar Loki cara a cara. Mas não. Meus amigos estavam contando comigo. Pelo futuro de todo mundo que eu conhecia, de todo mundo que *não* conhecia... eu precisava adiar o Ragnarök pelo máximo de tempo possível. Eu tinha que dar a Sam e Amir uma chance de terem uma vida normal, e a Annabeth e Percy, e à irmãzinha de Percy, Estelle. Todos mereciam um futuro melhor do que a destruição planetária.

Eu me despedi de Sam e abri meu saco de dormir no convés.

Tive um sono agitado. Sonhei com dragões e escravos. Sonhei que caía de montanhas e batalhava com gigantes de barro. A gargalhada de Loki ecoava nos meus ouvidos. O convés virava uma colcha de retalhos horrenda de unhas de homens mortos, me envolvendo em um casulo nojento de queratina.

— Bom dia! — disse Blitzen, me despertando com um susto.

A manhã estava congelante e cinzenta. Eu me sentei e quebrei a camada de gelo que havia se formado no saco de dormir. À nossa direita, erguiam-se montanhas com cumes nevados mais altas do que os fiordes da Noruega. Ao nosso redor, o mar parecia um quebra-cabeça de blocos de gelo. O convés estava coberto de geada, deixando nosso navio de guerra no tom amarelo-pálido de limonada aguada.

Blitzen era a única pessoa no convés. Ele havia se agasalhado, mas não estava mais usando nenhuma proteção solar, apesar de ser dia. Isso só podia querer dizer uma coisa.

— Nós não estamos mais em Midgard.

Blitzen abriu um sorriso fraco, sem humor.

— Nós já estamos em Jötunheim há algumas horas, garoto. Os outros estão lá embaixo, tentando se aquecer. Você... bom, por ser filho do deus do verão, é mais resistente ao frio, mas até *você* vai começar a ter problemas logo. A julgar pela velocidade com que a temperatura está despencando, estamos chegando perto da fronteira de Niflheim.

Eu estremeci instintivamente. Niflheim, o reino primordial do gelo: um dos poucos mundos que eu ainda não tinha visitado e nem fazia muita questão de visitar.

— Como nós vamos saber que chegamos? — perguntei.

O navio balançou com um barulho alto que afrouxou minhas juntas. Eu fiquei de pé, cambaleando. O *Bananão* estava parado na água. A superfície do mar tinha virado gelo sólido para todos os lados.

— Eu diria que chegamos. — Blitz suspirou. — Vamos torcer para Hearthstone conseguir conjurar algum fogo mágico. Senão, vamos morrer congelados em poucas horas.

Trinta e sete

Alex morde a minha cara

Já tive muitas mortes sofridas. Já fui empalado, decapitado, queimado, afogado, esmagado e jogado do terraço do centésimo terceiro andar.

Prefiro tudo isso a hipotermia.

Depois de apenas alguns minutos, meus pulmões pareciam respirar pó de gelo. A tripulação inteira teve que subir ao convés para resolver o problema do gelo, mas não tivemos muito sucesso. Mandei Jacques quebrar a camada que se formou à nossa frente enquanto Mestiço e T.J. usavam alabardas para cortar o gelo de bombordo e estibordo. Sam voou à frente com uma corda e tentou rebocar o *Bananão*. Alex se transformou em morsa e empurrou por trás. Eu estava com muito frio para fazer piadas sobre como ela ficava bonita com presas, bigodes e barbatanas.

Hearthstone invocou uma nova runa:

〈

Ele explicou que aquela era *kenaz*: a tocha, o fogo da vida. Em vez de desaparecer logo depois, como a maioria das runas, *kenaz* continuou ardendo acima da proa, um arco flutuante de fogo a um metro e meio de altura, derretendo o gelo no convés e nos cordames. *Kenaz* nos manteve aquecidos para evitar a morte instantânea, mas Blitz ficou reclamando que sustentar a runa por muito tempo deixaria Hearth esgotado. Alguns meses antes, um esforço como esse o teria matado. Agora, ele estava mais poderoso, mas ainda assim fiquei preocupado.

Encontrei um binóculo no meio das nossas coisas e olhei ao redor em busca de alguma promessa de abrigo nas montanhas. Porém não vi nada além de pedras.

Só percebi que meus dedos estavam ficando azuis quando Blitz chamou minha atenção. Conjurei um pouco de calor de Frey para as mãos, mas o esforço me deixou tonto. Usar o poder do verão ali era como tentar lembrar tudo que aconteceu no meu primeiro dia de aula quando ainda era um bebê. Eu sabia que o verão existia em algum lugar, mas era algo tão distante, tão vago, que eu mal conseguia conjurar uma lembrança.

— B-blitz, v-você não parece sentir tanto frio — comentei.

Ele coçou a barba cheia de gelo.

— Anões lidam bem com o frio. Você e eu seremos os últimos a morrer congelados. Mas isso não é consolo.

Mallory, Blitz e eu usamos os remos para empurrar o gelo enquanto Mestiço e T.J. tentavam quebrá-lo. Nós alternávamos tarefas, indo para o convés inferior em duplas e trios para nos aquecer, apesar de lá embaixo não estar muito mais quente. Teríamos ido mais rápido se descêssemos do navio e andássemos, mas a morsa Alex relatou que havia uns pontos traiçoeiros e bem finos no gelo. Além do mais, não tínhamos onde nos abrigar. O navio ao menos fornecia suprimentos e proteção contra o vento.

Meus braços começaram a ficar dormentes. O tremor se tornou tão constante que eu não conseguia saber se tinha começado a nevar ou se minha visão estava embaçada. A runa ardente era a única coisa que nos mantinha vivos, mas sua luz e seu calor diminuíam aos poucos. Hearthstone estava sentado de pernas cruzadas embaixo de *kenaz*, os olhos fechados em plena concentração. Gotículas de suor pingavam da testa e congelavam assim que batiam no convés.

Depois de um tempo, até Jacques começou a agir com desânimo. Não parecia mais interessado em fazer serenata e nem em contar piadas sobre atividades para quebrar o gelo.

— E essa é a *melhor* parte de Niflheim — resmungou Jacques. — Vocês deviam ver as partes mais frias!

Não sei bem quanto tempo ficamos ali. Parecia impossível ter havido outro modo de viver antes daquele: quebrar gelo, empurrar gelo, tremer, morrer.

De repente, na proa, Mallory grunhiu:

— Ei! Olhem!

A neve começou a se dissipar à nossa frente. A poucos metros, se projetando em meio aos penhascos, havia uma península irregular como a lâmina de um machado corroído. Uma faixa estreita de praia de cascalho preto envolvia a base. E, perto do alto do penhasco... seriam chamas tremeluzindo?

Viramos o navio naquela direção, mas não fomos longe. O gelo ficou mais espesso e interrompeu nosso avanço. Acima da cabeça de Hearth, *kenaz* gotejava fracamente. Nós nos reunimos no convés, solenes e silenciosos. Havíamos nos enrolado com todos os cobertores do barco.

— V-vamos andando — sugeriu Blitz. Até ele estava começando a gaguejar. — Vamos em duplas para ajudar a manter o calor. A-atravessamos o gelo até a margem. Talvez a gente encontre abrigo.

Não era exatamente um "plano de sobrevivência" — estava mais para um plano para morrer em um lugar diferente —, mas começamos a nos mover com ar sombrio. Pegamos os suprimentos vitais, como comida, água, o cantil com o hidromel de Kvásir, nossas armas. Em seguida, descemos para o gelo e eu fiz o *Bananão* voltar ao seu formato de lenço, porque arrastá-lo seria um saco.

Jacques se ofereceu para ir flutuando na frente e testar o gelo com a lâmina. Eu não sabia se isso tornaria as coisas mais ou menos perigosas para nós, mas ele se recusou a voltar à forma de pingente porque os efeitos desse esforço teriam me matado. (Ele é mesmo muito atencioso.)

Quando nos juntamos em pares, o braço de uma pessoa envolveu minha cintura. Alex Fierro se acomodou ao meu lado, envolvendo nossas cabeças e ombros com um cobertor. Olhei para ela, impressionado. Um lenço rosa de lã cobria sua cabeça e sua boca, e eu só conseguia ver os olhos de tons diferentes e alguns fios de cabelo verde.

— C-cala a boca — gaguejou ela. — Você é q-quente e cheio de v-verão.

Jacques conduziu o grupo pelo gelo. Atrás dele, Blitzen fez o melhor para apoiar Hearthstone, que cambaleava com *kenaz* acima da cabeça, embora seu calor agora fosse mais o de uma vela do que o de uma fogueira.

Sam e Mallory vinham atrás, depois T.J. e Mestiço, e finalmente Alex e eu. Andamos pelo mar congelado, seguindo para as rochas, mas nosso destino parecia ficar mais distante a cada passo. Será que o penhasco era uma miragem? Talvez a distância fosse fluida na fronteira entre Niflheim e Jötunheim. Uma vez, no salão de Utgard-Loki, Alex e eu rolamos uma bola de boliche até as Montanhas Brancas em New Hampshire, então eu achava que tudo era possível.

Não sentia mais meu rosto. Meus pés tinham virado potes de sorvete molenga. Pensei em como seria triste chegar até aquele ponto, depois de enfrentar tantos deuses, gigantes e monstros, só para congelar até morrer no meio do nada.

Eu me agarrei a Alex. Ela fez o mesmo comigo. Sua respiração falhava e desejei que ela ainda tivesse a gordura da morsa, porque sua versão original era só pele e osso, fina como o garrote. Eu queria brigar com ela: *Você precisa comer! Está definhando.*

Mas gostei da sensação do calor que vinha dela. Em qualquer outra circunstância, ela teria me matado por chegar tão perto. Além disso, eu teria surtado com tanto contato físico. Eu considerava um triunfo pessoal ter aprendido a abraçar meus amigos de vez em quando, mas não costumava lidar bem com tanta proximidade. A necessidade de me manter aquecido e talvez o fato de ser Alex tornaram tudo mais fácil. Eu me concentrei no cheiro dela, uma espécie de fragrância cítrica que me fez pensar em laranjais em um vale ensolarado no México. Não que eu já tivesse ido a um lugar assim, mas era um cheiro bom.

— Suco de goiaba — balbuciou Alex.

— O q-quê? — perguntei.

— T-terraço. B-back B-bay. Foi legal.

Ela está se agarrando a boas lembranças, percebi. *Para tentar ficar viva.*

— F-foi — concordei.

— York — disse ela. — Mr. Chippy. Você n-não sabia o q-que era *levar pra viagem*.

— Eu te odeio. Continue f-falando.

A gargalhada dela soou mais como uma tosse de fumante.

— Q-quando você voltou de Álfaheim. A sua... a sua c-cara quando eu p-peguei m-meus óculos r-rosa de volta.

— M-mas você *ficou* feliz de me ver?

— Ah. V-você até que é d-divertido.

Ali, lutando para andar no gelo, com nossas cabeças muito próximas, eu quase conseguia imaginar que Alex e eu éramos um guerreiro de argila com duas faces, um ser gêmeo. O pensamento foi reconfortante.

A uns cinquenta metros do penhasco, talvez, a runa se apagou. Hearth cambaleou para cima de Blitz. A temperatura despencou ainda mais, o que eu não achava possível. Meus pulmões expeliram o restinho de calor que continham. E reclamaram quando tentei inspirar.

— Continuem! — gritou Blitz com a voz rouca. — Eu *não* vou morrer vestido assim!

Nós obedecemos e seguimos passo a passo para a praia estreita de cascalho, onde pelo menos poderíamos morrer em terra firme.

Blitz e Hearth estavam quase na margem quando Alex parou abruptamente.

Eu também não tinha mais nenhuma energia, mas achei que devia tentar parecer encorajador.

— Nós... nós temos que s-seguir em frente.

Eu olhei para ela. Nossos narizes se encostavam debaixo dos cobertores. Os olhos dela cintilavam, mel e castanho. O lenço tinha escorregado para baixo do queixo. Seu hálito parecia de limão.

De repente, antes que eu entendesse o que estava acontecendo, ela me beijou. Se tivesse me mordido eu teria ficado menos surpreso. Os lábios de Alex estavam rachados e ásperos por causa do frio. O nariz se encaixou perfeitamente ao lado do meu. Nossos rostos se alinharam, nosso hálito se misturou. E então ela se afastou.

— Eu não ia morrer sem fazer isso — disse ela.

O mundo de gelo primordial não devia ter me congelado completamente, porque meu peito ardia como uma fornalha.

— *E aí?* — Ela franziu a testa. — Fecha a boca e vamos logo.

Andamos até a margem. Minha mente não estava funcionando direito. Eu me perguntei se Alex tinha me beijado só para me inspirar a seguir em frente ou para me distrair de nossas mortes iminentes. Não parecia possível que ela realmente *quisesse* me beijar. Fosse qual fosse o caso, aquele beijo foi o único motivo de eu ter conseguido chegar à margem.

Nossos amigos já estavam lá, encolhidos perto das pedras. Não pareciam ter reparado no que se passou entre mim e Alex. Por que repararíam? Todo mundo estava ocupado demais tentando não morrer congelado.

— Eu... eu tenho p-pólvora — gaguejou T.J. — P-posso fazer uma f-fogueira?

Infelizmente, não tínhamos nada para queimar além das nossas roupas, e precisávamos delas.

Blitz olhou com infelicidade para o penhasco, íngreme e implacável.

— V-vou tentar dar forma à pedra — disse ele. — Talvez eu consiga cavar um túnel.

Eu já tinha visto Blitz modelar pedra sólida, mas era uma tarefa que exigia muita energia e concentração. E mesmo assim, na outra ocasião, ele fez simples apoios para as mãos. Achava difícil que ele tivesse forças para cavar uma caverna inteira. E duvidava de que isso pudesse nos salvar. Mas apreciei o otimismo teimoso dele.

Blitz acabara de enfiar os dedos na pedra quando o penhasco todo ribombou. Uma linha de luz intensa formou o contorno de uma porta enorme que se abriu para dentro com um ruído alto.

Na abertura, surgiu uma giganta tão terrível e linda quanto a paisagem de Niflheim. Tinha três metros de altura, usava roupas de peles brancas e cinzentas, os olhos castanhos eram frios e furiosos e o cabelo escuro tinha várias tranças, como um chicote.

— Quem *ousa* mexer na minha porta da frente? — perguntou ela.

Blitz engoliu em seco.

— Hã, eu...

— Por que não deveria matar todos vocês? — perguntou a giganta. — Ou, como já parecem meio mortos, talvez seja melhor eu só fechar a porta e deixar vocês congelarem!

— E-espera! — falei, grunhindo. — Sk-Skadi... Você é Skadi, não é?

Deuses de Asgard, pensei, *que essa seja mesmo Skadi e não uma giganta qualquer chamada Gertrude, a Antipática.*

— E-eu sou M-Magnus Chase. Neto de Njord. E-ele me mandou f-falar com você.

Uma variedade de emoções passou pelo rosto de Skadi: irritação, ressentimento e talvez só um toque de curiosidade.

— Tudo bem, garoto congelado — resmungou ela. — Isso fez vocês ganharem direito a passar pela porta. Quando todos estiverem descongelados e se explicarem, vou decidir se uso vocês ou não como alvos de arco e flecha.

Trinta e oito

Skadi sabe de tudo, flecha tudo

Eu não queria soltar Alex. Ou talvez não fosse fisicamente capaz de fazer isso.

Dois servos jötunn de Skadi tiveram que nos separar à força. Um deles me carregou por uma escada sinuosa para dentro da fortaleza, meu corpo ainda todo encolhido de frio.

Em comparação com o exterior, o salão de Skadi parecia uma sauna, apesar de o termostato provavelmente estar configurado para temperaturas quase congelantes. Fui carregado por corredores altos de pedra com tetos abobadados que me lembravam as igrejas grandes e velhas de Back Bay (ótimos lugares para se aquecer no inverno quando se é sem-teto). De tempos em tempos, um estrondo ecoava pela fortaleza, como se alguém estivesse disparando ao longe com canhões. Skadi gritou ordens para os servos, e nós fomos levados para aposentos separados para nos banhar.

Um jötunn me colocou em um banho tão quente que alcancei uma nota aguda que não alcançava desde o quarto ano da escola. Ainda na água, ele me deu uma coisa para beber, uma mistura com gosto de mato horrível que queimou minha garganta e fez meus dedos das mãos e dos pés se retorcerem em espasmos. Ele me tirou da banheira, e quando me vestiu com uma túnica e uma calça branca de lã, eu tive que admitir que estava quase me sentindo bem de novo, mesmo com Jacques agora pendurado no meu pescoço como pedra de runa. A cor dos meus dedos voltara ao normal. Eu conseguia sentir meu rosto. Meu nariz não tinha necrosado e caído, e meus lábios estavam exatamente onde Alex os deixou.

— Você vai viver — resmungou o gigante, como se esse fato fosse um fracasso pessoal da parte dele.

Ele me deu sapatos confortáveis de pele e uma capa grossa e quente, depois me levou para o salão principal, onde meus amigos já estavam esperando.

O salão era em boa parte o padrão viking: um piso de pedra rudimentar coberto de palha, um teto feito de lanças e escudos e três mesas com formato de U em volta de uma fogueira, embora as chamas de Skadi fossem brancas e azuis e não parecessem emitir calor.

Em uma das paredes, uma fileira de janelas do tamanho das de catedrais se abria para uma vista obscurecida por uma nevasca. Não vi vidro nas janelas, mas o vento e a neve não invadiam o aposento.

À mesa central, Skadi estava sentada em um trono feito de teixo coberto de peles. Os servos andavam de um lado para outro, levando pratos de pão fresco e carne assada, junto com canecas fumegantes que tinham cheiro de... chocolate quente? De repente, passei a gostar bem mais de Skadi.

Meus amigos estavam todos vestidos como eu, de lã branca, então parecíamos uma sociedade secreta de monges muito limpos: a Sociedade da Água Sanitária. Admito que procurei Alex primeiro, torcendo para me sentar ao seu lado, mas ela estava no banco mais distante, entre Mallory e Mestiço, com T.J. na ponta.

Alex me viu. Fez sinal para meu rosto espantado, como quem diz: *Está olhando o quê?*

Então tudo tinha voltado ao normal. Um beijo à beira da morte e voltamos para nosso sarcasmo de sempre. Que maravilha.

Eu me sentei ao lado de Blitzen, Hearthstone e Sam, o que achei ótimo.

Nós todos começamos a jantar, exceto Sam. Ela não havia tomado banho, pois também era contra as regras do ramadã, mas tinha mudado de roupa. O hijab mudara de cor para combinar com a roupa branca. De alguma forma, ela conseguiu não olhar com desejo para a comida de todo mundo, o que me convenceu sem dúvida alguma de que ela tinha resistência sobre-humana.

Skadi parecia relaxada no trono, as tranças caindo pelos ombros, a capa de pelo fazendo-a parecer ainda maior do que já era. Ela girava uma flecha em cima do joelho. Atrás dela, a parede estava coberta de estantes com equipamentos: esquis, arcos, aljavas de flechas. Ela só podia ser fã de arquearia cross-country.

— Bem-vindos, viajantes, a Thrymheimr — disse nossa anfitriã. — Em nossa língua, Lar do Trovão.

Como se planejado, um estrondo sacudiu a sala, o mesmo *bum* que ouvi quando estava nos corredores da fortaleza. Agora, eu sabia o que era: trovão de neve. Dava para ouvir em Boston às vezes, quando uma tempestade de neve se misturava com uma tempestade normal. Parecia o ruído de bombinhas estourando dentro de um travesseiro de algodão, só que ampliado um milhão de vezes.

— Lar do Trovão. — Mestiço assentiu seriamente. — Um bom nome, considerando, sabe, o constante...

Um trovão soou de novo, sacudindo os pratos na mesa.

Mallory se inclinou na direção de Alex.

— Não consigo alcançar Gunderson. Você pode bater nele por mim?

Apesar do tamanho enorme do salão, a acústica era perfeita. Eu conseguia ouvir cada sussurro. Perguntei-me se Skadi tinha planejado o local com isso em mente.

A giganta não comia nada do prato à sua frente. Melhor cenário: ela estava em jejum pelo ramadã. Pior cenário: ela estava esperando até termos engordado o suficiente para nos apreciar como prato principal.

Ela bateu com a flecha no joelho enquanto me observava atentamente.

— Então você é parente de Njord, é? — perguntou ela. — Filho de Frey, imagino.

— Sim, hã, senhora.

Eu não sabia se *moça* ou *senhorita* ou *pessoa enorme e assustadora* eram títulos apropriados, mas Skadi não me matou, então achei que não a tinha ofendido. Ainda.

— Consigo ver a semelhança. — Ela franziu o nariz, como se a semelhança não fosse um ponto a meu favor. — Njord não foi um marido tão ruim. Ele era gentil. Tinha pés lindos.

— Pés incríveis — concordou Blitz, balançando uma costela de porco para enfatizar.

— Mas nós não conseguíamos nos entender — continuou Skadi. — Diferenças irreconciliáveis. Ele não gostava do meu salão. Dá pra acreditar?

Hearthstone sinalizou: *Você tem um salão lindo.*

O gesto para *lindo* era fazer um círculo com a mão na frente do rosto e abrir os dedos como quem faz *puf!* Nas primeiras vezes que vi, achei que Hearth estava dizendo *Isso faz meu rosto explodir.*

— Obrigada, elfo — agradeceu Skadi (porque os melhores gigantes entendiam linguagem de sinais). — Sem dúvida, Lar do Trovão é melhor do que a casa de praia de Njord. Aquelas gaivotas gritando sem parar... eu não suportava o barulho!

Um trovão sacudiu a sala de novo.

— Sim — disse Alex —, não tem paz e tranquilidade, como aqui.

— Exatamente — concordou Skadi. — Meu pai construiu esta fortaleza, que sua alma descanse com Ymir, o primeiro gigante. Agora Thrymheimr é minha e não pretendo abrir mão dela. Já estou de saco cheio dos aesires! — Ela se inclinou para a frente, ainda segurando a flecha do mal cheia de espetos. — Agora me diga, Magnus Chase, por que Njord mandou você até aqui? Não me diga que ele ainda tem ilusões sobre ficarmos juntos de novo, *por favor.*

Por que eu?, pensei.

Skadi parecia legal. Eu já tinha conhecido gigantes suficientes para saber que nem todos eram maus, assim como nem todos os deuses eram bons. Mas se Skadi não queria mais saber dos aesires, eu não sabia se ela acharia bom irmos atrás de Loki, que, claro, era o maior inimigo dos aesires. Eu definitivamente não queria contar que meu avô, o deus da pedicure, ainda sentia falta dela.

Por outro lado, meus instintos me diziam que Skadi enxergaria qualquer mentira ou omissão com a mesma facilidade com que ouvia cada sussurro naquele salão. Thrymheimr não era um lugar para segredos.

— Njord queria que eu perguntasse o que você sente por ele — admiti.

Ela suspirou.

— Não acredito. Ele não mandou flores dessa vez, né? Eu falei para ele *parar* com os buquês.

— Nada de flores — prometi, me solidarizando de repente com todos os entregadores inocentes de Niflheim que ela devia ter matado. — E os sentimentos de Njord não são o motivo principal para estarmos aqui. Nós viemos impedir Loki.

Todos os servos pararam o que estavam fazendo. Olharam para mim e para a patroa, como se pensando: *Ora, isso vai ser interessante.* Meus amigos me encararam com expressões que variavam de *Você vai tirar isso de letra!* (Blitzen) a *Não estrague tudo como costuma fazer* (Alex).

Os olhos castanhos de Skadi cintilaram.

— Continue.

— Loki está preparando o navio *Naglfar* para zarpar. Viemos impedir, recapturar ele e levar de volta para os aesires, para não termos que lutar no Ragnarök, tipo, amanhã.

Outro trovão sacudiu a montanha.

O rosto da giganta estava ilegível. Eu a imaginei disparando a flecha pelo salão e empalando meu peito como um dardo de visgo.

Mas ela só jogou a cabeça para trás e riu.

— É *por isso* que vocês estão carregando o hidromel de Kvásir? Você pretende desafiar Loki a um vitupério?

Engoli em seco.

— Hã... é. Como você sabe que nós estamos com o hidromel de Kvásir?

Minha segunda pergunta, subentendida, foi: *E você vai tirá-lo de nós?*

A giganta se inclinou para a frente.

— Estou ciente de tudo que acontece no meu salão, Magnus Chase, e de todo mundo que passa por ele. Já fiz o inventário de suas armas, seus suprimentos, seus poderes, suas cicatrizes. — Ela observou a sala, pousando o olhar em cada um de nós... não com solidariedade, mais como quem estava escolhendo alvos. — Eu também saberia se um de vocês mentisse para mim. Para sua sorte, você não mentiu. Agora, me diga: por que eu deveria deixar vocês irem em frente com essa missão? Quero que me convença a não matar todo mundo aqui.

Mestiço Gunderson limpou a barba.

— Bom, primeiro, lady Skadi, nos matar daria muito trabalho. Se você conhece nossas habilidades, sabe que somos excelentes lutadores. Nós daríamos um trabalho danado...

Uma flecha atingiu a mesa a dois centímetros da mão de Mestiço. Eu nem vi como aconteceu. Olhei para Skadi... De repente, ela estava segurando um arco e uma segunda flecha já preparada para disparar.

Mestiço nem se mexeu. Colocou o chocolate quente na mesa e arrotou.

— Foi sorte.

— Rá! — Skadi baixou o arco, e meu coração voltou a bombear sangue. — Então vocês são corajosos. Ou tolos, pelo menos. O que mais podem me dizer?

— Que não somos amigos de Loki — ofereceu Samirah. — E nem você.

Skadi ergueu a sobrancelha.

— O que faz você dizer isso?

— Se você fosse amiga de Loki, nós já estaríamos mortos. — Sam indicou as janelas. — O porto de *Naglfar* fica aqui perto, não fica? Consigo sentir que meu pai está próximo. Você não gosta de Loki estar reunindo seu exército no quintal da sua casa. Se nos deixar seguir com nossa missão, vamos tirar meu pai da jogada.

Alex assentiu.

— Ah, vamos mesmo.

— Interessante — refletiu Skadi. — *Duas* filhas de Loki sentadas à minha mesa, e as duas parecem odiá-lo ainda mais do que eu. O Ragnarök gera aliados estranhos.

T.J. bateu palmas uma vez, tão alto que todos nos encolhemos (menos Hearth).

— Eu sabia! — Ele sorriu e apontou para Skadi. — Eu *sabia* que essa moça tinha bom gosto. Um chocolate quente gostoso assim? Um salão lindo desses? E servos em vez de escravos!

Skadi curvou o lábio.

— Sim, einherji. Eu detesto a escravidão.

— *Estão vendo?*

T.J. olhou para Mestiço com cara de *Eu te disse*. Mais trovões sacudiram os pratos e os copos, como se concordando com T.J. O berserker só revirou os olhos.

— Eu *sabia* que essa moça odiava Loki — resumiu T.J. — Ela é praticamente uma apoiadora da União!

A giganta franziu a testa.

— Não sei bem o que isso quer dizer, entusiasmado convidado, mas você está certo: eu não sou amiga de Loki. Houve uma época em que ele não pareceu ser tão ruim. Ele conseguia me fazer rir. Era encantador. Mas, durante o vitupério no salão de Aegir... Loki insinuou que... que tinha compartilhado a cama comigo.

Skadi estremeceu com a lembrança.

— Ele manchou minha honra na frente de todos os deuses. Disse coisas *horríveis*. E assim, quando os aesires o prenderam naquela caverna, fui eu que consegui a víbora e coloquei acima da cabeça de Loki. — Ela deu um sorriso frio. — Os aesires e vanires estavam satisfeitos só de deixar Loki preso por toda a eternidade, mas isso não era suficiente para mim. Eu queria que ele sentisse o gotejar do veneno na cara pelo resto da vida, assim como as palavras dele *me* fizeram sentir.

Eu decidi que não mancharia a honra de Skadi tão cedo.

— Bom, senhora... — Blitz puxou a túnica de lã. Ele era o único de nós que não parecia à vontade com a roupa nova, provavelmente porque o traje não permitia que ele usasse gravata. — Parece que deu ao vilão o que ele merecia. Você vai nos ajudar, então?

Skadi colocou o arco na mesa.

— Me ajudem a entender: você, Magnus Chase, planeja derrotar Loki, o mestre dos insultos, em um vitupério.

— Isso.

Ela parecia estar esperando que eu falasse poeticamente sobre minha perícia com verbos e adjetivos e tudo mais. Sinceramente, aquela resposta de uma palavra só foi a única coisa que consegui dizer.

— Muito bem, então — disse Skadi. — Que bom que vocês têm o hidromel de Kvásir.

Todos os meus amigos assentiram. Muito obrigado, queridos amigos.

— Você também foi sábio de ainda não ter bebido — continuou Skadi. — Não sobrou muito, e não dá para saber quanto tempo o efeito vai durar. Você devia beber pela manhã, pouco antes de partir. Isso deve dar tempo de o hidromel surtir efeito antes de você enfrentar Loki.

— Então você sabe onde ele está? — perguntei. — Ele está perto *assim*?

Eu não sabia se ficava aliviado ou petrificado.

Skadi assentiu.

— Depois da minha fortaleza há uma baía congelada onde *Naglfar* está ancorado. Em termos gigantes, fica a poucos passos daqui.

— E o que isso quer dizer em termos humanos? — perguntou Mallory.

— Não importa — garantiu Skadi. — Vou dar esquis para acelerar sua jornada.

Hearth sinalizou: *Esquis?*

— Não sou muito bom com esquis — murmurou Blitz.

Skadi sorriu.

— Não tema, Blitzen, filho de Freya. Meus esquis vão ficar bons em *você*. Vocês têm que chegar ao navio antes do meio-dia de amanhã. Até lá, o gelo bloqueando a baía vai ter derretido o suficiente para Loki partir para mar aberto. Se isso acontecer, nada vai poder impedir o Ragnarök.

Troquei um olhar com Mallory acima do fogo da fogueira. A mãe dela, Frigga, estava certa. Quando botarmos os pés em *Naglfar*, se chegarmos lá, quarenta e oito horas terão se passado desde Fläm.

— Se vocês conseguirem subir a bordo do navio — disse Skadi — vão ter que abrir caminho por legiões de gigantes e de mortos-vivos. É claro que eles vão tentar matar vocês. Mas, se conseguirem ficar cara a cara com Loki e fazer seu desafio, ele vai ter que aceitar por uma questão de honra. A luta vai parar por tempo suficiente para o vitupério.

— Então vai ser moleza — disse Alex.

As trancinhas de Skadi deslizaram pelos ombros quando ela se virou para encarar Alex.

— Você tem uma definição interessante de *moleza*. Supondo que Magnus consiga derrotar Loki em um vitupério e o enfraqueça o bastante para capturar Loki... como vocês vão aprisioná-lo?

— Hum... — disse Mallory. — Nós temos uma noz.

Skadi assentiu.

— Isso é bom. A noz deve servir.

— Então, se eu derrotar Loki no vitupério — falei — e nós fizermos a coisa toda com a noz e tal... vamos apertar as mãos da tripulação de Loki, todo mundo vai dizer "mandaram bem" e vão nos deixar ir embora, certo?

Skadi riu.

— Acho difícil. O cessar-fogo vai acabar assim que a competição terminar. E aí, de uma forma ou de outra, a tripulação vai matar vocês.

— Entendi — disse Mestiço. — Por que você não vem conosco, Skadi? Uma arqueira seria útil para o grupo.

Skadi gargalhou.

— Esse aí é muito engraçado.

— É, mas a graça passa rápido — murmurou Mallory.

A giganta se levantou.

— Esta noite, vocês são meus convidados, pequenos mortais. Podem dormir tranquilamente sabendo que não há nada a temer no Lar do Trovão. Mas, de manhã... — ela apontou para o abismo branco além das janelas — ... vocês vão embora. A última coisa que quero é que Njord fique cheio de esperanças se eu mimar o neto dele.

TRINTA E NOVE

Eu fico poético tipo, sei lá... um poeta

APESAR DA PROMESSA DE SKADI, eu não dormi muito bem.

O frio do quarto e os trovões constantes não ajudaram. Nem mesmo saber que pela manhã Skadi nos daria esquis e nos jogaria pela janela.

Além disso, não parei de pensar em Alex Fierro. Sabe como é, só um pouco. Alex era uma força da natureza, como os trovões. Ela atacava quando sentia vontade, de acordo com variações de temperatura e padrões de neve que eu não tinha como prever. Ela abalava minhas estruturas de uma forma poderosa, mas ao mesmo tempo estranhamente suave e contida, escondida por uma nevasca. Eu não conseguia distinguir quais eram suas motivações. Alex fazia o que queria. Pelo menos, era o que parecia para mim.

Fiquei um bom tempo olhando para o teto. Quando finalmente saí da cama, usei a bacia para lavar o rosto e botei roupas novas de lã, brancas e cinzentas, as cores de neve e gelo. Meu pingente de runa pendia frio e pesado, como se Jacques estivesse dando uma cochilada. Peguei meus poucos pertences e fui para os corredores de Lar do Trovão, torcendo para não ser morto por um servo assustadiço ou por uma flecha perdida.

No salão, encontrei Sam fazendo sua oração. Jacques zumbiu no meu peito, me informando em tom sonolento e irritado que eram quatro da manhã no horário de Niflheim.

Sam tinha virado o tapete de oração para as enormes janelas abertas. Achei que a mancha branca lá fora era um belo quadro a admirar enquanto se meditava sobre Deus ou sabe-se lá o quê. Esperei que ela terminasse. A essa altura eu já reconhecia o padrão. Um instante de silêncio no final, uma espécie de momento de paz que nem um trovão seria capaz de incomodar, e ela se virou e sorriu.

— Bom dia.

— Oi. Você acordou cedo.

Percebi que era uma coisa idiota para se dizer para uma muçulmana. Nenhum praticante dormia tarde porque era preciso estar acordado para as orações aos primeiros sinais de luz. Por estar viajando com Sam, passei a prestar mais atenção ao horário do amanhecer e do entardecer, mesmo quando estávamos em outros mundos.

— Eu não dormi muito — disse ela. — Achei que podia fazer uma ou duas refeições caprichadas.

Ela deu tapinhas na barriga.

— Como você sabe os horários de oração em Jötunheim? — perguntei. — E também onde fica Meca?

— Ah. Eu faço uma aproximação. Isso é permitido, porque o que vale é a intenção.

Eu me perguntei se o mesmo seria verdade no meu desafio iminente. Talvez Loki dissesse: *Bem, Magnus, você foi péssimo no vitupério, mas fez seu melhor e, como o que vale é a intenção, você venceu!*

— Ei. — A voz de Sam me arrancou dos meus pensamentos. — Você vai se sair bem.

— Você está incrivelmente calma. Considerando... você sabe, que hoje é o dia.

Sam ajeitou o hijab, que ainda estava branco para combinar com a roupa.

— A noite de ontem foi a vigésima sétima do ramadã. Tradicionalmente, é a Noite do Poder.

Eu esperei.

— É quando você fica superenergizada?

Ela riu.

— Mais ou menos. Essa noite celebra o momento em que Maomé recebeu sua primeira revelação do anjo Gabriel. Ninguém sabe exatamente que noite é, mas é a mais sagrada do ano...

— Espera, é a noite mais sagrada da religião, mas vocês não sabem quando é?

Sam deu de ombros.

— A maioria das pessoas escolhe a vigésima sétima, mas, sim, é incerto. Sabemos que é uma das dez últimas noites do mês do ramadã. Não saber deixa todo mundo alerta. De qualquer modo, a noite de ontem me *pareceu* certa. Eu fiquei acordada orando e pensando e me senti... confirmada. Senti que *há* uma coisa maior do que isso tudo: Loki, o Ragnarök, o navio dos mortos. Meu pai pode ter poder sobre mim porque é meu pai. Mas não é o único poder. *Allahu akbar.*

Eu conhecia a expressão, mas nunca tinha ouvido Sam usá-la. Admito que instintivamente senti um nó no estômago. Os jornais adoravam falar que os terroristas diziam isso logo antes de fazerem uma coisa horrível e explodir gente.

Eu não ia comentar isso com Sam. Imaginei que estivesse bem ciente disso. Era comum que, andando de hijab pelas ruas de Boston, alguém gritasse para ela voltar para seu país, ao que (se estivesse de mau humor) Sam respondia: "Eu sou de Dorchester!"

— É — falei. — Isso quer dizer *deus é grande*, não é?

Sam balançou a cabeça.

— É uma tradução um tanto imprecisa. Quer dizer *Deus é maior*.

— Maior do que o quê?

— Do que tudo. O motivo de dizer isso é para lembrar a si mesmo que Deus é maior do que tudo que você está enfrentando: seus medos, seus problemas, sua sede, sua fome, sua raiva. Até seus problemas com um pai como Loki. — Ela balançou a cabeça. — Desculpa, isso deve ter soado meio sentimentaloide para um ateu.

Dei de ombros, me sentindo constrangido. Queria ter a fé de Sam. Eu não tinha, mas isso funcionava para ela, e eu precisava que ela tivesse confiança, principalmente hoje.

— Bom, você parece superenergizada. É isso que importa. Pronta para arrebentar uns mortos-vivos?

— Estou. — Ela deu um sorrisinho. — E você? Está pronto para enfrentar *Alex*?

Eu me perguntei se Deus era maior do que o soco na barriga que Sam tinha acabado de acertar em mim.

— Hã, como assim?

— Ah, Magnus. Você é tão emocionalmente cego que é quase fofo.

Antes que eu pudesse pensar em um jeito inteligente de responder a isso, talvez gritando *Nossa, o que é aquilo!* e saindo correndo, a voz de Skadi explodiu no salão.

— Aí estão meus madrugadores!

A giganta usava peles brancas suficientes para vestir uma família de ursos-polares. Atrás dela, uma fila de servos se aproximava, carregando uma variedade de esquis de madeira.

— Vamos despertar seus amigos e botar vocês na estrada!

Nossos amigos não ficaram animados de acordar.

Eu tive que jogar água gelada na cabeça de Mestiço Gunderson *duas vezes*. Blitz resmungou alguma coisa sobre patos e me mandou ir embora. Quando tentei despertar Hearth, ele esticou uma das mãos para fora da coberta e sinalizou: *Eu não estou aqui.* T.J. pulou da cama gritando "ATACAR!" Felizmente, não estava armado, senão a essa altura haveria um furo no meu corpo.

Por fim, todos se reuniram no salão principal, onde os servos de Skadi tinham servido nossa última refeição, desculpem, nosso *café da manhã*, composto de pão, queijo e sidra.

— Essa sidra foi feita com as maçãs da imortalidade — disse Skadi. — Séculos atrás, quando meu pai sequestrou a deusa Idun, fermentamos algumas das maçãs dela para fazer a sidra. Já está bem diluída. Não vai tornar vocês imortais, mas vai melhorar a resistência, pelo menos o suficiente para que atravessem os ventos de Niflheim.

Bebi tudo. A sidra não me deixou particularmente energizado, mas senti, sim, um formigamento. E sossegou as reviravoltas no meu estômago.

Depois de comer, experimentamos nossos esquis com graus variados de sucesso. Hearthstone se balançou graciosamente nos dele (quem sabia que ele era capaz de se balançar graciosamente?) enquanto Blitz tentava, em vão, encontrar um par que combinasse com seus sapatos.

— Tem alguma coisa menor? — perguntou ele. — E talvez marrom-escuro? Tipo de mogno?

Skadi deu um tapinha na cabeça dele, gesto que os anões não apreciavam.

Mallory e Mestiço se moviam com facilidade, mas os dois tiveram que ajudar T.J. a ficar de pé.

— Jefferson, eu achei que você tivesse crescido na Nova Inglaterra — disse Mestiço. — Você nunca andou de esqui?

— Eu morava na cidade — resmungou T.J. — Além disso, sou negro. Não havia muitos negros esquiando em Boston, em 1861.

Sam parecia meio desajeitada com os esquis, mas como ela sabia voar, não me preocupei muito.

Alex, por sua vez, estava sentada junto a uma janela calçando um par de botas de esquiar cor-de-rosa. Tinha trazido isso com ela? Oferecido uma gorjeta de algumas coroas para um gigante arrumar um par assim no armário de Skadi? Eu não fazia ideia, mas ela não ia esquiar para a morte usando roupas brancas e cinza sem graça. Ela estava usando uma capa de pelo verde (Skadi devia ter esfolado alguns Grinches para fazê-la) por cima da calça jeans malva e de um colete verde e cor-de-rosa. Para completar o visual, um chapéu de aviador no estilo Amelia Earhart e óculos também cor-de-rosa. Quando eu achava já ter visto todo tipo de roupa que só Alex conseguiria usar, ela aparecia com algo diferente.

Manteve-se alheia a todo o grupo enquanto ajustava os esquis. (Quando digo *todo o grupo*, estou falando de mim.) Parecia perdida em pensamentos, talvez considerando o que diria para a mãe, Loki, antes de tentar decapitar o deus com o garrote.

Em pouco tempo estávamos todos vestidos, de pé e em pares junto às janelas abertas, parecendo um grupo de saltadores das olimpíadas de inverno.

— Bem, Magnus Chase — disse Skadi —, a única coisa que falta é beber o hidromel.

Sam, de pé à minha esquerda, me ofereceu o cantil.

— Ah. — Eu me perguntei se era seguro beber hidromel antes de andar de esqui. Talvez as leis fossem menos severas em Jötunheim. — Você quer dizer agora?

— É — disse Skadi. — Agora.

Abri o cantil. Era o momento da verdade. Tínhamos nos aventurado pelos mundos e quase morrido várias vezes. Jantamos com Aegir, colocamos guerreiros de cerâmica para batalhar, matamos um dragão e pegamos hidromel usando uma mangueira de borracha velha só para que eu pudesse tomar a tal bebida feita de sangue e mel, que com sorte me deixaria poético o suficiente para humilhar Loki.

Não vi sentido em apreciar o sabor. Virei todo o hidromel em três goles grandes. Eu estava esperando sentir gosto de sangue, mas o hidromel de Kvásir tinha gosto de... bem, hidromel. Não queimava como o sangue de dragão e nem formigava como a sidra de quase imortalidade de Skadi.

— Como você está se sentindo? — perguntou Blitz, esperançoso. — Poético?

Eu arrotei.

— Estou me sentindo bem.

— Só isso? — perguntou Alex. — Diga alguma coisa impressionante. Descreva a tempestade.

Eu olhei para a nevasca pela janela.

— A tempestade parece... branca. E fria.

Mestiço suspirou.

— Vamos todos morrer.

— Boa sorte, heróis! — gritou Skadi.

E os servos dela nos empurraram pela janela em direção ao abismo.

Quarenta

Recebo uma ligação a cobrar de Hel

Disparamos pelo céu como coisas que disparam pelo céu.

O vento açoitou meu rosto. A neve me cegou. O frio era tão intenso que achei que fosse congelar.

Pois é, o hidromel da poesia não estava funcionando *mesmo*.

De repente, a gravidade agiu. Eu odeio a gravidade.

Meus esquis rasparam e chiaram na neve compactada. Eu não esquiava havia *muito* tempo. Também nunca tinha feito isso despencando em uma ladeira de quarenta e cinco graus de inclinação em temperaturas abaixo de zero e no meio de uma nevasca.

Meus olhos congelaram. O frio queimou minhas bochechas. De alguma forma, consegui não sair rolando. Toda vez que me desequilibrava um pouco, meus esquis se corrigiam sozinhos e eu me mantinha de pé.

De relance, vi Sam voando à minha direita, seus esquis quase dois metros acima do chão. Trapaceira. Hearthstone passou disparado à minha esquerda, sinalizando *Seguindo pela esquerda*, o que não ajudou muito.

Na minha frente, Blitzen caiu do céu, gritando a plenos pulmões. Ele bateu na neve e imediatamente executou uma série impressionante de *slaloms*, movimentos em oito e saltos triplos. Ou ele esquiava *bem melhor* do que dissera ou seus esquis mágicos tinham um senso de humor cruel.

Meus joelhos e tornozelos ardiam pelo esforço. O vento penetrava nas minhas roupas superpesadas feitas por gigantes. Na minha cabeça, a qualquer minuto eu tropeçaria de uma forma que minhas habilidades mágicas não conseguiriam compensar. Eu bateria numa pedra, quebraria o pescoço e acabaria esparramado na neve como um... Deixem pra lá. Não vou nem tentar terminar essa.

De repente, a ladeira ficou plana. A nevasca passou. Nossa velocidade diminuiu e nós oito paramos suavemente, como se tivéssemos acabado de percorrer um circuito para crianças em um parque de diversões.

(Opa, fiz uma analogia! Talvez fosse minha habilidade mediana com descrições voltando!)

Os esquis saíram dos nossos pés por vontade própria. Alex foi a primeira a se mover. Ela correu e se escondeu atrás de uma formação rochosa baixa no meio da neve. Achei que fazia sentido, já que ela era o alvo mais colorido em dez quilômetros quadrados. O restante de nós se juntou a ela. Nossos esquis sem esquiadores deram meia-volta e dispararam montanha acima.

— Nossa rota de fuga já era. — Alex olhou para mim pela primeira vez desde a noite anterior. — É melhor você começar a se sentir poético logo, Chase. Porque seu tempo está se esgotando.

Espiei por cima das pedras e entendi o que ela queria dizer. A algumas centenas de metros, por um véu fino de neve, a água em tom cinza-alumínio se estendia até o horizonte. Na margem próxima, erguendo-se da baía gelada, via-se a forma escura de *Naglfar*, o navio dos mortos. Era tão grande que, se eu não soubesse que era uma embarcação, talvez tivesse pensado se tratar de outra montanha, como a fortaleza de Skadi. A vela principal levaria vários dias para ser escalada. O casco enorme devia ter deslocado água suficiente para encher o Grand Canyon. O convés e as pranchas estavam infestados do que pareciam ser formigas furiosas, mas eu tinha a sensação de que, chegando mais perto, as formas revelariam ser gigantes e zumbis, milhares e milhares deles.

Antes, eu só tinha visto o navio em sonhos. Agora, percebia como nossa situação era desesperadora: oito pessoas enfrentando um exército criado para destruir mundos inteiros, e nossa única esperança repousava em eu encontrar Loki e começar a xingá-lo pra valer.

O absurdo da situação poderia ter me deixado sem esperança. Mas só me deixou com raiva.

Eu não me sentia exatamente poético, mas *sentia* uma ardência na garganta, o desejo de dizer a Loki exatamente o que eu pensava dele. Algumas metáforas criativas surgiram na minha mente.

— Estou pronto — respondi, torcendo para estar certo. — Como vamos encontrar Loki sem morrer?

— Ataque direto? — sugeriu T.J.

— Hã...

— Estou *brincando* — disse T.J. — Obviamente, uma situação dessas pede uma distração. A maior parte do grupo devia encontrar um jeito de chegar à proa e atacar. Provocamos uma confusão, atraímos o máximo de malvados que pudermos para longe das pranchas, damos uma chance de Magnus subir a bordo e desafiar Loki.

— Espere um segundo...

— Concordo com o garoto da União — disse Mallory.

— Isso mesmo. — Mestiço brandiu seu machado. — Machado está com sede de sangue jötunn!

— Esperem! Isso é suicídio.

— Que nada — retrucou Blitz. — Garoto, nós já conversamos sobre isso e temos um plano. Eu trouxe algumas cordas de anão. Mallory tem ganchos. Hearth tem as runas. Com sorte, vamos conseguir escalar a proa daquele navio e começar o caos.

Ele deu um tapinha em uma das bolsas de suprimentos que tinha trazido do *Bananão*.

— Não se preocupe, tenho algumas surpresas guardadas para os guerreiros mortos-vivos. Você sobe pela prancha traseira, encontra Loki e exige um duelo. Nessa hora, a luta deve parar. Nós vamos ficar bem.

— É — disse Mestiço. — Aí vamos lá olhar você vencer aquele *meinfretr* nos insultos.

— E eu vou jogar uma noz nele — concluiu Mallory. — Nos dê uns trinta minutos para nos prepararmos. Sam, Alex... cuidem bem do nosso garoto.

— Cuidaremos — disse Sam.

Nem Alex reclamou. Percebi que não conseguiria convencer meus amigos a desistir daquele plano. Eles se uniram para maximizar minhas chances, independentemente de quão perigoso a situação pudesse se mostrar para eles.

— Pessoal...

Hearth sinalizou: *O tempo está se esgotando. Aqui. Para você.*

Da bolsinha, ele tirou a runa *othala*, a mesma pedra que removeremos do monte de pedras do poço de Andiron. Quando colocada na palma da minha mão, trouxe de volta o cheiro de carne podre de réptil e de brownies queimados.

— Obrigado — falei —, mas... por que essa runa em particular?

Não quer dizer só herança, sinalizou Hearth. *Othala simboliza ajuda em uma jornada. Use quando estivermos longe. Deve proteger você.*

— Como?

Ele deu de ombros. *Não me pergunte. Sou apenas o mago.*

— Muito bem, então — disse T.J. — Alex, Sam, Magnus... vemos vocês no navio.

Antes que eu pudesse protestar ou mesmo agradecer, o restante do grupo se afastou pela neve. Desapareceram rapidamente na paisagem com suas vestes brancas de jötunn.

Eu me virei para Alex e Sam.

— Há quanto tempo vocês estavam planejando isso?

Apesar dos lábios rachados e sangrando, Alex sorriu.

— Pelo mesmo tempo que você não tinha a menor noção. Portanto, tem um tempo.

— É melhor a gente ir — disse Sam. — Vamos experimentar sua runa?

Olhei para *othala*. Conjecturei se havia ligação entre herança e ajuda em uma jornada. Não consegui pensar em nenhuma. Eu não gostava de onde aquela runa tinha vindo e nem o que representava, mas achava que fazia sentido eu ter que usá-la. Nós a conquistamos com muita dor e sofrimento, da mesma forma que conquistamos o hidromel.

— É só jogar para o alto? — perguntei.

— Imagino que Hearth diria... — Alex continuou em linguagem de sinais: *É, seu idiota.*

Eu tinha quase certeza de que não era isso que Hearth diria.

Joguei a runa. *Othala* se dissolveu em um sopro de neve. Torci para que reaparecesse no saco de runas de Hearth em um ou dois dias, como acontecia depois que ele usava uma. Eu realmente não queria ter que comprar uma peça de reposição para ele.

— Não aconteceu nada — comentei. Em seguida, olhei para os lados. Alex e Sam tinham desaparecido. — Ah, deuses, eu vaporizei vocês!

Tentei me levantar de detrás das pedras, mas mãos invisíveis me seguraram dos dois lados e me puxaram para baixo.

— Eu estou bem aqui — disse Alex. — Sam?

— Aqui — confirmou Sam. — Parece que a runa nos deixou invisíveis. Consigo me ver, mas não vejo vocês.

Olhei para baixo. Sam estava certa. Eu conseguia enxergar a mim mesmo direitinho, mas o único sinal das minhas duas amigas eram as marcas dos pés na neve.

Fiquei pensando o motivo pelo qual *othala* tinha escolhido a invisibilidade. Estaria usando minha experiência pessoal, já que invisível era como eu me sentia quando era sem-teto? Ou talvez a magia fosse definida pela experiência familiar de Hearthstone. Imaginei que ele devia ter desejado ser invisível para o pai durante boa parte da infância. Fosse qual fosse o caso, eu não pretendia desperdiçar a oportunidade.

— Vamos logo.

— Deem as mãos — ordenou Alex.

Ela segurou minha mão esquerda sem nenhuma afeição em particular, como se eu fosse um cajado. Sam não segurou minha outra mão, mas desconfiei de que não tivesse nada a ver com motivos religiosos. Ela simplesmente gostava da ideia de Alex e eu estarmos de mãos dadas. Eu quase conseguia *ouvir* Sam sorrindo.

— Tudo bem — disse ela. — Vamos.

Nós seguimos pela formação rochosa, na direção da margem. Fiquei preocupado em deixar pegadas, mas a neve e o vento logo apagaram os rastros da nossa passagem.

A temperatura e o vento estavam tão cortantes quanto no dia anterior, mas a sidra de Skadi devia estar funcionando. Respirar não dava a sensação de estar inalando vidro, e não precisei ficar checando o rosto a todo segundo para ter certeza de que meu nariz não tinha caído.

Em meio ao uivo do vento e ao estrondo das geleiras despencando na baía, outros sons chegaram a nós vindos do convés de *Naglfar*: correntes retinindo, vigas estalando, gigantes berrando ordens e as botas dos atrasados batendo apressadas no convés feito de unhas. O navio devia estar bem próximo de zarpar.

Estávamos a uns cem metros do porto quando Alex puxou minha mão.

— Para baixo, seu idiota!

Eu me abaixei, apesar de não entender como poderíamos nos esconder mais do que estando invisíveis.

Saindo do vento e da neve, passando a três metros de nós, uma tropa de soldados zumbis marchava na direção de *Naglfar*. Eu não os vi chegando, e Alex estava certa: era melhor não confiar na invisibilidade se a ideia era se manter escondido daqueles caras.

Suas armaduras de couro esfarrapado estavam cobertas de gelo. Os corpos não passavam de pedaços de carne agarrados aos ossos. Uma luz azul espectral tremeluzia dentro das caixas torácicas e dos crânios, me fazendo pensar em velas de aniversário em cima do pior bolo do mundo.

Quando os mortos-vivos passaram, reparei que as solas das botas tinham pregos cravados, como travas de chuteira. Lembrei-me de uma coisa que Mestiço Gunderson tinha me dito uma vez: como o trajeto até Helheim era feito de gelo, os mortos desonrados eram enterrados com pregos nos sapatos para que não escorregassem ao longo do caminho. Agora, aquelas botas estavam levando seus donos de volta ao mundo dos vivos.

A mão de Alex tremeu na minha. Ou talvez quem estivesse tremendo fosse eu. Finalmente o grupo de soldados passou por nós, indo na direção do porto e do navio dos mortos.

Eu me levantei com inquietação.

— Que Alá nos defenda — murmurou Sam.

Torci desesperadamente para que, se o Todo-Poderoso existisse, Sam tivesse alguma influência sobre ele. Precisaríamos mesmo de alguém que nos defendesse.

— Nossos amigos vão enfrentar *isso* — disse Alex. — Temos que ir logo.

Ela estava certa de novo. A única coisa que me faria querer voltar a bordo de um navio com milhares de zumbis era saber que, se eu não fizesse isso, nossos amigos lutariam com eles sozinhos. E isso não ia rolar.

Pisei nos rastros deixados pelo exército morto e vozes sussurrantes imediatamente ecoaram na minha cabeça: *Magnus. Magnus.*

Uma dor perfurou meus olhos. Meus joelhos falharam. Eu *conhecia* aquelas vozes. Algumas eram duras e furiosas, outras gentis e delicadas. Todas ecoavam na minha mente, exigindo atenção. Uma delas era... uma delas era da minha mãe.

Eu tropecei.

— Ei — sussurrou Alex. — O que você...? Espera aí, o que é isso?

Ela também estava ouvindo as vozes? Eu me virei, tentando identificar de onde vinham. Não tinha visto antes, mas a uns quinze metros na direção da qual os zumbis tinham vindo, um buraco escuro e quadrado aparecera na neve: uma rampa que descia em direção ao nada.

Magnus, sussurrou a voz do tio Randolph. *Sinto tanto, meu garoto. Você pode me perdoar? Venha. Quero ver você uma última vez.*

Magnus, chamou uma voz que eu só tinha ouvido em sonhos: Caroline, esposa de Randolph. *Por favor, perdoe seu tio. As intenções dele eram as melhores. Venha, querido. Quero conhecer você.*

Você é nosso primo?, disse a voz de uma garotinha; Emma, a filha mais velha do tio Randolph. *Meu pai também me deu uma runa* othala. *Quer ver?*

O mais doloroso foi quando minha mãe disse *Venha, Magnus!* com o tom alegre que usava quando estava me encorajando a percorrer mais rápido a trilha para que compartilhássemos uma vista incrível. Só que agora havia uma frieza na voz dela, como se os pulmões estivessem cheios de fréon. *Depressa!*

As vozes me dilaceraram, arrancaram pedacinhos da minha mente. Eu tinha dezesseis anos? Tinha doze ou dez? Estava em Niflheim ou em Blue Hills ou no barco do tio Randolph?

Alex soltou minha mão. Mal notei.

Eu segui na direção da caverna.

De algum lugar atrás de mim, Sam disse:

— Pessoal?

Ela parecia preocupada, à beira do pânico, mas a voz não soou mais real para mim do que os espíritos sussurrantes. Sam não podia me impedir. Não conseguia ver minhas pegadas no caminho pisoteado pelos soldados zumbis. Se eu corresse, poderia percorrer a trilha gelada e mergulhar em Helheim antes que meus amigos soubessem o que tinha acontecido. O pensamento me encheu de empolgação.

Minha família estava lá embaixo. Hel, a deusa dos mortos desonrados, me disse isso quando a encontrei em Bunker Hill. Ela prometeu que eu podia me juntar a eles. Talvez precisassem da minha ajuda.

Jacques pulsou e emitiu calor em meu pescoço. Por que ele estava fazendo isso?

À minha esquerda, Alex murmurou:

— Não. Não, eu não vou ouvir.

— Alex! — exclamou Sam. — Graças a Deus. Cadê o Magnus?

Por que Sam parecia tão preocupada? Eu tinha uma vaga lembrança de que estávamos em Niflheim por um motivo. Eu... eu não devia estar indo para Helheim agora. Isso provavelmente me mataria.

As vozes sussurrantes foram ficando mais altas, mais insistentes.

Minha consciência lutou contra elas. Resisti à vontade de correr na direção da rampa escura.

Eu estava invisível por causa de *othala*, a runa da herança. Mas e se esse fosse o lado ruim da magia dela? *Othala* me permitia ouvir as vozes dos meus entes queridos mortos, me puxando para os seus domínios.

Alex encontrou minha mão de novo.

— Achei ele.

Lutei contra uma onda de irritação.

— Por quê?

— Eu sei — disse Alex num tom de voz surpreendentemente gentil. — Eu também estou ouvindo, mas você não pode segui-los.

Lentamente, a rampa escura se fechou e as vozes se silenciaram. O vento e a neve começaram a apagar os rastros dos zumbis.

— Vocês estão bem? — perguntou Sam, a voz um oitavo mais aguda do que o normal.

— Estou — respondi, me sentindo meio mal. — Sinto muito por isso.

— Não precisa pedir desculpa. — Alex apertou meus dedos. — Eu ouvi meu avô. Quase tinha esquecido como era a voz dele. E outras vozes. Adrian...

Ela engasgou com o nome.

Quase não ousei perguntar.

— Quem?

— Um amigo — disse ela, a palavra carregada com todos os tipos de significados possíveis. — Ele cometeu suicídio.

A mão dela ficou frouxa na minha, mas eu não a soltei. Fiquei tentado a projetar meu poder, a tentar curá-la, a compartilhar a onda de dor e lembranças que encheria minha cabeça com o passado de Alex. Mas não fiz isso. Não tinha sido convidado a entrar em sua mente.

Sam ficou silenciosa por uns dez segundos.

— Alex, sinto muito. Eu... eu não ouvi nada.

— Agradeça por isso — falei.

— É — concordou Alex.

Parte de mim ainda resistia à vontade de correr pela neve, me jogar e cravar as unhas no chão até que a rampa reabrisse. Eu tinha ouvido minha mãe. Mesmo que tivesse sido apenas um eco frio. Ou um truque. Uma piada cruel de Hel.

Eu me virei para o mar. De repente, senti mais medo de ficar em terra firme do que de subir a bordo do navio dos mortos.

— Vamos. Nossos amigos estão contando com a gente.

Quarenta e um

Eu peço um tempo

A PRANCHA ERA FEITA DE unhas do pé.

Se isso não for suficiente para deixar vocês com nojo, nenhuma quantidade de hidromel de Kvásir vai me ajudar a fornecer uma descrição suficientemente nojenta. Apesar de a rampa ter quinze metros de largura, a quantidade de indivíduos andando nela era tanta que tivemos dificuldade de achar uma brecha. Calculamos nossa subida atrás de uma tropa de zumbis, mas quase fui pisoteado por um gigante carregando um feixe de lanças.

Uma vez alcançado o topo, desviamos para o lado, seguindo rente à amurada.

Ao vivo, o navio era ainda mais horrível do que nos meus sonhos. O convés parecia se estender ao infinito, uma colcha de retalhos cintilante de placas de unhas amarelas, pretas e cinzentas, como a carapaça de alguma criatura pré-histórica. Centenas de gigantes iam de um lado para outro, parecendo quase de tamanho humano se comparados à embarcação: gigantes da pedra, gigantes das montanhas, gigantes do gelo, gigantes das colinas e alguns sujeitos vestidos com tanto bom gosto que só podiam ser gigantes das metrópoles, todos enrolando cordas, empilhando armas e gritando uns com os outros em uma variedade de dialetos jötunn.

Os mortos-vivos não eram tão diligentes. Ocupando boa parte do amplo convés, estavam em posição de sentido em fileiras brancas e azuis, dezenas de milhares deles, como se à espera de uma inspeção. Alguns estavam montados em cavalos zumbis. Outros tinham cachorros ou lobos zumbis. Alguns até tinham aves de rapina zumbis empoleiradas nos braços de esqueleto. Todos pareciam perfeitamente satisfeitos de permanecer em silêncio até receberem ordens. Muitos esperaram séculos pela batalha final. Eu achava que, na opinião deles, aguardar um pouco mais não faria mal.

Os gigantes se esforçavam para evitar contato com os mortos-vivos. Contornavam as legiões com cuidado, xingando-os por estarem no caminho, mas sem tocar neles e nem os ameaçar diretamente. Imaginei que me sentiria da mesma forma se estivesse dividindo um navio com uma horda de roedores estranhamente bem-comportados e carregando armamento pesado.

Procurei Loki no convés. Não vi ninguém com uniforme branco de almirante, mas isso não queria dizer nada. No meio de tanta gente, ele podia estar em qualquer lugar, disfarçado de qualquer um. Ou no convés inferior, se refastelando com um tranquilo café da manhã pré-Ragnarök. Meu plano de andar diretamente até ele sem obstáculos e dizer *Oi, cabeça de mamão. Eu te desafio a um duelo de xingamentos* estava indo por água abaixo.

Na coberta de proa, a uns oitocentos metros, talvez, um gigante andava de um lado para outro, balançando um machado e gritando ordens. Ele estava muito longe para eu conseguir entender as palavras, mas reconheci do meu sonho a forma corcunda e magra e o elaborado escudo de ossos de costela. Era Hrym, o capitão do navio. A voz dele se espalhava pela agitação de ondas se quebrando e gigantes resmungando.

— PREPAREM TUDO, SEUS COVARDES MOLENGAS! A PASSAGEM ESTÁ ABERTA! SE NÃO ANDAREM MAIS RÁPIDO, VOU DAR VOCÊS PARA GARM COMER!

Então, em algum lugar atrás do capitão, perto da proa, uma explosão sacudiu o navio. Gritando, gigantes soltando fumaça voaram pelo ar como acrobatas disparados por canhões.

— ESTAMOS SENDO ATACADOS! — gritou alguém. — PEGUEM ELES!

Nossos amigos tinham chegado.

Eu não conseguia vê-los, mas, no meio da confusão, ouvi os sons metálicos de uma corneta. Só pude concluir que T.J. tinha encontrado o instrumento embaixo da munição, dos óculos de atirador de elite e dos biscoitos duros.

Acima do capitão Hrym, uma runa dourada ardia no céu:

ᚦ

Thurisaz, sinal da destruição, mas também símbolo do deus Thor. Hearthstone não podia ter escolhido uma runa melhor para disseminar medo e confusão em um bando de gigantes. Raios explodiram da runa em todas as direções, fritando gigantes e mortos-vivos.

Mais gigantes ocuparam o convés superior. Não que eles tivessem muita escolha. O navio estava tão lotado de tropas que as multidões forçaram as linhas para a frente, quisessem eles avançar ou não. Uma avalanche de corpos bloqueou rampas e escadas. Um grupo empurrou o capitão Hrym e o carregou enquanto ele balançava o machado acima da cabeça e gritava, em vão.

A maior parte da legião de mortos-vivos permaneceu em posição, mas até eles viraram a cabeça na direção do caos, como se ligeiramente curiosos.

Ao meu lado, Sam murmurou:

— É agora ou nunca.

Alex soltou minha mão. Ouvi o som do garrote dela sendo puxado pelos passadores da calça jeans.

Nós seguimos em frente, tocando ocasionalmente nos ombros uns dos outros para nos orientar. Eu me abaixei quando um gigante passou voando por cima de mim. Seguimos no meio de uma legião de cavalaria zumbi, as lanças brilhando com luz gelada, os olhos brancos e mortos dos cavalos encarando o nada.

Ouvi um grito de guerra que parecia ter vindo de Mestiço Gunderson. Eu esperava que ele não tivesse tirado a camisa, como costumava fazer em combate. Senão ele podia pegar uma gripe enquanto lutávamos até a morte.

Outra runa explodiu sobre a proa:

ᛁ

Isa, gelo, que devia ter sido fácil de usar em Niflheim. Uma onda de gelo bateu no lado esquerdo de *Naglfar*, transformando um monte de gigantes em esculturas congeladas.

Na luz cinzenta da manhã, percebi o brilho de um pequeno objeto de bronze voando na direção do capitão Hrym e achei que um dos meus amigos tinha jogado uma granada nele. Mas, em vez de explodir, a "granada" foi aumentando à medida que caía, se expandindo a um tamanho impossivelmente grande, até que o capitão e mais de dez amigos gigantes próximos desapareceram debaixo de um pato do tamanho de uma loja Starbucks.

Perto da amurada a estibordo, outro pato de bronze cresceu no ar, empurrando um batalhão de zumbis em direção ao mar. Gigantes gritaram e deram início ao caos, como acontecia quando gigantescos patos metálicos choviam do céu.

— Expande-Patos — comentei. — Blitz se superou.

— Continue — disse Alex. — Estamos perto agora.

Talvez não devêssemos ter falado. Na fila mais próxima de guerreiros zumbis, um lorde com braçadeiras douradas virou o elmo de lobo na nossa direção. Um rosnado percorreu sua caixa torácica.

Ele disse alguma coisa em uma língua que eu não conhecia, sua voz úmida e oca como água pingando em um caixão. Seus homens puxaram espadas enferrujadas das bainhas mofadas e se viraram para nós.

Lancei um olhar para Sam e Alex. As duas estavam visíveis, então concluí que eu também devia estar. Como uma piada de mau gosto — o tipo de proteção mágica que se esperaria do sr. Alderman —, nosso disfarce *othala* acabou no centro do convés principal do navio, na frente de uma legião de mortos-vivos.

Fomos cercados por zumbis. A maioria dos gigantes ainda corria para lidar com nossos amigos, mas alguns repararam em nós e, gritando de fúria, juntaram-se ao exército assassino.

— Bom, Sam — disse Alex. — Foi bom conhecer você.

— E eu? — perguntei.

— O júri ainda está deliberando.

Ela virou uma onça-parda e pulou no lorde *draugr*, arrancando a cabeça dele. Então foi se deslocando entre os soldados, mudando de forma sem esforço, passando de lobo para humana para águia, cada forma mais mortal do que a anterior.

Sam empunhou sua lança de valquíria. Emitindo uma luz ardente, ela explodiu os mortos-vivos, queimando dezenas de uma vez só. Porém, centenas de outros se aproximaram, espadas e lanças em riste.

Eu puxei Jacques e gritei:

— Lute!

— TÁ BOM! — gritou ele em resposta, parecendo tão assustado quanto eu.

Jacques passou ao meu redor, fazendo o melhor possível para me proteger, mas me vi com o problema recorrente de todos os filhos de Frey.

Os einherjar têm um lema: *Matem o curandeiro primeiro.*

Essa filosofia militar foi aperfeiçoada por guerreiros vikings experientes que, quando em Valhala, aprenderam a jogar videogames. A ideia era simples: mirava-se em qualquer cara nas linhas inimigas que pudesse curar os ferimentos dos seus oponentes e fazer com que voltassem ao combate. Se matasse o curandeiro, o resto morria mais rápido. Além do mais, o curandeiro devia ser frágil e medroso e fácil de eliminar.

Evidentemente, gigantes e zumbis também conheciam essa dica de expert. Talvez jogassem os mesmos videogames que os einherjar enquanto esperavam o Juízo Final. Sabe-se lá como, fui identificado como curandeiro; portanto, eles ignoraram Alex e Sam e vieram na minha direção. Flechas passaram voando pelos meus ouvidos. Lanças cutucaram minha barriga. Machados foram arremessados entre as minhas pernas. O espaço era pequeno demais para tantos combatentes. A maioria das armas dos *draugrs* encontravam alvos *draugrs*, mas eu achava que aquele pessoal não estava muito preocupado com o alvo naquele fogo cruzado.

Fiz o que pude para parecer destemido. Com minha força einherji, dei um soco na cavidade peitoral do zumbi mais próximo, o que foi como dar um soco através de uma bacia de gelo-seco. Quando ele caiu, peguei a espada que ele empunhava e empalei o colega zumbi mais próximo.

— Quem precisa de curandeiro *agora*? — gritei.

Por uns dez segundos, pareceu que estávamos nos saindo bem. Outra runa explodiu. Outro Expande-Pato deflagrou a destruição nas linhas inimigas. Da proa veio o ruído alto da Springfield 1861 de T.J. Ouvi Mallory xingando em gaélico.

Mestiço Gunderson gritou:

— SOU MESTIÇO, DE FLÄM!

A que um gigante meio burro respondeu:

— Fläm? Aquele lugar é um buraco!

— ARRRRGGGHH! — O uivo de fúria de Mestiço sacudiu o barco, seguido do som do machado dele cortando fileiras de corpos.

Alex e Sam lutaram como demônios gêmeos; a lança ardente de Sam e o garrote afiado de Alex cortavam os mortos-vivos com a mesma velocidade.

Mas com tantos inimigos nos cercando, era só questão de tempo até que um golpe nos acertasse. O cabo de uma lança atingiu a lateral da minha cabeça e eu caí de joelhos.

— Magnus! — gritou Jacques.

Vi o machado de um zumbi se aproximar do meu rosto e vi que Jacques não teria tempo para impedir. Com toda a destreza poética de um bebedor de hidromel de Kvásir, eu pensei: *Mas que droga.*

Só que uma coisa aconteceu e essa coisa *não* foi a minha morte.

Uma pressão furiosa cresceu dentro do meu estômago, uma certeza de que toda aquela luta deveria parar, de que *precisava* parar, se pretendíamos completar nossa missão. Rugi ainda mais alto do que Mestiço Gunderson.

Uma luz dourada explodiu de dentro para fora em todas as direções, se espalhando pelo convés do navio, arrancando espadas das mãos de seus donos, mudando a direção de projéteis em rota e os enviando para o mar, arrancando as lanças e os escudos e machados de batalhões inteiros.

Eu cambaleei.

A luta tinha parado. Todas as armas ao alcance da minha voz tinham sido arrancadas violentamente de seus donos. Até Jacques havia voado para algum lugar a estibordo, e achei que ouviria bastante a respeito disso, caso eu sobrevivesse. Todo mundo no navio, fosse amigo ou inimigo, tinha sido desarmado pela Paz de Frey, um poder que eu só conseguira invocar uma vez.

Gigantes desconfiados e zumbis confusos se afastaram de mim. Alex e Sam vieram correndo na minha direção.

Minha cabeça latejava. Minha visão oscilava. Eu tinha perdido um dos molares e minha boca estava cheia de sangue.

A Paz de Frey era um truque bem legal. Chamava mesmo a atenção da galera. Mas não era uma solução permanente. Nada impediria nossos inimigos de simplesmente recuperaram suas armas e voltarem ao projeto de matança do curandeiro.

Mas antes do momento de surpresa pelas mãos vazias passar, uma voz familiar falou em algum lugar à minha esquerda.

— Ora, ora, Magnus. Isso foi bem dramático!

Os *draugrs* se afastaram e revelaram Loki, em seu impecável uniforme branco de almirante, o cabelo da cor das folhas de outono, os lábios cheios de cicatrizes retorcidos em um sorriso, os olhos brilhando com humor malicioso.

Atrás dele estava Sigyn, sua fiel esposa sofredora, que passara séculos recolhendo veneno de serpente em uma tigela para impedir que ele pingasse no rosto de Loki, um dever que *não* era assegurado pelos tradicionais votos de casamento. A expressão em seu rosto pálido e magro era impossível de interpretar, embora lágrimas vermelho-sangue ainda escorressem de seus olhos. Pensei ter notado uma leve tensão nos lábios, como se Sigyn estivesse decepcionada por me ver outra vez.

— Loki... — Eu cuspi sangue. Mal conseguia fazer minha boca trabalhar. — Eu te desafio a um vitupério.

Ele ficou me encarando como se estivesse esperando que eu completasse a frase. Talvez que eu acrescentasse: *Um vitupério... com outro cara que é bom de insultos e bem mais intimidador do que eu.*

Ao nosso redor, as fileiras infinitas de guerreiros pareciam prender a respiração, apesar de zumbis não respirarem.

Njord, Frigga, Skadi... todos me garantiram que Loki *teria* que aceitar meu desafio. Era a tradição. A honra exigia isso. Eu podia ter machucado a boca, estar com a cabeça zumbindo e não ter garantia nenhuma de que o hidromel de Kvásir elaboraria poesia com minhas cordas vocais, mas agora eu ao menos teria minha chance de derrotar o trapaceiro em uma batalha de palavras.

Loki ergueu o rosto para o céu frio e cinzento e riu.

— Agradeço o convite, Magnus Chase — disse ele. — Mas acho que vou só matar você mesmo.

Quarenta e dois

Eu começo por baixo

Sam atacou. Acho que foi quem ficou *menos* surpresa de Loki ter sido canalha a ponto de recusar meu desafio.

Porém, antes que a lança pudesse acertar o peito do pai dela, uma voz alta rugiu:

— PARE!

Sam parou.

Minha mente ainda estava confusa. Por um segundo, achei que Loki tinha gritado a ordem e que Sam havia sido obrigada a obedecer. Que todo o treinamento de Sam, o jejum e a confiança, tinham sido por nada.

Mas percebi que Loki não deu ordem nenhuma. Na verdade, parecia bem irritado. Sam parara por vontade própria. Multidões de *draugrs* e gigantes abriram caminho enquanto o capitão Hrym mancava na nossa direção. Ele não carregava o machado. O escudo intrincado feito de ossos de costela estava amassado como se tivesse sido bicado por um pato muito grande.

O rosto envelhecido não era mais bonito de perto. Fios de uma barba branca como gelo estavam pendurados no queixo. Os olhos azuis e pálidos cintilavam no fundo das órbitas como se estivessem derretendo até o cérebro. A boca coriácea dificultava saber se ele estava fazendo careta para nós ou prestes a cuspir uma semente de melancia.

E o cheiro: *eeeeeca*. As peles brancas mofadas de Hrym me deixaram nostálgico pelo armário com cheiro de "velho" do tio Randolph.

— Quem propôs um desafio? — perguntou Hrym.

— Fui eu — respondi. — Um vitupério contra Loki, a não ser que ele esteja com medo de me enfrentar.

A plateia murmurou:

— Ooooohhhhh...

Loki rosnou.

— Ah, por favor. Você não vai conseguir me fazer morder a isca, Magnus Chase. Hrym, nós não temos tempo para isso. O gelo derreteu. O caminho está livre. Vamos esmagar esses invasores e zarpar!

— Espere um minutinho! — interveio Hrym. — Este navio é meu! Eu sou o capitão!

Loki suspirou. Tirou o quepe de almirante e deu um soco na parte de dentro, em uma tentativa óbvia de tentar controlar a raiva.

— Meu querido amigo. — Ele sorriu para o capitão. — Nós já discutimos por isso. Nós *dividimos* o comando de *Naglfar*.

— Suas tropas — explicou Hrym. — Meu navio. E quando discordamos, toda desavença precisa ser resolvida por Surt.

— Surt? — Engoli mais sangue. Não fiquei animado de ouvir o nome do gigante do fogo de que eu menos gostava, o sujeito que abriu um buraco no meu peito e derrubou meu cadáver em chamas da ponte Longfellow. — Surt também está aqui?

Loki riu com deboche.

— Um gigante do fogo em Niflheim? Nada provável. Sabe, meu jovem e burro einherji, tecnicamente Surt é dono deste navio, mas só porque *Naglfar* está registrado em Muspellheim. Mais incentivos fiscais por lá.

— Essa não é a questão! — gritou Hrym. — Como Surt não está aqui, o comando é meu!

— Não — retrucou Loki chegando ao limite da paciência. — O comando é *nosso*. E eu digo que nossas tropas têm que partir!

— E eu digo que um desafio proferido da maneira apropriada tem que ser aceito! São as regras. A não ser que você *seja* covarde, como o garoto alega.

Loki riu.

— Covarde? Acha que estou com medo de enfrentar uma criança? Ah, faça-me o favor! Ele não é ninguém.

— Então tá — falei. — Mostre para nós como anda a sua lábia... a não ser que tenha sido corroída junto com o resto da sua cara.

— Ooooohhhhh! — exclamou a plateia.

Alex ergueu a sobrancelha para mim. A expressão dela parecia dizer: *Até que não foi tão ruim quanto eu esperava.*

Loki olhou para o céu.

— Pai Fárbauti, mãe Laufey, por que eu? Meus talentos serão desperdiçados com essa plateia!

Hrym se virou para mim.

— Você e seus aliados aceitam um cessar-fogo até o vitupério acabar?

Alex respondeu:

— Magnus é nosso competidor, não nosso líder. Mas, sim, nós vamos interromper o ataque.

— Até os patos? — perguntou Hrym seriamente.

Alex franziu a testa como se fosse realmente um pedido muito sério.

— Muito bem. Até os patos.

— Então está acertado! — gritou Hrym. — Loki, você foi desafiado! Pelos antigos costumes, deve aceitar!

Loki engoliu o insulto que ia lançar ao capitão, provavelmente porque Hrym tinha o dobro do tamanho dele.

— Certo. Vou insultar Magnus Chase até não restar mais nada dele além de uma pocinha sob meu sapato. *Aí* vamos zarpar! Samirah, querida, segure meu chapéu.

Ele jogou o quepe de almirante. Samirah deixou que caísse aos seus pés.

Ela sorriu para ele friamente.

— Segure o próprio chapéu, *pai*.

— Ooooohhhhh! — disse a plateia.

A raiva ficou evidente no rosto de Loki. Eu quase conseguia ver as ideias fervendo na cabeça dele, todos os jeitos maravilhosos com os quais poderia nos torturar até a morte, mas ele não disse nada.

— UM VITUPÉRIO! — anunciou Hrym. — Até que acabe, que nenhum golpe seja dado! Que nenhum pato seja lançado! Permitam que os guerreiros inimigos se aproximem para assistir à competição!

Com alguns empurrões e xingamentos, nossos amigos atravessaram a multidão. Considerando tudo pelo que tinham passado, eles pareciam bem. Mestiço tirara mesmo a camisa. No peito, escrita com o que parecia ser sangue de gigante, estava a palavra FLÄM com um coração em volta.

O cano do rifle de T.J. soltava fumaça no frio, depois de tantos disparos. A baioneta pingava gosma de zumbi, e a corneta tinha sido retorcida em formato de pretzel de latão. (Eu não podia culpar nossos inimigos por fazerem isso.)

Hearthstone parecia ileso mas cansado, o que era compreensível depois de destruir tantos inimigos com gelo e raios. Ao lado dele estava Blitzen, e gigantes com dez vezes o tamanho do anão correram para longe dele. Alguns murmuraram, cheios de medo, o título *mestre dos patos*. Outros enfiaram as unhas no pescoço, que Blitzen tinha envolvido com gravatas apertadas de cota de malha. Gigantes morriam de medo de gravatas.

Mallory Keen estava pulando em uma perna só — aparentemente havia quebrado o mesmo pé que machucara na Noruega —, mas pulava com ferocidade, como uma verdadeira guerreira filha de Frigga. Ela embainhou as facas e sinalizou para mim: *Estou com a noz.*

Se fôssemos espiões, esse seria um ótimo código para uma arma nuclear ou algo assim. Infelizmente, ela só queria dizer que estava com a noz. Era minha responsabilidade colocar Loki lá dentro. Eu me perguntei se Mallory conseguiria abri-la e sugá-lo lá para dentro sem que eu precisasse vencê-lo em uma batalha de insultos. Provavelmente não. Nada até o momento tinha sido fácil. E eu duvidava de que fosse começar agora.

Por fim, Jacques voltou flutuando até mim, resmungando:

— Paz de Frey, Magnus? Sério? Não foi legal, amigo.

E parou ao lado de Samirah para ver o que ia acontecer.

A plateia formou um círculo de uns dez metros de diâmetro em volta de Loki e de mim. Cercado por gigantes, senti como se estivesse no fundo de um poço. No silêncio repentino, eu conseguia ouvir o ribombar dos trovões ao longe, o estalo de gelo glacial derretendo, o tremor e o chiado dos cabos de aço de *Naglfar* esticados, o navio pronto para zarpar.

Minha cabeça latejava. Minha boca sangrava. O buraco onde meu dente ficava começou a doer, e eu não estava me sentindo nada poético.

Loki sorriu. Ele abriu os braços como se fosse me dar um abraço de boas-vindas.

— Bem, Magnus, olhe só pra você: participando de vitupérios como um adulto! Ou seja lá como vocês chamam um einherji que não envelhece, mas está aprendendo a não ser um bebê *tão* chorão. Se você não fosse um serzinho tão inútil, eu talvez ficasse impressionado!

As palavras machucaram. *Literalmente*. Pareceram explodir nos meus canais auditivos como ácido, gotejando pelos meus ouvidos e escorrendo até minha garganta. Tentei responder, mas Loki enfiou o rosto cheio de cicatrizes na frente do meu.

— Pequeno filho de Frey — continuou ele. — Entrando em uma batalha que não pode vencer, sem ideia, sem plano, só com um pouco de hidromel na barriga! Você achou mesmo que isso compensaria sua total falta de habilidade? Mas até que faz sentido. Você está tão acostumado a contar com seus amigos para lutarem por você. Agora, é sua vez! Que triste! Um otário sem talento! Você sabe o que você é, Magnus Chase? Quer mesmo saber?

A plateia riu e se empurrou. Eu não ousei olhar para os meus amigos. Fui tomado de vergonha.

— O-olha quem fala — consegui dizer. — Você é um gigante se passando por deus ou um deus se passando por gigante? De que lado está, além do seu próprio?

— Não estou do lado de ninguém! — Loki riu. — Nós somos todos agentes independentes neste navio, não somos, pessoal? Cada um cuida de si!

Os gigantes rugiram. Os zumbis se mexeram e sibilaram, as auras azuis geladas crepitando nos crânios.

— Loki cuida de Loki. — Ele bateu com os dedos nas medalhas de almirante. — Não posso confiar em mais ninguém, posso?

A esposa dele, Sigyn, inclinou a cabeça de leve, mas Loki não pareceu reparar.

— Pelo menos sou sincero! — continuou. — E, respondendo sua pergunta, eu sou um gigante! Mas a questão é a seguinte, Magnus: os aesires são apenas uma geração diferente de gigantes. Então, também são gigantes! Essa coisa de deuses contra gigantes é ridícula. Nós somos uma grande família infeliz. Isso é algo que você devia entender, seu humaninho disfuncional. Você diz que escolheu sua família. Diz que ganhou um novo grupo de irmãos e irmãs em Valhala. Que fofo. Pare de mentir para si mesmo! Ninguém *nunca* está livre dos laços de sangue. Você é igualzinho à sua família verdadeira. Tão fraco e deslumbrado pelo amor quanto

Frey. E tão desesperado e covarde quanto o velho tio Randolph. E tão estupidamente otimista e *morto* quanto sua mãe. Pobre garoto. Você tem o pior dos dois lados, Frey e Chase. Você é ridículo!

A multidão riu. Eles pareceram crescer, me afundando nas suas sombras.

Loki se aproximou de mim, bem mais alto.

— Pare de mentir para si mesmo, Magnus. Você não é *ninguém*. É um *erro*, um dos muitos bastardos de Frey. Ele abandonou sua mãe, fingiu que você não existia até você recuperar a espada dele.

— Isso não é verdade.

— Mas é! Você sabe! Pelo menos eu *reconheço* meus filhos. Sam e Alex aqui me conhecem desde que eram crianças! Mas você? Você não é merecedor nem de um cartão de aniversário de Frey. E quem cortou seu cabelo?

Loki gargalhou alto.

— Ah, certo. Foi Alex que cortou, não foi? Você não achou que isso *significasse* alguma coisa, não é? Ela não liga para Magnus Chase. Só queria usar você. Ela puxou a mãe. Sinto tanto orgulho.

O rosto de Alex estava lívido, mas ela continuou em silêncio. Nenhum dos meus amigos se mexeu ou tentou se pronunciar. A luta era minha. Eles não podiam interferir.

Onde estava a magia do hidromel de Kvásir? Por que eu não conseguia proferir um insulto decente? Eu realmente achava que o hidromel podia compensar minha total falta de talento?

Espere aí... essas eram as palavras de Loki, enterradas no fundo do meu cérebro. Eu não podia deixar que ele me definisse.

— Você é mau — falei.

Até isso saiu com desânimo.

— Ah, que isso! — Loki sorriu. — Não me venha com esse papo de bom e mau. Esse nem é um conceito nórdico. Você é *bom* porque mata seus inimigos, mas seus inimigos são *maus* porque matam você? Que tipo de lógica deturpada é essa?

Ele se inclinou para mais perto. Loki estava definitivamente mais alto que eu agora. Minha cabeça mal chegava aos ombros dele.

— Um segredinho, Magnus: não existe bom e mau. O mundo é dividido entre pessoas capazes e incapazes. Eu sou *capaz*. E você... não.

Ele não me empurrou, não fisicamente, mas eu cambaleei para trás. Eu estava literalmente murchando sob as gargalhadas da plateia. Até Blitzen estava mais alto que eu agora. Atrás de Loki, Sigyn me observava com interesse, as lágrimas vermelhas cintilando nas bochechas.

— Own... — Loki fez beicinho. — O que você vai fazer agora, Magnus? Reclamar que sou cruel? Me criticar por assassinar e enganar? Vá em frente! Cante minhas maiores vitórias! Bem que você gostaria de ser tão capaz quanto eu. Você não sabe lutar. Não consegue pensar sob pressão. Não consegue nem se expressar na frente dos seus ditos amigos! Que chance tem contra mim?

Continuei a encolher. Mais algumas ofensas e eu ficaria com sessenta centímetros de altura. Em volta das minhas botas, o convés começou a se mover, unhas de mãos e pés se curvando para cima como plantas famintas.

— Vamos! Dê o seu melhor — desafiou Loki. — Não? Ainda sem palavras? Então acho que vou dizer o que acho *mesmo* de você!

Olhei para os rostos ávidos dos gigantes, para os rostos sombrios dos meus amigos, todos formando um círculo em volta de mim, e soube que aquele era um poço do qual eu nunca conseguiria sair.

QUARENTA E TRÊS

Tenho um *grand finale*

Tentei desesperadamente pensar nos meus melhores insultos: *Você é um* meinfretr. *É burro. É feio.*

Pois é... meu melhor não era grande coisa, principalmente vindo de um cara que estava literalmente encolhendo ao ser massacrado por Loki.

Torcendo para conseguir inspiração, olhei para os meus amigos de novo. Sam estava com uma expressão austera e determinada, como se de alguma forma ainda acreditasse em mim. Alex Fierro parecia furiosa e desafiadora, como se de alguma forma acreditasse que, se eu fizesse besteira, ela ainda poderia me matar. Blitz tinha desenvolvido um tique nervoso no olho, como se estivesse me vendo destruir um belo trabalho de costura. Hearthstone estava triste e cansado, observando meu rosto como se procurasse uma runa perdida. T.J., Mallory e Mestiço estavam tensos, observando os gigantes ao nosso redor, provavelmente tentando elaborar um plano B no qual o B significava o *Burro do Magnus*.

Por fim, meu olhar encontrou o de Sigyn, de pé discretamente atrás do marido, as mãos entrelaçadas, os estranhos olhos vermelhos fixos em mim como se ela estivesse esperando.

Mas o que estava esperando? Sigyn ficou ao lado do marido quando todo mundo o abandonou. Durante séculos, cuidou de Loki, impedindo da melhor maneira possível que o veneno da cobra caísse no rosto dele, apesar de ter sido traída, maltratada e ignorada. Mesmo agora, Loki mal lhe dava atenção.

Sigyn era leal além da conta. Mas, na caverna de Loki, durante a cerimônia de casamento do gigante Thrym, eu tive quase certeza de que ela distraiu o marido em um momento crítico para impedir que ele me matasse e matasse meus amigos.

Por que ela desafiaria o marido assim? O que queria? Era quase como se estivesse trabalhando por debaixo dos panos para miná-lo, como se *quisesse* atrasar o Ragnarök e ver o marido de volta à caverna, preso às pedras e sofrendo.

Talvez Loki estivesse certo. Talvez ele não pudesse confiar em ninguém, nem mesmo na esposa.

Em seguida, pensei no que Percy Jackson me disse no convés do USS *Constitution*: que minha maior força não estava em meu treinamento, mas sim na minha equipe.

Um vitupério deveria minar a confiança do adversário, insultá-lo até não sobrar nada. Mas eu era um curandeiro. Não diminuía as pessoas, eu fazia com que elas se sentissem bem. Não podia jogar pelas regras de Loki e esperar vencer. Tinha que jogar pelas *minhas* regras.

Respirei fundo.

— Quero falar sobre Mallory Keen.

O sorriso de Loki vacilou.

— Quem é essa e por que deveria me importar?

— Que bom que você perguntou. — Eu projetei a voz com o máximo de volume e confiança que meus pulmõezinhos permitiam. — Mallory Keen sacrificou a vida para corrigir o próprio erro e salvou várias criancinhas da morte! Agora, é a lutadora mais corajosa e a melhor xingadora de Valhala. Ela mantém o andar dezenove unido mesmo quando queremos matar uns aos outros! Algum de vocês pode alegar ter o mesmo nível de camaradagem?

Os gigantes se remexeram com inquietação. Os *draugrs* se olharam como quem diz: *Sempre quis matar esse cara, mas ele já está morto.*

— Mallory abriu as portas da caverna de Suttung só com duas facas! — continuei. — Derrotou os nove escravos de Baugi sem nada além da lábia e de uma pedra! E quando descobriu que era filha de Frigga, conseguiu se segurar e não atacou a deusa!

— Ooh... — Os gigantes assentiram com apreciação.

Loki balançou as mãos, descartando minhas palavras.

— Acho que você não entendeu como funciona um vitupério, garotinho. Essas coisas não são nem *insultos*...

— Vou contar agora sobre Mestiço Gunderson! — gritei mais alto do que ele. — Um grande berserker, a glória de Fläm! Ele conquistou reinos com Ivar, o Sem-Ossos. Matou sozinho o gigante Baugi, salvando sua cidade natal e dando orgulho à sua mãe! Guiou nosso barco com firmeza e precisão pelos nove mundos, o machado provocando mais danos do que a maioria dos batalhões. E fez tudo isso sem camisa!

— E ele fica muito bem assim — murmurou outro gigante, cutucando o abdome do berserker.

Mestiço deu um tapa na mão dele.

— E os feitos de Thomas Jefferson Jr.! — gritei. — São dignos de qualquer salão viking! Ele partiu para cima do inimigo, sob uma chuva de balas, para encontrar sua nêmese, Jeffrey Toussaint, cara a cara. Morreu enfrentando um desafio impossível, como um valoroso filho de Tyr! Ele é o coração e a alma da nossa equipe, uma força motivadora que nunca falha. Derrotou o gigante Hrungnir com seu Springfield 1861 de confiança e carrega o estilhaço do coração do gigante acima do olho como medalha de honra. E também pode acender fósforos!

— Hum... — Os gigantes assentiram, sem dúvida pensando em como isso seria útil para acender os cachimbos nos ventos frios de Niflheim.

— E Blitzen, filho de Freya! — Eu sorri para meu amigo anão, cujos olhos estavam ficando úmidos. — Ele superou Eitri Júnior nas forjas de Nídavellir. É um dos estilistas mais arrojados dos nove mundos. Ele costurou a bolsa de boliche mágica de Miúdo! Enfrentou o dragão Alderman de mãos vazias e forçou o monstro a recuar. Suas gravatas de aço inoxidável patenteadas e seus Expande--Patos são o pesadelo dos gigantes!

Vários gigantes choramingaram em concordância apavorada.

— Pare com isso! — disparou Loki com rispidez. — Isso é ridículo! O que é toda essa... essa *positividade*? Magnus Chase, seu cabelo continua horrível e suas roupas...

— Hearthstone! — Era imaginação minha ou eu estava ficando mais alto de novo? Parecia que agora podia encarar os olhos do meu oponente sem inclinar a cabeça. — O maior mago de runas dos nove mundos! Sua bravura é lendária! Ele está disposto a sacrificar qualquer coisa pelos amigos. Superou os mais terríveis desafios: a morte do irmão, o desprezo da família...

Minha voz falhou de emoção, mas Loki não falou no instante de silêncio. A plateia ficou me olhando com expectativa, alguns com lágrimas nos olhos.

— O pai dele virou um dragão — continuei. — Mas *Hearthstone* o enfrentou, enfrentou seus piores pesadelos e saiu vitorioso, quebrando uma maldição, destruindo o ódio com compaixão. Sem ele, nós não estaríamos aqui. Ele é o mais poderoso e mais amado elfo que conheço. Ele é meu irmão.

Hearthstone colocou a mão sobre o coração. O rosto dele estava tão cor-de-rosa quanto o lenço que Alex lhe dera.

O capitão Hrym fungou. Parecia que ele queria dar um abraço em Hearthstone, mas estava com medo de a atitude não pegar muito bem na frente da tripulação.

— Samirah al-Abbas — falei. — Filha de Loki, mas muito melhor que o pai!

Loki riu.

— Como é que é? Essa garota nem...

— Valquíria escolhida a dedo por Odin para executar as missões mais importantes! — As palavras estavam saindo com facilidade. Eu sentia um ritmo nelas, uma cadência incontrolável, uma certeza. Talvez fosse por causa do hidromel de Kvásir. Ou talvez fosse porque eu estava falando as coisas mais verdadeiras que conhecia. — Vocês sentiram a lança de luz dela queimar suas tropas no combate! Sua persistência é de aço. Sua fé, resoluta. Ela superou o domínio do pai! Salvou nosso navio dos temíveis *vatnavaettir*! Voou mais rápido do que o grande Baugi em sua forma de águia, levando o hidromel de Kvásir para nossa tripulação! E fez tudo isso durante o *jejum* do ramadã!

Vários gigantes arquejaram. Alguns colocaram a mão na garganta ao perceber o quanto estavam com sede.

— Samirah — resmungou Loki —, vire lagarto e vá embora, minha querida.

Sam franziu a testa para ele.

— Não, pai. Não vou fazer isso. Por que não vai você?

— Oooh! — Alguns gigantes até aplaudiram.

Eu com certeza estava mais alto agora. Ou, esperem... Loki estava ficando mais baixo.

Mas ainda não era o suficiente. Eu me virei para Alex.

— Vou contar sobre Alex Fierro!

— Deixando o melhor para o final, é? — perguntou Alex, em tom de desafio.

324

— Ela é nossa arma secreta! O terror de Jórvík! A criadora de Pottery Barn, o guerreiro de cerâmica!

— Eu comprei uns jogos americanos lindos nessa loja — murmurou um dos gigantes para o colega ao lado.

— Na mansão dos Chase, ele decapitou um lobo com apenas um fio, depois bebeu suco de goiaba no chifre dos meus ancestrais!

— Ele? — perguntou um gigante.

— Deixa pra lá — disse outro.

— Ela uma vez decapitou Grimwolf, o *lindwyrm* mais velho! — continuei. — Derrotou a bruxaria de Utgard-Loki em um torneio de boliche dos horrores! Ganhou a confiança e a afeição da deusa Sif! Ela me manteve vivo pelo mar congelado de Niflheim, e quando me beijou debaixo daquele cobertor ontem... — Encarei os olhos bicolores de Alex. — Bom, foi a melhor coisa que já aconteceu comigo.

Eu me virei para encarar Loki. Meu rosto estava quente. Talvez eu tivesse falado um pouco mais do que deveria, mas não podia deixar que isso atrapalhasse meu ânimo.

— Loki, você perguntou quem eu sou. Eu sou parte dessa equipe. Sou Magnus Chase do andar dezenove do Hotel Valhala. Sou filho de Frey, filho de Natalie, amigo de Mallory, de Mestiço, de T.J., de Blitzen, de Hearthstone, de Samirah e de Alex. Essa é minha família! Essa é minha *othala*. Eu sei que eles sempre vão me apoiar, e é por isso que estou aqui de pé, triunfante, no *seu* navio, cercado pela minha família, e você... mesmo em meio a milhares, você... ainda... está... sozinho.

Loki sibilou. Recuou de cara feia até um muro feito de *draugrs*.

— Eu não estou sozinho! Sigyn! Querida esposa!

Sigyn tinha sumido. Em algum momento durante o vitupério, ela devia ter se misturado com a plateia. Esse ato silencioso falou mais alto do que séculos de abuso.

— Alex! Samirah! — Loki tentou dar um sorriso confiante. — Venham, minhas queridas. Vocês *sabem* que eu amo vocês! Não sejam difíceis. Matem seus amigos por mim e tudo será perdoado.

Alex ajeitou a capa de pelo verde por cima do colete.

— Foi mal, mãe. Mas não vai rolar.

Loki foi até Samirah, que o fez parar com a ponta da lança. O trapaceiro estava com menos de um metro de altura agora. Ele tentou mudar de forma. Pelo surgiu na testa dele. Escamas de peixe apareceram nas costas das mãos. Nada pareceu durar.

— Você não pode se esconder de si mesmo, Loki. Independentemente da forma que assumir, ainda é você: sozinho, desprezado, amargo, sem fé. Seus insultos são vazios e desesperados. Você não tem a menor chance contra nós, porque você não tem um *nós*. Você é Loki e está sempre sozinho.

— Eu *odeio* vocês! — gritou o deus, com cuspe voando da boca. Escorria ácido de todos os poros, chiando ao bater no convés. — Nenhum é digno da minha companhia e muito menos da minha liderança!

Conforme Loki foi encolhendo, seu rosto repleto de cicatrizes ondulou, se contorcendo de raiva. Ácido fumegava em poças em volta dele. Eu me perguntei se era todo o veneno que a víbora de Skadi pingou nele ao longo dos séculos ou se era apenas parte da própria essência de Loki. Talvez Sigyn tivesse tentado proteger Loki da cobra porque sabia que o marido já era cheio de veneno. Ele mal conseguia impedir que sua forma humana se liquefizesse na substância.

— Você acha que seu discurso de amigos felizes significa alguma coisa? — rosnou ele. — Está na hora de um abraço de grupo agora? Vocês me deixam com nojo!

— Você vai ter que falar mais alto. É difícil ouvir você aí embaixo.

Loki andou de um lado para outro e resmungou, com poucos centímetros de altura agora, pisando em poças do próprio veneno.

— Eu vou matar você lentamente! Vou mandar Hel torturar o espírito de todo mundo que você ama! Vou...

— Fugir? — perguntou Samirah, bloqueando Loki com a ponta da lança quando ele correu para a esquerda.

Ele disparou para a direita, mas Alex esticou a bota rosa de esqui para impedi-lo.

— Não mesmo, mãe — disse Alex. — Eu gosto de você aí embaixo. E agora, Mallory Keen tem um lindo presente de despedida para você.

Mallory se aproximou dando pulinhos e pegou a noz.

— Não! — gritou Loki. — Não, vocês não ousariam! Eu nunca...

Mallory jogou a noz para cima do deus em miniatura. A casca se abriu e puxou Loki com um barulho horrível de sucção, depois se fechou de novo. A noz sacudiu e tremeu no convés. Uma vozinha gritava obscenidades lá dentro, mas a casca permaneceu fechada.

Os gigantes franziram a testa para a noz.

O capitão Hrym pigarreou.

— Ora, isso foi interessante. — Ele se virou para mim. — Parabéns, Magnus Chase! Você venceu esse vitupério de forma justa. Estou impressionado! Espero que aceite minhas desculpas, pois vou ter que matar todos vocês agora.

Quarenta e quatro

Por que eles têm canhões?
Eu quero canhões

Eu não aceitei as desculpas dele.

Nem meus amigos, que formaram um anel protetor ao meu redor e começaram a atacar as fileiras inimigas, seguindo lentamente para o lado direito do navio.

Ainda pulando em uma perna, Mallory Keen pegou sua noz do mal e guardou no bolso, depois exibiu sua habilidade com duas facas enfiando as lâminas na virilha do capitão Hrym.

Mestiço e T.J. lutaram como máquinas mortíferas. Eu não queria dar crédito a mim mesmo pela disposição de ambos, mas a forma com que destruíram as tropas foi admirável, quase como se estivessem determinados a serem tão bons quanto eu os descrevi, como se minhas palavras tivessem feito com que ficassem maiores ao mesmo tempo que fizeram Loki ficar menor.

— Venham comigo! — gritou Sam, sua lança de luz abrindo caminho para a direita.

Alex movia o garrote como um chicote, arrancando a cabeça de qualquer gigante que chegasse perto demais.

Fiquei com medo de Blitzen ser pisoteado na confusão, mas Hearthstone se ajoelhou e deixou o anão subir em seus ombros. Ok, isso era novidade. Eu não achava que Hearth tivesse força física para carregar Blitz, que era baixo mas corpulento, nem um pouco parecido com uma criancinha. Mas Hearth conseguiu, e pelo jeito como Blitz aceitou a carona sem questionar, tive a sensação de que eles já tinham feito isso antes.

Blitz jogou gravatas e Expande-Patos como serpentina no carnaval, espalhando terror nas linhas inimigas. Enquanto isso, Hearth arremessou uma runa familiar na direção da proa:

ᛖ

Ehwaz, a runa do cavalo, explodiu com luz dourada. De repente, flutuando no ar acima de nós, estava nosso velho amigo Stanley, o cavalo de oito patas.

Stanley observou a confusão, relinchou como quem diz: *Aparecer no meio de uma cena de luta? Tranquilo.* Em seguida, pulou na confusão, meio galopando, meio voando nos crânios de gigantes e causando caos generalizado.

Jacques, zumbindo com irritação, voou até mim.

— Eu tenho uma lâmina para cortar com você, Magnus.

— O quê?

Eu me abaixei quando uma lança voou por cima da minha cabeça.

— Você faz esse discurso lindo — disse Jacques. — E quem você deixa de fora? É sério?

Com o cabo, Jacques deu um soco tão forte em um gigante que o pobre coitado voou para trás, derrubando uma pequena cavalaria zumbi.

Engoli minha vergonha. Como pude ter me esquecido da minha espada? Jacques *odiava* ser esquecido.

— Jacques, você era minha arma secreta!

— Você disse isso sobre Alex!

— Hã, quer dizer, você era meu coringa! Eu estava guardando o melhor para, você sabe, poesia emergencial!

— Sei!

Ele cortou o amontoado mais próximo de *draugrs* como uma serra elétrica.

— Eu... Eu vou pedir a Bragi, o deus da poesia, para escrever *pessoalmente* um épico sobre você! — falei de repente, me arrependendo da promessa assim que a fiz. — Você é a melhor espada do mundo! Sem dúvida!

— Um épico, é? — Ele brilhou em um tom mais forte de vermelho, ou talvez fosse só sangue escorrendo pela lâmina. — Escrito por Bragi?

— Claro! Agora, vamos sair daqui. Quero que dê o seu melhor! Para descrever para Bragi depois, sabe como é.

— Humf. — Jacques se virou para um gigante da metrópole, transformando-o em pedacinhos. — Acho que posso fazer isso.

Ele começou a trabalhar, cortando nossos inimigos como um consumidor remexendo freneticamente as araras de roupas durante a Black Friday.

— Não, não, não! — gritou Jacques. — Eu não gosto de vocês! Saiam do meu caminho! Vocês são feios!

Em pouco tempo, nosso grupinho de heróis chegou à amurada. Infelizmente, a queda era de pelo menos uns cem metros, indo parar direto em águas geladas e cinzentas. Senti um nó no estômago. A queda tinha pelo menos o *dobro* da altura da que fracassei ao fazer do mastro principal de Old Ironsides.

— Nós vamos morrer se pularmos — observou Mallory.

A horda inimiga nos pressionou contra a amurada. Por mais que nos empenhássemos na luta, nossos inimigos nem precisariam mais nos *acertar* para nos matar. Só a multidão deles nos esmagaria ou nos empurraria na água.

Eu puxei o lenço amarelo.

— Posso conjurar *Mikillgulr*, como fizemos no salão de Aegir.

— Só que agora nós vamos *para baixo* — disse Alex. — Não vamos subir. E não tem Njord para nos proteger.

— Ela está certa! — gritou Blitz, jogando um punhado generoso de gravatas para seus admiradores. — Ainda que o navio não rache com o impacto, todos os nossos ossos vão se quebrar.

Sam espiou pela lateral.

— E mesmo que sobrevivêssemos, aquelas armas afundariam nosso navio.

— Armas? Que armas?

Segui o olhar dela. Eu não tinha reparado antes, provavelmente porque as portas estavam fechadas, mas a lateral do casco de *Naglfar* exibia fileiras de canhões.

— Isso não é justo. Vikings não tinham canhões. Como é que *Naglfar* tem canhões?

T.J. perfurou um zumbi com a baioneta.

— Vou fazer questão de registrar uma queixa no Comitê de Regras do Ragnarök. Mas agora, seja lá o que vamos fazer, precisa ser logo!

— Concordo! — gritou Mestiço, seu machado cortando um grupo de lobos-esqueleto.

— Eu tenho um plano — anunciou Sam. — Vocês não vão gostar.

— Adorei! — gritou Blitz. — Qual é?

— Pular — disse Sam.

Alex desviou de um dardo.

— Mas e aquela história de quebrar todos os ossos do corpo...?

— Não tenho tempo para explicar — retrucou Sam. — Pulem!

Quando uma valquíria te manda pular, você pula. Fui o primeiro a saltar pela amurada. Tentei me lembrar das lições de Percy — queda livre, braços e pernas abertos, flecha, bunda —, apesar de saber que nada daquilo importaria da altura que pulamos.

Acertei a água com um grande *splash*. Eu já tinha morrido vezes suficientes para saber o que esperar: uma onda de dor sufocante e repentina seguida de escuridão total. Mas isso não aconteceu. Na verdade, voltei à superfície, ofegante e tremendo, mas totalmente ileso. Percebi que alguma coisa me empurrava para cima.

A água borbulhou e se agitou ao meu redor como se eu tivesse caído em uma banheira de hidromassagem. Entre minhas pernas, a correnteza parecia quase sólida, como se eu estivesse montado em uma criatura esculpida de água do mar. Diretamente à minha frente, uma cabeça surgiu nas ondas: um pescoço forte feito de água cinzenta, uma crina de espuma, um focinho majestoso cuspindo plumas de névoa gelada das narinas. Eu estava montado em um *vatnavaettir*, um cavalo d'água.

Meus amigos também caíram na água, cada um montado nas costas de um espírito de cavalo que os aguardava. Os *vatnavaettir* relincharam e pularam quando lanças choveram ao nosso redor.

— Vamos nessa! — Sam desceu com a lança de luz e se posicionou nas costas do cavalo d'água que liderava o bando. — Na direção da boca da baía!

Os cavalos dispararam para longe do navio dos mortos. Gigantes e *draugrs* gritaram de fúria. Lanças e flechas bateram na água. Canhões ribombaram. Balas explodiram perto o bastante para espirrar água em nós, mas os *vatnavaettir* eram mais rápidos e mais ágeis do que qualquer navio. Eles ziguezaguearam, disparando pela baía a uma velocidade incrível.

Jacques voou ao meu lado.

— Ei, Magnus, você viu aquela evisceração que eu fiz?

— Vi — respondi. — Foi incrível!

— E o jeito como cortei os membros daquele jötunn?

— Aham!

— Espero que você tenha feito anotações para o épico que Bragi vai escrever.

— Sem dúvida!

Fiz uma nota mental para começar a fazer mais notas mentais.

Uma figura equina diferente passou acima de nós: Stanley, o cavalo de oito patas, conferindo se estávamos todos bem. Ele relinchou como quem diz: *Beleza, acho que acabamos por aqui, né? Tenham um ótimo dia!*

Em seguida, disparou para as nuvens cinza como aço.

O cavalo d'água era surpreendentemente quente, como o animal vivo, o que impediu que minhas pernas congelassem completamente na água gelada. Ainda assim, eu me lembrava das histórias de Mallory e Mestiço sobre *vatnavaettir* arrastando suas vítimas para o fundo do mar. Como Samirah os estava controlando? Se o bando decidisse mergulhar, todos morreríamos.

Mas mesmo assim continuamos correndo em direção à abertura nas geleiras que ficavam na entrada da baía. Eu já conseguia ver a água começando a congelar de novo, os blocos de neve ficando mais densos e rígidos. O verão em Niflheim, que durava uns doze minutos, tinha chegado ao fim.

Atrás de nós, o estrondo dos canhões se espalhava sobre a água, mas *Naglfar* permaneceu no lugar. Como estávamos com seu almirante preso dentro de uma noz, eu torcia para que o navio fosse obrigado a ficar parado.

Disparamos para fora da baía e entramos no mar gelado, nossas montarias abrindo caminho em meio aos blocos de neve. Em seguida, nós nos direcionamos para o sul em direção à águas bem mais seguras e infestadas de monstros de Jötunheim.

QUARENTA E CINCO

Se vocês entenderem o que acontece neste capítulo, me contem, porque eu não faço a menor ideia

TRÊS DIAS É MUITO TEMPO para navegar com uma noz do mal.

Depois que os cavalos d'água nos deixaram ("Eles ficaram entediados", explicou Sam, o que era bem melhor do que nos afogar), eu ativei o *Bananão* e todo mundo subiu a bordo. Hearthstone conseguiu conjurar a runa de fogo *kenaz*, o que nos salvou da morte por congelamento. Seguimos para oeste, confiando que nosso navio mágico nos levaria aonde precisávamos ir.

Nas primeiras doze horas, mais ou menos, funcionamos à base de pura adrenalina e pavor. Colocamos roupas secas. Eu curei o pé de Mallory. Comemos. Não falamos muito. Grunhíamos e apontávamos para as coisas de que precisávamos. Ninguém dormiu. Sam entoou suas orações, o que foi incrível, considerando que o restante de nós provavelmente não seria capaz de formar frases completas.

Finalmente, quando o sol cinzento se pôs e o mundo ainda não tinha terminado, começamos a acreditar que *Naglfar* de fato não zarparia atrás de nós. Loki não sairia de sua diminuta prisão. O Ragnarök não começaria, ao menos não naquele verão. Havíamos sobrevivido.

Mallory segurava a noz. Recusava-se a soltá-la. Ela se encolheu na proa, examinando o mar com os olhos estreitos, seu cabelo ruivo balançando ao vento. Passada uma hora, Mestiço Gunderson se sentou ao lado dela e Mallory não o matou. Ele murmurou para ela por muito tempo, palavras que não tentei ouvir. Mallory começou a chorar, expelindo alguma coisa de dentro de si que parecia quase tão amarga quanto o veneno de Loki. Mestiço a abraçou, não parecendo exatamente feliz, mas satisfeito.

No dia seguinte, Blitzen e Hearthstone entraram em um modo superprotetor, garantindo que todos estivessem aquecidos, alimentados e que ninguém ficasse sozinho se não quisesse. Hearth passou muito tempo ouvindo T.J. falar sobre guerra e escravidão e o que constituía um desafio honrado. Hearth era ótimo ouvinte.

Blitz ficou com Alex Fierro a tarde toda, mostrando a ela como fazer um colete usando cota de malha. Eu não sabia se Alex precisava mesmo de um colete de cota de malha, mas o trabalho pareceu acalmar os dois.

Depois das orações noturnas, Samirah se aproximou de mim e me ofereceu uma tâmara. Ficamos mordiscando nossas frutas e observando as estranhas constelações de Jötunheim piscarem acima de nós.

— Você foi incrível — disse Sam.

Absorvi a frase. Samirah não era de fazer elogios, tanto quanto Mallory não era de ficar pedindo desculpas.

— Bom, não foi poesia — falei, por fim. — Estava mais para puro pânico.

— Talvez não faça muita diferença — disse Sam. — Além do mais, aceite o elogio, Chase.

— Tudo bem. Obrigado.

Eu fiquei ao lado dela olhando o horizonte. Foi bom só estar ali, ao lado de uma amiga, apreciando as estrelas sem medo de morrer nos cinco minutos seguintes.

— Você também foi ótima. Enfrentou e venceu Loki.

Sam sorriu.

— É. Tive muitos agradecimentos a fazer nas orações de hoje.

Assenti. Fiquei me perguntando se também deveria agradecer a alguém, fora meus amigos no barco, claro. A Sigyn, talvez, pelo apoio silencioso, pela resistência passiva contra o marido. Se os deuses colocassem Loki de volta na caverna, fiquei pensando se Sigyn voltaria a ficar com ele.

Talvez o tio Randolph também merecesse um agradecimento por deixar os recados sobre o hidromel de Kvásir. Ele tentou fazer a coisa certa no final, por mais que tivesse me traído de forma monumental.

Pensar em Randolph me fez lembrar as vozes de Helheim, provocando para que eu me juntasse a elas na escuridão. Bloqueei essa lembrança. Ainda não me sentia forte o bastante para enfrentá-la.

Sam apontou para Alex, que experimentava o colete novo.

— Você devia ir falar com ela, Magnus. Aquilo que você soltou durante o vitupério foi meio que uma bomba.

— Você está falando da... Ah.

O constrangimento criou um nó no meu estômago, um nó que parecia tentar se esconder atrás do meu pulmão direito. Eu tinha anunciado, na frente dos meus oito amigos mais próximos e de milhares de inimigos, quanto tinha gostado do beijo de Alex.

Sam riu.

— Ela provavelmente não vai ficar com *muita* raiva. Anda. Acaba logo com isso.

Para Sam, era fácil falar. Ela sabia exatamente qual era sua posição no relacionamento com Amir. Estava noiva e feliz e nunca precisou se preocupar com beijos secretos embaixo de cobertores porque era uma boa muçulmana e jamais faria uma coisa dessas. Eu não era uma boa muçulmana.

Fui até Alex. Ao me ver chegando, Blitzen assentiu com nervosismo e fugiu.

— O que você acha, Magnus?

Alex abriu os braços, exibindo a nova peça cintilante.

— Legal — falei. — Quer dizer, não é todo mundo que fica bem de colete xadrez de cota de malha, mas ficou legal.

— Não é xadrez — disse Alex. — Está mais para *a cuadros*, como diamantes. Quadriculado.

— Certo.

— Então... — Ela cruzou os braços e suspirou, me examinando como quem diz: *O que vamos fazer com você?* Era um olhar que recebia de professores, treinadores, assistentes sociais, policiais e alguns parentes próximos. — Aquela sua declaração em *Naglfar*... foi muito repentina, Magnus.

— Eu... hã. É. Eu não estava pensando direito.

— Obviamente. De onde veio aquilo?

— Bom, você me beijou.

— Mas você não pode surpreender uma pessoa assim. De repente, sou a coisa mais incrível que já aconteceu na sua vida?

— Eu... eu não disse exatamente... — Obriguei-me a parar. — Olha, se você quiser que eu volte atrás...

Eu não conseguia formar um pensamento completo. E não via um jeito de sair da conversa com minha dignidade intacta. Eu me perguntei se estava sofrendo de sintomas de abstinência do hidromel de Kvásir, pagando o preço pelo meu ótimo desempenho em *Naglfar*.

— Vou precisar de um tempo — disse Alex. — Estou lisonjeada, mas isso é tudo muito repentino...

— Hã.

— Não saio com qualquer einherji de rostinho bonito e corte de cabelo legal.

— Não. Claro. Rostinho bonito?

— Agradeço a proposta. De verdade. Mas vamos fazer uma pausa aqui, e eu volto a fazer contato. — Ela levantou as mãos. — Um pouco de espaço, Chase.

Ela saiu andando e olhou para trás uma vez com um sorrisinho que me fez encolher os dedos dos pés dentro das meias de lã.

Hearthstone surgiu ao meu lado, a expressão inescrutável, como sempre. O lenço dele, por motivos desconhecidos, tinha mudado para *a cuadros*, quadriculado vermelho e branco. Nós observamos Alex se afastar.

— O que acabou de acontecer? — perguntei a ele.

Não há palavras para isso em linguagem de sinais, disse ele.

Na nossa terceira manhã no mar, T.J. gritou da adriça:

— Ei! Terra!

Eu achava que a expressão era *terra à vista*. Mas talvez fizessem as coisas de um jeito diferente na Guerra Civil. Todos nós corremos para a proa do *Bananão*. Uma ampla faixa de terra plana, vermelha e dourada, se estendia no horizonte, como se navegássemos direto para o deserto do Saara.

— Aquilo não é Boston — observei.

— Não é nem Midgard. — Mestiço franziu a testa. — Se nosso navio seguiu as correntes que *Naglfar* seguiria, isso quer dizer...

— Estamos chegando a Vigrid — anunciou Mallory. — O Último Campo de Batalha. É o lugar onde todos vamos morrer um dia.

Estranhamente, ninguém gritou *Façam este navio dar meia-volta!*

Hipnotizados, simplesmente assistimos enquanto o *Bananão* nos levava na direção de uma das zilhões de docas que se projetavam nas ondas. Na extremidade do píer, um grupo de pessoas esperava: homens e mulheres, todos resplandecentes em suas armaduras cintilantes e capas coloridas. Os deuses tinham aparecido para nos receber.

Quarenta e seis

Eu ganho um roupão fofinho

Na margem abandonada, que tinha o calçadão mais longo do universo, havia milhares de quiosques vazios e quilômetros de organizadores de filas, com placas apontando para um lado e para outro:

GIGANTES →
← AESIRES
RETIRADA DE BILHETES →
← GRUPOS ESCOLARES

Nossa doca exibia uma placa vermelha grande com uma ave estilizada e um número cinco grande. Embaixo estava escrito: LEMBRE-SE, VOCÊ ESTACIONOU EM CORVO CINCO! TENHA UM ÓTIMO RAGNARÖK! Eu achava que nossa vaga de estacionamento poderia ter sido pior. Nós poderíamos ter ido parar em Coelhinho Doze ou Furão Um.

Reconheci muitos dos deuses em nosso grupo de boas-vindas. Frigga estava com o vestido branco-nuvem e o elmo brilhante de guerra, a bolsa de tricô embaixo do braço. Ela sorriu com gentileza para Mallory.

— Minha filha, eu sabia que você conseguiria!

Não tive certeza se ela quis dizer isso por ter previsto o futuro ou por ter acreditado, mas achei que foi legal de qualquer modo.

Heimdall, o guardião da ponte arco-íris, sorriu para mim, os olhos brancos como leite congelado.

— Eu vi vocês chegando a quase dez quilômetros de distância, Magnus. Esse barco amarelo. *UAU*.

Thor parecia ter acabado de acordar. O cabelo ruivo estava grudado em um dos lados da cabeça e o rosto marcado pelo travesseiro. Levava seu martelo, Mjölnir, pendurado no cinto que, por sua vez, estava preso à calça com uma corrente. Ele coçou o abdome peludo embaixo da camisa do Metallica e peidou com simpatia.

— Disseram que você insultou Loki até ele virar um homenzinho de cinco centímetros. Bom trabalho!

A esposa dele, Sif, com seu cabelo dourado esvoaçante, correu para abraçar Alex Fierro.

— Minha querida, você está *linda*. Esse colete é novo?

Um homenzarrão que eu nunca tinha visto, de pele negra, careca brilhante e armadura preta de couro ofereceu a mão esquerda para Thomas Jefferson Jr. O deus não tinha a mão direita e seu pulso estava protegido por uma cobertura dourada.

— Meu filho. Você se saiu bem.

O queixo de T.J. caiu.

— Pai?

— Segure minha mão.

— Eu...

— Eu desafio você a segurar minha mão — disse o deus Tyr.

— Eu aceito! — exclamou T.J., e se permitiu ser puxado para a doca.

Odin usava um terno de três peças em cota de malha cor de carvão que achei que tinha sido feito sob medida pelo próprio Blitzen. A barba do Pai de Todos estava bem aparada. O tapa-olho brilhava como aço inoxidável. Seus corvos, Pensamento e Memória, estavam empoleirados nos ombros dele, as penas pretas complementando lindamente o paletó.

— Hearthstone — disse ele —, parabéns pelo uso das runas, rapaz. Aqueles truques de visualização que eu ensinei devem ter mesmo valido a pena!

Hearth deu um sorriso sem graça.

Do fundo do grupo, dois outros deuses abriram caminho. Eu nunca os tinha visto juntos antes, mas agora era óbvio como os irmãos gêmeos eram parecidos.

Freya, deusa do amor e da riqueza, resplandecia com seu vestido dourado, um aroma de rosas se espalhando em volta dela.

— Ah, Blitzen, meu lindo menino!

Ela chorou lágrimas de ouro vermelho, espalhando pela doca pedras preciosas estimadas em quarenta mil dólares enquanto abraçava o filho.

Ao lado dela estava meu pai, Frey, o deus do verão. Vestindo calça jeans surrada, camisa de flanela e botas e com o cabelo e a barba louros desgrenhados, parecia ter voltado de uma caminhada de três dias.

— Magnus — disse ele, como se tivéssemos nos visto cinco minutos antes.

— Oi, pai.

Ele esticou a mão com hesitação e me deu um tapinha no braço.

— Bom trabalho. De verdade.

Em forma de runa, Jacques vibrou e pulou até eu o tirar do cordão. Assumindo a forma de espada, ele brilhou em roxo de irritação.

— Olá, Jacques — disse ele, imitando a voz grave de Frey. — Como você está, velho amigo?

Frey fez uma careta.

— Olá, *Sumarbrander*. Não foi minha intenção ignorar você.

— Sei, sei. Bom, o *Magnus* aqui vai pedir a *Bragi* para escrever um poema épico sobre mim!

— Vai? — perguntou Frey, erguendo uma das sobrancelhas.

— Hã...

— Isso mesmo! — Jacques bufou. — *Frey* nunca pediu a Bragi para escrever um poema épico sobre mim! A única coisa que *ele* me deu foi um cartão idiota desses que já vem com a mensagem pronta no Dia da Espada.

Acrescentar às notas mentais: existia um Dia da Espada. Xinguei silenciosamente a indústria de cartões comemorativos.

Meu pai deu um sorriso um pouco triste.

— Você está certo, Jacques. Uma boa espada merece um bom amigo. — Frey apertou meu ombro. — E parece que você encontrou um.

Fiquei grato pelo sentimento caloroso. Por outro lado, temi que meu pai tivesse transformado em um decreto divino a minha promessa impensada de encontrar Bragi.

— Amigos! — chamou Odin. — Vamos nos recolher para nossa tenda de banquetes no campo de Vigrid! Reservei a tenda Lindwyrm Sete! Tenda Lindwyrm Sete. Se alguém se perder, é só seguir as setas roxas. Quando chegarmos lá — a expressão dele ficou séria —, vamos discutir o destino de todas as coisas vivas.

Estão vendo? Não consigo nem fazer uma refeição com esses deuses sem discutir o destino de todas as coisas vivas.

O banquete foi montado no meio do campo de Vigrid, bem longe das docas, pois (de acordo com Samirah) Vigrid se estendia por quinhentos quilômetros em todas as direções. Felizmente, Odin tinha preparado uma pequena frota de carrinhos de golfe.

A paisagem era quase toda uma pradaria vermelha e dourada, com um rio, colina ou amontoado de árvores ocasionais, só para variar. O pavilhão em si era feito de couro curtido. As laterais estavam abertas, a lareira principal acesa e as mesas cobertas de comida. Aquilo me fez lembrar as fotos que vi em antigas revistas de viagem, com pessoas em banquetes luxuosos durante safáris na savana africana. Minha mãe amava revistas de viagem.

Os deuses se sentaram à mesa dos lordes, como era de se esperar. Valquírias iam de um lado para outro servindo todo mundo, mas se distraíram quando Samirah se aproximou para abraçá-las e contar as fofocas.

Quando todos estavam acomodados, e o hidromel, servido, Odin declarou com voz grave:

— Tragam a noz!

Mallory se levantou. Lançando um rápido olhar para Frigga, que assentiu de forma encorajadora, Mallory foi até um pedestal de pedra na frente da lareira. Colocou a noz ali e voltou para seu lugar.

Todos os deuses se inclinaram para a frente. Thor fez cara feia. Tyr entrelaçou os dedos da mão esquerda com os inexistentes da mão direita. Frey coçou a barba loura.

Freya fez beicinho.

— Embora elas sejam *de fato* uma ótima fonte de ácidos graxos e ômega 3, não gosto de nozes.

— Essa noz não tem valor nutricional, irmã — disse Frey. — Ela é o que está aprisionando Loki.

— Sim, eu sei. — Ela franziu a testa. — Eu só estava falando de um modo geral...

— Loki está bem preso? — perguntou Tyr. — Não vai pular para fora e me desafiar a um combate corpo a corpo?

O deus pareceu melancólico, como se estivesse sonhando com essa possibilidade.

— A noz é suficiente — disse Frigga. — Pelo menos até acorrentarmos Loki novamente.

— Bah! — Thor ergueu o martelo. — Por mim eu esmagava esse cara agora mesmo! Vai nos poupar muitos problemas.

— Querido — disse Sif —, já conversamos sobre isso.

— De fato — afirmou Odin, seus corvos grasnindo no espaldar do trono. — Meu nobre filho Thor, falamos sobre isso aproximadamente oito mil seiscentas e trinta vezes. Acho que você não está usando as estratégias de escuta ativa muito bem. Não podemos mudar nosso destino.

Thor bufou.

— Bom, de que adianta ser deus, então? Eu tenho um martelo perfeitamente bom e essa noz está implorando para ser esmagada! Por que não ESMAGAR ELA?

Pareceu um plano bem razoável para mim, mas não falei nada. Eu não tinha o hábito de discordar de Odin, o Pai de Todos, aquele que controlava minha pós-vida e meus privilégios de frigobar no Hotel Valhala.

— Talvez... — falei, morrendo de vergonha quando todos os olhares se voltaram para mim. — Sei lá... A gente pudesse pensar em um lugar mais seguro onde aprisioná-lo, pelo menos? Tipo, é só uma ideia, uma prisão de segurança máxima com guardas de verdade? E correntes que não sejam feitas dos intestinos dos filhos dele? Ou, sei lá, podemos simplesmente evitar essa coisa toda de intestino...

Odin riu, como se eu fosse um cachorrinho que tinha aprendido um truque novo.

— Magnus Chase, você e seus amigos agiram com bravura e nobreza, mas agora precisam deixar essa questão com os deuses. Não podemos mudar a punição de Loki de maneira significativa. Só podemos restaurá-la para que a grande sequência de eventos levando ao Ragnarök seja mantida sob controle. Ao menos por enquanto.

— Humf. — Thor bebeu seu hidromel. — Estamos sempre adiando o Ragnarök. Por que não encarar logo de uma vez? Uma boa luta cairia bem!

— Bem, meu filho — disse Frigga —, nós estamos adiando o Ragnarök porque ele vai destruir o cosmos que conhecemos e porque a maioria de nós vai morrer. Inclusive você.

— Além do mais — acrescentou Heimdall —, *só* agora temos a capacidade de tirar selfies de qualidade com o celular. Dá para imaginar quanto a tecnologia vai melhorar daqui a alguns séculos? Mal posso esperar para fazer streaming do apocalipse em realidade virtual para meus milhões de seguidores na cyber-nuvem!

Com expressão pensativa, Tyr apontou para um bosque próximo de árvores douradas.

— Eu vou ser morto bem ali... por Garm, o cão de guarda de Hel, mas não antes de acertar a cabeça dele. Mal posso esperar por esse dia. Sonho com os dentes do bicho arrebentando minha barriga.

Todos assentiram com solidariedade, como quem diz: *Sim, bons momentos!*

Fiquei olhando para o horizonte. Eu também estava destinado a morrer ali durante o Ragnarök, supondo que isso não acontecesse em alguma missão perigosa antes do tempo. Eu não sabia o local exato, mas poderíamos muito bem estar almoçando no exato ponto onde eu seria empalado, ou onde Mestiço cairia com uma espada na barriga, ou Alex... Eu não conseguia pensar nisso. De repente, queria estar em qualquer lugar, menos ali.

Samirah tossiu para pedir atenção.

— Lorde Odin — disse ela —, quais *são* seus planos para Loki, então, considerando que as amarras originais foram cortadas?

Odin sorriu.

— Não se preocupe, minha corajosa valquíria. Loki será levado de volta à caverna da punição. Colocaremos novos encantamentos por lá para esconder a localização e impedir futuras invasões. Vamos refazer as correntes, cuidando para que fiquem mais fortes do que nunca. Os melhores anões ferreiros aceitaram a tarefa.

— Os *melhores* anões ferreiros? — perguntou Blitz.

Heimdall assentiu com entusiasmo.

— Fizemos um pacote de todas as quatro amarras com Eitri Júnior!

Blitz começou a xingar, mas Hearthstone colocou a mão sobre a boca do amigo. Achei que Blitzen ia se levantar e começar a lançar Expande-Patos em um surto de raiva.

— Entendi... — disse Samirah, obviamente nem um pouco empolgada com o plano de Odin.

— E Sigyn? — perguntei. — Vocês vão deixar que ela fique ao lado de Loki de novo, se quiser?

Odin franziu a testa.

— Eu não tinha pensado nisso.

— Não faria mal algum — acrescentei rapidamente. — Ela... ela tem boas intenções, eu acho. Tenho quase certeza de que não queria que ele fugisse.

Os deuses cochicharam entre si.

Alex lançou um olhar questionador para mim, sem dúvida querendo saber por que eu me importava tanto com a esposa de Loki. Eu mesmo não tinha certeza de por que achava isso importante. Se Sigyn quisesse ficar ao lado de Loki, fosse por compaixão ou qualquer outro motivo, eu pensava que era o mínimo que os deuses podiam fazer por ela. Principalmente considerando que tinham matado seus filhos e usado os intestinos como correntes para o pai deles.

Eu me lembrei do que Loki me dissera sobre o bem e o mal, deuses e gigantes. Ele tinha razão: eu não estava necessariamente sentado ao lado dos mocinhos. Estava apenas sentado com um dos lados da guerra final.

— Muito bem — decidiu Odin. — Sigyn pode ficar com Loki, se quiser. Alguma outra pergunta sobre a punição de Loki?

Percebi que muitos dos meus amigos queriam ficar de pé e dizer *Sim. VOCÊ ESTÁ LOUCO?*

Mas ninguém fez isso. Nenhum dos deuses fez objeções ou sacou armas.

— Tenho que dizer — comentou Freya — que esta é a melhor reunião divina que temos em séculos. — Ela sorriu para mim. — Evitamos reunir muitos de nós em um só lugar porque normalmente isso gera confusão.

— Na última vez foi o vitupério com Loki — resmungou Thor. — No salão de Aegir.

Na verdade, não gostei de ser lembrado de Aegir, mas isso me fez recordar uma promessa.

— Lorde Odin, eu... eu prometi levar a Aegir uma amostra do hidromel de Kvásir, como pagamento por ele não ter nos matado e nos deixado partir, mas...

— Não tema, Magnus Chase. Falarei com Aegir em seu nome. Posso até dar a ele uma pequena amostra do hidromel de Kvásir da minha reserva especial, supondo que ele me coloque na lista para degustar o hidromel de abóbora com especiarias que ele faz.

— A mim também — disse Thor.

— E a nós — disseram os outros deuses, erguendo as mãos.

Eu pisquei.

— Você... tem uma reserva especial do hidromel de Kvásir?

— É claro! — respondeu Odin.

Isso levantava algumas perguntas interessantes, entre elas: por que os deuses nos fizeram dar a volta ao mundo e arriscar a vida para pegar aquele hidromel dos gigantes quando Odin podia ter nos dado um gole? Essa simples solução não devia nem ter passado pela cabeça de Odin. Ele era o líder, não um membro da equipe.

Meu pai chamou minha atenção. Ele balançou a cabeça como quem diz: *Não pergunte. Os aesires são estranhos.*

— Muito bem! — Odin bateu com o punho na mesa. — Eu concordo com Freya. Essa reunião transcorreu surpreendentemente bem. Ficaremos com a noz. Quanto a vocês, heróis, serão enviados de volta para Valhala para aproveitarem um grande banquete em sua homenagem. Alguma outra questão antes de terminarmos?

— Lorde Odin — disse Frey —, meu filho e os amigos dele fizeram um grande serviço para nós. Não deveríamos... recompensá-los? Não é de praxe?

— Hum... — Odin assentiu. — Acho que você está certo. Eu poderia transformar todos vocês em einherjar em Valhala! Mas, ah, a maioria já é.

— E o restante de nós — acrescentou Sam rapidamente — gostaria de ficar vivo mais um pouco, lorde Odin, se não se importar.

— Então pronto! — concordou Odin. — Como recompensa, nossos heróis vivos vão continuar vivos! Eu também darei a cada um cinco exemplares autografados do meu novo livro, *Heroísmo motivacional*. Quanto aos einherjar, além do banquete comemorativo e dos livros, vou incluir como cortesia um roupão turco do Hotel Valhala para cada um! Que tal?

Odin pareceu tão satisfeito consigo mesmo que nenhum de nós teve coragem de reclamar. Nós só assentimos e sorrimos sem muito ânimo.

— Hum..., roupão turco — disse T.J.

— Hum..., ficar vivo — disse Blitz.

Ninguém mencionou os livros motivacionais autografados.

— Finalmente, Magnus Chase — continuou o Pai de Todos —, eu soube que foi *você* quem ficou cara a cara com Loki e levou o golpe dos insultos dele. Quer pedir algum favor especial aos deuses?

Engoli em seco. Olhei para os meus amigos, tentando avisar que não achava justo que eu recebesse tratamento especial. Derrotar Loki foi um esforço coletivo. Essa era a questão. Falar bonito sobre nossos méritos enquanto *equipe* foi o que fez Loki ser preso, não a minha habilidade em si.

Além do mais, eu não tinha uma lista de favores a pedir guardada no bolso de trás da calça. Sou um cara de poucas necessidades. Sou feliz mesmo sem favores divinos.

Mas me lembrei do último ato de expiação do tio Randolph, tentando me avisar sobre o hidromel de Kvásir. Pensei em quanto a casa dele parecia triste e solitária agora e em como me senti feliz e tranquilo naquele terraço com Alex Fierro. Até me lembrei de um conselho que o anel de Andvari sussurrou em minha mente logo antes de eu devolver o tesouro para o peixe.

Othala. Herança. A runa mais difícil de entender.

— Na verdade, lorde Odin — falei —, *tem* um favor que eu gostaria de pedir.

Quarenta e sete

Muitas surpresas, e algumas até que são boas

Foi uma típica viagem de volta para casa.

Passear em carrinhos de golfe, tentar lembrar onde estacionamos nosso navio de guerra, navegar para a foz traiçoeira de um rio desconhecido, ser sugado por corredeiras que nos jogaram nos túneis sob Valhala, pular de um navio em movimento e ver o *Bananão* desaparecer na escuridão, sem dúvida indo buscar o próximo grupo sortudo de aventureiros a caminho da glória, da morte e de gambiarras para adiar o Ragnarök.

Os outros einherjar nos receberam como heróis e fomos para o salão de banquetes para uma grande comemoração. Lá, descobrimos que Helgi tinha planejado uma surpresa especial para Samirah, graças a uma dica do próprio Odin. Junto à nossa mesa de sempre, parecendo muito confuso, com um crachá proclamando VISITANTE MORTAL! NÃO MATAR!, estava Amir Fadlan.

Ele piscou várias vezes quando viu Sam.

— Eu... eu estou tão confuso. Você é real?

Samirah colocou as mãos no rosto. Seus olhos se encheram de lágrimas.

— Ah. Eu sou real. Quero tanto abraçar você agora.

Alex indicou a multidão chegando para jantar.

— Melhor não. Como somos todos família estendida aqui, você tem vários milhares de acompanhantes homens armados presentes.

Percebi que Alex estava se incluindo nesse grupo. Em algum ponto da viagem para casa, ele passou a ser um garoto.

— Isso é... — Amir olhou ao redor, impressionado. — Sam, é aqui que você *trabalha*?

Sam fez um som que ficou entre uma gargalhada e um soluço alegre.

— É, meu amor. É, sim. E hoje é Eid al-Fitr, não é?

Amir assentiu.

— Nossas famílias estão planejando um jantar. Agora. Eu não sabia se você estaria livre para...

— Sim! — Samirah se virou para mim. — Você pode dar minhas desculpas aos lordes?

— Não precisa pedir desculpas — garanti a ela. — Isso quer dizer que o ramadã acabou?

— Sim!

Eu sorri.

— Em algum momento desta semana, vou levar você para almoçar. Vamos comer no sol e rir muito.

— Combinado! — Ela abriu os braços. — Abraço no ar.

— Abraço no ar — concordei.

Alex deu um sorrisinho.

— Parece que os dois pombinhos vão precisar de mim para servir de acompanhante, então, se me derem licença.

Eu não queria que ele fosse embora, mas não tinha muita escolha. Sam, Amir e Alex foram comemorar Eid e comer uma quantidade absurda de comida deliciosa.

Para o restante de nós, a noite se resumiu a beber hidromel, levar tapinhas nas costas alguns milhares de vezes e ouvir os lordes fazendo discursos sobre como éramos incríveis, mesmo que os heróis fossem *bem* melhores antigamente. Acima de nós, nos galhos da árvore Laeradr, esquilos e vombates e pequenos cervos corriam de um lado para outro, como sempre. As valquírias voavam para cá e para lá servindo comida e hidromel.

Perto do final do banquete, Thomas Jefferson Jr. tentou nos ensinar algumas das antigas músicas de marcha da Quinquagésima Quarta de Massachusetts. Mestiço Gunderson e Mallory Keen alternadamente jogavam pratos um no outro e percorriam os corredores entre as mesas se beijando, enquanto os outros vikings riam deles. Meu coração ficou feliz de vê-los juntos novamente... apesar de também me sentir um pouco vazio.

Blitzen e Hearthstone se tornaram presenças tão constantes em Valhala que Helgi anunciou que os dois ganharam status de hóspedes de honra, livres para irem e virem quando quisessem, embora tenha feito questão de lembrar que eles não tinham quarto, acesso ao frigobar e nem nenhum tipo de imortalidade, então deveriam tomar cuidado e evitar projéteis. Blitz e Hearth receberam elmos grandes com os dizeres EINHERJI HONORÁRIO, o que não pareceu deixá-los muito felizes.

Quando a festa estava terminando, Blitzen deu um tapinha nas minhas costas, que já estava dolorida de todos os tapas que recebi naquela noite.

— Nós estamos indo, garoto. Precisamos dormir um pouco.

— Vocês têm certeza? — perguntei. — Todo mundo vai para a pós-festa. Vamos fazer um cabo de guerra em cima de um lago de chocolate.

Parece divertido, sinalizou Hearthstone. *Mas nos vemos amanhã. Certo?*

Eu sabia o que ele estava perguntando: eu estava mesmo falando sério sobre ir em frente com meu plano, o favor que pedi a Odin?

— Certo — prometi. — Amanhã.

Blitz sorriu.

— Você é um bom homem, Magnus. Vai ser incrível!

O cabo de guerra foi divertido, mas nosso lado perdeu. Acho que porque Hunding era nossa âncora e ele queria um banho de chocolate.

No fim da noite, exausto, feliz e encharcado de calda de chocolate, eu cambaleei de volta ao andar dezenove. Quando passei pela porta do quarto de Alex Fierro, parei por um momento e prestei atenção, mas não ouvi nada. Ele ainda devia estar no Eid al-Fitr com Sam e Amir. Eu esperava que a comemoração estivesse ótima. Eles mereciam.

Entrei no meu quarto. Parei no saguão, pingando chocolate no tapete. Por sorte, o hotel tinha um excelente serviço mágico de limpeza. Eu me lembrei da primeira vez em que entrei naquele quarto, o dia em que morri caindo da ponte Longfellow. Tinha ficado maravilhado com todos os serviços: a cozinha, a biblioteca, o sofá e a TV enorme, o saguão amplo com o céu estrelado cintilando por entre os galhos das árvores.

Agora, havia mais fotos sobre a lareira. Uma ou duas apareciam magicamente toda semana. Algumas eram fotos antigas da minha família: minha mãe, Annabeth, até tio Randolph, as filhas e a esposa em épocas mais felizes. Mas também havia fotos novas: eu com meus amigos do andar dezenove, uma foto que tirei com Blitz e Hearth quando ainda éramos sem-teto. Nós pegamos a câmera de alguém emprestada para fazer uma selfie em grupo. Como o Hotel Valhala conseguiu arrumar essa foto do nada, eu não sabia. Talvez Heimdall guardasse na nuvem todas as selfies já tiradas.

Pela primeira vez, percebi que entrar naquele quarto era como voltar para casa. Eu talvez não fosse viver no hotel para sempre. Na verdade, tinha acabado de almoçar naquela tarde no lugar onde provavelmente morreria de vez um dia. Ainda assim... ali parecia um bom lugar para pendurar minha espada.

Falando nela... tirei o cordão do pescoço, tomando cuidado para não acordar Jacques, e coloquei o pingente de runa na mesa de centro. Ele zumbiu alegremente no sono, provavelmente sonhando com Contracorrente, a espada de Percy, e todas as outras armas que amou. Como eu ia encontrar o deus Bragi e pedir que escrevesse um épico sobre Jacques, eu não tinha ideia, mas isso era problema para outro dia.

Eu havia acabado de tirar a camisa grudenta encharcada de chocolate quando uma voz atrás de mim disse:

— Talvez seja melhor você fechar a porta antes de começar a trocar de roupa.

Eu me virei.

Alex estava encostado na moldura da porta, os braços cruzados sobre o colete de cota de malha, os óculos rosa na ponta do nariz. Ele balançou a cabeça sem acreditar.

— Você perdeu uma competição de luta na lama?

— Hã. — Eu olhei para baixo. — É chocolate.

— Certo. Não vou perguntar.

— Como foi o Eid?

Alex deu de ombros.

— Foi bom, acho. Muita gente feliz comemorando. Muita comida e muita música. Parentes se abraçando. Não é exatamente o meu estilo.

— Certo.

— Deixei Sam e Amir em boa companhia com as famílias. Eles pareciam... Felizes não é suficiente. Satisfeitos? Eufóricos?

— Apaixonados? — sugeri. — Com a cabeça nas nuvens?

Alex me encarou.

— É. Serve.

Pinga. Pinga. Chocolate escorreu dos meus dedos de um jeito totalmente descolado e atraente.

— Enfim — disse Alex. — Eu estava pensando no que você disse.

Senti um nó na garganta. Eu me perguntei se tinha alergia a chocolate e estava morrendo de um jeito novo e interessante.

— No que eu disse? — balbuciei.

— Sobre a mansão — esclareceu ele. — Do que *achou* que eu estava falando?

— Não, claro. A mansão. Aham.

— Acho que topo — disse Alex. — Quando começamos?

— Ah, legal! Amanhã podemos fazer a visita inicial. Vou pegar as chaves. Depois, vamos esperar os advogados fazerem o trabalho deles. Talvez demore umas duas semanas...

— Perfeito. Agora, vá tomar um banho. Você está nojento. Vejo você no café da manhã.

— Certo.

Ele se virou para sair, mas hesitou.

— Mais uma coisa.

Alex andou até mim.

— Também andei pensando na sua declaração de amor eterno ou sei lá.

— Eu não... não foi...

Ele colocou as mãos nas laterais do meu rosto cheio de chocolate e me beijou.

Eu tive que me perguntar: era possível se dissolver em chocolate em um nível molecular e virar uma poça no tapete? Porque foi assim que me senti. Tenho quase certeza de que Valhala teve que me ressuscitar várias vezes durante aquele beijo. Senão, não sei como eu ainda estava inteiro quando Alex finalmente se afastou.

Ele me observou de forma crítica, os olhos castanho e mel me avaliando. Alex estava com um bigode e um cavanhaque de chocolate agora, e havia uma mancha marrom na frente do colete.

Vou ser sincero. Uma pequena parte do meu cérebro pensou: *Alex é homem agora. Acabei de ser beijado por um cara. O que eu acho disso?*

O resto do meu cérebro respondeu: *Eu fui beijado por Alex Fierro e isso é incrível.*

Na verdade, eu talvez tivesse feito uma coisa tipicamente constrangedora e idiota, como repetir a tal declaração de amor eterno, mas Alex me poupou.

— Ah. — Ele deu de ombros. — Vou continuar pensando nesse assunto. Depois te conto. Enquanto isso, vá mesmo tomar aquele banho.

Ele saiu, assobiando uma melodia que podia ser da música de Frank Sinatra do elevador, "Fly Me to the Moon".

Sou ótimo em seguir ordens. Fui tomar banho.

QUARENTA E OITO

O Espaço Chase ganha vida

Os advogados de Odin eram bons.

Em duas semanas, toda a papelada foi resolvida. Odin precisou batalhar com inúmeras comissões distritais de Boston, com a prefeitura e com várias associações de bairro, mas resolveu essas questões em tempo recorde, como só um deus com dinheiro infinito e histórico de palestras motivacionais conseguiria. O testamento do tio Randolph foi totalmente executado. Annabeth abriu mão da herança com alegria.

— Achei a ideia *incrível*, Magnus — disse ela ao telefone, da Califórnia. — Você é incrível. Eu... eu estava precisando de boas notícias.

Isso me deixou alerta. Por que Annabeth estava com voz de choro?

— Você está bem, prima?

Ela fez uma pausa longa.

— Vou ficar. Nós... nós recebemos uma notícia ruim quando chegamos aqui.

Eu esperei. Ela não contou mais nada. Decidi não forçar. Ela me contaria se e quando quisesse. Ainda assim, eu queria poder puxá-la pelo telefone e dar um abraço nela. Agora que Annabeth estava do outro lado do país, eu me perguntei quando a veria de novo. Os einherjar em algum momento iam para a Costa Oeste? Eu teria que perguntar a Samirah.

— Percy está bem? — perguntei.

— Está bem, sim — disse ela. — Bom... tão bem quanto se pode esperar.

Ouvi a voz abafada dele ao fundo.

— Percy quer saber se algum conselho dele ajudou você na viagem pelo mar — repetiu Annabeth.

— Claro — respondi. — Diga a ele que fiquei com a bunda contraída a viagem inteira, como ele sugeriu.

Isso a fez dar uma breve gargalhada.

— Pode deixar.

— Se cuida.

Ela respirou, trêmula.

— Vou me cuidar. Você também. Vamos conversar mais quando nos encontrarmos novamente.

Isso me deu esperanças. Haveria uma próxima vez. O que quer que estivesse acontecendo na vida da minha prima, qualquer que fosse a notícia ruim que ela teve que enfrentar, pelo menos meus amigos e eu conquistamos para ela e para Percy um adiamento do Ragnarök. Eu esperava que eles tivessem oportunidade de serem felizes.

Eu me despedi e voltei ao trabalho.

Passadas duas semanas, a mansão Chase estava em funcionamento.

Nossos primeiros hóspedes se mudaram no Quatro de Julho, o Dia da Independência. Alex e eu levamos vários dias para convencê-los de que nossa proposta era séria e não algum tipo de golpe.

"Nós conhecemos a situação de vocês", dissera Alex para aquelas crianças. "Nós também já fomos sem-teto. Vocês podem ficar pelo tempo que quiserem. Sem críticas. Sem expectativas. Só respeito mútuo, certo?"

Elas entraram com os olhos arregalados, tremendo de fome, e ficaram. Nós não anunciamos nossa presença no bairro. Não fizemos estardalhaço. E não esfregamos na cara dos vizinhos. Mas, nos documentos, a mansão se chamava Espaço Chase, residência para jovens sem-teto.

Blitzen e Hearthstone se mudaram para lá. Eles trabalhavam como cozinheiros, alfaiates e conselheiros. Hearth ensinou linguagem de sinais. Blitz deixou os jovens trabalharem na loja dele, O Melhor de Blitzen, localizada na mesma rua e que tinha reaberto bem a tempo para pegar a alta temporada de compras.

Alex e eu dividíamos nosso tempo entre Valhala e a mansão, ajudando, recrutando novos jovens. Alguns ficavam muito tempo. Outros não. Alguns só queriam um sanduíche ou uns trocados ou uma cama para passar a noite. Eles desapareciam na manhã seguinte. Tudo bem. Sem críticas.

Às vezes eu passava por algum quarto e via Alex com o braço em volta de alguma criança nova chorando pra caramba pela primeira vez em anos; ela só ficava ali ouvindo, entendendo.

Ela erguia os olhos e fazia sinal com a cabeça para eu ir em frente, como quem diz: *Me dá espaço, Chase.*

No dia da inauguração, o Quatro de Julho, fizemos uma festa para nossos hóspedes no terraço. Blitzen e Hearthstone grelharam hambúrgueres e cachorros-quentes. As crianças ficaram lá com a gente, vendo os fogos explodirem acima do Hatch Shell no Esplanade, as luzes estalando pelas nuvens baixas e tingindo as casas marrons de Back Bay de vermelho e azul.

Alex e eu nos deitamos nas espreguiçadeiras, as mesmas em que ficamos depois de matar o lobo na biblioteca de Randolph, semanas antes.

Ela esticou a mão e segurou a minha.

Ela não fazia isso desde que andamos invisíveis na direção do navio dos mortos. Eu não questionei o gesto. Não encarei como algo trivial. Decidi só apreciar o momento. Era preciso fazer isso com Alex. Ela estava sempre mudando. Os momentos não duravam. Eu tinha que curtir cada um pelo que era.

— Isso é bom — disse ela.

Eu não sabia se ela estava falando do que realizamos com o Espaço Chase ou dos fogos de artifício ou das nossas mãos dadas, mas concordei.

— É, sim.

Pensei no que o futuro nos reservava. Nossos trabalhos como einherjar nunca acabavam. Até o Ragnarök, nós sempre teríamos mais missões a cumprir, mais batalhas para lutar. E eu ainda tinha que encontrar o deus Bragi e convencê-lo a escrever o épico de Jacques.

Além do mais, eu aprendera o suficiente sobre *othala* para saber que a nossa herança nunca nos abandonava. Assim como Hearthstone precisou voltar a Álfaheim, eu ainda tinha coisas difíceis para enfrentar. A maior de todas: a estrada escura para Helheim, as vozes dos meus parentes mortos, minha mãe me chamando. Hel prometera que eu veria minha mãe de novo um dia. Loki dissera que os espíritos da minha família sofreriam pelo que eu fiz a ele. Em algum momento, eu teria que procurar a terra gelada dos mortos desonrados e verificar com meus próprios olhos.

Mas, agora, nós tínhamos os fogos de artifício. Tínhamos nossos amigos, novos e antigos. Eu tinha Alex Fierro ao meu lado, segurando minha mão.

Tudo isso pode acabar a qualquer momento. Nós, einherjar, sabemos que estamos destinados a morrer. Que o mundo vai acabar. O fim está predestinado. Não há como mudar o cenário geral. Mas, até lá, como Loki disse certa vez, nossas escolhas podem alterar os detalhes. É assim que nos rebelamos contra nosso destino.

Às vezes, até Loki pode estar certo.

Glossário

Aegir — deus das ondas

aesir (pl.: aesires) — deuses da guerra; semelhantes aos humanos

alcorânico — tudo que é relacionado ou pertencente ao Alcorão, o principal texto religioso do Islã

Allahu Akbar — Deus é maior

argr — nórdico para *não másculo*

Árvore de Laeradr — árvore localizada no centro do Salão de Banquete dos Mortos, em Valhala, com animais imortais que têm funções especiais

bala minié — um tipo de bala usada em rifles durante a Guerra Civil Americana

Balder — deus aesir, filho de Odin e Frigga, irmão de muitos, inclusive Thor. Ele era tão lindo, gracioso e alegre que emitia luz

bardos — poetas que compunham nas cortes de líderes durante a era viking

berserker (pl.: berserkir) — guerreiro nórdico considerado invencível em batalha

Bifrost — a ponte arco-íris que liga Asgard a Midgard

Bolverk — um dos pseudônimos de Odin

bosque de Glasir — árvores em Asgard, fora dos portões de Valhala, com folhas avermelhadas. *Glasir* significa *reluzente*

Bragi — deus da poesia

brunnmigi — um monstro que urina em poços

cailleach — gaélico para *bruxa* ou *megera*

draugr — zumbis nórdicos

Eid al-Fitr — uma festividade comemorada pelos muçulmanos para celebrar o fim do ramadã

einherjar (sing.: einherji) — grandes heróis que morreram com bravura na Terra; soldados do exército eterno de Odin; treinam em Valhala para o Ragnarök, quando os mais corajosos se juntarão a Odin na batalha contra Loki e os gigantes no fim do mundo

einvigi — combate individual viking

eldhusfifl — nórdico para *bobo do vilarejo*

Fárbauti — marido jötunn de Laufey e pai de Loki

Fenrir — lobo invulnerável nascido do caso de Loki com uma giganta; sua força incrível provoca medo até nos deuses, que o mantêm amarrado a uma pedra em uma ilha. Ele está destinado a se soltar no dia do Ragnarök

Frey — deus da primavera e do verão; do sol, da chuva e da colheita; da abundância e da fertilidade, do crescimento e da vitalidade. Frey é irmão gêmeo de Freya e, como a irmã, tem grande beleza. Ele é o lorde de Álfaheim

Freya — deusa do amor; irmã gêmea de Frey

Frigga — deusa do casamento e da maternidade; esposa de Odin e rainha de Asgard; mãe de Balder e Hod

Garm — cão de guarda de Hel

Ginnungagap — o abismo primordial; a névoa que obscurece as aparências

Gjallar — trombeta de Heimdall

glamour — magia ilusória

halal — carne preparada da forma exigida pela lei muçulmana

Heimdall — deus da vigilância e guardião da Bifrost, a entrada para Asgard

Hel — deusa da morte desonrosa; nascida do caso de Loki com uma giganta

Helheim — o submundo nórdico, governado por Hel e habitado pelos que morreram fazendo maldades, de velhice ou devido a doenças

hidromel de Kvásir — uma bebida que dá a quem bebe o dom da oratória, criado de uma combinação do sangue de Kvásir com mel

Hrungnir — brigão

Hugin e Munin — corvos de Odin, cujos nomes significam *pensamento* e *memória*, respectivamente

huldra — espírito da floresta domesticado

Idun — bela deusa da juventude que distribui as maçãs da imortalidade para os outros deuses

Inshallah — se Deus quiser

Jörmungand — a Serpente do Mundo, monstro nascido do caso de Loki com uma giganta; o corpo dele é tão grande que envolve a Terra

jötunn — gigante

kenaz — a tocha, o fogo da vida

konungsgurtha — praça do rei

Kvásir — um homem criado do cuspe dos deuses aesires e vanires, para representar o tratado de paz entre os clãs depois da guerra

Laufey — esposa jötunn de Fárbauti e mãe de Loki

lindwyrm — um dragão temível do tamanho e do comprimento de um caminhão, com apenas duas patas frontais e asas marrons com textura coriácea parecidas com as dos morcegos, porém pequenas demais para voo

Loki — deus da lábia, da magia e da trapaça; filho de dois gigantes, Fárbauti e Laufey; adepto da magia e da metamorfose. Ele é alternadamente maldoso e heroico para os deuses de Asgard e para a humanidade. Por causa do papel na morte de Balder, Loki foi acorrentado por Odin a três pedras gigantescas com uma serpente venenosa enrolada acima da cabeça. O veneno da cobra queima o rosto do deus de tempos em tempos, e quando ele se debate seus movimentos causam os terremotos

meinfretr — peido fedido

mikillgulr — nórdico para *amarelão*

Mímir — deus aesir que, ao lado de Honir, trocou de lugar com os deuses vanires, Frey e Njord, no final da guerra entre os dois clãs. Como os vanires não gostaram dos conselhos dele, cortaram sua cabeça e a mandaram para Odin. Odin depositou a cabeça em um poço mágico, onde a água o trouxe de volta à vida, e Mímir absorveu todo o conhecimento da Árvore do Mundo

mjöð — hidromel

Mjölnir — o martelo de Thor

Naglfar — o *Navio das Unhas*

Njord — deus vanir dos mares, pai de Frey e Freya

nøkk — um nixe, ou espírito da água

Nornas — três irmãs que controlam o destino dos deuses e dos humanos

Odin — o "Pai de Todos" e rei dos deuses; deus da guerra e da morte, mas também da poesia e da sabedoria. Ao trocar um olho por um gole do Poço da Sabedoria, Odin ganhou conhecimentos inigualáveis. Ele pode observar os nove mundos de seu trono em Asgard; também vive em Valhala com os mais corajosos entre os mortos em batalha

oração maghrib — a quarta de cinco orações formais diárias feitas por muçulmanos praticantes, recitada antes do pôr do sol

othala — herança

ouro vermelho — moeda de Asgard e Valhala

Ragnarök — o Dia do Juízo Final, quando os mais corajosos entre os einherjar vão se juntar a Odin na batalha contra Loki e os gigantes no fim do mundo

ramadã — momento de purificação espiritual alcançado por jejum, sacrifício e orações, comemorado no nono mês do calendário islâmico

Ran — deusa do mar; esposa de Aegir

Sif — deusa da terra; com seu primeiro marido, teve Uller; Thor é seu segundo marido; a sorveira é sua árvore sagrada

Sigyn — esposa de Loki

Skadi — giganta do gelo que já foi esposa de Njord

Sleipnir — o corcel de oito patas de Odin; só Odin pode invocá-lo; um dos filhos de Loki

suhur — refeição pré-aurora feita por muçulmanos praticantes durante o ramadã

Sumarbrander — a Espada do Verão

Thor — deus do trovão; filho de Odin. As tempestades são o efeito de quando a carruagem de Thor atravessa o céu, e os relâmpagos são provocados quando ele usa seu poderoso martelo, Mjölnir

Thrym — um rei gigante

Thrymheimr — Lar do Trovão

tveirvigi — combate duplo

Tyr — deus da coragem, da lei e do julgamento por combate; ele teve a mão arrancada por uma mordida de Fenrir, quando o Lobo foi amarrado pelos deuses

Utgard-Loki — o feiticeiro mais poderoso de Jötunheim; rei dos gigantes das montanhas

Valhala — paraíso para os guerreiros a serviço de Odin

valquíria — servas de Odin que escolhem os heróis mortos que serão levados para Valhala

vanir (pl.: vanires) — deuses da natureza; semelhantes aos elfos

vatnavaettir (*each-uisge* **na Irlanda**) — cavalos d'água

Vigrid — planície que vai ser o local da batalha entre os deuses e as forças de Surt durante o Ragnarök

Vili e Ve — os dois irmãos mais novos de Odin, que, junto com ele, participaram da formação do cosmos e são os primeiros aesires. Quando Odin ficou fora por muito tempo, Vili e Ve governaram Asgard no lugar dele, junto a Frigga

vitupério — duelo verbal de insultos, no qual os competidores precisam exibir prestígio, poder e confiança

wergild — dívida de sangue

wyrd — destino

Ymir — pai de todos os deuses e gigantes

OS NOVE MUNDOS

Asgard — reino dos aesires
Vanaheim — reino dos vanires
Álfaheim — reino dos elfos
Midgard — reino dos humanos
Jötunheim — reino dos gigantes
Nídavellir — reino dos anões
Niflheim — mundo primordial do gelo, da névoa e da neblina
Muspellheim — reino dos gigantes do fogo e dos demônios
Helheim — reino de Hel e dos mortos desonrados

RUNAS (EM ORDEM DE APARIÇÃO)

Lagaz — água, liquefazer

ᛚ

Fehu — a runa de Frey

ᚠ

Othala — herança

ᛟ

Gebo — presente

ᚷ

Raidho — a viagem

ᚱ

Kenaz — a tocha

ᚲ

Isa — gelo

ᛁ

Ehwaz — cavalo, transporte

ᛖ

Thurisaz — a runa de Thor

ᚦ

MAGNUS CHASE
e os DEUSES de ASGARD

RICK RIORDAN — Magnus Chase e os Deuses de Asgard — A ESPADA DO VERÃO

RICK RIORDAN — Magnus Chase e os Deuses de Asgard — O MARTELO DE THOR

RICK RIORDAN — Magnus Chase e os Deuses de Asgard — O NAVIO DOS MORTOS

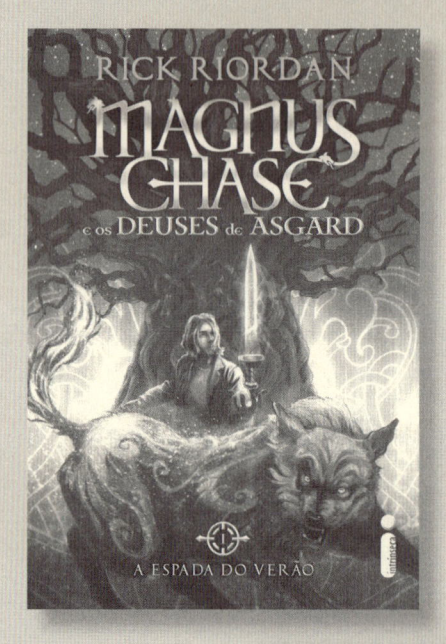

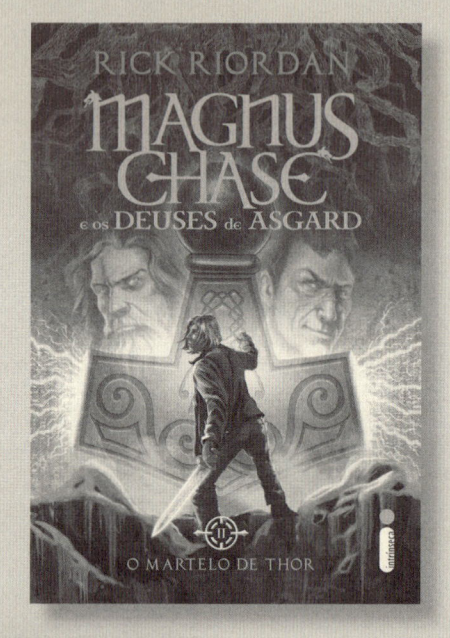

CONHEÇA TAMBÉM A SÉRIE

AS PROVAÇÕES DE APOLO

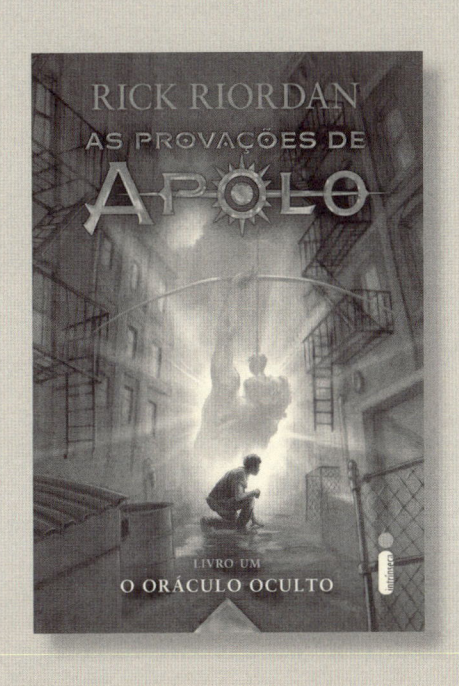

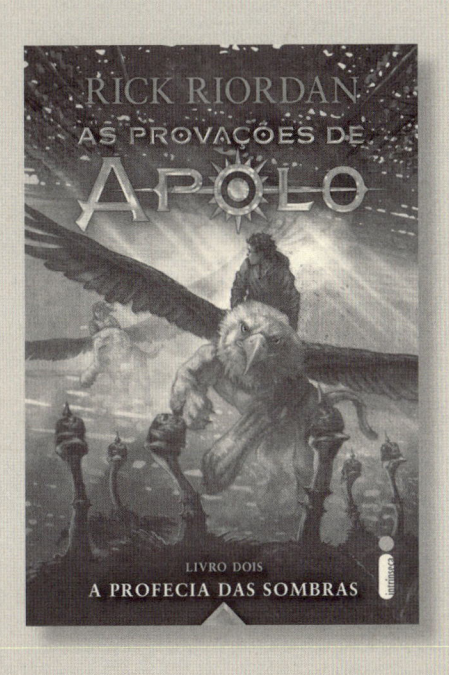

RICK RIORDAN
AS PROVAÇÕES DE APOLO
LIVRO UM
O ORÁCULO OCULTO

RICK RIORDAN
AS PROVAÇÕES DE APOLO
LIVRO DOIS
A PROFECIA DAS SOMBRAS

1ª edição	OUTUBRO DE 2017
reimpressão	NOVEMBRO DE 2024
impressão	BARTIRA
papel de miolo	PÓLEN NATURAL 70 G/M²
papel de capa	CARTÃO SUPREMO ALTA ALVURA 250 G/M²
tipografia	ADOBE CASLON PRO